The Winter of the Witch

重生的女巫

Katherine Arden
凱薩琳・艾登　穆卓芸——譯

目錄

第一部

第二部

第三部

家族系譜

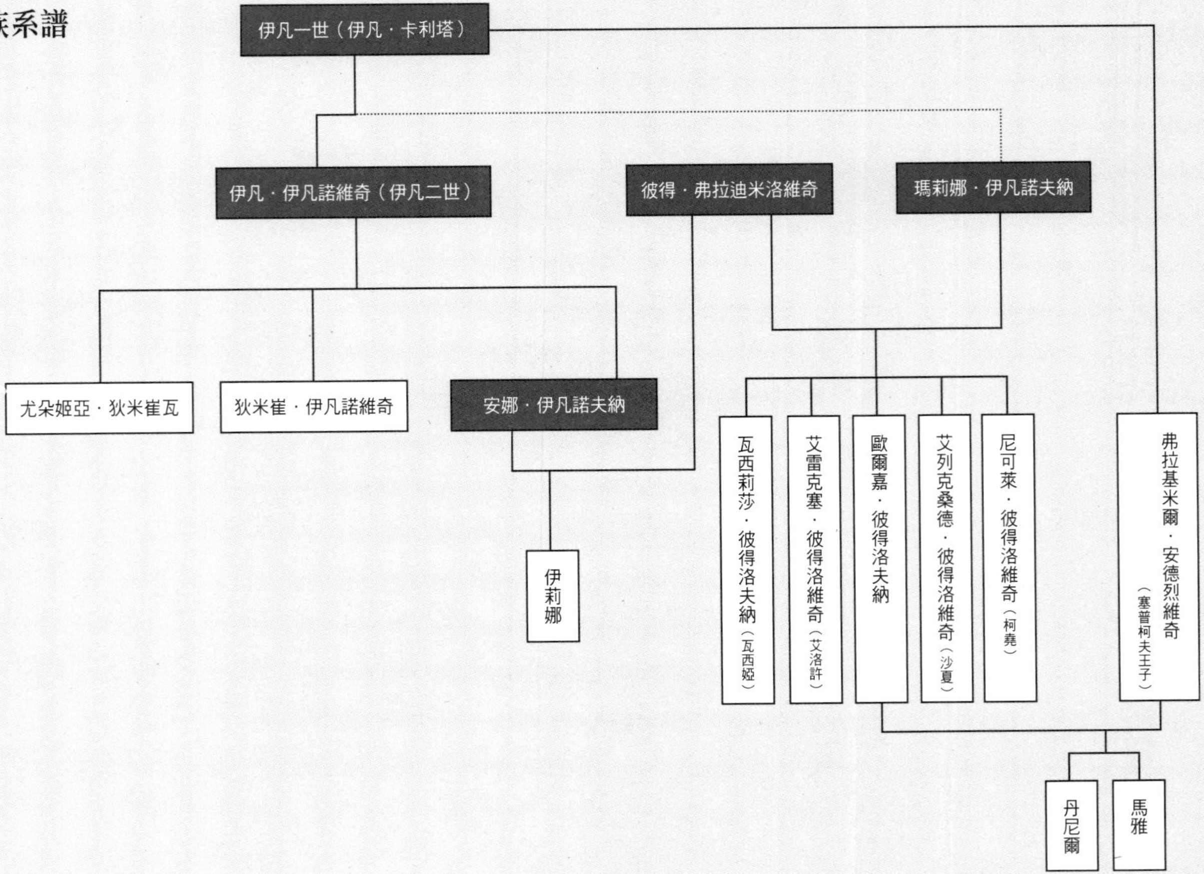

伊凡一世（伊凡・卡利塔）
伊凡・伊凡諾維奇（伊凡二世）
彼得・弗拉迪米洛維奇
瑪莉娜・伊凡諾夫納
尤朵姬亞・狄米崔瓦
狄米崔・伊凡諾維奇
安娜・伊凡諾夫納
伊莉娜
瓦西莉莎・彼得洛夫納（瓦西婭）
艾雷克塞・彼得洛維奇（艾洛許）
歐爾嘉・彼得洛夫納
艾列克桑德・彼得洛維奇（沙夏）
尼可萊・彼得洛維奇（柯堯）
弗拉基米爾・安德烈維奇（塞普柯夫王子）
丹尼爾
馬雅

人物介紹*

瓦西莉莎・彼得洛夫納　小名瓦西婭，擁有一頭烏黑的頭髮，湖綠的眼睛。

艾列克桑德・彼得洛維奇　小名沙夏，瓦西婭的哥哥。進入修道院後，世人尊稱艾列克桑德修士，光之使者。

歐爾嘉・弗拉基米洛娃　瓦西婭的姊姊，小名歐莉亞。十四歲嫁給弗拉基米爾・安德烈維奇，成為塞普柯夫王妃，育有一女一子。

馬雅・弗拉基米洛夫納　歐爾嘉和弗拉基米爾的女兒，小名馬莎。

莫羅茲科　霜魔的名字，羅斯民間傳說中的死神。

坎斯坦丁・尼可諾維奇　容貌俊秀的年輕神父，擅畫聖像，深得女士們的青睞。

狄米崔・伊凡諾維奇　伊凡二世逝後繼承王位，當今的莫斯科大公。

奧列格・伊凡諾維奇　梁贊大公，與韃靼人為盟。

＊編按：俄國人的完整名字組成為「本名・父名・姓氏」。本書在表示全名時為「本名・父名」，其規則在於，加上父名，男女的字尾會發生變化。男性加父名，父名後加-vich，女性加父名則是-vna。因此，瓦西莉莎・彼得洛夫納，意思是「彼得的女兒瓦西莉莎」。名門閨女出嫁後，父名改成丈夫本名的變體。

獻給我的親兄弟與義手足史特林、阿傑和蓋瑞特，我愛你們

風雨陰霾照晴海
天空奇美色不藍
勿疑石上那女孩
不畏天雨不怕海

——普希金

第一部

1 馬雅・莫雷芙娜

夏末傍晚，兩名男子走過宮殿前院。前院剛遭火劫，雪融殆盡，遍地是污水與踩踏過的泥濘。雖然淤泥漫過腳踝，兩名男子卻貼著耳朵熱切交談，對泥水毫不在意。他們身後的宮殿煙燻處處，家具被人搗壞，臺階上散落著砸毀的隔板，前方原本是馬廄，此刻只剩焦黑的殘垣。

「哲留孛趁亂逃走了，」其中一人恨恨說道：「趁我們忙著活命的時候。」他鬍鬚上沾著乾涸的血漬，臉頰被灰煙抹黑了一片，灰色眼眸下方肌肉凹陷，有如藍色的指印顯得疲憊而空洞。他胸膛厚實，樣貌年輕，散發著累過頭卻咬牙硬撐的警醒與浮誇的亢奮。前院所有目光都隨著他轉。他是莫斯科大公。

「比活命好一點，」同行的修士說，語氣裡帶著苦笑。沒有人想到莫斯科[1]城竟然近乎完好，而且還在他們手上。昨晚大公差點就遭人謀害篡位，這事沒幾個人知道。眾人只曉得王城幾乎燒成灰燼，靠著一場奇蹟般的風雪才得以倖免。一道黑影劃開都城的心臟，彷彿神在夜裡伸下巨掌，指尖滴著火苗。

「還不夠，」大公說：「我們或許保住了性命，卻沒有對付那些叛徒。」大公折騰了一整天，安撫自己見到的每一個人，冷靜指揮部屬抓住倖存的馬匹，拖走馬廄燒黑的梁柱，但那修士了解他，看得出他眼底下的疲憊與憤怒。「我明天要親自出馬，帶著所有餘兵殘將，」他說：「我們要找到韃靼人，將他們殺光。」

「現在這時候，狄米崔．伊凡諾維奇，你要離開莫斯科？」修士不安問道。

一日一夜沒睡，狄米崔的壞脾氣還是沒變。「難道你要叫我別去報仇嗎，艾列克桑德修士？」他說，那語氣讓身旁的隨從嚇得身體一縮。

「莫斯科城不能沒有你，」修士答道：「我們有死者要悼念，還有許多穀倉、牲畜和倉庫都沒了。報仇是餵不飽孩子的，狄米崔．伊凡諾維奇。」修士睡得不比大公多，再也藏不住話裡的不耐。他左臂纏著麻布，因為肩膀下方被箭穿過，後來才將箭拔走並包紮傷口。

「韃靼人竟然敢殺進我的宮殿攻擊我，完全不顧我好意招待他們，」狄米崔反駁道，毫不掩飾心裡的憤慨。「不僅和篡位者同謀，還燒了我的王城，難道這仇不該報嗎，修士？」

城其實不是韃靼人燒的，但艾列克桑德修士沒這麼回答大公。就讓這件事，讓這個錯被遺忘吧，反正也無可彌補了。

大公冷冷接著說：「這場動亂不是也讓你妹妹生下的孩子死了嗎？王儲死了，一大片王城成了灰燼。要是不討回公道，百姓絕對會抗議。」

「再多鮮血也換不回我姪兒的性命。」沙夏說，語氣尖銳得連自己也沒想到。他腦中清楚浮現妹妹無淚的哀鳴，比哭泣還要悲慟。

狄米崔手按劍柄。「你現在是想對我說教嗎，修士？」

---

1 莫斯科（Moskva）：現今俄羅斯聯邦首府，十二世紀由尤里．多爾戈魯基王公創立，早期勢力遠小於弗拉基米爾、特維爾、蘇茲達爾和基輔。蒙古入侵之後，在多名能力卓越、積極進取的留里克王公治理下，莫斯科才聲勢大起。（編按：全書注釋為原注，譯注則另作標記。）

沙夏聽見大公聲音裡隱現著兩人的裂痕，那傷口結痂了卻沒有痊癒。「我不會的。」他說。

狄米崔勉強鬆手，放開劍柄上那對交纏的蛇。

「你要怎麼找到哲留孛那群韃靼人？」沙夏試著講道理。「我們追過他們一次，騎了兩週都沒看到半個人影，何況那時還是隆冬，雪地很容易留下足跡。」

「但我們後來還是找到了，」狄米崔說著瞇起灰色眼眸。「你妹妹有活過昨晚嗎？」

「有，」沙夏面露戒色。「歐爾嘉說她臉燒傷了，還斷了一根肋骨，但沒有死。」

狄米崔神情複雜。他身後一名部屬正在清理斷垣殘壁，手裡抓著的斷梁掉了，忍不住破口大罵。「要不是她，我絕對來不及趕過來助陣，」沙夏看著表哥陰鬱的側臉說：「你的王位是她用血救回來的。」

「用血救回我王位的人可多了，」狄米崔勃然怒斥，沒有轉頭看沙夏。「她是騙子，還讓世上最正直的你也成了騙徒。」

沙夏沒有說話。

「你去問她，」狄米崔轉頭說：「問她怎麼辦到的，怎麼找到那群韃靼人。絕對不會只是眼尖。我有十幾個眼尖的手下。問她怎麼辦到的，我會犒賞她。我想莫斯科不會有人娶她，但鄉下的波亞[2]或許說得通。不然就是收買女修道院，只要黃金給得夠多，肯定會有人收她。」狄米崔神色不安，口沫橫飛愈講愈快。「還是護送她平安回家，或跟姊姊待在特倫[3]。我會給她大把黃金，讓她不愁吃穿。問她怎麼辦到的，我就馬上替她安排妥當。」

沙夏望著大公，心裡全是無法說出口的話。**我妹妹昨天救了你一命，殺死一名邪惡的魔法師，讓莫斯科失火，又在一夜之間拯救了全城。你覺得她會為了一筆嫁妝或任何犒賞就答應消失嗎？你**

到底了不了解我妹妹啊？

但狄米崔當然不了解。他只認識瓦西里．彼得洛維奇，他妹妹假扮成的少年。**他們是同一個人。**狄米崔再怎麼咆哮，骨子裡也知道這一點。他臉上的不安就是證明。

馬廄旁傳來一聲叫喊，讓沙夏躲過了回答。狄米崔如釋重負轉頭說：「走吧。」說完便大步走向馬廄。沙夏一臉鬱悶跟在後頭，只見人群開始聚集在兩根焚毀交疊的上梁四周。「讓開——老天，你們是草地上的羊群嗎？出了什麼事？」人群聽見他聲音裡的冷酷，紛紛往後退開。「怎樣？」狄米崔說。

其中一人回過神來，對大公說：「那裡，葛蘇達[4]。」一邊伸手指向兩根倒下的梁柱間的縫隙。另一個人拿著火把往下照，只見一個發亮的東西被火光照得亮澄澄的，大公和他表弟看得睜不開眼，不知那是什麼。

「是金子嗎？」狄米崔說：「那東西。」

「顯然不是，」沙夏說：「不然應該會熔掉。」

2　波亞：基輔羅斯貴族及後來的莫斯科貴族，地位僅次於王公（knyaz）。

3　特倫：據信源自希臘文的特倫儂（teremnon，住處），和阿拉伯文的哈倫（harem，妻妾住的後宮或閨房）無關。既指舊俄仕女的住所（住家高樓層、廂房或獨棟建築，以長廊和宮殿裡的男官房相連接），也泛指莫斯科大公國的仕女隱居制。由於中世紀莫斯科大公國史料缺乏，這個制度的起源不明，但於十六和十七世紀最為盛行，最後由彼得大帝正式廢除，讓婦女重返公眾生活。基本上，特倫是指仕女完全和男人分開起居，女孩會在特倫長大，直到嫁人才能離開。俄國童話常提到有位國王將女兒住處上了三乘九道鎖，可能就源自這個制度。

4　葛蘇達：近似「陛下」或「殿下」。

兩人對話時，三名壯漢已經將壓住那東西的梁柱移開，由另一名男子挖出來遞給大公。結果真的是金子，上好的金子，而且沒熔化。它被鍛造成沉重的金環與金條，古怪地串在一起，表面發著油光，照得圍觀的人臉上紅紅白白。沙夏心底一陣不安。

狄米崔拿著那東西左右端詳，隨即「啊」了一聲開始東翻西弄，最後抓起轡頭用手腕托住韁繩。原來那東西是馬籠頭。「我見過這東西。」狄米崔說道，眼神閃閃發亮。對財庫剛被盜匪與大火打劫的君王來說，能賺到一把金子自然再好不過。

「卡斯揚．路托維奇昨天騎的那頭母馬套著它，」沙夏說，不喜歡那東西勾起昨天的回憶。他一臉嫌惡看著帶刺的馬勒。「算他活該，被那頭馬給甩了。」

「嗯，這東西是戰利品，」狄米崔說：「要是那頭上好的母馬沒有跑掉就好了。該死的韃靼人，一群偷馬賊。做得好，各位，待我賞你們一頓熱食和好酒。」大公身旁的手下歡聲雷動。狄米崔將金籠頭交給管家。「把它清乾淨，」他對管家說：「拿去給我妻子看，她應該會很開心，然後收起來鎖在安全的地方。」

管家雙臂扛著金籠頭恭恭敬敬退下後，沙夏警惕道：「你不覺得很奇怪嗎？那個籠頭在馬廄裡燒了這麼久，竟然一點痕跡都沒有。」

「不會，」狄米崔厲色看了表弟一眼。「一點也不奇怪。這是奇蹟，跟著另一個奇蹟而來。我指的是那場救了我們的風雪。只要有人問起，你就這麼回答。神保全了那個金籠頭，因為祂知道我們很需要。」大公很清楚傳言的力量，不可思議的好事與壞事之間只有一言之隔。「金子就是金子。好了，修士──」狄米崔忽然安靜下來。沙夏身體一僵，抬頭上望。

「什麼聲音？」

城外傳來雜亂的聲響，轟鳴劈啪，有如水打在岩岸上。狄米崔皺眉說：「聽起來像是——」

他話還沒說完，就被城門衛兵的喊叫給打斷了。

❄

從山丘上的克里姆林往下一點，暮色已經到了，冷冽厚重的暗影覆上另一座王宮。這座王宮小一些，也安靜一些，沒有被大火波及，只被火星灼黑了幾處。

莫斯科謠言四起，有人哭泣，有人咒罵，有人爭論，有人質疑，唯有這裡稍稍維持著秩序。宮裡燈火通明，僕人蒐羅著可以騰出來接濟落難者的東西，馬匹在馬廄裡昏昏欲睡，烘焙房、膳房、釀酒房和宮殿的煙囪冒著皎白的輕煙。

這秩序出自一名婦人之手。她在工坊裡正襟危坐，儀態無可挑剔。她臉色發白，雖然還不到三十歲，嘴角已經繃出了皺紋，眼圈黑得不輸狄米崔。她昨晚去了澡堂，產下第三個孩子，但孩子生下來就死了。同一時間，她的長女也被惡人盜走，差點在昨夜驚魂之間失去蹤影。

儘管如此，歐爾嘉．弗拉基米洛娃依然沒有歇息。要做的事太多，她坐在工坊爐火旁不停召人過來。從管家、廚子、裁縫、烘焙匠到洗衣婦，人人都分到任務，並得到幾句感謝。

人來人去的空檔，歐爾嘉頹然癱坐，雙手捧著腹部，胎兒剛才還在的地方。幾小時前她遣走了其他女眷。這會兒她們正在特倫高處休息，一覺洗去昨夜的驚嚇。但有個人不肯離開。

「妳該睡了，歐莉亞，家事到明天早上沒有妳也不會有事，」說話的是個少女，身體僵硬坐在爐火旁的長椅上盯著歐爾嘉。她和端莊自持的塞普柯夫[5]王妃一樣留著長長的黑髮，紮成手腕粗的辮子，還有不細看不容易察覺的相似五官。只是王妃神態優雅，少女人高指長，一雙大眼生在稜角分明的臉上格外醒目。

「沒錯，」另一名婦人一邊說著，一邊端著麵包和卷心菜燉湯走了進來。現在是四旬齋期，不能吃肥肉。那名婦人和房裡的兩人一樣臉色疲憊，辮子泛黃微微發白，眼睛又大又亮，閃著慧黠。「這裡晚上很安全。把這些吃了吧，兩位。」她說完開始俐落舀湯。「然後上床休息。」

筋疲力竭的歐爾嘉緩緩說道：「這裡很安全，但城裡呢？妳覺得狄米崔．伊凡諾維奇和他的蠢蛋夫人會派僕人分送麵包，讓今晚頓成孤兒的孩子們吃飽嗎？」

坐在長椅上的少女臉色刷白，咬著下唇說：「我敢說狄米崔．伊凡諾維奇一定在精心策劃報復韃靼人，落難的百姓只能等了。但這不表示——」

這時樓上傳來一聲尖叫，打斷了少女的話，隨即便聽見匆忙的腳步聲。工坊裡的三人同時望向門口，臉上浮現相同的表情。**又怎麼了？**

保母渾身顫抖衝進房裡，後面跟著兩名侍女喘個不停。「馬莎，」保母上氣不接下氣地說：「馬莎她——她不見了。」

歐爾嘉立刻起身。馬莎就是馬雅，是她唯一的女兒，昨晚才被人從床上偷走。「快叫男丁們過來。」她喝斥道。

但長椅上的少女側著頭，彷彿在諦聽什麼。「不對，」她說，工坊裡所有婦人都轉頭看她。兩名侍女和保母隱晦互看了一眼。「她跑出去了。」

「這樣的話——」歐爾嘉才一開口就被少女打斷了。「我知道她在哪裡，讓我去帶她回來。」

歐爾嘉瞪著少女，少女目光堅定回望她。換作是昨天，歐爾嘉絕對不會放心將自己的孩子交給她這個瘋妹妹。

「她在哪裡？」歐爾嘉問。

「馬廄。」

「好，瓦西婭，」歐爾嘉說：「在燈亮前帶馬莎回來。如果她不在那裡，就立刻告訴我。」

少女點點頭，一臉悲傷站了起來。她一動，別人才看出她身體明顯歪向一邊，因為她斷了一根肋骨。

❄

瓦西莉莎·彼得洛夫納果然在馬廄裡找到了馬雅。那女孩縮著身子，睡在一頭棗紅色駿馬身旁的麥草堆上。駿馬沒有拴著，但柵門也沒有關上。瓦西婭走了進去，但沒有叫醒女孩，而是靠著駿馬的肩膀，臉頰貼著駿馬絲滑的皮膚。

棗紅駿馬撇過頭來，不住用鼻子戳她口袋。少女笑了。折騰了一整天，這是她頭一回真心微笑。她從袖子裡撈出麵包屑，餵給駿馬。

「歐爾嘉都不休息，」她說：「大家都覺得自己很丟臉。」

妳也沒休息，駿馬說道，溫熱的鼻息吹在少女臉上。

5　塞普柯夫：現為莫斯科以南約一百公里的城鎮，由狄米崔·伊凡諾維奇創立，並封給弗拉基米爾·安德烈維奇，目的在保護莫斯科南境。塞普柯夫直到十四世紀晚期才正式升格為市。在本書和《少女與魔馬》中，歐爾嘉雖然是塞普柯夫王妃，卻住在莫斯科，因為當時塞普柯夫只有森林、一座堡壘和幾間小屋。塞普柯夫王公是莫斯科大公國唯一不是封臣的領主，亦即他自為王公，不臣屬於莫斯科。

瓦西婭身體一縮將他推開。駿馬呼出的熱氣讓她頭皮與臉頰一陣灼痛。「我沒有資格休息，」她說：「大火是我引起的，我必須盡力補償。」

才怪，索拉維馬蹄蹬地說，**火是札爾普提薩引起的。雖然妳早該聽我的話，不該把她放了。被俘讓她氣瘋了。**

「札爾普提薩是從哪裡來的？」瓦西婭問：「為什麼只有卡斯揚有辦法將馬籠頭套在那東西身上？」

索拉維一臉不安，耳朵前後擺動，尾巴拍著側腹說，**我不知道，我只記得有人大喊，有人哭泣，記得翅膀和湛藍水裡的血滴。**他甩甩鬃毛再次蹬地。**就這樣。**

瓦西婭見索拉維心煩意亂，便搔了搔他的鬐甲說：「沒關係，反正卡斯揚已經死了，他的馬也跑了。」接著話題一轉：「多莫佛伊說馬莎在這裡。」

她當然在這裡，駿馬一臉高傲說，**就算她還不曉得怎麼跟我說話，也知道誰敢傷她，我就踹死誰。**

這頭身高十七手[6]的駿馬可不是空口說白話。「我不怪她跑來找你，」瓦西婭一邊說著，一邊又搔了搔他的鬐甲，駿馬舒服得甩動耳朵。「我小時候只要覺得苗頭不對，就會躲到馬廄。但這裡不是雷斯納亞辛里亞，歐爾嘉聽到侍女說她不見時嚇壞了。我得帶她回去。」

麥草堆上的女孩動了動，嘴裡嘟囔一聲。瓦西婭躡手躡腳跪下來，小心不去動到身體發疼的那一側，沒想到馬雅忽然醒來，手打腳踢，腦袋狠狠撞上瓦西婭的肋骨，瞬間讓她眼前發黑，差點慘叫出來。

「噓，馬莎，」瓦西婭好不容易才有辦法說話。「安靜，是我。沒事了，妳很安全，沒事的。」

女孩安靜下來，渾身僵硬躺在少女懷中。駿馬低下頭用鼻子蹭了蹭女孩的頭髮。女孩仰起頭，駿馬輕舔她的鼻子，逗得馬雅呵呵笑，隨即將臉埋在少女肩上啜泣起來。

「瓦西席卡、瓦西席卡，我什麼都想不起來，」她抽抽噎噎道：「我只記得我好害怕——」

瓦西婭想起自己也很害怕。女孩這樣一說，昨晚的一切剎時有如飛鏢歷歷閃現。火馬直衝天際，魔法師萎頓倒地，馬雅著了魔法，眼神茫然，百依百順。

還有冬王的聲音：**就我所及，我愛妳**。

瓦西婭猛力搖頭，彷彿這樣就能甩掉回憶。「妳不用現在想起來，還不用，」她柔聲對女孩說：「妳現在很安全，事情都結束了。」

「感覺不像結束了，」女孩低聲道：「我什麼都想不起來！怎麼知道結束了沒有？」

瓦西婭說：「相信我，就算不相信我，也相信妳媽媽或妳舅舅。妳不會再受傷害了。走吧，我們得回宮裡去，妳媽媽很擔心。」

馬雅立刻甩開瓦西婭，兩手兩腳抱著索拉維前腿不放，瓦西婭想攔也心有餘力不足。「不要！」馬雅臉頰貼著駿馬的毛皮大喊：「妳不能強迫我！」

普通的馬遇到這種招數肯定會拱起身子或退開，至少也會用膝蓋猛頂馬雅的臉。然而索拉維只是動也不動，面露疑惑，接著小心翼翼低頭對馬雅說，**妳想待在這裡就待在這裡**，雖然那女孩聽不懂他講什麼。馬雅又開始哭泣，發出小孩快要承受不住，精疲力竭氣若游絲的那種嗚咽。

瓦西婭又是同情又是憤怒，心裡明白馬雅為何不想回宮。她之前才被人從宮裡帶走，隱約記得

6 譯注：手為測量馬身高的單位，一手約為十公分。

當時的驚惶。索拉維壯碩而自信的姿態至少令人心安。

「我在做夢，」女孩對著駿馬的前腿喃喃自語：「我什麼都想不起來，只記得做夢。一個骷髏對我笑，而我一直吃蛋糕，雖然吃到想吐，還是一直吃一直吃。我不想再做夢了，也不要回宮殿。我要跟索拉維住在馬廄裡。」說完她再次抱緊駿馬。

瓦西婭明白除非硬將馬雅拉開帶走，否則那女孩哪兒也不會去。但她的肋骨不允許，索拉維也會強力反對。

那好，就讓別人去跟這頭暴躁的駿馬解釋馬雅為何不能待著吧。不過——「好吧，」瓦西婭故意語氣一轉，開心地說：「妳不想回去就不用回去。妳想聽我說故事嗎？」

馬雅死抓著索拉維的手鬆開了一些。「什麼故事？」

「妳想聽什麼都行。伊凡努席卡和艾蓮努席卡的故事怎麼樣？」瓦西婭說完忽然心頭一驚。**姊姊，親愛的姊姊艾蓮努席卡，小羊說。游出來，游到我這裡。他們正在生火煮水，磨刀霍霍，我就要死了。**

但姊姊幫不了他，因為她自己已經淹死了。

「不對，那個故事不大好，」瓦西婭連忙改口，一邊沉吟道：「傻子伊凡怎麼樣？」

女孩認真思考，彷彿選擇哪個故事至關重大，足以抹去這天的苦痛。瓦西婭心裡想，若真是這樣就好了。

「我覺得，」馬雅說：「我想聽馬雅·莫雷芙娜的故事。」

瓦西婭遲疑不答。她小時候非常喜歡〈美麗的瓦西莉莎〉，因為故事裡的女主角和她同名。但馬雅·莫雷芙娜的故事力道很重，尤其經過昨夜，衝擊可能太大。然而馬雅還沒說完。「講伊凡，」她說：「講伊凡那部分，我要聽馬的故事。」

原來如此，瓦西婭不禁笑了出來，毫不在意笑容扯痛了臉上灼傷的皮膚。

「好，如果妳肯放開索拉維的前腿，我就從那裡講起。他可不是木桿。」

馬雅勉強放開了索拉維。駿馬側身躺在麥草堆上，好讓兩個姑娘蜷起身子靠著他溫暖的腹部。

瓦西婭用斗篷裹住自己和馬雅，輕撫馬雅的頭髮，開始說起故事：

「王子伊凡試了三次，想要從邪惡的魔法師卡斯契手中救出妻子馬雅．莫雷芙娜，」她說：「但三次都失敗了，因為卡斯契的坐騎是世上最快的馬，而且還聽得懂人話。不論伊凡的馬起步多快，都贏不了他。」

索拉維得意洋洋哼了一聲，噴出飄著乾草味的鼻息。**他可贏不了我**，他說。

「最後，伊凡只好叫妻子馬雅問卡斯契，問他怎麼弄來這樣一頭舉世無雙的馬。」

「『海邊有一棟立在雞腳上的房子，』卡斯契說：『房子裡住了一位女巫，一個巴巴亞嘎。她養的馬是世上最好的，但你必須橫渡火河才能找到她，而我有一條手帕可以讓火焰分開。到了她家之後，你必須求巴巴亞嘎讓你服侍三天。只要你好好侍候她，她就會送你一匹馬，但要是沒做好，就會被她吃了。』」索拉維斜著一隻耳朵，若有所思。

「於是勇敢的女孩馬雅——」瓦西婭拉了拉姪女的辮子，逗得馬雅呵呵笑。「就偷了卡斯契的魔法手帕，偷偷交給伊凡。伊凡拿著手帕去找巴巴亞嘎，希望贏得世上最好的馬。」

「火河又遼闊又可怕，但伊凡仍然揮著卡斯契的手帕，大步穿過了火焰。他看見火焰後方有一間小房子在岸邊。巴巴亞嘎和世上最好的馬就住在那裡——」

馬雅突然插話說：「那些馬會說話嗎？就像妳可以跟索拉維講話那樣？妳真的可以跟索拉維說

話嗎？他會跟人說話嗎？就像巴巴亞嘎的馬那樣？」

「他會說話，」瓦西婭舉手打斷馬雅發問。「只要妳懂得怎麼聽。現在先安靜，讓我把故事講完。」

但馬雅已經脫口而出下一個問題：「妳怎麼學會聽馬說話的？」

「我──我是馬廄裡的那個謝爾特[7]教我的，」瓦西婭說：「在我小時候。他叫瓦奇拉。」

「我也學得會嗎？」馬雅說：「馬廄裡的那個謝爾特從來沒有跟我講話。」

「你們家馬廄的那個謝爾特不強，」瓦西婭說：「他們在莫斯科都不強。但我──我覺得妳應該學得會。妳外婆，就是我媽媽，他們說她懂一點魔法。我聽說妳曾外婆當年騎馬來到莫斯科，那匹馬又大又美，灰色的鬃毛有如清晨。也許她跟妳和我一樣也看得到謝爾特。也許世界上某個地方還有像索拉維這樣的馬，也許我們──」

馬廄走道響起明快的腳步聲，打斷她的故事。「也許我們──」瓦伐拉用冷冷的語氣說：「都該去吃晚飯了。妳姊姊以為妳會帶她女兒回去，沒想到妳們兩個竟然像農家小孩一樣在麥草堆裡滾來滾去。」

馬雅慌忙站了起來，瓦西婭吃力起身，小心不動到受傷的那一側。索拉維翻身而起，豎起耳朵指著瓦伐拉。那婦人神情古怪看了他一眼，臉上似乎閃過一絲微弱的渴望，有如見到夢寐以求的東西一般。但她隨即無視那頭駿馬，對女孩說：「走吧，馬莎，瓦西婭可以晚點再說故事。湯要涼了。」

❄

瓦西婭和馬雅說話的時候，暗影悄悄填滿了馬廄。索拉維豎起耳朵站著不動。「什麼聲音？」瓦西婭問駿馬。

妳聽到了嗎？

「什麼？」瓦伐拉說。瓦西婭一臉古怪看著她。她肯定沒有……

馬雅突然神情恐懼。「索拉維是不是聽見有人來了？是壞人嗎？」

瓦西婭握住女孩的手。「我沒騙妳，妳真的安全了。要是有危險，索拉維會飛也似的帶我們離開。」

「好吧。」馬雅低聲說，但緊緊抓著瓦西婭的手。

三人走進轉藍的暮色中。索拉維跟了出來，鼻子貼著瓦西婭的肩膀不安噴氣。血一般的夕陽只剩西方一抹餘暉，空氣靜謐而詭異。出了馬廄的厚牆，瓦西婭聽見了索拉維方才聽見的聲音。步伐雜沓，還有人在交頭接耳。

「你說對了，是有問題，」瓦西婭低聲對駿馬說。「可惡，沙夏不在。」接著她大聲告訴馬雅：「馬莎，別擔心，有大門擋著，我們很安全。」

「走吧。」瓦伐拉說著便朝通往特倫的外門、前廳和臺階走去。

7　謝爾特：魔鬼，在此作為俄國民間傳說精靈和妖怪的總稱。另一個名稱可能更合適，那就是涅奇斯提耶．希利，意思是「不潔的力量」，但這個名稱實在太過拗口。

2 報應

前院靜得出奇。白天的熱鬧消逝無蹤，化成凝重的寂靜。瓦伐拉緊抓著馬雅的手閃進特倫的外門，瓦西婭在臺階前回過頭來，前額貼著索拉維絲滑的脖子，心想前院為何如此安靜。歐爾嘉有不少衛兵在大公宮殿的多爾裡跟敵人戰死或受傷，但她的馬夫和奴僕呢？大門外叫喊聲愈來愈大。

「在這裡等我，」她對駿馬說：「我上去找姊姊，馬上回來。」

快去快回，瓦西婭，駿馬說，身上每一道線條都透露著不安。

瓦西婭上樓朝工坊走，每踏一步斷掉的肋骨就像火爪狠狠抓痛她的側腹。低矮寬大的工坊裡有一座爐灶[8]供暖，一道窄窗透氣，這會兒擠滿了人。歐爾嘉的侍女都被嘈雜聲吵醒了。保母坐在爐邊緊緊抱著歐爾嘉的兒子丹尼爾。那孩子吃著麵包，神情安詳，只是有些恍惚。女眷們輕聲細語，彷彿怕被人偷聽。一股不安的氣氛滲入了塞普柯夫王宮，瓦西婭感覺自己起水泡的手掌出汗了。

歐爾嘉站在窄窗前凝視著前院之外。馬雅直直奔到母親身邊，王妃伸手摟住了女兒的肩膀。吊燈讓房裡鬼影幢幢，隨著瓦西婭進門帶來的微風搖晃。所有人轉頭看她，但瓦西婭只是盯著站在窗邊不動的歐爾嘉。

「歐莉亞？」瓦西婭喊道。房裡剎時安靜無聲，聽她講話。「外頭發生什麼事？」

「一群男人，拿著火把。」歐爾嘉依然盯著窗外。

瓦西婭看見女眷們神色驚恐，面面相覷，但她還是不明白。「他們在做什麼？」

「妳自己來看吧。」歐爾嘉語氣平靜，但頭飾上的鍊子垂在胸前，映著燈光發出刺眼的金黃，透露了她呼吸的急促。

「我會差人找衛兵來，」歐爾嘉說：「但我們昨晚因為大火、因為對抗韃靼人失去了太多侍衛，其餘的都在城門戒備，而奴僕則在城裡接濟民眾。我們宮裡的男人只剩下他們，但都沒有回來。有些可能被攔住回不來，有些可能聽到了什麼我們還不知道的消息。」

保母抓著丹尼爾，痛得讓他叫出聲來。馬雅看著瓦西婭，看著這個擁有一頭魔法駿馬的阿姨，眼裡充滿希望與盲目的信任。瓦西婭朝窗邊走去，努力不讓自己跛著前進。幾名婦人見她走過，紛紛避開目光，在胸前畫十字。

塞普柯夫王宮大門前的街上擠滿了人，許多人拿著火炬，所有人都在叫囂。站在開著的窗邊，瓦西婭拉長耳朵，總算清楚聽見那些人在叫喊什麼。

「女巫！」他們大喊：「把女巫交出來！是她放的火！」

瓦伐拉冷冷對瓦西婭說：「他們是來找妳的。」馬雅說：「瓦西席卡——瓦西席卡，他們在說妳嗎？」歐爾嘉雙臂一僵，將女兒拉到身邊。

「對，馬莎，」瓦西婭口乾舌燥。「他們在說我。」群眾有如湧向石頭的河水般堵在大門前。

「我們得去把宮殿大門拴上，」歐爾嘉說：「他們可能會衝破大門。瓦伐拉——」

「妳派人去找沙夏了嗎？」瓦西婭突然說：「要大公派人來？」

---

8 爐灶：俄國爐灶（英文拼作pech）體積龐大，十五世紀時普遍用於加熱室內與烹飪，其煙道系統能確保發熱均勻，一家人冬天時通常睡在灶上，以保持身體溫暖。

「王妃能派誰去？」瓦伐拉說：「出事的時候，所有男人都在城裡。去他的，要不是我整天待在特倫裡，而且累得要命，早就會聽到風聲了。」

「我可以去。」瓦西婭說。

「別傻了，」瓦伐拉怒斥道：「妳以為自己不會被認出來嗎？妳難道要騎著全城男女老幼都見過的那匹棗紅大馬去嗎？要去也是**我**去。」

「誰都別想去，」歐爾嘉冷冷說道：「妳們瞧，我們被包圍了。」

瓦西婭和瓦伐拉再次轉頭望向窗外。的確，火把形成的火海更大了。女眷們的交談聲尖銳了起來，瀰漫著恐懼。

群眾愈聚愈多，不斷從小巷湧來，開始拍打大門。火光太過刺眼，瓦西婭再也看不清群眾裡的每一張臉龐。特倫下方的前院冷清而寂寥。

「放輕鬆，瓦西婭，」歐爾嘉說，神色堅毅鎮定。「別怕，馬莎，跟弟弟一起坐在爐火旁。」接著吩咐瓦伐拉：「帶幾個女眷去幫忙，把所有能擋門的東西都用上，這樣要是大門被他們弄壞，還能爭取到一點時間。這座塔耐得住韃靼人攻擊，我們在裡頭不會有事。會有人告訴沙夏和大公這裡出了亂子，男人們會及時趕到的。」

歐爾嘉胸前的金鍊子不停晃動，再次洩漏了她的不安。

「他們要的是我——」瓦西婭開口道。

歐爾嘉打斷她。「把妳交出去嗎？妳覺得**那些傢伙**可以講道理嗎？」她揮手指著群情激憤的暴徒。瓦伐拉已經開始在長椅上抓人去幫忙。木門很牢固，可以爭取時間，但又能爭到多久？

這時突然冒出另一個聲音。「**死亡**。」那聲音說。

瓦西婭轉頭一看，說話的是歐爾嘉家的多莫佛伊。他就站在爐口邊，柴火燒盡的餘燼呢喃就是他的聲音。

瓦西婭全身寒毛都豎了起來。多莫佛伊能預知自己所在家庭的命運。瓦西婭跛著身子兩大步走到爐火前。女眷們盯著她看，馬雅和她四目交會，眼裡充滿驚恐。她也聽見多莫佛伊了。

「天哪，會發生什麼事？」馬雅喊道，伸手抓著丹尼爾的麵包，弄得男孩嚎啕大哭。她在爐火前跪下，跪在瓦西婭身旁。

「馬莎——」保母開口道，但瓦西婭說：「**別管她**。」那語氣讓工坊裡所有人都嚇得往後退開，連歐爾嘉也忍不住吁了口氣，聲音清楚可聞。

馬雅將麵包扔給變淡的多莫佛伊。「不要這樣說，」她說：「不要說死亡，你嚇到我弟弟了。」丹尼爾看不到也聽不見多莫佛伊，但驕傲的馬雅怎麼也不會承認自己害怕。「你不能保護這個家嗎？」瓦西婭問多莫佛伊。

「沒辦法，」多莫佛伊只剩微弱的聲音和餘燼下的朦朧身影。「魔法師死了，老女人在黑暗中遊蕩，人類改信其他的神，已經沒有東西供應我，供應我們所有謝爾特了。」

「我們還在，」瓦西婭激動說道，聲音裡充滿恐懼。「我們看得見你，幫幫我們。」

「我們看得見你。」馬雅也低聲應和。瓦西婭牽起女孩的手，緊緊握著。她弄開昨晚累累傷痕裡的其中一道傷口，將淌血的手放到爐口邊，在熾熱的磚壁上抹了抹。

多莫佛伊打了個哆嗦，突然更像活物，不像會說話的暗影了。「我可以爭取時間，」他輕聲道：「但只有一點時間，就這樣。」

一點時間？瓦西婭依然牽著姪女的手。其他女人聚在她們身後，有的神情驚恐，有的一臉責怪。

「黑魔法，」其中一人說：「歐爾嘉．弗拉基米洛娃，妳現在知道——」

「今晚我們有死劫。」瓦西婭不理會其他人，逕自對姊姊說。

歐爾嘉神色一凜。「有我在就別想。瓦西婭，妳抬長椅的另一頭，幫瓦伐拉把門擋住——」

瓦西婭腦中又閃過那句話：**他們要的是我**。

索拉維在前院嘶鳴一聲。大門搖晃。瓦伐拉最靠近門邊，雖然沒有開口，但眼神似乎透露了什麼。瓦西婭覺得她知道瓦伐拉的意思。

她動作僵硬蹲在姪女面前，看著馬雅說：「妳一定要好好照顧多莫佛伊。不論在這裡或去任何地方，妳都要盡力讓他強壯，他就會保護妳的家。」

馬雅認真點點頭，說：「那妳呢，瓦西席卡？我知道得還不夠——」

瓦西婭吻了吻馬雅，起身說道：「妳會學會的。我愛妳，馬莎。」接著對歐爾嘉說：「歐莉亞，她——妳要趕快送她到雷斯納亞辛里亞，去找艾洛許。他從小看我長大，他會明白的。馬莎不能待在這個塔裡，不能永遠待著。」

「瓦西婭——」歐爾嘉開口道。馬雅一臉困惑緊抓著瓦西婭的手。

「原諒我，」瓦西婭說：「這所有的事。」說完便放開馬雅的手朝門口走去。瓦伐拉替她開門，兩人四目交會，彼此心照不宣漠然對看了一眼。

❄

索拉維在宮殿門口等她，感覺很鎮定，只是眼睛四周冒出白邊。前院漆黑無光，叫囂愈來愈大，大門傳來斷裂聲，火把的光從裂縫透了進來。瓦西婭拚命動腦。現在該怎麼辦？索拉維顯然有危險，所有人都有危險——她自己、馬和家人。

她和索拉維能躲到馬廄裡，把門拴上嗎？不行，暴怒的群眾會直接攻向那不堪一擊的特倫大門，去抓裡頭的孩子。

把自己送上？走出去伏首屈服？這樣做或許能滿足他們，甚至不再想衝進來。

但索拉維呢？他們會拿他怎麼辦？這馬如此堅定守在她身旁，絕不會自己離開。

「走吧，」她說：「我們去躲在馬廄裡。」**最好逃跑，駿馬說，最好找個門逃出去。**

「我不會開門讓那群暴徒有機可趁，」瓦西婭怒喝一句，隨即好聲說道：「我們必須盡量爭取時間，好讓我哥哥和大公的人有機會趕到。大門應該能撐很久。走吧，我們必須躲起來。」

駿馬神情不安跟著她，四周的叫嚷聲愈來愈大。

馬廄的雙開木門又大又沉，瓦西婭將門推開，駿馬焦躁噴著鼻息跟著走進昏暗裡。

「索拉維，」瓦西婭將門拉上說：「我愛你。」

索拉維用鼻子蹭了蹭她的頭髮，這回很小心不碰到她的傷。**別怕，要是他們衝破大門闖進這裡，我們逃跑就好，不會有人找得到我們。**

「好好照顧馬莎，」瓦西婭說：「也許她有一天能學會跟你說話。」

瓦西婭，索拉維突然抬頭，似乎警覺到什麼，但瓦西婭已經從門縫鑽了出去，將駿馬關在馬廄裡。

她聽見駿馬在門後氣憤嘶吼，同時隱約聽見馬蹄猛踹廄門和木頭崩裂的聲響。但木門實在太厚，連索拉維也踢不破。

瓦西婭又冷又怕，開始搖搖晃晃朝大門走去。

大門裂得更開了。只聽見一個聲音響徹雲霄，鼓動群眾繼續衝撞，群眾的叫囂也跟著更加激昂。

那聲音再次呼喊，語調柔滑半似歌唱，清脆得壓過所有叫嚷。瓦西婭身側的微微刺痛變得更劇烈，特倫的燈火全熄了。

索拉維再次高聲嘶鳴。

「女巫！」那聲音再次高喊，是號召，也是威脅。大門裂得愈來愈快。

瓦西婭終於認出了那個聲音，剎時感覺肺裡空氣都被抽乾了。但當她開口回應，聲音絲毫不見顫抖。「我來了，你要什麼？」

就在這時，兩件事發生了。大門四分五裂，而在她身後，索拉維撞破廄門，從馬廄裡衝了出來。

3 夜鶯

人群離她更近，離索拉維比較遠，但沒有什麼能比那棗紅駿馬更快。他全速朝瓦西婭奔去。瓦西婭忽然想到最後一個機會。她可以將群眾引開，讓他們追著她遠離姊姊的王宮。於是瓦西婭趁索拉維從她面前跑過去時，算準他的步伐，跟著他一起跑，然後縱身一躍上了馬背。

情勢危急讓她忘了痛苦與虛弱。索拉維直衝撞壞的大門，瓦西婭一路高喊，將暴徒的目光從塔上移開。索拉維如戰馬一般在群眾之間橫衝直撞。群眾試著抓住他，全被他踢得倒退躲閃。

快到大門了。瓦西婭完全進入脫逃模式。只要到開闊的地方，沒人能跑得贏這頭棗紅駿馬。她可以引他們離開，爭取時間，然後帶著沙夏和狄米崔的手下回來。

沒有人跑得贏索拉維。

沒有人。

她完全沒看到是什麼撞上了他們。或許只是原本拿來生火用的木材。她只聽見那東西嘶的一聲甩了過來，接著就感覺撞擊的力道從駿馬體內傳來。索拉維後腿一拐，在離撞壞的大門只有一步之遙的地方倒了下來。

群眾咆哮鼓譟，瓦西婭有如自己受傷一般感覺到那碎裂聲響，本能地翻身閃開，隨即跪在駿馬頭旁。

「索拉維，」她低聲呼喊。「索拉維，起來。」

群眾逼近，她的頭髮被人一手抓住。瓦西婭轉頭咬了下去，手的主人咒罵一聲，翻倒在地。駿馬掙扎踢踹，但後腿彎成可怕的角度。

「索拉維，」瓦西婭呢喃道：「索拉維，求求你。」

駿馬低喟一聲，帶著乾草味的輕柔鼻息拂過她的臉。他似乎抖了一下，垂落在她手上的鬃毛和羽毛一樣尖銳，彷彿他另一個陌生的本性，她從沒見過的那隻鳥，終於得以掙脫，生出羽翼。

接著一把刀刺了下來。

刀刃戳進駿馬頭和身體的交界處，索拉維發出哀號。

瓦西婭感覺刺進那駿馬的刀刃就像割斷了她的喉嚨一般。她有如保護幼崽的母狼轉過身來，渾然不覺自己淒聲尖叫。

「殺了她！」群眾裡有人高喊：「就是她，那個冷血的賤人。殺了她。」

瓦西婭不顧一切朝群眾撲去，毫不在乎自己的性命。接著她身上中了一拳，接著又是一拳，直到她再也感覺不到他們的拳打腳踢。

❄

瓦西婭跪在星光閃閃的森林裡。世界一片黑白，無比寂靜，一隻棕鳥在伸手不可及的雪地裡拍著翅膀，旁邊跪著一個髮色深黑、膚如白骨的身影，伸手靠近那隻棕鳥。

瓦西婭認得那隻手，認得這地方，甚至感覺自己看見死神那幽遠漠然的眼神裡透露著情感。但他看著鳥，而不是她，所以她不確定。他比以往都要陌生和遙遠，全神貫注於雪地裡的那隻夜鶯。

「帶我們一起走。」瓦西婭低聲道。

那人沒有轉頭。

「讓我跟你一起去，」她又說了一次。「別讓我失去我的馬。」她隱隱感覺拳頭落在她身上，彷彿來自很遠的地方。

夜鶯跳進死神手裡，死神輕輕彎起手指包住夜鶯，接著用另一隻手抓了一把雪。雪在他手裡融化為水，滴在夜鶯身上，那鳥立刻僵硬不動。

接著他總算轉頭看她。「瓦西婭，」他用她熟悉的聲音說：「瓦西婭，聽我說——」

但她無法回答。

因為在真實世界裡，一名男子發出如雷的怒吼，嚇得群眾紛紛退開。瓦西婭瞬間回到夜晚的莫斯科，在踩爛的雪地裡血流不止，但還活著。

說不定是她在幻想。但當她睜開沾血的眼睛，死神的黑暗身影依然在她身旁，比正午的影子更淡，眼神焦急又無助，手裡握著夜鶯僵硬的屍體，動作極輕極柔。

接著他就消失了，可能根本沒出現過。她躺在愛馬的屍體上，身上黏著他的血。一名金髮男子低頭看她，眼眸藍如仲夏。他穿著神父的聖袍，注視著她的眼裡充滿了冷酷與強烈的得意洋洋。

❄

儘管人生經歷了漫漫長路與重重悲傷，但坎斯坦丁．尼可諾維奇有一樣天賦從來未曾令他失望。只要他一開口，群眾就會被他的聲音左右。

昨晚，當午夜暴風雪橫掃全城，他徹夜為死者塗油禱告，安撫傷者。

接著在黎明前的黑暗時刻，他開口對莫斯科人說話。

「我不能再沉默了。」他說。

起初他輕聲細語，只對著這人或那人說話。隨著百姓逐漸聚集，有如水流向他彎起的掌心，他開始提高音量：「你們遇到了天大的不公。」

「我們？」渾身灰煙心裡惶恐的群眾說：「我們遇到了什麼不公？」

「這場大火是神降下的懲罰，」坎斯坦丁說：「但犯罪的不是你們。」

「犯罪？」群眾緊緊摟著自己的孩子，不安問道。

「你們覺得莫斯科城為什麼會起大火？」坎斯坦丁問，聲音裡透著懇切的悲傷。孩童被濃煙窒息，死在母親懷中。他可能為此而哀痛，還沒走出來。他的嗓音因為感傷而沙啞。「大火是神的懲罰，因為我們窩藏了女巫。」

「女巫？」眾人問：「我們窩藏了女巫？」

坎斯坦丁高聲道：「你們難道忘了嗎？那個你們以為叫瓦西里・彼得洛維奇的傢伙？那個其實是女兒身的少年？你們難道忘了艾列克桑德・佩列斯維特？所有人都以為他很聖潔，卻受了親妹妹誘惑而犯了罪？還有她如何欺騙大公的？**結果當晚莫斯科城就失火了。**」

坎斯坦丁察覺群眾的情緒轉變了，憤怒、悲傷與恐懼開始從他們心底溢了出來。這是他一心促成的。他做得如此精巧熟練，有如鐵匠磨利劍刃一般。

等他們準備就緒，他只要拿起武器就好。

「正義必得伸張，」坎斯坦丁說：「但我不知從何做起，或許神知道。」

❄

瓦西婭倒在姊姊的王宮前院，手上沾著愛馬的血漸漸乾涸，嘴唇和臉上是自己的血，眼裡噙滿淚水，不停抽噎喘息。但她還活著。她狼狽地站起身來。

「巴圖席卡[9]，」她一開口，嘴唇的傷便再次裂開，鮮血汩汩而出。「叫他們退開，」她邊講邊喘，呼吸急促而疼痛。「叫他們退開。你已經殺了我的馬，不要——再傷害我姊姊，不要傷害孩子。」群眾從他們身旁蜂擁而過，嗜血的衝動尚未平息。他們敲打塞普柯夫王宮宮門。宮門沒有動搖，還沒有。坎斯坦丁猶豫了。

瓦西婭低聲說：「我救了你兩次。」身體幾乎站立不穩。

坎斯坦丁知道自己力量無窮。他駕馭著群眾的怒火，有如騎著半馴服的野馬。他突然伸手勒住韁繩。「回來！」他朝追隨者大喊：「快回來！女巫在這裡，我們已經逮到她了。正義必得伸張，神不想再多等待。」瓦西婭如釋重負閉上了眼睛，也可能因為虛弱。她沒有倒在神父腳邊，心裡一點也不感激他的憐憫。坎斯坦丁惡毒說道：「妳要跟我去接受神的審判。」

瓦西婭睜開眼睛望著他，卻視而未見。她嘴唇蠕動喃喃自語，不是喊他名字，也不是求情，而是「索拉維……」她忽然拱起身子，更多出於悲傷而非痛苦，有如中箭一般彎身伏地。

「馬死了，」坎斯坦丁說，看見這話有如一記重拳打在她身上。「或許妳現在終於能將心擺在女人該做的事情上了，在妳人生剩下的時光。」

瓦西婭兩眼空洞，沒有說話。

「妳的命運已定，」坎斯坦丁彎身靠近往下說，彷彿能將話硬塞進她的心裡。「百姓遭遇了不

9 巴圖席卡：直譯為「小神父」，對東正教神職人員的敬稱。

公的對待，想要伸張正義。」

「怎樣的命運？」她動著瘀傷的雙唇喃喃問道，臉色如雪般慘白。

「我建議妳，」坎斯坦丁輕聲道：「禱告吧。」

瓦西婭有如受傷的野獸朝他撲去，坎斯坦丁正想恣意大笑，忽然一名男子拳頭揮來，將她擊倒在地。

4 女巫的命運

「那是什麼聲音？」狄米崔問。他的大門衛兵昨晚幾乎都受了傷，少數沒事的這會兒似乎都在叫嚷。王宮牆外喧嘩聲不斷，許多人踩得積雪沙沙作響。前院只見得到火炬的光。城裡的喧囂愈來愈大，隨即傳來撞擊碎裂的聲響。「天哪，」大公說：「我們有的麻煩還不夠多嗎？」說完便氣沖沖地轉頭迅速下達命令。

這時，在一片叫嚷聲中，王宮邊門開了，一名黃髮女僕毫無懼色大步走到大公面前，幾名狄米崔的侍衛不知所措跟在後頭。

「什麼事？」狄米崔瞪著女僕說。

「她是我妹妹的貼身女侍，」沙夏說。「瓦伐拉，妳有什麼——」

瓦伐拉半臉瘀青，臉上的表情讓他心底一寒，直徹骨髓。

「你們聽見的那些人，」瓦伐拉忿忿說道：「撞破了塞普柯夫王宮的大門，殺了瓦西莉莎心愛的棗紅駿馬——」聽到這裡，沙夏感覺自己臉上血色盡失。「還把那個女孩拖走了。」

「拖去哪裡？」沙夏問，語氣冷得嚇人。

他身旁的狄米崔已經開始召集馬匹和士兵。「——沒錯，就算受傷也給他們馬，事不宜遲。」

「山下，」瓦伐拉喘著氣說：「山下往河那邊去。我想他們打算殺了她。」

❄

瓦西婭被暴徒亂拳打到幾近昏迷，衣服也被扯破，身上血跡斑斑。她被人群半拖半抱往前走，周圍全是聲音。叫囂聲、一個冷酷悅耳的聲音掌控著群眾，還有此起彼落的低聲呼喚——**神父、巴圖席卡**。

山下，他們往山下走。瓦西婭在街道上變硬的融雪裡跌跌撞撞。手，無數的手，觸摸她的身體。她的斗篷和雷特尼克[10]被人扯掉，只剩下長袖連衣裙，頭巾沒了，長髮披垂在臉上。

但瓦西婭幾乎渾然不覺，心裡只有一個回憶：那棍棒或劍刃的砍擊，那搖撼她身體的震動。**索拉維，天哪，索拉維**。暴徒怒氣沸騰，但她眼裡只有那匹馬躺在雪裡，所有的愛與優雅與力量都碎了髒了，再也沒有動靜。

撕扯她衣服的人更多了。瓦西婭才將摸她身體的那隻手推開，臉上就挨了魚腥味濃烈的一拳，打得她牙齒打顫，疼痛有如繁星在她嘴裡爆開，連衣裙的頸部也破了。坎斯坦丁這時才語調漠然出言告誡，讓暴徒稍微收手退開。

但他們依然拖著她往山下走。她身旁都是火把，迸射的火星在她眼前閃爍。「妳這下怕了吧？」坎斯坦丁壓低聲音對她說。他兩眼炯炯發亮，彷彿比賽贏了她一樣。

瓦西婭再度朝他撲去，只因憤怒蓋過了身體的劇痛。

或許她是想激暴徒殺了她，而他們也差點動手了。坎斯坦丁任由群眾懲罰她。瓦西婭眼前逐漸一片灰濛，但她還是沒死。當她再次清醒，發現他們已經將她拖出克里姆林大門外，來到了波薩德[11]，城牆外的莫斯科。暴徒依然行色匆匆，想下山到河邊。眼前出現一座小教堂，眾人稍作停留，短暫爭執了一會兒。坎斯坦丁開口發言，但瓦西婭只斷續聽到幾個字。

女巫。

天父。

拿柴薪。

她其實沒有在聽，她的五官都麻木了。他們沒有傷害她姊姊，也沒有傷害馬雅。她的愛馬死了。她不在乎他們怎麼對她，她什麼都不在乎了。

瓦西婭感覺氣氛變了。她被扔進燭光幽暗的教堂，沒有了挨打與搖晃的火光。她跌在離聖幛[12]不遠的地板上，撞到了皮開肉綻的嘴巴。

她倒在地上，呼吸著滿布灰塵的木頭味。撞擊讓她不想使力，但她隨即想到自己至少應該試著起身，展現一點勇氣、一些自尊。索拉維就會這樣。索拉維……

瓦西婭拖著身子站了起來。

她發現自己單獨和坎斯坦丁．尼可諾維奇在一起。神父背靠著門，和她只有半個中殿的距離，正緊緊盯著她。

「你殺了我的馬。」瓦西婭低聲道。坎斯坦丁笑了，但很勉強。

---

10 雷特尼克：女性長袍，材質輕盈，長及小腿，袖子長而寬，穿在連衣裙之外。

11 波薩德：和羅斯城鎮城牆相連的地區，但不在城鎮之內，通常是市集。波薩德經過數百年發展之後，往往成為該地的行政中心或獨立成為市鎮。

12 聖幛：東正教教堂內繪滿聖像的牆，用以區隔中殿與內殿。

❄

瓦西婭鼻子上有一道傷口，一隻眼睛也腫得睜不開。半昏暗的教堂裡，她瘀青的臉龐從來不曾如此不同凡俗、如此脆弱。過去的慾望再次燃起，自我憎惡也隨之而來。

然而——他何必覺得羞愧？神不在乎世人。重要的是他自己的意志，還有她落在他的掌中。想到這點就讓他血液沸騰，一如教堂外群眾對他的崇拜。他目光再次掃過她的身軀。

「妳已經被定了死刑，」他對她說：「因為妳犯的罪。妳只剩現在可以禱告。」

瓦西婭面不改色，或許根本沒聽見。坎斯坦丁提高音量：「這是出於神的律法和百姓的意願，因為妳對他們犯了罪！」瓦西婭臉如白鹽，讓她鼻子上的每個雀斑都像一抹鮮血。「那就把我殺了，」她說：「有種你自己動手，不要交給暴徒，還說那是正義。」

「所以妳否認大火是妳放的？」坎斯坦丁輕輕朝她靠近。解脫了，他告訴自己。終於不再受她支配了。

瓦西婭面無表情，沉默不答。就算他手指伸到她下巴底下，抬起她的臉對著他，她也沒有移動。

「妳無法否認，」他說：「因為那是事實。」

他拇指摁著她嘴角有如花開的瘀青，但瓦西婭毫不瑟縮，彷彿根本沒看見他。

她真的很醜，大眼闊嘴，顴骨突出，但他就是移不開目光，怎麼也做不到，除非那雙眼睛永遠閉上。即使那樣，她或許仍然不會放過他。

「妳奪去了我最重要的一切，」他說：「妳用惡魔咒詛我，所以應當以死謝罪。」

瓦西婭沒有回答，淚水逕自滑落她的臉龐。

坎斯坦丁忽地勃然大怒，抓著她的肩撞向聖幛，撞得所有聖像前後搖晃。他將她抵在聖幛上。瓦西婭沒了呼吸，臉上血色盡失。他伸手扣住她蒼白脆弱的喉嚨，發現自己呼吸急促。「**看著我，妳這個該死的女人。**」

瓦西婭目光緩緩匯聚在他臉上。

「求我啊，」他說：「求我饒妳一命，或許我會答應。」

瓦西婭緩緩搖頭，目光恍惚渙散。

坎斯坦丁恨意攻心，將唇湊到她的耳邊，用連他自己也幾乎認不得的語氣說：「妳會葬身火裡，瓦西莉莎・彼得洛夫納。妳死前會哀號向我求饒。」說完便有如出拳似的狠狠吻了她。他緊緊箝住她的下巴，嚐到她破皮嘴唇上的血。

瓦西婭咬了他，讓他的嘴也帶了血。神父往後退開，兩人互相瞪視，眼裡映著對方的恨意。

「願神與你同在。」她氣若游絲，恨恨挖苦道。

「去見魔鬼吧。」坎斯坦丁說完便離開她。

❄

神父走後，滿是灰塵的教堂沉寂下來。外頭的群眾可能在架柴堆，甚至準備更可怕的刑罰。或許她哥哥會及時趕到，結束這場惡夢。瓦西婭統統不在乎。快死的人有什麼好畏懼的？說不定她死後就能跟父親、母親和最愛的保母敦婭重逢了。

索拉維。

但她想到了火，想到鞭笞、刀子與拳頭。她還沒死，她很害怕。或許她能走開，告別生命走進那座灰色的森林，就此消失。死亡對她並不陌生，她認識他。

「莫羅茲科，」瓦西婭輕輕呼喚，接著唸出他的舊名，死神的名號。「卡拉臣。」

沒有回應。冬天過去了，莫羅茲科已經從人的世界淡去。瓦西婭渾身顫抖，癱坐地上靠著聖幛。教堂外群眾叫囂、哄笑、咒罵，教堂裡只有聖幛上緘默的聖人垂首俯視。瓦西婭說服不了自己禱告，便低著疼痛的頭閉上眼睛，聽著心跳數算僅剩的性命。

她不可能睡著，不可能在教堂裡，但世界忽然消逝，瓦西婭發現自己再次走在星空下的黑森林裡。她感到一股幽微意外的安然。結束了。這正是她企盼的，神終於垂聽了她的呼求。瓦西婭踉蹌前進，高聲呼喚。

「爸爸，」她喊道：「媽媽、敦婭、索拉維。**索拉維！**」只要可以，他一定在這裡，一定在等她。莫羅茲科一定知道。但他不在那裡，回應她的只有沉默。瓦西婭掙扎向前，伸手摸索扒找，但她手腳是那麼沉重，每次呼吸肋骨就疼得更厲害。

「瓦西婭，」他喊了她兩次她才聽見。「**瓦西婭**。」

她才想跑就絆倒了，跪在雪地裡發現自己無力起身。天上繁星成河，她卻沒有抬頭，眼裡只見到死神。死神有如蔽月雲影，只是一撮明與暗的交匯，但她認得他的眼睛。死神在灰色森林裡等她。她並不孤單。她邊喘邊說：「索拉維呢？」

「他走了。」他說。死神這裡沒有安慰，沒有，只有一份對她心底失落的明白，顯露在他淺淡眼眸中。

瓦西婭沒想到自己竟然能發出如此痛苦的聲音。她克制住自己，低聲說：「求求你，讓我和你一起走。他們今晚就會殺了我，我不想——」

「不行，」死神說。她感覺瘀青的臉上拂過一道極弱的松香。死神用漠然武裝自己，但他的盔甲開始鬆動。「瓦西婭，我——」

「**求求你**，」瓦西婭說：「他們殺了我的馬，現在只剩火刑了。」

死神朝她伸手，瓦西婭也伸出手來，試著穿越隔開彼此的記憶、幻象或高牆，但感覺就像觸碰飄渺的雲霧一般。

「聽我說，」他克制住自己，對她說：「**聽著**。」

瓦西婭吃力抬起頭來。為什麼要她聽著？為什麼不可以一走了之？但她身體的連結在呼喚，使她無法掙脫。聖像們的臉龐似乎想闖入她的眼前，擋在他們之間。「我力量不夠，」他說：「我已經盡力了。我希望——事情就到這裡，妳不會再見到我。但妳會活下來的，妳一定要活著。」

「什麼？」瓦西婭喃喃道：「怎麼活？**為什麼**？我就快——」

但聖像們已經衝到她面前，比變淡的死神還真實。「活下去。」他又說了一次，說完就再次消失了。瓦西婭醒了過來，獨自一人躺在教堂滿是灰塵的冰冷地上動也不動，驚惶發現她還活著。

她不是獨自一人。坎斯坦丁．尼可諾維奇也在。他站在她腦袋旁說：「起來，妳錯過禱告的機會了。」

❄

瓦西婭雙手被人草草綁在背後，幾名男子聽從坎斯坦丁吩咐將她圍在中間。他們完全不像士兵，而是農民與小店主，氣色紅潤，神情堅決。其中一人拿著斧頭，另外一人拿著長柄大鐮刀。坎斯坦丁臉色蒼白堅定。兩人目光曾經短暫交會，狠狠對視，隨即他平靜撇開目光，緊抿雙唇透著剛毅，一副為了信仰義無反顧的模樣。

群眾團團圍住教堂，擠滿通往河邊的道路兩旁。他們手裡拿著火把，身上飄著烹飪、焦炭、舊傷與汗水的味道。晚風拂過她的皮膚。他們脫掉了她的鞋子，好讓她懺悔，他們說。她雙腳在雪上摩擦，不停抽痛。他們的臉上寫著勝利的快感，赤裸裸洋溢著對神父的崇拜與對她的仇恨。**她放火燒了這座城。女巫。**

瓦西婭從來不曾這麼害怕。哥哥在哪裡？或許他闖不過這群暴徒，或許他害怕群眾的瘋狂，或許狄米崔覺得為了安撫群情激憤的王城，犧牲她的性命只是小小的代價。

瓦西婭被人戳著往前，走得踉踉蹌蹌。坎斯坦丁虔誠低頭走在她的身旁，火把的紅光在她眼前跳躍，弄得她兩眼昏花。

「巴圖席卡。」她說。

坎斯坦丁打破沉默。「終於想求饒了嗎？」他在群眾的叫囂聲中低低說道。

瓦西婭沒有說話，對抗讓她幾近瘋狂的驚惶用去了她所有力量。最後她說：「在這種情況下沒辦法。在火裡不行。」

坎斯坦丁搖搖頭，朝她半笑了笑，幾乎像是吐露心聲似的說：「為什麼？難道不是妳害莫斯科失火嗎？」

瓦西婭沒有說話。

「魔鬼們說了，」神父說：「至少我能從妳的咒詛裡得到好處。魔鬼說得沒錯。他們提到一名擁有女巫力量的少女，還有滿身是火的怪獸。我告訴百姓妳犯了罪，這樣說根本不用撒謊。妳在咒詛我的時候，應該想到隔牆有耳才對。」

坎斯坦丁使勁將目光從她身上移開，繼續禱告。他臉色黃如亞麻，但步伐很穩，似乎震懾於群眾的憤怒，沉迷於自己召喚出的力量。瓦西婭眼前一片黑白，景象清晰陰森而駭人。空氣冷冷刺著她的臉，灼痛的雙腳在雪裡逐漸凍僵。她每忍痛呼吸一口氣，帶著煙味的莫斯科空氣就如水銀一般在她血管裡流淌。

前方莫斯科河冰面上，引頸張望的臉孔密密麻麻，如海一樣。有的咆哮啜泣，還有的只是觀望。下游處架了柴堆，四面都點著火把。柴堆架得很倉促，頂端立著一個囚禁罪人的牢籠，用多條繩子拴著，在天空下有如黑影。群眾不斷發出低沉的聲響，有如野獸甦醒的嚎叫。

「別管牢籠了，」瓦西婭對坎斯坦丁說：「我還沒進去就會被那些人碎屍萬段了。」

神父看著她，臉上露出近乎同情的神色。瓦西婭忽然明白他為何要走在她身旁，為何用那精心算計的優雅低聲禱告。這是放大版的雷斯納亞辛里亞。他激起他們的悲傷與驚恐，用他黃金般的聲音與頭髮將他們操弄於股掌之上，使他們成為他的武器，成為他復仇的工具，提振自尊的靈藥。只要他在她身旁，他們就不會攻擊她，而他想親眼見她燒死。他昨晚就計劃好這一切。她一而再，再而三小看了這位神父。

「怪物。」瓦西婭說，神父差點藏不住臉上的笑意。

兩人下到冰面，尖叫聲此起彼落，有如十幾隻垂死的兔子。人群開始推擠過來，朝她拳打腳踢，猛吐口水，看守她的人差點抵擋不住。一塊石頭咻的飛來，擦破了瓦西婭的臉頰，劃出一道很深的傷口。她伸手摀臉，鮮血從她指間噴出。

瓦西婭頭腦昏眩，再次轉頭回望莫斯科，還是不見哥哥的身影。天色昏暗，但她仍然看見了魔鬼，看見他們的剪影在屋頂和牆上。多莫佛伊、多爾尼克、班尼克[13]，莫斯科的黯淡屋靈。他們都在，但除了觀望又能做什麼？謝爾特來自人類的生命之流，他們依流而生，卻不出手干涉。只有兩個魔鬼例外，但一個是她的死敵，另一個身在遠處，被春天和她弄得幾乎力量盡失。她最多只能希望死時沒有痛苦。瓦西婭緊抱著這一點希望，任群眾戳她吼她、追著她朝火刑用的柴堆走去。結冰的河面上人滿為患，只剩一條狹窄的通道。無助的感覺加上群眾的恨意，讓瓦西婭不禁淚如泉湧。

或許她真的該死。她不斷見到有人腿瘸，有人燒傷，有人手上或臉上纏著繃帶。**但我不是故意放掉那隻火鳥的**，她心想，**我不曉得會這樣，我不曉得**。

河面的冰依然堅硬，厚度有一個人高，雪被風吹掉或雪橇掃掉的地方閃閃發亮。河水還要結凍許久才會融動。**我還能活著見到嗎？**瓦西婭心想，**我還能再次感受陽光照著皮膚的感覺嗎？可能不會了，可能**——

群眾在柴堆周圍聚聚散散，坎斯坦丁的金髮在火光下轉為銀灰，臉上如漩渦般交錯著勝利、痛苦與慾望。神父的聲音與風采絲毫未減，但已經甩脫了克制他的信仰之力。瓦西婭突然好希望能警告哥哥，警告狄米崔。**沙夏，你知道這神父對馬雅做了什麼。別相信他，千萬不要**——

接著她想到：**沙夏，你在哪裡？**

但她哥哥不在這裡，而坎斯坦丁·尼可諾維奇最後一次垂眼看她。他贏了。

「當你走進黑暗，你會對你所鄙視的神說什麼？」瓦西婭喃喃道。恐懼讓她呼吸輕而急促。

坎斯坦丁只是再次朝她微笑，舉手劃了十字，揚起低沉的聲音吟詠禱告。群眾靜下來豎耳傾聽。接著他彎身在她耳邊低聲說：「神不存在。」

「人都有一死。」

群眾將她從地上拖起來，瓦西婭有如困獸拚命掙扎。她這樣做純粹出於本能。但男人比她強壯，而且她手被綁著，鮮血從她扭動的手腕汩汩流到指尖。他們強迫她站著。瓦西婭心想，**聖母在上，終於要開始了。死亡**，她想，**應該會帶來完滿、旅途結束的感覺**。但像她此刻這樣，死亡卻只是中斷生命，夾帶著汗水、淚水、驚恐、希望與遺憾。

牢籠小得她必須縮著身子才能進去。一把劍在背後戳她，逼她向前。牢籠的木門啪的關上，被群眾牢牢拴住。

瓦西婭嚇得視線模糊，世界變成一連串斷續的影像：火光照亮的黑壓壓群眾、對天空的最後一瞥，還有回憶，關於她在森林裡的童年、家人和索拉維。

男人們將火把扔到柴堆上。柴堆煙霧瀰漫，不久一根木柴起火了，嗶剝作響。瓦西婭目光掃到坎斯坦丁·尼可諾維奇白皙的臉龐。他舉起一隻手，眼眸裡閃著只針對她的飢渴、悲傷與喜悅，隨即一縷黑煙遮去了他。

瓦西婭雙手抓著牢籠的木柱，碎片戳進她的手指，濃煙刺痛她的臉，讓她開始咳嗽。她彷彿聽見馬蹄聲從幽暗的遠處傳來，之前沒聽過的聲音在呼喊。但那些聲音都來自另一個世界，她的世界正在燃燒。

許多人都說死了痛快，結果真遇到就反悔了，莫羅茲科曾經這樣對她說。他說得對。熱氣已經無法承受，但他依然不見蹤影，她還得不著庇蔭，在死後的森林裡安息。

瓦西婭無法呼吸。

13 多爾尼克：俄國民間傳說中的院子守護者，現在則是「看門人」的意思。班尼克：直譯為「浴室住民」，俄國民間傳說裡的浴室守護者。

外婆來到莫斯科就再也沒有離開，現在輪到我了。我擺脫不了這個牢籠，就要變成風中的灰燼，再也見不到家人了……

她突然滿腔怒火，不由得睜開眼睛，蹲坐了起來。**再也見不到**？任由一個瘋狂的神父將那些時光、那些回憶偷走，只因對方一逮到復仇機會就不放過？日後他們會不會說**她再也沒有離開，她的故事結束在結冰的河面上**？那馬雅呢？勇敢、在劫難逃的馬雅怎麼辦？坎斯坦丁接下來可能會對付她，對付那個知道他罪行的小女巫。瓦西婭無路可走。她蜷伏在上鎖的牢籠裡，周圍火焰沖天，烤著她原本就已爬滿水泡的臉。除了死亡，她無處可去。牢籠不會壞掉，不可能。

不可能。

莫羅茲科告訴過她，在他硬是被她拖進莫斯科這個煉獄的時候。

魔法就是忘了這世界和你想要的樣子不一樣。

莫名一股衝動，瓦西莉莎．彼得洛維奇雙手抓住熾熱燃燒的木柱，開始**猛拽猛拉**。

沉重的木條斷了。

瓦西婭不可置信地望著牢籠破開的洞。她眼前一片灰濛，牢籠冒著濃煙，四周是重重火幕，扭斷木條又能怎樣？大火還是會吞噬她。就算奇蹟發生，她沒被火燒死，群眾仍會將她五馬分屍。

但她還是爬出牢籠，將手和臉伸進火焰裡站了起來。那一瞬間她全身顫抖，渾然不知恐懼，周圍的火沒碰著她。她遺忘了大火會傷人。

接著她縱身一躍。

她往下跳進柴堆的火焰中，隨即摔進雪裡滾了幾圈，渾身是汗、灰煙和血漬。旁觀的謝爾特們發出無聲的驚呼。瓦西婭滿身水泡，但沒著火。

而且活著。

瓦西婭跌跌撞撞站了起來，趕緊左右張望，但沒人出聲。不只坎斯坦丁，所有人依然望著火焰，彷彿她根本沒往下跳，彷彿她是鬼魂。她是不是死了？是不是掉進另一個世界，就像魔鬼觸碰不到土地，只活在土地之上或之下？瓦西婭隱約聽見馬蹄聲愈來愈響，似乎聽見一個熟悉的聲音呼喊她的名字。

但她沒有多想，因為這時又傳來另一個聲音，語氣低沉，一副很樂的樣子，彷彿就在她耳邊。

「嘿，」那聲音說：「我可真是沒想到啊。」

說完就笑了。

❄

瓦西婭猛力轉頭，整個人栽倒在融雪爛泥裡。她被濃煙嗆得無法呼吸，滾燙空氣有如抖動的布衣，將人群變成無形無狀的暗影。但他們依然沒看見她。或許她已經死了，或者其實墮入了魔鬼的世界。她感覺不到身上的傷，只感覺到自己的虛弱。所有感覺都不真實，尤其站在她面前的這個男人。

不是男人，是謝爾特。

「是你。」瓦西婭低聲說。

他離火太近，照理應該被火灼傷，卻安然無恙。爬滿藍色傷疤的臉上，一隻獨眼閃閃發亮。

瓦西婭上回見到這傢伙時，他殺了她父親。

「瓦西婭．彼得洛夫納。」那個叫梅德韋得的謝爾特說。

瓦西婭搖搖晃晃站了起來，立在那惡魔與大火之間。「不對，你不在這裡，你不可能在這裡。」

梅德韋得沒有回話，一手抓住她的下巴，逼她轉頭面對他。他少了的那隻眼睛的眼皮用線縫死，粗短的手指上飄著腐肉和灼熱金屬的味道，感覺非常真實。他獰笑著低頭對她說：「是嗎？」

瓦西婭瞪大眼睛掙脫退開，梅德韋得舔了舔手指上沾到的她唇上的血，像是對她透露祕密似的說：「告訴我，妳覺得妳新得到的力量能撐多久？」他用目光掂了掂群眾，接著說：「他們會把妳撕成碎片。」

「你——被關住了，」瓦西婭低聲說，聲音有如做惡夢的女孩。的確有可能是惡夢。自從父親死後，這隻熊就一直在她夢裡糾纏，而此刻兩人立在漫天濃煙與火光之中，互相對峙。「**你不可能在這裡**。」

「關住？」熊這麼說著，僅存的灰眼閃過憤怒的回憶，地上的身影猙獰得不像人形。「哦，對了，」他語帶嘲諷說：「妳和妳父親把我關住了，靠著我那個做事鬼鬼祟祟的雙胞胎哥哥的忙。」他露出獠牙。「算妳好運，我自由了，來救妳一命。」

瓦西婭瞪著他，現實世界有如大火四周的空氣搖曳晃動。「我或許不是妳期望的救星，」熊接著說，語氣變得油腔滑調。「但我那高貴的哥哥無法親自前來。妳打破他的藍寶石同時，也粉碎了他的力量，而且春天一來，他就跟遊魂沒有兩樣，所以才把我放了，要我來救妳，簡直是用心良苦啊。」他用獨眼掃過她的皮膚，抿起嘴唇說：「真不知他看上妳哪裡。」

「才怪，」瓦西婭勉強擠出一句。「他不會那樣做。」她感覺就要吐了，因為驚駭與震撼，還有那被濃煙蓋過的群眾的腥羶。

熊從破爛的袖子裡撈出一隻巴掌大的木鳥，一臉嫌惡地扔到她手裡說：「他要我給妳這個，一個信物。他用自己的自由交換妳的性命。我們得走了。」

這些話在她心裡擠成一團，無法明白其中的意涵。那隻木鳥刻得像是一隻夜鶯，讓她心頭一痛。她曾經看見熊的兄長冬王在雪地裡的一棵雲杉下刻鳥。「你騙人，你沒有救我一命。」即使這樣說，她仍然將那木雕握在手中。她好想喝水，好希望自己能夠醒來。

「還沒呢，」熊抬頭瞄了一眼燃燒的牢籠說，臉上不再帶著嘲諷。「但是妳如果不跟我走，就逃離不了這座城。」他突然抓住她的手，牢牢扣著。「我們講好救妳一命。我已經立過誓了，瓦西莉莎・彼得洛夫納。走吧，快點。」

這不是夢。這不是夢。**他殺了我父親**。瓦西婭舔了舔嘴唇，強迫自己開口：「既然你自由了，等你救了我，你會做什麼？」

熊的帶疤嘴唇抖了一下。「妳跟我走就知道了。」

「我不要。」

「很好，那我就照約定確保妳安全離開，其餘就不關妳的事。」

這傢伙雖然是怪物，但她不覺得他在說謊。冬王為何要這樣做？難道她現在得欠這個怪物一條命？這會讓他變成怎樣？又會讓她變成如何？

死亡迫在眼前，瓦西婭遲疑不決。群眾突然一陣尖叫，讓她打了個冷顫。但他們不是為她而叫。一群騎兵正從群眾之間殺出一條路來，所有人的目光從大火轉向了騎兵，連梅德韋得也抬頭張望。瓦西婭轉頭就跑。她沒有回頭，因為只要回頭，她就會停下來，就會因為絕望而接受敵人的承諾或面對依然緊追不捨的死亡。她一邊跑著，一邊試著化身鬼魂，化身成為謝爾特。**魔法就是忘了這世界和你想要的樣子不一樣**。感覺真的管用了，因為沒有人出聲，沒有人朝她的方向看來。

「傻子，」熊說。雖然他們之間隔了一大群人，他的聲音卻近在耳邊，語氣裡的疲憊與幸災樂禍比憤怒更可怕。「我說的是實話，所以妳才害怕。」但她仍然像飄著火味的遊魂鑽過群眾，刻意不去理會那冷漠如鐵的聲音。「我會讓他們殺了妳。」熊說：「妳要嘛跟我離開，要嘛永遠走不了。」

這話她倒是相信。但她仍舊沒有放慢腳步，繼續朝人群裡鑽。驚恐和那臭味讓她噁心想吐，感覺自己隨時會被發現，被捉住。木刻的夜鶯在她冒汗的手裡感覺又冷又硬，那是她無法理解的承諾。

這時熊的聲音再次響起，但不是對著她。「看哪！快看——那是什麼？是鬼嗎？——不對——是那個女巫，她從火裡逃脫了！這是魔法！是巫術！她在那裡！在那裡！」

瓦西婭驚惶發現群眾聽得見他。有人轉頭了，接著又一個。他們看得見她了。一隻手朝她胳膊捉來，一名婦人高聲尖叫。瓦西婭死命掙脫，想把那隻手甩開，但對方只是抓得更牢。接著一件斗篷覆上她的肩膀，蓋住了她被燻黑的連衣裙。正當那隻手拖著她繼續往人群裡走，一個熟悉的聲音在她耳邊響起。「這邊。」那聲音說。

瓦西婭的救星拉開斗篷的兜帽蓋住少女燒焦的頭髮，讓她只露出腳。人群推擠掩蓋了他們的身影，幾乎所有人都在避免自己遭人踩踏，現場昏暗得看不見她的血紅足跡。熊的聲音在她背後響起，語氣變得更加野蠻：「她在那裡！那裡！」

但群眾實在太過混亂，連他也無法左右。沙夏、狄米崔和大公的騎兵終於來了，奮力擠到火堆前，朝群眾咆哮。他們推倒燃燒的木材，被火燒得大聲咒罵，還有一人身上著火發出哀號。人群在瓦西婭四周奔跑逃竄，高喊自己見到女巫的鬼魂，見到女巫，沒有半個人察覺那個披著斗篷踉踉蹌蹌的乾瘦少女。哥哥嘹亮的嗓音響徹喧囂，瓦西婭彷彿聽見狄米崔·伊凡諾維奇厲聲叫嚷。群眾紛紛從騎兵身旁退開。**我得去找哥哥**，瓦西婭心想，但她無法回頭，心裡每一分理智都在叫她逃跑，而且熊就在她後頭……

抓著她胳膊的那隻手繼續拖著她走。「走吧，」那個熟悉的聲音說：「快點。」

瓦西婭抬起頭，一臉不解地望著瓦伐拉瘀青的冷酷臉龐。

「妳怎麼會知道？」她低聲說。

「口信。」瓦伐拉上氣不接下氣，拖著她繼續往前。

瓦西婭不懂她的意思。「馬雅，」她勉強擠出聲音：「歐爾嘉和馬雅還——」

「她們還活著，」瓦伐拉說，瓦西婭如釋重負。「沒有受傷。快走，」她拉著瓦西婭往前走，半抱著她穿越不斷退開的人群。「妳必須離開莫斯科城。」

「離開？」瓦西婭喃喃說道：「我哪來的辦法？我還——還沒……」

索拉維。她無法說出那三個字，悲傷會耗去她最後一絲力氣。

「妳不需要那匹馬，」瓦伐拉說，語氣毫不留情。「走吧。」

瓦西婭沒再開口，拚命維持清醒。她的肋骨尾端不斷碰撞，沒穿鞋的雙腳被冰雪凍得發麻，不再感覺疼痛，但也不再靈活，只能跌跌走走，最後完全靠瓦伐拉架著她才沒摔倒。群眾在她們背後推擠，被大公士兵的鞭子揮趕得四處逃竄。某人高喊瓦伐拉的名字，問她扶著的少女是不是病了，瓦西婭聽了又開始心驚膽戰。

瓦伐拉冷冷解釋，說她姪女因為流血昏倒了，一邊繼續抓著她，在瓦西婭胳膊上留下更多瘀青。她拖著瓦西婭上了河岸，走進波薩德旁的幼樹林中，瓦西婭很想搞懂到底怎麼回事。

瓦伐拉走到一株小橡樹前突然停了下來。小橡樹因為冬末掉光了葉子。「波魯諾什妮絲塔[14]，」瓦伐拉說。

瓦西婭聽過這個叫波魯諾什妮絲塔的人，呃，魔鬼。她是午夜女士。可是姊姊的貼身女侍怎麼

會知道──

就在這時，熊從暗處衝了出來，火光照得他臉上光影道道。瓦西婭猛往後退，瓦伐拉順著她目光望去，兩眼有如盲人視而不見。「妳以為我會跟丟妳嗎？」熊半怒半樂地問道：「妳渾身散發著恐懼，不論躲去哪兒我都找得到。」

瓦伐拉看不到熊，但抓著瓦西婭胳膊的手突然一緊。瓦西婭明白她聽得見他。瓦伐拉喘息道：「吃人者，是你嗎？**午夜！**」四散群眾的叫嚷從下方河面上隱約傳來。

熊打量了瓦伐拉一眼。「妳是她妹妹，對吧？我都忘了那個老女人有個雙胞胎妹妹。妳竟然活了這麼久，是怎麼辦到的？」

瓦西婭覺得這話應該透露了什麼，但她還來不及搞懂，話就從她腦中溜走了。熊轉頭對她說：「她打算把妳交給午夜。如果我是妳，就絕不會讓她得逞。妳去那裡就跟在火裡一樣必死無疑。」

叫嚷聲變近了。群眾穿越樹林回到波薩德，他們隨時可能被人發現，然後……火把的火花不時飛進稀疏的樹林裡。有人看見她們兩個。「妳們在那裡鬼鬼祟祟做什麼？」那人問。

「小姑娘！」另一人說：「你們瞧，兩個孤零零的小姑娘。不如我先挑一個，誰叫我看了那個……」

「妳可以死在他們手上，或是跟我走，」熊對瓦西婭說：「對我來說都一樣。我不會再問第三次了。」

瓦西婭一眼腫得睜不開，另一眼視線模糊，可能因此才沒有留意到暗處裡還有一個人在偷看。這個人皮膚紫黑，髮色極淡，呼呼吐著白霧，兩隻眼睛如星光璀璨。她一言不發看著瓦伐拉，隨即將目光轉到了熊身上。

這人正是名叫「午夜」的魔鬼。

「這到底怎麼回事，」瓦西婭喃喃道。她僵立在瓦伐拉和熊之間，一邊是深藏不露的女人，一邊是承諾保她平安，要她做出有毒交易的魔鬼。午夜女士默默站在他們後方，身後的樹林感覺變了，變得更濃密、更原始、更黑暗。

瓦伐拉在瓦西婭耳邊厲聲低語：「妳看到什麼了？」

「熊，」瓦西婭喘息道。「還有那個叫午夜的惡魔，還有——黑暗。她背後是黑暗，好黑好暗。」瓦西婭從頭到腳都在顫抖。

「跑進黑暗裡，」瓦伐拉輕聲告訴瓦西婭。「這就是我收到的口信，還有承諾。走到小橡樹前，然後跑進黑暗裡。這就是路，從這裡到湖邊的橡樹。通往午夜的路每一晚都會向看得見的人敞開。妳到湖邊就會得到庇護。妳要記在心裡。一汪水，發著光，弓形的岸邊長了一棵大橡樹。朝黑暗裡跑吧，要勇敢。」

她該相信誰？人群聲愈來愈大，雜沓的步伐變成了奔跑。她的選擇只剩下燒死、黑暗或惡魔。

「去吧——**快跑！**」瓦伐拉吼道。她抓起瓦西婭流血的手掌摁了樹皮一下，然後猛力一推。瓦西婭感覺自己往前倒。黑暗朝她聚攏，就在熊手掌快抓住她胳膊的一剎那，黑夜吞噬了她。她身體被熊一轉，面對著他，麻痺的雙腳在雪地上踉蹌摩擦。「只要走進黑暗，」熊喘息道：「妳就會死。」

---

14 波魯諾什妮絲塔：直譯為午夜女子或午夜女士（Lady Midnight），是午夜才會出沒的魔鬼，能讓小孩做惡夢。根據俄國民間傳說，午夜女士住在沼澤裡，因此家長們會唱許多咒語歌，讓她回沼澤去。在冬夜三部曲中，這個人物和夜晚有關。在童話《美麗的瓦西莉莎》裡，她是巴巴亞嘎的僕人。

瓦西婭已經沒了話語、勇氣與反抗的力量。她毫無回應。她只想逃跑，遠離熊、遠離叫嚷與火的味道。就是這股慾望推著她提起勁擺脫他，朝夜裡奔去，這是唯一驅策她的力量。

她甩開他的手，奮力投向黑暗，莫斯科城的火光與嘈雜瞬間吞沒無蹤，只剩她隻身在樹林裡，頂著清朗的夜空。瓦西婭向前一步，接著又一步，隨即一個跟頭跪在地上，再也無力爬起。她最後聽見的，是一個半熟悉的聲音：「這樣就死了？哎，看來那個老女人說錯了。」

她身後傳來聲響，似乎是熊又笑了。

瓦西婭一動不動昏了過去。

❄

回到真實世界，熊齜牙吁氣，聲音依然帶著憤怒的笑意。他對瓦伐拉說：「欸，妳殺了她。這下省得我違背對我老哥的承諾，真是感謝妳了。」

瓦伐拉沒有說話。**吃人者最大的力量就在熟知人的慾望與弱點**。瓦伐拉的母親告訴過她許多關於謝爾特的事。她很努力想忘掉這些事。這些事有什麼用？就像她姊姊老愛提醒她的，她的眼睛又看不見他們。

但如今吃人者自由了，而她母親和姊姊都走了。

兩名青年醉醺醺地走了過來，眼裡閃著飢渴的慾望。「唉，妳這老太婆真醜，」一名青年說：「但湊合著用吧。」

瓦伐拉二話不說就朝對方跨下踹了一腳，再用肩膀狠狠撞了另一名青年，讓兩人倒在雪地上哀號。她聽見熊心滿意足嘆了口氣。**最重要的**，她母親說，**他喜歡軍隊、喜歡打鬥與暴力**。

瓦伐拉拎著裙子拔腿就跑。跑回火光、跑回波薩德的擾攘，一路上坡跑回克里姆林。她一邊跑著，耳裡聽見熊的聲音，即使他根本沒動，沒有追她。「我要再次感謝妳，眼睛看不見的人，感謝妳讓我不用毀約，那小女巫就死了。」

「別急著謝我，」瓦伐拉咬牙道：「現在說還早。」

第二部

5 誘惑

沙夏和狄米崔才剛殺出重圍，用著火的矛柄搗毀火堆，牢籠就塌了。現場火花四濺，群眾從混亂變成了瘋狂。

雜沓間，坎斯坦丁．尼可諾維奇拉起兜帽蓋住濃密的金髮悄然離去。煙霧瀰漫，瘋狂的群眾看不清他是誰，將他推來擠去。待得士兵將火堆弄散，坎斯坦丁已經不著痕跡穿越了波薩德，輕手躡腳地朝修道院走去。

她連否認自己犯罪都沒有，他心想，一邊匆匆走過半棟的雪泥。她放火燒了莫斯科，是民眾的義憤吞噬了她，豈能怪在他這個屬神的人身上？

她死了。他已經徹底復了仇。

她活了十七個年頭。

坎斯坦丁回到寢室，門一關上就又哭又笑了起來。他笑莫斯科人頷首、崇拜和猙獰的臉龐，將他的每一句話當成福音，笑他記憶中瓦西婭的面容和她眼裡的恐懼。他甚至嘲笑牆上的聖像，笑他們的死板與沉默。接著他發覺自己由笑轉淚，不由自主從喉嚨發出哀鳴，最後不得不將拳頭塞進嘴裡抑制那聲音。她死了。沒想到這麼簡單。或許魔鬼、女巫和女神都只存在於他心裡。坎斯坦丁試著鎮定自己。百姓就像他手中的泥土，在莫斯科大火的高熱裡軟化。事情不可能永遠那麼容易。一旦狄米崔．伊凡諾維奇發現暴民是他鼓動的，就算不視他為殺害表妹的凶手，也會認為他威脅到自己的地位。坎斯坦丁不曉得自己的影響力是否足以對抗大公的憤怒。

他忙著哭泣、踱步、思考和不去思考，絲毫沒有察覺牆壁上的影子，直到那影子開口說話。

「幹嘛哭得像個女孩？」那聲音低低說道：「而且偏偏是今晚，不是別的晚上？你在搞什麼呀，坎斯坦丁．尼可諾維奇？」

坎斯坦丁驚呼一聲往後退開，聲音近乎尖叫，有如怕黑的小孩喘著氣說：「是你。」接著又說：「**不對**。」然後說：「**你在哪裡？**」

「這裡，」那聲音說。

坎斯坦丁猛地回頭，但只看見燈光下自己的影子。

「不對，是這裡，」這回聲音似乎來自聖母肖像。只見畫上女子隔著金幔斜眼看他，但完全不是聖母，而是瓦西婭。她紅髮披垂，臉上只剩一隻眼，滿是火傷。坎斯坦丁差點再次尖叫。

接著那東西再度出聲，這回來自他的床上，笑著說：「不對，可憐的傻瓜，這裡。」

坎斯坦丁轉頭一看……是個男人。

男人？他床上那個東西**看起來**像人，但他從來沒有在修道院裡見過這樣的人。那東西披頭散髮，面露微笑，不恰當地光著雙腳懶洋洋躺在床上，但他的影子——他的影子有爪子。

「你是誰？」坎斯坦丁喘著氣問。

「你難道沒見過我的臉？」那東西問。「啊，是沒有，你半夜見過野獸和影子，但沒見過人形。」說完他緩緩起身，幾乎和坎斯坦丁一樣高。「沒關係，反正你認得我的聲音。」他像小姑娘垂下眼睛。「屬神的人哪，我還可以嗎？」說完沒有傷疤的半邊嘴巴微微一撇，一副要笑不笑的模樣。坎斯坦丁緊貼門板，用拳摀嘴。「我想起來了，你是魔鬼。」

那人，不對，那謝爾特聽了抬起頭來，一隻獨眼閃閃發亮。「你說我嗎？人類硬是想稱呼我的時候，都叫我熊，梅德韋得。你難道沒有想過天堂和地獄都比你認為的離你還近嗎？」

「天堂？離我更近？」神父說。他清楚感覺到木門上的每一個突起。「神背棄了我，將我交給魔鬼。天堂不存在，只有這個泥造的世界。」

「沒錯，」熊張開雙臂說：「好按照你的喜惡捏塑。你希望這個世界是什麼樣子呢，小神父？」

坎斯坦丁雙手雙腳都在顫抖。「你為什麼這樣問？」

「因為我需要你，需要人。」

「需要人做什麼？」

梅德韋得聳聳肩。「人會行魔鬼之事，不是嗎？向來如此。」

「我不是你的僕人，」坎斯坦丁聲音發抖。

「欸——誰說我要僕人的？」熊不斷朝他靠近，聲音一低說：「敵人、愛侶或熱誠的奴隸，你愛當哪個就當哪個，但就是僕人不行。」說到最後一個字時，他鮮紅的舌頭碰到了神父的上唇。「你瞧，我是不是很慷慨？」

坎斯坦丁嚥了口氣，口乾舌燥。他呼吸急促，帶著急切與絕望，彷彿房裡四面牆不斷朝他逼來。

「效忠你能有——有什麼回報？」

「你想要什麼？」那謝爾特說，近得像在他耳邊呢喃。

神父的靈魂響起痛心的絕望。**我禱告，我這輩子禱告了這麼多年，但主啊，你卻始終沉默。我會和魔鬼交易，都是因為你背棄了我**。熊一臉竊喜，彷彿輕輕鬆鬆就讀出了他的心思。

「我想得人熱愛，沉浸其中忘卻自己，」這是他頭一回將這個想法大聲說出口。「沒問題。」

「我想要王公們的錦衣玉食，」神父接著說，感覺就要陷溺在那隻獨眼裡。「吃好的睡好的。」隨即輕輕吐出最後一句：「還要女人。」

熊笑了。「當然可以。」

「我要世上的權柄，」坎斯坦丁說。

「你的手、你的心和聲音能拿到多少，就能擁有多少，」熊說：「這個世界在你腳下任你差遣。」

「但你要什麼？」坎斯坦丁．尼可諾維奇喘息問道。

魔鬼帶爪的手轉為握拳。「我只要自由。我那個混帳哥哥將我關住，讓我在冬天邊緣的空地上熬過人的好幾千輩子。但他終於有了比關住我更想要的東西，總算讓我重獲自由。我見到了星星，聞到了燻煙，還嚐到了人的恐懼。」

他語氣稍微緩和下來。「我發現謝爾特都變淡了，成了幻影，人類改成遵照那該死的鐘聲安排生活。所以我想趁著現在拆掉大鐘、推翻大公，一把火燒了這個小不拉嘰的羅斯[15]之邦，看灰燼裡會生出些什麼。」

坎斯坦丁聽得目瞪口呆，心裡既著迷又驚恐。

「你也想這樣，對吧？」熊問：「這樣就能給忽略你的神一個教訓。」他停頓片刻，語調轉為平淡。「眼下我需要你今晚去我吩咐的地方，做我交代的事。」

15 羅斯：羅斯人來自北歐，原是斯堪地那維亞人的一支，九世紀受雇於交戰的斯拉夫人和芬蘭部落，從而建立留里克王朝，之後更佔據現今烏克蘭、白俄羅斯和西俄羅斯，於是這些地區及其居民便以這群征服者為名。留里克王朝起自西元九世紀，終於一五八四年伊凡四世辭世。

「今晚？莫斯科城還在動盪，而且都過了午夜，我——」

「你怕被人看到半夜還在外頭跟惡人糾纏不清嗎？欸，這件事交給我。」

「為什麼？」坎斯坦丁問。

「為什麼不？」魔鬼問。

坎斯坦丁沒有回答。

熊在他耳邊低聲說：「難道你寧可待在這裡，想像她垂死的模樣？坐在黑漆漆的房裡渴求她，對一個死人充滿慾望？」

坎斯坦丁感覺自己咬得臉頰內的肉滲出血來。「她是女巫，她罪有應得。」

「那不代表你不樂在其中，」魔鬼喃喃說：「不然你覺得我當初為何會找上你？」

「她很醜，」坎斯坦丁說。

「她和海一樣野，」熊附和道：「也和海一樣充滿神祕。」

「只是死了，」坎斯坦丁平平說道，彷彿說出口會斬斷回憶似的。

魔鬼神祕一笑。「死了。」

坎斯坦丁感覺肺裡的空氣忽然變稠，猶如吸進濃煙一般。

「我們不能再耽擱了，」熊說：「第一擊——今晚就必須發出第一擊。」

坎斯坦丁說：「你之前騙過我。」

「也許我還會騙你，」魔鬼說：「怕了嗎？」

「沒有，」坎斯坦丁說：「我什麼也不信，什麼也不怕。」

熊笑了。「就是應該這樣。唯有不怕失去，才能拼盡一切。」

6 沒有骨頭，也沒有血肉

狄米崔和衛隊拆除河面上的火刑臺，沙夏在一旁幫忙，心中無助焦急到了極點。最後只見冒著煙的木材散落一地，火光閃閃，燒得結冰的河面坑坑洞洞，熱氣蒸騰。籠子看來就跟燒焦的木材沒有兩樣，幾乎分不出哪個是哪個。群眾早已逃離散去，只剩下極冷極黑的夜色。狄米崔等人站在燃燒殆盡的餘火旁，腳底下是冰凍的河面，頭上是春天的繁星。

沙夏忽然手腳一軟，癱靠在飄著煙味的母馬肩上。沒有。妹妹被燒得一點不剩。沙夏全身顫抖，停不下來。

狄米崔撥開落在眉毛上的頭髮，在胸前劃十，低聲說：「願神讓她靈魂安息。」說完一手按著表弟的肩膀。「在我的王城裡，沒有人可以不經我的允許動用私刑。這個仇我一定讓你報。」

沙夏沒有說話，但他臉上的表情讓大公嚇了一跳。悲傷當然不用說，還有憤怒。可是竟然——還很困惑？

「修士？」狄米崔說。

「你看，」沙夏踢開一根木頭，踹走另一根，指著籠子的殘骸輕聲說道。

「看什麼？」狄米崔提心吊膽地問。

「沒有骨頭，」沙夏說著嚥了嚥口水。「也沒有血肉。」

「燒光了，」狄米崔說：「火很猛。」

沙夏搖搖頭說：「沒燒那麼久。」

「好了，」狄米崔說，心裡開始擔心了起來。「表弟，我知道你希望她還活著，但她確實被關進籠子裡，不可能出來的。」

「是啊，」沙夏深呼吸一口氣說：「是不可能。」但他依然再次瞥了河上那紅紅黑黑的煉獄殘跡，接著突然翻身上馬。「我去找她。」

狄米崔愣了一下，隨即明白表弟的意思。「好，」他說：「告訴塞普柯夫王妃，說我——我很遺憾，為她，也為你。你妹妹——是個勇敢的女孩。願神與你們同在。」

說說，只是說說。沙夏知道狄米崔不是全心全意感到遺憾。瓦西婭對他是個難以解決的麻煩。可是——餘燼裡沒有骨頭，而瓦西婭——你永遠不曉得她會發生什麼。沙夏調轉馬頭，雙腳一蹬催馬全速奔上波薩德，進了莫斯科城門。

大公轉身繃著臉大聲喝令，要衛兵整隊回營。他感覺精疲力盡。莫斯科已經起了兩場大火，而這一場可以說和上一場一樣，都是災難。

❄

沙夏發現歐爾嘉的宮殿大門被人撞壞，前院也被踩踏得一片狼藉，但狄米崔派了所有能派的士兵過來，大抵守住了秩序，不讓外樓遭人劫掠。前院悄無人聲。

沙夏輕聲招呼，從大公手下身旁經過。幾名馬夫看群眾下山到河邊去，便三三兩兩溜回來。沙夏叫醒馬廄裡的一名馬夫，將韁繩扔給他就轉身離開，幾乎沒有停頓。

前院白雪血跡斑斑，特倫門上滿是靴印和刀劍砍劈的凹痕。沙夏不停敲門，最後總算來了一名害怕的侍女，沙夏費盡唇舌才說服她開門讓他進去。

歐爾嘉倚著熱磚坐在寢室的爐灶旁，依然裝扮整齊，沒有入眠。燭光照得她臉龐扭曲灰暗，筋疲力竭的暗影將她白皙的美麗抹去了幾分。馬雅在母親懷裡嚎啕大哭，烏黑的頭髮似水奔騰。寢室裡只有她們倆。沙夏站在門口，歐爾嘉望著他滿身髒污、水泡與灰煙，臉色瞬間刷白。「有事的話，可以晚點再說，」她撇頭看了看女兒，對沙夏說。

沙夏不知該說什麼。比起血跡斑斑的院子和馬雅臉上驚狂的哀傷，他心裡抱著的一絲希望顯得如此愚蠢而單薄。「馬莎還好嗎？」他走進寢室，跪在妹妹身旁說。

「不好，」歐爾嘉說。

馬雅淚汪汪地抬起頭，眼皮周圍的斑痕像瘀青一般。「他們殺了他！」她啜泣著說：「他除了壞人誰也不會傷害，他們卻殺了他。他喜歡吃粥，**他們不應該把他殺了！**」她眼露凶光。「等瓦西婭回來，我們要一起去找傷害他的人，把他們殺光光。」說完她環顧寢室，眼眶再度泛淚。憤怒瞬間來去，她整個人像洩氣一般，身體縮成一小團跪在地上，窩在母親懷裡哭泣。

歐爾嘉輕撫女兒的頭髮。沙夏在她身旁，可以看見她手在顫抖。

「有一群暴徒，」他低聲說：「瓦西婭——」

歐爾嘉瞄了瞄啜泣的女孩，伸出食指摁著嘴唇，但有那麼一秒不禁閉上了眼。「願神與她同在。」她說。

馬雅再次抬頭說：「沙夏舅舅，瓦西婭有跟你一起回來嗎？她需要我們，她現在一定很難過。」

「馬莎，」歐爾嘉柔聲說：「我們得為瓦西婭禱告，因為她恐怕不會回來了。」

「可是她——」

「馬莎，」歐爾嘉說：「噓，我們還不知道出了什麼事，最好耐心等待。早上比晚上更有頭腦。走吧，妳要睡了嗎？」

馬雅不肯睡。她站起來大喊：「她一定要回來！不然她會去哪裡？」

「也許她去主那裡了，」歐爾嘉語氣沉穩。她沒有對女兒說謊。「如果是那樣，願她靈魂得著安息。」

女孩驚惶張著嘴巴，看了看母親，又看了看舅舅，接著忽然轉頭，彷彿寢室裡還有人在說話。沙夏順著姪女的目光往爐灶旁的角落望去。沒有人在那裡。他脊骨一寒。「不對，她才沒有去主那裡！」馬雅喊道。她跌跌撞撞掙脫母親的懷抱，揉了揉淚濕的眼睛。「妳說錯了，她不在那裡！她在——你說哪裡？」她追問地板邊空無一人的角落。「午夜不是地方。」

沙夏和歐爾嘉面面相覷。「馬莎——」歐爾嘉開口道。

門口忽然有動靜，他們三人都嚇了一跳。沙夏立刻轉身，污濁的手按住了劍柄。

「是我，」瓦伐拉說。只見她辮子散了，衣服上都是血漬和灰燼。

歐爾嘉瞪著她說：「妳跑到哪裡去了？」

瓦伐拉顧不得規矩，直接說道：「瓦西婭還活著，至少我離開她的時候還活著。他們想燒死她，但她弄斷籠子的鐵條跳了下來，沒有人看到。我帶她離開城裡。」

事情正如沙夏所願，只是他想不出要怎麼做到……「沒人看到？」接著他想到更重要的事。「她在哪裡？有沒有受傷？她人呢？我得——」

「有，她有受傷，被一群暴徒打的，」瓦伐拉語帶刻薄。「她還魔力上身，差點沒有瘋掉。因為被逼急了，就突然使出了魔法。但她還活著，傷勢也不致於死。她平安逃走了。」

「她到底在哪裡？」歐爾嘉厲聲問。

「她去了穿越午夜的路，」瓦伐拉說，臉上既是驚奇又是憎恨，很是古怪。「說不定甚至能到湖邊。我已經盡力了。」

「我得去找她，」沙夏說：「穿越午夜的路在哪裡？」

「那條路不在任何地方，」瓦伐拉答道：「又在所有地方，但只出現在午夜，而現在已經不是午夜了。不論如何，你的眼睛沒那種能力，無法獨自踏上午夜之路。她已經去到你到不了的地方了。」

歐爾嘉皺起眉頭看了看馬雅，又看了看瓦伐拉。

沙夏不可置信地說：「妳覺得我會把妳的話當真嗎？**拋棄我妹妹？**」

「這與拋棄無關，她的命運不操在你手上，」瓦伐拉一屁股坐在凳子上，彷彿自己根本不是女侍。她的表情舉止微微起了變化，眼神熱切而不安。「吃人者出來了，」她說：「那個叫梅德韋得的傢伙，也就是熊。」

早在莫斯科陷入火海，隨即被雪拯救的幾小時後，瓦西婭就告訴他了，跟他說了惡魔的事，但沙夏實在難以相信妹妹的話。他正想再次追問瓦伐拉，要她說清楚瓦西婭的下落，歐爾嘉已經開口了。「妳說熊**出來了**是什麼意思？熊是誰？出來做什麼？」

「我不知道，」瓦伐拉說：「熊是最強大的謝爾特，所有不潔力量的主宰。」她緩緩說道，彷彿在回憶遺忘許久的教誨。「他最擅長的就是洞悉人心，讓人類由他擺弄。尤其他喜歡破壞和混亂，只要逮到機會就會作亂。」她搖搖頭，忽然又變回聰穎懂事的貼身女侍瓦伐拉。「我們都累壞了，得等明天再說。走吧，那野姑娘還活著，朋友或敵人都動不了她。你們都去睡吧？」

房裡一片沉默，接著沙夏嚴肅說道：「不行——要是我不能去找她，至少得去祈禱，為我妹妹，為這個瘋了的城。」

「這個城沒有瘋，」馬雅插嘴反駁。她一直聽著他們談話，一雙黑眼透著凶光，並且轉頭傾聽地板附近那個沒有形影的聲音說話。「有一個金頭髮的男人——是他讓他們做的。他跟他們說話，激他們生氣。」她開始發抖。「他就是昨天晚上來的那個人，要我跟他走。他講話大家都會聽。他聲音很美，而且很討厭瓦西婭阿姨。」

歐爾嘉將女兒摟到懷裡。馬雅又開始哭，哭得很緩，精疲力竭。「別說了，寶貝，」歐爾嘉對女兒說。沙夏感覺自己臉色森冷。「金髮修士，」他說：「坎斯坦丁·尼可諾維奇。」

「我們的父親收留了他，你帶他來莫斯科，而我接濟他，」歐爾嘉說。即使向來自持的她也隱藏不了眼裡的神情。

「我現在去禱告，」沙夏說：「當惡魔來到這個城市，我唯一能做的就是禱告。但我明天會去找狄米崔·伊凡諾維奇。我要讓那個修士得到審判，討回公道。」

「你一定要用劍殺死他，沙夏舅舅，」馬雅說：「因為我覺得他很邪惡。」

沙夏吻了歐爾嘉和馬雅，隨即默默離開。

「謝謝妳救了我妹妹一命，」沙夏走後，歐爾嘉對瓦伐拉說。

瓦伐拉沒有說話，但兩人的手緊緊握在一起。她們已經認識對方很久了。

「現在多告訴我一點，關於那個來到莫斯科的惡魔，」歐爾嘉接著說：「如果這件事會危害我的家人，就不能等到明天早上。」

7 怪物

破曉前的淒寒時分，天色闃黑，莫斯科城的另一個角落，一名農人和他妻子睜著眼睛躺在弟弟家的爐灶上。昨晚的大火奪去了他們的伊斯巴、所有家當和長子，兩人之後便沒有闔眼。

窗戶傳來輕輕的敲擊聲，響個不停。

叩叩。

地板上，弟弟一家窸窣動了動身子。敲打繼續著，持續發出單調的聲響。先是敲窗，然後敲門。「會是誰呀。」農人喃喃道。

「或許是需要幫助的人，」農人妻子扯著已經哭啞的嗓子說。「去開門吧。」

農人勉為其難下了爐灶，跌跌撞撞朝門走去，弟弟一家嘟囔抱怨。他打開內門，扳起外門的門閂。

農人妻子聽見他哭喘一聲，隨即沉默，便匆忙下灶奔到他身邊。

門口站著一個小身影，皮膚黑了，還有幾處剝落，從衣服的裂縫隱約可以看見白骨。「媽媽？」那身影低聲道。

死去孩子的母親淒聲慘叫，聲音大得足以吵醒死人——但死人已經醒了——吵醒抱著大火記憶不安睡去的鄰居。只見左鄰右舍紛紛拉開百葉窗，推開大門。那孩子沒有進屋，而是轉身開始在街上走，醉酒似的走得東倒西歪，兩隻眼在月光下既迷茫又恐懼又熱切。「媽媽？」他又說了一句。

街兩旁的鄰居望著他指指點點。「天哪。」

「那是誰？」

「那是什麼？」

「小孩？」

「哪個小孩？」

「不對——願神保守我們——那是安德烈沙——但他已經死了……」

那孩子的母親放聲大喊。「不對！」她吼道：「不對。對不起，我在這裡。小寶貝，別走。」她追著死去的男孩，在半結凍的泥土地上跌了一跤。她丈夫跌跌撞撞跟了上來。一名神父站在左鄰右舍之間，農人一把抓住他拖著走。「巴圖席卡，幫幫忙吧！」他高聲喊道：「讓那東西離開！快點禱告——」

「烏皮爾！」

那名字，那來自傳說、夢魘與童話的恐怖名字傳了開來。左鄰右舍開始明白。那名字吱吱喳喳在街上傳開，從街頭傳到街尾再傳回來，耳語聲愈來愈大，直到變成哀呼，成了尖叫。

「那個死去的男孩，他在走路。死人在走路。我們被詛咒了，詛咒！」

騷亂瞬間蔓延。陶燈紛紛亮起，火炬在病懨懨的月光下有如黃金點點。有人昏倒哭泣或呼求神的幫助，有人開門了解到底出了什麼事，還有人將門緊緊拴上，要家人一齊禱告。

死去的男孩依然踩著踉蹌的步伐，上坡朝克里姆林走去。

「兒子啊！」他母親喘息喊著，跑到那身影旁邊。她還是不敢碰他。他走路的模樣，彷彿骨頭散了，不是活人該有的姿態。但他眼裡有她兒子的影子，她很確定。「我的兒子啊，你為什麼要嚇我們？是神要你回來的嗎？要你回來發出警告？」死去的男孩轉頭又喊了一聲「媽媽？」聲音又細又尖。

「我在這裡，」婦人低聲說著，一邊伸手朝他摸去。但她的手一碰到他，男孩臉上的皮膚就掉了一片。婦人的丈夫將神父往前推：「看在主的份上，想點辦法吧。」

神父雙唇顫抖，顛顛倒倒上前幾步，舉起發抖的手說：「魂靈啊，我令你……」

男孩抬起頭來，眼神呆滯。群眾紛紛退開，手劃十字盯著男孩……男童的目光在聚攏的面孔上轉了一圈。

「媽媽？」他再次輕喊一聲，隨即朝她奔去。

速度不快。受傷和死亡削弱了他的氣力，讓他尚未成熟的手腳動作笨拙。但婦人毫不抗拒。只見那吸血鬼將臉埋進她爬滿皺紋的喉嚨裡。

婦人乾嗝一聲，既是痛苦也是慈愛。她將那東西緊緊摟在懷中，一邊痛苦吸氣，一邊輕輕在那東西耳邊呢喃。「我在這裡，」她又低聲說了一次。

那死去的小東西臉上滿是她的鮮血，頭像嬰兒一般前後擺動。

群眾尖叫逃跑。

就在這時，上坡處傳來一聲呼喊。只見坎斯坦丁神父快步走來，步伐威武莊嚴，一頭金髮在月光下閃著銀輝。

「神的子民，」他說：「我來了，不要懼怕黑暗。」他的聲音有如教堂的晨鐘，長袍在他身後翻舞飛揚，颯颯作響。婦人丈夫跪在地上伸手乞援，坎斯坦丁大步從他面前走過。

神父手劃十字，動作和武士拔劍一樣俐落。

烏皮爾男孩齜牙咧嘴，臉上沾著發黑的血漬。

坎斯坦丁身後立著一道獨眼身影，欣然望著這場庸俗血腥的對峙，但沒有人看見它，連坎斯坦丁也沒有，因為他沒有在看。或許他已經忘了，那一刻命令死者安息的不是只有他的聲音。「退開，惡魔，」坎斯坦丁說：「回到你的來處，別再打擾活人。」

小吸血鬼猙獰嘶吼。原本驚惶的群眾不再奔逃，距離最近的人都停下腳步入迷看著。烏皮爾和神父目光緊鎖對方，彷彿正在進行意志的對決，周圍只剩那垂死的婦人咕嚕呻吟。

敏銳的人或許會察覺，死去的男孩並非**看著**神父，而是注視他的身後。只見獨眼身影在坎斯坦丁背後拇指一甩，動作霸道專橫，有如主人驅使小狗一般。

吸血鬼再次齜牙咧嘴，但不再猙獰，因為賜予它生命、呼吸和動作的力量已然散去。它跌入母親懷裡，沒有人聽得出那最後一聲輕喘是來自它或它的母親。

農人望著死去的妻兒，眼神空洞震驚而僵冷。但群眾沒有看他。「**回去**，」熊在坎斯坦丁耳邊嘶聲道：「他們認為你是聖人，現在不是發呆的時候，只要一個噴嚏就前功盡棄了。」

坎斯坦丁．尼可諾維奇望著周圍敬畏呆滯的臉龐，心裡對此清楚得很。他再次朝群眾手劃十字，賜福給他們，隨即轉身沿著小街往回走。他大步穿過黑暗，希望自己不要被結凍的車轍絆倒。群眾低聲啜泣，紛紛讓出路來。

坎斯坦丁熱血沸騰，力量的記憶在他血液裡歡唱。多年的禱告與虔心尋求只讓他被主放逐，但這個惡魔可以讓他再次在人群裡稱雄。他知道。就算他心底有個聲音低語，**他會奪去你的靈魂**，坎斯坦丁也置若未聞。靈魂又曾給過他什麼好處？但他依然脫口而出，彷彿克制不住：「那婦人為了你的表演而死。」

惡魔聳聳肩，帶疤的那一側臉龐消失在黑暗中。除了那雙不發出聲音的赤腳，他看來非常普通，不時抬頭瞄一眼天空。「她不是**真的**死了，死人看到我不會靜靜躺著。」坎斯坦丁打了個冷顫。

「她夜裡會在街上遊走，呼喊兒子。但那有好處，能將人們的恐懼燒得更旺，」他斜眼看著神父。「你後悔了嗎？現在良心不安已經太遲了，屬神的人。」坎斯坦丁沉默不答。

惡魔喃喃道：「這世上除了權力什麼都不是。人只分成兩種，有權力的和沒權力的。你會是哪一種呢，坎斯坦丁．尼克諾維奇？」

「至少我是人，」坎斯坦丁火冒三丈，尖聲喊道：「**你**只是怪物。」

梅德韋得的牙齒和野獸一樣白，笑的時候微微發亮。「這世上沒有怪物。」

坎斯坦丁嗤之以鼻。

「真的沒有，」熊說：「這世上沒有怪物，也沒有聖人，只有無數灰色交織在一起，有的明有的暗。某人眼中的怪物是另一人心裡的摯愛。聰明人都明白這一點。」

兩人就快走到修道院門口。「那你是**我的**怪物嗎，魔鬼？」坎斯坦丁問。

梅德韋得嘴角的陰影變深了。「我是，」他說：「也是你心裡的摯愛。能夠辨別的人不是你，」說完惡魔雙手抓住他的金髮，將他拖到面前，張嘴罩住他的雙唇吻了他。

接著他便笑著消失在黑夜中。

8 這城與邪惡之間

破曉時分，天色由灰轉藍，艾列克桑德修士走出姊姊的宮殿，感覺莫斯科突然騷動了起來，從憤怒狂亂轉為更深的不安。狄米崔將所有能派的人都派出來了。從克里姆林的城門衛兵、他的宮門守衛到波亞家的侍衛，統統被他派到街上，卻只加重了恐怖的氣氛。

雖然時間尚早，他拉起兜帽，還是有些路人認出沙夏。之前他們都會求他替他們祝福，這會兒見到他卻臉色一沉，將孩子拉到一旁。

女巫的兄弟。

沙夏抿著嘴大步前進。如果他是更虔誠的修士，或許會定睛於天上的事，原諒並忘懷妹妹的磨難，不為此或他失去的名聲而哀傷。但話說回來，如果他是更虔誠的修士，他根本不會離開三一修道院[16]。

陽光替地平線染上黃銅光澤，變軟的雪下有水流淌。沙夏走進大公宮門，發現狄米崔正和三名波亞低聲交談。「願神與你們同在，」沙夏對他們說。三名波亞在胸前劃了十字，鬍鬚底下半掩不住同樣的不安。沙夏實在很難怪罪他們。

「大家族很不高興，」波亞們鞠躬告辭，侍衛也走到聽不見他們說話的地方後，大公對沙夏說：「對昨晚發生的一切。竟然有叛徒差點把我殺了，還有我對莫斯科城毫無掌控，而且——」狄米崔頓了一下，伸手撥弄劍柄。「有傳言說百姓在莫斯科見到了惡魔。」沙夏想起瓦伐拉的警告。

也許狄米崔希望他開口嘲諷，但他只是小心問道：「那惡魔——長什麼樣？」

狄米崔瞄他一眼。「不知道，但剛才那三個傢伙就是為了這事，才會一大早倉皇不安來找我。他們聽到傳言，擔心莫斯科肯定受到詛咒了。他們說民眾現在開口閉口都是魔鬼，都是不公。他們說昨天晚上莫斯科沒有落入邪惡之手，全是因為一位名叫坎斯坦丁的神父趕走了惡魔。他們說他是聖人，是唯一站在這城與邪惡之間，阻擋邪惡的英雄。」

「謊言，」沙夏說：「昨天讓城市陷入暴動，把我妹妹送入火堆裡的，就是這個坎斯坦丁神父。」

狄米崔瞇起眼睛。

「他讓暴徒砸毀我妹妹的宮殿大門，」沙夏接著說：「而且——」他沒往下說。**而且他從床上抱走我的姪女，將她交給叛徒，**他本想這樣說，可是……不行，歐爾嘉剛才警告過他，**你休想大聲告訴別人我女兒那晚曾經離開特倫。你想替瓦西婭主持公道，那是你的事，但你覺得老百姓會怎麼說馬雅？**

「你有證明嗎？」狄米崔問。

之前沙夏只要說，**難道我這樣說還不夠嗎？**大公肯定會答，**當然，修士，**事情就不用再多說了。但這樣的關係已經被一次謊言毀了。於是他說：「有目擊者可以作證坎斯坦丁神父在塞普柯夫王宮和火刑場上，都和暴民在一起。」

狄米崔沒有直接回答，而是說：「我早上一聽到傳言，就派人去天使長修道院[17]，命令他們護

16 三一修道院：全名為謝爾蓋聖三一修道院，西元一三三七年由聖謝爾蓋．拉多涅茨基所創立，位於莫斯科東北方六十四公里。

送那神父過來。但他不在修道院，而是在聖母升天大教堂[18]，半座莫斯科城的人都在那裡和他一起禱告哭泣。他們說他唱頌宛如天使，全莫斯科都在流傳他的俊俏與虔誠，還有他如何將這座城從魔鬼的手裡拯救出來。就算他不是你口中的惡徒，這些傳言也讓他成了危險人物。」

「既然他很危險，你為何不逮捕他？」

「你沒聽到我講的話嗎？」狄米崔反問道：「我不能當著莫斯科一半的人的面將一名聖人拖出教堂。那樣不行。我會悄悄邀請他來，再決定怎麼做。」

「他煽動暴徒衝破塞普柯夫王宮的大門，」沙夏說：「對這種人只有一件事可做。」

「正義會得到伸張的，表弟，」狄米崔說，眼裡透著警告。「但主持公道的人是我，不是你。」

沙夏沒有說話。前院喧囂嘈雜，全是敲鎚、吆喝和馬嘶聲，遠方則是城市初醒的窸窣呢喃。

「我已經下令舉行公開禮拜，」狄米崔接著說，聲音忽然疲憊不堪。「還吩咐所有主教一齊禱告。我不曉得我們還能做些什麼。可惡，我又不是聖人，沒辦法回答詛咒和魔鬼的問題。就算沒有這些惡毒的傳言，百姓已經很不安穩了，何況我們還有王城要重建，韃靼強盜要追捕。」

❄

坎斯坦丁覺得全莫斯科的人都隨他從教堂朝大公宮殿走去。他們的聲音牽引他，身上的臭氣包圍他。「我很快就回來，」他在通過大門前對眾人說。民眾在大門外守候，他們手握聖像大聲禱告，比一百名衛兵還有力。

儘管如此，坎斯坦丁走過前院時還是冷汗直流。狄米崔有自己的衛兵，全副武裝緊盯著他。惡魔從早上就一直待在神父身旁，這會兒和他並肩齊步，除了神父沒有人看得見他。他一派輕鬆，饒有興致地左右張望。坎斯坦丁心裡一沉，明白熊正樂在其中。

前院各處三三兩兩站著小個頭的鬼怪，全是爐灶妖精。坎斯坦丁見到他們，渾身起了雞皮疙瘩。「他們要什麼？」

熊朝聚集的小鬼怪蔑笑一聲。「他們在害怕。教堂的鐘聲年復一年削弱他們，但只要毀掉爐灶，他們很快就會死絕。他們曉得我想做什麼。」熊嘲諷地朝他們鞠躬，接著開心補上一句，彷彿刻意要他們聽見似的：「他們完蛋了。」說完便繼續前進。「死得好，」坎斯坦丁低聲說了一句，隨即跟上去。他感覺爐灶妖精的注視鑿穿了他的背。

接見室裡有兩個人在等他，艾列克桑德修士和狄米崔．伊凡諾維奇。侍衛們一臉木然站在大公身後。房裡依然飄著煙味，一面牆上留著劍痕，漆都被砍掉了。

狄米崔坐在木雕椅上，艾列克桑德修士神情戒慎站在他身旁。

「那傢伙只想把你殺了，」熊朝沙夏努了努下巴說。沙夏瞇起眼睛。是坎斯坦丁自己亂想，還是那修士的目光真的朝他身旁的惡魔瞥了一眼？坎斯坦丁心底一慌。

---

17 天使長修道院：全名為艾雷克塞天使長米迦勒修道院，一般又稱為朱多夫（Chudov）修道院，源自俄文「朱多」一詞，意思是奇蹟。該修道院於一三五八年由都主教艾雷克塞創立，以紀念天使長米迦勒於克洛薩（Colossae）讓一名啞女孩開口說話的奇蹟。

18 聖母升天大教堂：Успенский Собор，又名聖母安息大教堂，為紀念聖母安息日（安息即入睡，意指聖母過世，回歸天家）而興建，座落於現今的莫斯科克里姆林，最初的石灰石建築於一三二六年起建，一三二七年祝聖，目前的教堂完成於十六世紀。

「放輕鬆，」熊說，眼睛依然盯著沙夏。「他身上流著和那個巫女一樣的血，能察覺眼睛看不到的東西，但僅此而已。」他頓了一下，接著說：「小心別害死自己，屬神的人。」

「坎斯坦丁．尼可諾維奇，」狄米崔冷冷說道，神父嚥了嚥口水。「有個女孩，她是我的親戚，昨晚未經審判就火刑死了。他們說是你鼓動莫斯科的暴民做的，你有什麼要反駁的？」

「不是我，」坎斯坦丁努力鎮定語氣：「我試著阻擋群眾，不讓他們更加暴力，衝進塞普柯夫王宮的特倫裡將女眷殺光。儘管如此，我還是沒能拯救那個女孩。」他不必偽裝悲傷，只需讓它浮到所有糾結的情緒之上。「我為她的靈魂禱告。我壓不住民眾的憤怒，因為她自己坦承那場害死許多人的大火是她放的。」

他語氣裡的懊悔坦白拿捏得恰到好處。在他身旁的熊哼了一聲，坎斯坦丁差點忍不住回頭看他。站在高臺上表哥身旁的沙夏毫無反應。

熊突然說：「那修士知道大火的原因。逼他開口，他不會對大公說謊。」

「你說謊，」狄米崔對坎斯坦丁說：「縱火的是韃靼人。」

「您問艾列克桑德修士，」坎斯坦丁朗聲回答，刻意讓房裡所有人聽見。「問問這位聖潔的修士，大火是不是那女孩放的。奉主之名，我希望他坦誠以對。」狄米崔轉頭看著沙夏。修士兩眼噴著怒火，但坎斯坦丁詫然發現熊說得沒錯，他不會撒謊。「那是意外，」沙夏咬牙道。他和狄米崔四目交會，彷彿房裡只有他們兩人。「狄米崔．伊凡諾維奇——」

狄米崔臉色一寒，一言不發回頭看著坎斯坦丁。神父心中一喜，發現熊在獰笑。兩人心照不宣互看一眼，坎斯坦丁心想：**也許我永生受到詛咒，所以才能一眼看穿這怪物的心思**。

「她還救了這座城，」熊低聲說：「只是她哥哥不能這樣說，否則就是指控自己妹妹行巫術。」

那個瘋女孩，簡直跟作亂妖精一樣壞。」他語氣裡竟然有一絲讚賞。

坎斯坦丁緊抿雙唇。

狄米崔心情略為平復。「我還聽說你昨晚對抗魔鬼，驅走了它。」

「我不敢說是魔鬼或失喪的可憐靈魂，」坎斯坦丁說：「但它懷著氣憤而來，想折磨活著的人。我只是禱告——」他這會兒最好控制一下語氣。「而神應許了祈求，如此而已。」

「是嗎？」艾列克桑德修士克制怒火輕聲說道：「要是我們不相信你呢？」

「我可以從城裡找到十幾位目擊者替我作證，」坎斯坦丁說，信心恢復了一些。修士已經無計可施了。

狄米崔躬身向前。「所以是真的嗎？」他說：「莫斯科出現惡魔？」

坎斯坦丁手劃十字，低頭說：「是的，是殭屍，我親眼見到的。」

「你認為莫斯科為什麼會出現殭屍，巴圖席卡？」

坎斯坦丁察覺大公用了敬語，於是再次輕聲說：「這是神對窩藏女巫的懲罰。但女巫已死，神或許會就此罷手。」

「不可能，」熊說，但只有坎斯坦丁聽得見他。

❄

去死吧，那個伶牙俐齒的神父，沙夏心想，**還有瓦西婭，不論她在何處。**因為他只能辯稱她是好意，心地善良，但良知不容許他說自己的妹妹完全沒錯，說她其實並不是女巫。他無法直言馬雅曾經遭人綁架。因此他只能站在這個殺人凶手面前，聽他講些半假不真的話，卻無力反駁，而且沒想到狄米崔竟然認真聽著。沙夏氣得臉色發白。

「殭屍還會再來嗎？」狄米崔問。

「只有神知道，」坎斯坦丁說著目光微微向左一瞟，雖然那裡空無一物。沙夏頸背的汗毛豎了起來。

「既然如此——」狄米崔才剛開口就停住了，因為臺階上傳來喧鬧聲，吸去了他們的注意力。接見室的門呀然打開。

所有人轉頭望去，只見大公的總管跌跌撞撞走進房裡，身後跟著一名錦衣華服、風塵僕僕的男子。

狄米崔站了起來，所有侍衛鞠躬敬禮。那人比大公高，同樣是灰色眼眸。所有人一眼就認出他來。他是莫斯科大公國[19]地位僅次於大公，唯一也有王公頭銜，擁有領土而非封地的人——塞普柯夫王公弗拉基米爾．安德烈維奇。

「久違了，表哥，」狄米崔歡喜說道，兩人是一起長大的玩伴。

「城裡到處是焦痕，」弗拉基米爾說：「我很高興王城依然安在。」但他眼神嚴肅，冬天旅行讓他形容消瘦。「出了什麼事？」

「如你所見，城裡失火了，」狄米崔說：「還出了一場亂子。詳情我再跟你說，但你為何回來得如此匆忙？」

「萬戶長馬麥已經替部隊備了糧草。」

接見室裡頓時一片死寂。弗拉基米爾絲毫沒有粉飾太平的打算。「我在塞普柯夫聽到傳言，」他接著說：「馬麥在南方有個死敵，勢力愈來愈大。為了對抗威脅，他需要莫斯科大公國的效忠和我們的銀兩。他打算親自北上來討，這點無庸置疑。如果你不給錢，狄米崔．伊凡諾維奇，他秋天就會殺到大公國來。你得想辦法湊足銀兩或招兵買馬，沒時間耽擱了。」

狄米崔臉上既憤怒又渴切，感覺很古怪。「把你知道的都告訴我，」他說：「走吧，咱們喝一杯去，然後——」沙夏察覺他表哥如釋重負，慶幸能暫時放下魔鬼與殭屍，不用追查動亂和火刑的凶手，不禁怒火中燒。戰爭與政治更緊迫，更不煩心。氣憤和沮喪讓沙夏心底糾結發寒。那一秒鐘，他敢說房裡有人在竊笑。

❄

「你竟然沒懲罰那個神父就放了他？」之後沙夏問道。他幾乎無法說話。自從弗拉基米爾．安德烈維奇出現，沙夏就幾乎找不到時間和表哥獨處。最後他總算在前院逮到機會，在狄米崔正要上馬去巡視城內慘遭祝融的地方時找到他問話。「你覺得弗拉基米爾．安德烈維奇有辦法接受嗎？瓦西婭可是他小姨子。」

「我已經逮捕暴亂的首要分子，」狄米崔說。他一手按著馬的鬐甲，從馬夫手裡接過轡繩。「他們會被處死，罪名是破壞塞普柯夫王公的財物，並對他的親人動手。但我不打算動那個神父——等等，你聽我說。那個神父或許是騙子，但他很高明。你難道沒看到守在外頭的群眾嗎？」

---

19 莫斯科大公國：英文Muscovy源自拉丁文的Moscovia，是羅斯文Moskov的音譯。過去西方國家常以莫斯科大公國稱呼俄羅斯，時間長達數百年。莫斯科大公國一開始領土不大，以莫斯科為中心向北和向東延伸一點，但十四世紀晚期至十六世紀初大幅擴張，到了一五〇五年領土面積已經將近兩百六十萬平方公里。

「有，」沙夏勉為其難承認道。

「我要是殺了他，他們一定會暴動，」狄米崔接著說：「而我已經無法再承受又一次暴動了。他可以掌控暴徒，但我可以掌控**他**。雖然他假裝虔誠，但其實就是那種要錢要名的人。南方的消息改變了一切，你也很清楚。我可以壓榨所有波亞、各地王公和諾夫哥羅德的官員大老，要他們擠出錢來，或是選擇一條困難百倍的道路，號召羅斯所有王公，所有願意來的王公，組成一支軍隊。為了我的人民，我會選擇前者，但我承擔不起為了這事和我的王城起衝突。那傢伙可能會有用處。我已經決定了，沙夏，再說他的說法很可靠，也許他說的是實話。」

「所以你覺得是**我**說謊囉？那我妹妹呢？」

「大火是她引起的，」大公說，語氣忽然冷酷起來。「也許她被火燒死是罪有應得。你顯然沒告訴我這件事。感覺又是一樣的情況，先說謊，然後承認。」

「那是意外。」

「是啦，」狄米崔說。

兩人四目相對，沙夏明白那好不容易拾回的一點信任又瓦解了。雙方陷入沉默。

之後——「有件事我要你做，」大公說。他放開韁繩，將沙夏拉到一旁。「我們還是血親吧，修士？」

❄

「我說服不了狄米崔，」沙夏頹喪地對歐爾嘉說：「神父被放走了，狄米崔打算籌錢安撫韃靼人。」

歐爾嘉正在補襪子。對照她一身刺繡華服，她手上的針線與動作顯得很不相稱，只有手指的顫抖洩漏了她的感覺。「所以是討不回公道了，不論是我妹妹、女兒或我王宮被搗毀的大門？」她問。

沙夏緩緩搖頭。「現在不行，時候還不到。但你丈夫回來了，至少妳安全了。」

「沒錯，」歐爾嘉說，聲音乾如夏塵。「弗拉基米爾回來了。他會回來這裡，今天或明天，等他報告完消息，做好計畫，沐浴完畢，和大公飽餐痛飲之後，或許我就可以告訴他一心期待的兒子其實是女兒，而且死了。同時，魔鬼被釋放了，而且——你覺得會打仗嗎？」

沙夏躊躇不答，但歐爾嘉板著面孔，讓他不敢同情她，只好乖乖轉變話題。「狄米崔給錢就不會。馬麥並不想打仗，他在薩萊[20]南方有個敵人。他只要錢。」

「應該是一大筆錢吧，我想，」歐爾嘉說：「才會大費周章派兵來敲詐。大公國整個冬天盜匪猖獗，而莫斯科不久前才失火，狄米崔有辦法籌到銀兩嗎？」

「我不曉得，」沙夏坦白答道，接著停頓片刻。「歐莉亞，他要我離開。」這話終於打破了她的自持。「離開——去哪裡？」

「去三一修道院，找謝爾蓋神父。男人和軍隊的事，狄米崔很懂，但當街頭巷尾都在談邪惡、不公與魔鬼，他就需要謝爾蓋神父的建議，所以差我去找他來。」沙夏開始在房裡焦躁地來回走動。「因為瓦西婭，全城的人現在都反對我，」坦誠讓他付出了慘痛的代價。「他說我待下來並不明智，對妳對我都是。」

20 薩萊：源自波斯文的「宮殿」一詞，是欽察汗國的首府，原建於阿赫圖巴河岸，後來略往北遷。不少羅斯王公會赴薩萊朝貢，或領取可汗授予的封授狀。薩萊曾是中世紀數一數二的大城市，人口超過五十萬。

歐爾嘉瞇著眼看他來回踱步。「沙夏，你不能離開，尤其現在邪惡當頭的時候。馬雅擁有和瓦西婭一樣的天賦，那個想殺死我們妹妹的神父也知道。」

沙夏停下腳步。「妳們會有人保護。我已經跟狄米崔和弗拉基米爾說了，弗拉基米爾正從塞普柯夫調人來，馬雅在特倫裡很安全。」

「跟瓦西婭一樣？」

「那是因為她出去了。」

歐爾嘉一言不發僵坐著。

沙夏走到她身旁蹲了下來。「歐莉亞，我**非走不可**。謝爾蓋神父是羅斯最聖潔的人，要是惡魔真的出來了，謝爾蓋知道該怎麼做，而我不知道。」

他妹妹還是沉默。

沙夏壓低聲音說：「這是狄米崔開的條件，為了換回他的信任。」

他妹妹緊握針線，把長襪都捏皺了。「不論你向誰發誓，你都是我們的家人，而我們需要你留下來。」

沙夏咬唇說：「整個羅斯都岌岌可危，歐莉亞。」

「所以比起我的孩子，你更關心陌生人的小孩？」過往的沉重記憶壓上他們心頭。

「我成為修士就是為了這個理由，」沙夏反擊道：「可以關心全世界，而非限於一個小角落。如果我只能保護一小塊封地，保護不了全羅斯，只能照顧少數人而非多數，那又有何用？」

「你跟瓦西婭一樣差勁，」歐爾嘉說：「覺得家人可以說扔就扔，跟脫韁野馬一樣，結果你看她落得什麼下場？羅斯不關你的責任，但你可以保護自己的侄子姪女平安。別走。」

「那是你丈夫的工作——」沙夏開口道。

「他只會在這裡待上一天或一週，接著就會走，去當他的王公，向來如此，」歐爾嘉忿忿說道，感覺有些情緒。「我不能跟他說馬雅的事。你覺得他要是知道女兒受到這種折磨，他會怎麼做？他一定會出於好意和未雨綢繆，立刻送她去修道院。哥哥，我求你留下來。」

歐爾嘉一直細密控管家務，但過去這段日子暴露了她的極限。只要牆外變天，她幾乎莫可奈何。如今她成了無力保護家人的王妃，能做的只剩哀求。

「歐莉亞，」沙夏說：「妳丈夫會確保有人守好妳的宮殿大門，妳和孩子會很平安。我無法——無法拒絕大公。我會儘快回來，和謝爾蓋神父一起。他會知道該怎麼做，對於惡魔——還有坎斯坦丁・尼可諾維奇。」

歐爾嘉一邊聽著，一邊努力遏制心底的怒火。她又變回完美的塞普柯夫王妃。「那就去吧，」她嫌惡地說：「我不需要你。」

沙夏朝門走去，在門口躊躇片刻。「願神與妳同在。」他說。

歐爾嘉沒有回答，但當他走進初春的流灰天色中，卻聽見她輕咽一聲，彷彿極力掩藏自己的啜泣。

❄

夜幕再度籠罩莫斯科。街上悄無動靜，只有乞丐摩拳擦掌，試著在春天的濕冷中保持溫暖，還有變淡了的住家精靈四處遊蕩騷動，竊竊私語。因為變化來了，在空氣裡、在冰底下的水和潮濕的風中。謝爾特低聲交換傳言，一如城裡的民眾。

熊輕聲走過街道，臉上沾著冰冷的雨滴，虛弱的謝爾特紛紛走避。熊視若無睹，完全沉浸於四周的聲響、氣味、飄動的空氣和他狡黠促成的戰果。韃靼大軍的消息是意外的驚喜，而他打算徹底利用。

他必須成功，非成功不可。最好可以反轉世界，反轉自己，然後回到冬天邊緣的陰森空地，在夢裡度過歲歲年年。但事情不會走到那一步。他哥哥在極遠的地方，被牢牢囚禁，永遠無法掙脫。熊仰頭笑看漠然的繁星。**春來夏至，讓我終結這個地方，沉寂所有鐘聲**。每回祈禱鐘響起，他都會打哆嗦。然而人就是人，不論他們追隨的神是誰。他不是才誘惑了一個信奉新神的人，讓他聽他差遣嗎？

前方暗處傳來馬蹄聲，一名女子騎著黑馬從陰影中冒了出來。

熊微微抬頭致意，臉上沒有半點驚訝。「怎麼樣，波魯諾什妮絲塔？」他說，語氣裡帶著一點無聊、一點幽默。

「她沒有死在我那裡，」午夜惡魔說，話中幾乎不帶任何情緒。

熊眼神一凜。「妳幫她了？」

「沒有。」

「但妳看著她，為什麼？」

午夜惡魔聳聳肩說：「我們都看著她，所有謝爾特。她同時拒絕了你們倆，莫羅茲科和梅德韋得，讓自己成了你們惡鬥之外的另一股力量。謝爾特們又開始選擇了。」

熊哈哈大笑，但僅存的那隻灰眼閃露火光。「選她不選我？她只是個孩子。」

「她之前擊敗過你。」

「靠著我兄長的幫忙，還有她父親的犧牲。」

「她度過了三場大火，也已經不是孩子了。」

「妳為何告訴我這些？」

午夜再次聳了聳肩。「因為我也還在選，梅德韋得。」

熊笑著說：「不用到最後，妳就會後悔沒早點選擇了。」

午夜身下的黑馬驚惶後退，慌亂看了熊一眼。午夜伸手輕撫他的鬃毛。「也許吧，」她只簡短回答。「但你知道，我也幫了你。你現在有一整個春天可以為所欲為。要是你沒能穩住自己的地位，謝爾特們投靠那個還沒長大的女孩或許就是對的。」

「我到哪裡可以找到她？」

「當然是夏天，在水旁邊。」午夜坐在馬上低頭看著他說：「我們會看著。」

「那我還有時間，」熊說完再次抬頭望著天上放恣的繁星。

第三部

9 午夜旅行

瓦西婭在黑暗中醒來，眼前黯得讓她以為自己盲了。她抬起頭，什麼都沒看見，身體又冷又僵，微微一動脖子和背就痛徹骨髓。恍惚間，她心想自己怎麼沒死，身體底下怎麼全是蕨葉，而非雪。四下靜寂，只有樹枝在上方沙沙作響。瓦西婭小心翼翼伸出顫抖的手摸了摸眼睛，發現一隻眼睛腫得睜不開，另一隻眼睛似乎沒事，只不過上下睫毛黏在一塊兒。她小心翼翼將睫毛扳開。

眼前漆黑如故，但她看得見了。一彎淺月光線搖曳，灑在陌生的森林上方，地上只有零星的殘雪。迷霧遮蔽了樹木，被月光照得濛濛亮亮。瓦西婭聞到冰冷潮濕的土味。她搖搖晃晃站起身來轉了個圈，只見四周闃黑一片。她試著回想不久以前，卻只隱約記得驚惶與奔逃。她都做了什麼？這裡又是哪裡？

「嘿，」一個聲音說：「妳最後還是沒死。」

那聲音來自上方。瓦西婭本能後退，但還是睜大了那隻管用的眼，視線油糊糊地尋找說話者，最後總算在頭頂上方一根樹枝上發現了星白頭髮與閃亮的眼。隨著視線逐漸清晰，她開始隱約看出午夜的身形，看見那魔鬼靠著樹幹坐在橡樹枝上。

樹下陰暗處有黑影晃動。瓦西婭瞇眼細看，依稀見到一頭俊俏的黑馬在月光旁吃草。那馬抬頭看她，瓦西婭心頭一震，感覺心跳在耳中有如雷鳴，記憶瞬間回復：她手上黏稠的鮮血、坎斯坦丁神父的臉、大火……瓦西婭一動不動。只要一動或出聲，她就會逃跑、尖叫、被回憶逼瘋，或被這個不可思議、看不見莫斯科的黑暗弄得失去理智。什麼才是真實的？這個嗎？她的馬死了，而她被魔法拯救？瓦西婭身體發抖跪在地上，雙手陷進冰冷潮濕的土壤裡。想要理解這一切就像嘗試抓住空中的雨滴。她就這樣跪坐良久，只能喘息呼吸，感覺自己的手按在地上。

接著她吃力抬起頭來，緩緩說出一句：「我在哪裡？」

魔鬼輕嘆一聲。「而且腦袋也很清楚，」她聽起來有些意外。「這是我的地盤，一個叫午夜的國家。」她嘴角彎出一道冷酷。「歡迎光臨。」

瓦西婭試著放慢呼吸。「莫斯科在哪裡？」

「誰曉得？」波魯諾什妮絲塔說著從樹枝上溜下來，輕輕巧巧落在地上。「反正不在這附近。我的國家沒有白天和季節，只有午夜。只要妳去到了午夜，就可以瞬間穿越世界，但更有可能的是累死或發瘋。」

「有人告訴我，」瓦西婭想起了什麼，啞著嗓子說：「我得找到一座湖，湖邊有一棵橡樹。」

午夜惡魔挑起一邊白眉說：「什麼湖？我這裡的湖多得妳一千輩子也找不完。」

找？瓦西婭連站都站不大起來。「妳會幫我嗎？」

黑馬甩了甩耳朵。

「幫妳？」波魯諾什妮絲塔回答：「我已經幫過妳了，讓妳離開我的地盤，甚至讓妳神智不清留在這裡到現在。這樣還不夠嗎？」波魯諾什妮絲塔的頭髮有如冷雨潑灑在墨黑的皮膚上。「我們上回見面妳很無禮。」

「求求妳。」

午夜似笑非笑，朝瓦西婭更靠近了一些，像講悄悄話似的輕聲說道：「不行，妳自己去找，不然現在就死，死在這裡。我會告訴那個老女人。雖然我想不會，但她說不定會很難過。」

「老女人？」瓦西婭說。黑暗似乎從四面八方朝她襲來，很恐怖。「求求妳。」她又說了一次。

「別人的侮辱我永遠不會忘，瓦西莉莎．彼得洛夫納，」午夜女士說完轉身一手按住黑馬的鬐甲，縱身坐上馬背，轉個圈頭也不回奔入林中。

只剩瓦西婭一人在黑暗裡。

❄

她可以躺在落葉堆上等候天明，但一個只有午夜的國度怎麼會有黎明？她能走，雖然兩條腿站著就會發抖，但她要往哪裡去？她身上只有瓦伐拉的斗篷和破破爛爛帶血的連衣裙，腳上沒有鞋還破了皮，只要呼吸就全身痠疼，而且不停發抖。這裡的夜晚比莫斯科附近稍暖一些，但沒有好到哪裡。

難道她逃出火堆，違抗熊，靠著魔法離開莫斯科，卻要死在黑暗裡？**去湖邊**，瓦伐拉這樣說，**妳到那裡就安全了，岸邊有一棵橡樹的湖**。

嗯，既然瓦伐拉覺得她能找到，那或許真有機會。瓦伐拉可能以為午夜會幫她，因為瓦西婭不知道方位。但至少她不是躺著等死，而是死於尋找庇護。於是，瓦西婭使出最後一絲力氣，朝黑暗走去。

❄

她不曉得自己走了多久，雖然早已氣力用盡，卻還是蹣跚前進。天色始終灰暗，太陽遲不升起，瓦西婭開始渴求光明。她的雙腳在地上留下斑斑血印。

波魯諾什妮絲塔說得沒有錯，這個國度只有午夜。瓦西婭分不出差別。她一會兒頂著半圓的月走在冰冷的枯草上，一會兒走進樹影裡，赫然發現月亮消失了，腳下的爛泥啪噠作響。雖然始終是初春左右，但走幾步景致就會完全改變，真是一個東拼西湊的瘋狂國度。**我還在**，瓦西婭不斷告訴自己，**我還是我自己，我還活著**。她牢牢抓著這些想法繼續顛簸向前。遠方狼群嚎叫，她抬頭傾聽，接著寒風有如冰水打在她臉上。她看見新的光線，這回是火光，在遠處山丘頂上。她急急朝那裡走去，火光卻熄了，接著又變成走在白皙的樺木林中。血紅月光下，慘白的樹幹有如一根根死人手指。

那感覺就像走在夢魘之中。瓦西婭分不清方向，不知道南北，只是咬著牙踉蹌前進，但腳下泥土開始吸住她，她發現自己掉進了泥沼裡。四周都是泥濘，而她無力掙脫。筋疲力盡的淚水湧上她的眼眶。

算了吧，瓦西婭心想，**夠了，放棄吧，至少在這裡投向主不會有暴民奚落我**。

吸住她雙腳的黑泥咕嚕出聲，似乎欣然同意。水底下，一對邪惡的眼珠有如青色燈火瞪著她。那是沼澤精靈波洛特尼克的眼睛。他鼻子呼呼噴著惡臭的沼氣，只要她點頭這傢伙立刻就能殺了她，將她拉近寒冷的黑暗中，讓她再也不用拖著皮開肉綻的雙腳往前走，頂著斷掉的肋骨呼吸，再也不用想起過去那兩天。

可是馬雅呢？瓦西婭恍惚想到，**馬雅在莫斯科，還有她哥哥姊姊，他們無力對付熊**。

所以呢？她能做什麼？沙夏和大公可以……

他們可以嗎？他們看不見，他們不了解。

我哥哥用他的自由交換妳的性命，熊說。木刻的夜鶯還在她連衣裙的袖子裡。她伸出髒手摸到木雕緊緊握著，感覺一絲溫暖滲進她發冷的四肢。

冬王，你幹嘛做出這麼糟的事？他一定有理由。莫羅茲科不是傻子。她不是應該找出原因，不要讓他的犧牲白白浪費了嗎？但她真的好累。

索拉維肯定會笑她蠢，要她坐到他的背上，穩穩帶著她到任何地方，耳朵開心地前後甩動。

瓦西婭熱淚盈眶，心裡忽然竄起一股怒氣，激得她從泥淖裡起身掙扎爬到岸邊，接著急急將手伸進水裡，用被煙燻啞的嗓子對潛在水中的沼澤魔鬼說：「老爺爺，我在找一座湖，岸邊有一棵橡樹的湖。您可以告訴我在哪裡嗎？」

波洛特尼克兩眼冒出水面，瓦西婭看見他爬滿鱗片的手腳在水下擺動，臉上一副近乎驚訝的表情。「妳還活著？」他低聲道。沼澤的咕嚕就是他的聲音，吐出的氣散發著腐朽的味道。

「求求您，」瓦西婭說完便用手指扳開胳膊上一處結痂的傷口，讓血滴在水上。

波洛特尼克翻舌舔血，兩眼瞬間閃閃發亮。「很好，妳這個姑娘很有禮貌，」他舔著臉頰說：「妳看好了。」

瓦西婭順著他有如沼氣燈的目光看去，只見黑樹之間出現一道紅色閃光。不是日光，或許是火？恐懼剎時讓她站了起來，兩腳沾滿泥巴。

但那不是火，而是生物，一頭高大的母馬。

她身影微微發亮，蹄骨以下陷入沼澤，銀金色毛皮襯托著鑄鐵白的鬃毛與尾巴，點點火花從尾巴和鬃毛飄落，有如螢火蟲一般。她仰頭注視瓦西婭，身體動也不動，只有尾巴不停拂打側腹，劃出一道道光弧。

瓦西婭既驚又怒，不由自主跌跌撞撞走向母馬。「我記得妳，」她對母馬說：「我在莫斯科把妳放了。」

母馬沒有說話，只是甩了甩金黃的大耳朵。

「妳明明飛走就行了，」瓦西婭喉嚨沙啞，話不成聲：「結果卻灑下一堆火花，落在城裡的木造房子上，害得——害得——」她無法再往下說。

金馬倨然跺地，濺起一道泥巴，開口說：**要是可以，我會把他們統統殺光，殺死世上所有人，竟敢騙我，把我拴住。**母馬完美的金色毛皮上還看得見馬鞍與馬刺的痕跡，臉上也有幾道白痕，是金籠頭留下的印子。**我原本可以殺死全城的人。**瓦西婭無言以對。悲傷有如冰球堵住了她的嘴，她只能滿懷瘖啞的恨意瞪著母馬。

母馬轉頭大步跑開。

「傻子，快跟著她，」沼澤魔鬼厲聲道：「還是妳想待在這裡，讓我吃了妳？」

瓦西婭恨極了那頭母馬，但她不想死，於是開始邁著帶血的雙腳，在林間踉蹌穿梭。她跟著那個金色光點不停地走，直到她覺得再也走不動了。

但她不用再走下去。

樹林沒了，瓦西婭發現自己來到一處草坡前，底下是結冰的大湖。春天剛到，廣袤的長草地映著星光發出淺淺的銀輝。環顧左右，她只看見巨大的樹影在銀白天色下格外黝黑。殘雪零零星星，只積在低窪處。她隱約聽見水聲從結冰的湖面下傳來。

草地上還有別的馬在吃草——三頭、六匹、十多隻。夜色將他們全糊成了深灰，只有金馬例外。她仰頭傲然站在他們之間，有如流星一般璀璨。

瓦西婭停下腳步，胸口充滿了哀痛與讚嘆。她心底有個角落隱隱相信自己的愛馬就在裡頭，和家人一起，很快就會大步踩著飛雪朝她奔來，讓她不再孤單。「索拉維，」瓦西婭喃喃自語。「索拉維。」

先是一匹黑馬抬頭，隨即是另一頭，顏色比較淺，接著所有的馬忽然掉頭狂奔，全速遠離她出聲的所在，朝坡底下的大湖奔去。但就在碰到湖水前的一瞬間，他們的馬蹄全變成了翅膀，身體也化成飛鳥扶搖直上，劃過閃著星光的湖面上空。

瓦西婭望著他們遠去，眼眶裡湧出由衷讚嘆的淚水。他們振翅飛過湖面，沒有兩隻鳥長得一模一樣。貓頭鷹、老鷹、鴨子和更小的鳥，完全沒看過的、奇蹟般的鳥。最後離開地面的是那頭金馬。她翅膀張得好大，身後拖著一道濃煙，長滿羽毛的尾巴綻放五顏六色的火光，有金有藍，有紫有白。她一邊鳴叫，一邊跟著家人飛去，不久所有的鳥都消逝在黑暗中。瓦西婭望著那幾頭馬原本所在的草坡，感覺像做了一場夢。她累得兩眼朦朧，腳和臉失去知覺，身體被方才的震撼冰冷冷裹著，不再顫抖。**索拉維**，她恍惚想著，**你那時為什麼不也飛走？**

湖邊孤零零立著一株巨大的橡樹，枝葉映著月白的結冰湖面有如發黑的枯骨。瓦西婭往右看去，發現樹林裡盤踞著一個暗影。

那是一間屋子。

應該說是屋子的殘跡。防止積雪的陡峭屋頂已經塌陷，窗內和門後也不見火光。四周只有靜寂、樹木的窸窣及結冰湖面變薄的龜裂聲。但這個地方，這塊湖邊的空地感覺有人盯著，一點也不空蕩。

屋子蓋在兩棵樹之間的堅固平臺上，模樣就像長了兩條粗腿，窗子則似一雙黑眼俯視前方，感覺根本不像死了，反而直直瞅著她。

然而，威脅的感覺轉眼即逝，屋子又變回了殘骸，臺階頹圮，裡頭會是落葉、老鼠與濃得化不開的黑暗。

但或許還有能用的爐灶，甚至前任屋主留下的穀粒，至少也能避開寒風。

於是瓦西婭恍恍惚惚走下草坡，不是完全清楚自己在做什麼。她絆到石頭，踩到積雪滑跤，最後總算來到屋前，咬著牙爬上臺階。大地只有枝葉的呻吟和她沙啞的呼吸。

臺階頂端有兩根柱子，被星光微微照亮，上頭刻著奇人異獸：熊、太陽、月亮和容貌古怪的小臉，可能是謝爾特。門楣刻著兩頭仰起前腳的駿馬。屋門歪斜掛在門樞上，周圍全是濕滑的腐葉。瓦西婭駐足門前，豎耳傾聽。

沒有聲音，當然沒有。也許這裡已經成了野獸的巢穴，但她無暇在乎，逕自推開半垮的門，弄得生鏽的門樞吱嘎作響。她蹣跚踏進屋裡。

她看見塵土、落葉，聞到腐臭味和刺骨累人的潮濕。雖然沒有湖面吹來的冷風，卻也不比外面溫暖。坍塌的爐灶佔去了屋內的大部分空間，灶口在黑暗中有如深淵。房間盡頭應該擺放聖像的角落空空如也，只有一樣又大又黑的東西抵在牆邊。

瓦西婭小心翼翼摸索著走到角落，發現那是一只青銅木箱，箱口牢牢鎖上。

她轉身顫抖著回到灶邊，心裡只想癱坐在地上，任自己在黑暗中昏迷，再也不去擔心寒冷。

她咬牙撐起身子坐到爐灶長椅上，怯生生摸著粗糙的磚面。誰曉得有沒有人在那上頭嚥下最後一口氣？但上頭什麼也沒有。沒有毯子，當然更沒有骨頭。這裡到底發生了什麼悲劇，讓這間屋子成為古怪荒蕪的廢墟？夜色帶著沉默的威脅將屋子團團圍住。

瓦西婭手指在爐灶旁摸摸找找，發現了幾根沾滿塵土的細枝，雖然夠用來生火，但她並不想要。她回憶裡依然充滿了火焰與嗆人的煙味，而且熱會弄痛她起水泡的臉。

但對一個受了傷，身上只有一件連衣裙和斗篷的女孩來說，這樣的天氣絕對足以讓她凍死，而她想要活著。

於是瓦西婭鼓起最後一絲即將燃盡的意志，開始生火。她的嘴唇和指尖都快凍僵了，小腿不知道撞到什麼而瘀青，但她還是摸到了細枝和引火用的松針。

半盲似的折騰了一陣，瓦西婭全身發抖，但總算將細枝在灶口疊好，堆得如何她幾乎看不見。接著她又在屋裡東摸西翻，想找到燧石、鐵塊或碳布，卻什麼也沒發現。

她可以用木片起火，只要有耐心和上臂有力。但她的耐心與力氣都用完了。做吧，不然就等著凍死。瓦西婭用雙手抓起一根細枝。小時候在秋天的森林裡，生火就像遊戲，只要細枝、木片和迅速有力的動作，加上嫻熟的技巧，就能讓煙變成火。瓦西婭至今依然記得，她頭一回不靠別人幫忙自己升起火時，哥哥艾洛許臉上燦爛的笑容。

但這回她再怎麼努力，搞得滿頭大汗，夾在膝蓋間的木片還是一縷煙都沒有，凹槽裡也不見火苗。最後她全身顫抖，挫折地鬆開細枝。沒用的。她終究會死，只有陌生人生活留下的塵土與她為伴，從此長眠。

她不曉得自己在臭酸的闃靜裡坐了多久。沒有哭泣，沒有感覺，只是在清醒與昏迷的邊緣遊走。

她到現在都不曉得自己是被什麼刺到，才會咬著下唇再次醒來。她一定要生火，非生不可。在她腦中，在她心裡，大火駭人燒著，印象就和她生命中其他事物一樣鮮明，彷彿她的靈魂充滿火焰。

她是那麼憎惡那段記憶，但那火卻在記憶裡燒得如此閃亮，而她現在需要火了，卻擦不出一點火光，感覺真是荒唐。

誰說火只能在她心裡？瓦西婭閉上眼睛，回憶瞬間沸騰，強烈到她忘了那是回憶。她先聞到煙味才想到睜開眼睛，只見細枝已經竄起火來。

瓦西婭大吃一驚，甚至怕了起來，沒想到真的成了。她連忙添加木片，屋裡頓時大放光明，陰影四處退散。

火光下，小屋顯得更加破敗，皺巴巴的落葉淹過腳踝，不僅發霉，灰塵又厚，但也讓她發現了之前沒看到的小木堆，裡頭有幾根乾柴。屋裡已經暖和些了。火斥退了黑夜與嚴寒，她的命保住了。瓦西婭伸長顫抖的手，到火邊取暖。

忽然一隻手從爐灶裡伸出來，抓住她的手腕。

10 爐灶魔鬼

瓦西婭嚇得倒抽一口氣，但沒有掙脫。那隻手和孩子的手一樣小，手指細長，火光下金金紅紅。它沒有放開瓦西婭，反倒是瓦西婭將一個小人扯進了房裡。

那小人是個女的，身高不及瓦西婭的膝蓋，土色眼眸，貪婪舔舐樹枝尾端的餘燼，但還是停下來抬頭看著瓦西婭說：「呃，我睡過頭了，沒有錯。妳是誰？」說完她發現四周全是斷垣殘壁，一片腐朽，語氣忽然警覺起來，大聲說：「我的女主人呢？妳在這裡做什麼？」

瓦西婭又驚又累，一屁股癱坐在塌掉的爐灶長椅上。多莫佛伊不會住在廢墟裡，只要人類離開，他們就不會再待在房子裡。「這裡沒有人，」瓦西婭說：「只有我。這裡——這間屋子已經死了。**妳**在這裡做什麼？」

那多莫佛伊，不對，她是女的，是多莫佛雅[21]。那多莫佛雅望著她。「我不明白，這間屋子不可能死掉，因為我**就是**屋子，我還活著。妳一定在說謊。妳對他們做了什麼？又對這裡做了什麼？站起來回答我！」她害怕得尖聲咆哮。

「我站不起來，」瓦西婭低聲道。這是實話，生火耗盡了她最後一絲力氣。「我只是一名旅人，只是想生個火，在這裡過夜。」

「可是妳——」那多莫佛伊，呃，多莫佛雅又瞥了瞥屋子，了解殘破的狀況。她瞪大眼睛，神情驚惶。「果然睡過頭了！妳瞧骯髒成這樣。女主人不在，我不能讓流浪漢待著。妳必須離開，我得在她回來之前把東西整理好。」

「我覺得妳的女主人不會回來了，」瓦西婭說：「這間屋子已經廢棄了。我不曉得妳是怎麼活下來的，爐灶裡那麼冷。」她嗓子啞了。「拜託，求求妳讓我待著，我已經撐不下去了。」

沒有回答。瓦西婭可以感覺多莫佛雅瞇著眼打量她。「好吧，」她說：「妳今晚待在這裡，可憐的孩子，我的女主人也會答應的。」

「謝謝，」瓦西婭喃喃道。

多莫佛雅口中念念有詞，轉身就朝推到牆邊的一只箱子走去。她喉前掛著一把鑰匙。她打開箱子的鐵扣，鐵扣發出生鏽的喀噠聲。

瓦西婭一臉驚訝，看著多莫佛雅從箱子裡拿出亞麻布和一只陶碗，放在壁爐上，接著拎起桶子到外頭裝雪，摘了一根青嫩的松枝，回來立刻將雪加熱，將松針撒在水裡。

瓦西婭恍惚看著蒸汽從屋頂的破洞散逸，看著多莫佛雅動作熟練地扒掉她僅存蔽體的連衣裙，用濕布敏捷抹去她身上最髒的冷汗、灰燼與血漬，洗去她受傷那隻眼睛周圍的膿痂。清理眼睛會痛，但痂去掉後，她勉強能從眼縫裡看見東西，不再是瞎子了。但瓦西婭根本不在意，她實在太累了。

多莫佛雅從角落的箱子裡拿出一件羊毛衫，套在瓦西婭身上。瓦西婭幾乎渾然未覺，只發現自己躺在爐灶頂上，身上蓋著好幾條兔皮毯子，不曉得自己怎麼會躺到那裡。爐灶的磚很暖，失去知覺前她只聽見多莫佛雅細聲說：「休息一下妳就沒事了，只是妳臉上會留疤。」

---

21 多莫佛雅：住家女妖精。根據部分文獻，多莫佛伊有妻子，名叫奇奇莫拉。不過我覺得將住家男妖精的名字女性化，更適合作為女巫家中的住家守護者。

❄

瓦西莉莎・彼得洛夫納不曉得自己昏睡了多久。她只隱約記得惡夢、尖叫著要索拉維快逃、午夜惡魔的聲音——**非這樣做不可，波魯諾什妮絲塔說，把她送去，為了我們所有人好**——還有多莫佛雅焦急說話。但瓦西婭還沒開口，就再次墮入黑暗之中。

不知過了多少小時，瓦西婭睜開眼睛發現天色剛亮。暗了那麼久，重見光明竟然有些嚇人，彷彿之前她在午夜走過的糾結小路全是夢境一場。或許真是如此。瓦西婭躺在清晨的灰濛光線中，不曉得自己身在何方，躺在哪個爐灶頂上。「敦婭？」童年乍然湧上心頭，讓她不禁喊道。每次做了惡夢，總是保母來安慰她。

回憶襲來，瓦西婭哀咽一聲。床墊旁立刻冒出一顆小腦袋，但瓦西婭幾乎視而未見。回憶掐住了她的喉嚨，讓她顫抖。

多莫佛雅皺眉看著。

「對不起，」瓦西婭終於回過神來。她撥開臉上的亂髮，牙齒不停打顫。爐灶很暖，但屋頂破洞仍在，而回憶比空氣更冷。「我——我叫瓦西莉莎・彼得洛夫納，謝謝妳款待我。」

多莫佛雅神情近乎哀傷。「這不是款待，」她說：「我在火裡睡著了，妳把我叫醒，現在妳是我的主人了。」

「但這裡不是我家。」

多莫佛雅沒有說話。瓦西婭坐起來，身體痛得縮了一下。在她昏睡的這段時間，多莫佛雅真是拚了，灰塵、死老鼠和腐葉全清掉了。「但看起來像家多了，」瓦西婭小心翼翼地說。這會兒天亮了，她發現屋頂和桌子都是木做的，和門楣一樣有雕飾，因為長年使用與保養磨得很光滑。這間屋子重拾體面，一如守護它的精靈散發著時間無法掩蓋的美麗，古老而高雅。

多莫佛雅似乎很開心。「妳不能再躺著了。水已經熱好，妳的傷口必須再清理，重新包紮。」說完她就消失了。瓦西婭聽見添柴的聲響。

瓦西婭從爐灶下到地板，痛得不停喘息，彷彿發燒剛痊癒。慘的是不只傷口疼，她還飢腸轆轆。「這裡有沒——」她嗓子啞了，只能嚥了嚥口水再試一次。「有沒有東西可以吃？」多莫佛雅咬著唇搖搖頭。

怎麼可能有？覺得消失已久的女主人會為了以防萬一，所以留下麵包和乳酪，這樣想簡直荒唐。

「妳把我的連身裙燒了？」瓦西婭問。

「對，」多莫佛雅打了個哆嗦說：「那上頭全是恐懼的味道。」

確實有可能。但瓦西婭忽然身體一僵。「那裡頭有一個東西，一個雕像，我把它放在裡頭。妳也把它——？」

「沒有，」多莫佛雅說：「在這裡。」

瓦西婭一把抓住那個夜鶯小雕像，彷彿那是護身符一般。或許它真的是。雕像很髒，但安然無恙。她將雕像擦乾淨，再次攏進袖子裡。

爐灶上擱著一碗熱騰騰的雪融水。多莫佛雅輕快地說：「衣服脫下來，我要重新清理妳的傷口。」

瓦西婭不想去想自己的傷，甚至根本不想要這副身軀。一股莫大的悲傷在她心的表層底下蠢蠢欲動，哀號著死亡與違抗的回憶。瓦西婭不想再見到那些烙印在她皮膚上的回憶。

多莫佛雅無動於衷。「妳的勇氣呢？妳不會想死於傷口惡化的。」

至少這點她說對了。她不想死得漫長又痛苦。於是她趕在勇氣消失前默默脫下衣服，瑟縮站在坍塌屋頂照進來的晨光中，低頭注視自己的身體。

她看見瘀青花花綠綠，有紅有黑，有紫有藍，腰間爬滿格紋狀的傷痕。還好她看不見自己的臉：兩顆牙鬆了，嘴唇破皮發炎，一隻眼睛仍然腫得只能睜開一半。她舉起手朝臉上摸去，在臉頰上摸到一道結痂的傷口，又長又深。

多莫佛雅弄了飄著霉味的草藥與蜂蜜，用箱子裡的乾淨亞麻布替她包紮。瓦西婭怔怔望著她說：「是誰把這些東西留在廢墟的上鎖箱子裡？」

「我哪知道，」多莫佛雅草草回答：「它們就是在那裡頭。」

「妳一定記得一些事情。」

「我沒有！」多莫佛雅忽然一臉憤怒。「妳為什麼這樣問？那些東西在這裡，救了妳一命，難道還不夠嗎？坐好。不對，那裡。」

瓦西婭乖乖坐下。「對不起，」她說：「我只是好奇。」

「知道得愈多，老得愈快，」多莫佛雅氣沖沖說：「別動。」

瓦西婭盡力了，但真的很痛。有幾道傷口已經被血凝住，多莫佛雅不去動它們，但有許多傷口因為壓力而裂開，她昨晚只憑火光沒能清掉所有的灰燼與碎片。

但最後藥抹了，傷口也包紮妥當。「謝謝，」瓦西婭說，聽見自己聲音顫抖。她匆匆套上羊毛衫，不想再看到自己的身體，接著伸出兩根手指搓了搓燒焦的長頭髮，感覺頭髮骯髒糾結，飄著火味，永遠不可能回復乾淨了。

「妳可以幫我把頭髮剪掉嗎？愈短愈好，」她說：「我已經不想再當瓦西莉莎．彼得洛夫納了。」

多莫佛雅只有一把刀子，但還是默默開始。一綹綹髮絲有如黑雪靜靜落在地上，等著被掃到外頭，讓鳥啣去築巢。剪完頭髮，瓦西婭感覺風咻咻拂過耳邊下到脖子，感覺很怪。不久前，誰要是剪去她的黑髮，瓦西婭一定會哭，現在卻很高興。那烏黑油亮的長辮子屬於另一個女孩，屬於前世。

多莫佛雅有點悶悶不樂，再次走到鐵箍箱子前。這回她拿出了男孩的衣服，附腰帶的寬褲和卡夫坦長袍，甚至還有一雙短靴子，上好的薩波吉[22]。這些衣服都發黃了，皺得厲害，但都沒穿過。瓦西婭皺起眉頭。膏藥就算了，這又是什麼？怎麼會有用亞麻布和粗羊毛織成的衣服，而且織得那麼巧、那麼紮實？

甚至完全合身。

「有人——」瓦西婭簡直不敢置信。她低頭瞥了一眼，發現自己暖和、乾淨、睡飽、有衣服穿，而且活著。「有人知道我要來嗎？」這樣問很離譜，這些衣服比她還老，可是……

多莫佛雅聳聳肩。

「妳的女主人是誰？」瓦西婭問：「這間屋子之前是誰的？」

多莫佛雅只是一臉茫然望著她。「妳確定不是妳嗎？我記得應該就是妳。」

「我從來沒來過這裡，」瓦西婭說：「妳不記得了嗎？」

「我記得自己存在，」多莫佛雅說，感覺有些惱怒。「我記得這些牆和鑰匙，還記得名字與火裡的影子，就這樣了。」她一臉哀傷。瓦西婭出於禮貌，沒有再往下追問，轉而咬牙專心地將羊毛襪和薩波吉套進破皮燒傷的腳上。她小心翼翼將腳踩在地板上站了起來，忍不住身體一縮。「真希

22 薩波吉：短靴，通常由多片獸皮拼織而成，足尖寬圓，當時不分左右腳。

望我能像魔鬼一樣飄在空中，兩腳不用著地。」說完她試著跛腳走了幾步。

多莫佛雅將一只老舊的蘆葦簍子塞進瓦西婭手裡。「想吃晚餐就得自己找。」她指著森林說，語氣有些古怪。

「好吧。」她說。

瓦西婭身體這這副德性，完全不敢想像怎麼出去覓食。但她知道明天只會更糟，瘀青會硬掉。

多莫佛雅忽然緊張起來。「小心森林，」她跟著瓦西婭走到門口，補上一句。「森林對陌生人不友善，最好天黑前回來。」

「天黑會怎樣？」瓦西婭問。

「季——季節會變。」多莫佛雅絞著雙手說。

「什麼意思？」

「只要季節一變，妳就回不來了。就算回來，地方也會不一樣。」

「怎麼不一樣？」

「就是不一樣！」多莫佛雅跺腳喊道：「快去！」

「好好好，」瓦西婭好聲好氣說：「我會天黑前回來。」

11 蘑菇

冬末森林裡的食物少得可憐，而且瓦西婭兩手水泡，幾乎無法碰任何東西。但她非試不可，否則就得挨餓，因此還是被趕出了屋門。

清晨涼意濃濃，皎潔有如珍珠，藍中帶灰的冰上飄著捲捲迷霧，結凍的水旁圍著一圈古木，漆黑枝幹有如朝天的手掌。霜凍讓地面銀光閃閃，四面八方全是擺脫冬日束縛的水在呢喃。森林裡有一隻鶇鳥鳴叫，到處都見不到馬的蹤影。

瓦西婭站在腐朽的臺階上，眼前的景致是那麼純粹而純淨，讓她差點忘了悲傷，直到凍僵。但肚子提醒了她。她必須活著，而要活著，她就得吃。於是瓦西婭把心一橫，朝森林裡走去。

前世的她一年四季都會跑到雷斯納亞辛里亞的森林裡。春天她會在原野散步，任陽光照亮頭髮，偶爾會和她剛從長眠醒來的朋友露莎卡打招呼。但她已經不再步履輕盈，而是跛了腳，似乎每走一步就多一個痛處。她父親一定很難過，他那腳步輕輕、心情也輕輕的女兒不見了，再也不會回來。

四下不見人煙，而且撇開那屋子之外，感覺也不曾有過。一個人靜靜走著，讓瓦西婭靈魂裡鬱積的憤怒、驚恐與哀傷逐漸融化。她開始審視地形，思索這裡可能找到哪些食物。

忽然間，一道不尋常的暖風拂過她的頭髮。她已經看不見屋子了。樹林間一小片陽光照亮的空地開著蒲公英，讓她吃了一驚。她彎腰拔了幾片葉子。這麼早？她一邊啃著葉子一邊往前走，小心翼翼動著痠痛的下巴。

又是一片蒲公英，還有野洋蔥。樹頂上已經滿是陽光。那是葉子蜷曲的青嫩酸模草，這是——野草莓嗎？瓦西婭停下腳步。「現在還太早了，」她喃喃道。

的確如此。那是——蘑菇嗎？是貝利耶？幾朵淺白菌傘從一堆枯葉裡微微冒出頭來。瓦西婭口水直流。她走過去摘了幾朵，然後低頭細看。其中一朵長了斑點，在陽光下似乎微微發光，有點古怪。

不是斑點，是眼睛。最大的那朵蘑菇睜著晦紅的眼睛瞅著她。那根本不是蘑菇，而是謝爾特，身高幾乎只有她上臂那麼長。這時，一個蘑菇精靈從落葉裡鑽出來，氣沖沖瞪著她說：「妳是誰？」他聲音近乎尖叫。「為什麼到我的森林來？」

他的森林？「闖入者！」他嘰嘰叫嚷，瓦西婭明白他在害怕。

「我不曉得這裡是你的森林，」她攤開雙手，動作僵硬地蹲了下來，好讓謝爾特看個清楚。冰冷的苔蘚浸濕了她綁腿的膝蓋。「我沒有惡意，只是想找吃的。」

蘑菇精靈眨了眨眼說：「其實**不算**我的森林——」接著匆匆補上一句：「但無所謂，妳不能來這裡。」

「就算我給你東西嗎？」瓦西婭說著將一朵完好的蒲公英放在那小傢伙面前。

那謝爾特用發灰的手指摸了摸蒲公英，身形頓時清晰了起來，感覺更像小人，而不是蘑菇。他低頭看了自己一眼，接著又抬頭看她，臉上寫滿了困惑。

接著他將花一甩。「我不相信妳！」他喊道：「妳以為能使喚我嗎？不可能！我才不在乎妳給我什麼。熊自由了，**他**說我們現在要自己保衛自己。只要投靠他，我們就能讓人再次相信我們，再次受人敬拜，再也不用和女巫交換條件。」

瓦西婭沒有回答，而是連忙起身。「你們要怎麼自己保衛自己？」她一邊說著，一邊提心吊膽環顧左右，但沒發現任何動靜，四周陽光普照，只有鳥兒掠過。

沒有回答。「我們會做厲害和恐怖的事，」蘑菇精靈說。

瓦西婭努力掩藏心裡的焦躁。「什麼意思？」

蘑菇精靈驕傲仰頭，但其實不算回答。也許他並不知道。

厲害和恐怖的事？瓦西婭一眼留意寂靜的森林。儘管深陷失落、傷痛與驚恐，她依然不停在意自己在莫斯科的最後一晚透露了什麼。莫羅茲科釋放了熊，他這樣做引發了什麼？對她和她的家人代表什麼？對羅斯又意味著什麼？

他為什麼要那樣做？

她心底一個小小的呼喊：**他愛妳，所以獻出了自己的自由**。但不可能只有這個理由。瓦西婭沒有自戀到認為冬王會為了一個凡人女孩，犧牲他長久守護的一切。

比「為什麼」更重要的是，那她打算怎麼辦？

我必須找到冬王，她心想，**必須再把熊關住**。但兩件事她都毫無頭緒，她傷勢沒好，而且餓著肚子。

「你為什麼覺得我想要使喚你？」瓦西婭問蘑菇精靈。她沉思時，蘑菇精靈已經躲到木頭底下，瓦西婭只看見兩隻眼睛骨溜溜瞅著她。「誰跟你說的？」

蘑菇精靈探頭出來，沉著臉說：「沒有人跟我說。我不是笨蛋，不然女巫會要什麼？不然妳走上穿越午夜的路做什麼？」

「我是為了活命才逃來的，」瓦西婭答道：「我到森林裡只是因為肚子餓了。」為了證明自己所言不虛，她立刻從簍子裡撈出一把雲杉尖，認真啃了起來。

蘑菇精靈依然不大信服，說：「我可以告訴妳比較好的食物長在哪裡，如果，如果妳真的像自己說的肚子餓了。」他緊盯著她。

「我是肚子餓了，」瓦西婭立刻回答，同時站起身來。「我很樂意有人帶路。」

「好吧，」那謝爾特說：「那就跟我來。」說完他便一溜煙鑽進矮樹叢中。

瓦西婭想了想，決定跟上去，但始終保持在看得見湖的位置。她不信任這座森林不懷好意的沉默，也不信任那個蘑菇小精靈。

❄

瓦西婭的不信任很快便加上了驚嘆，因為她發現自己來到了仙境。雲杉尖又綠又嫩，蒲公英在湖邊搖風頷首。她吃吃採採、採採吃吃，忽然發現腳邊有一小撮藍莓，還有更多草莓藏在濕漉漉的綠草下。春天已遠，夏日正盛。

「這裡是什麼地方？」瓦西婭問蘑菇精靈。她心底已經為他取了名字：爹德格里布[23]，意思是蘑菇老爹。

蘑菇精靈神情古怪看了她一眼。「這裡是中午和午夜、冬天和春天的交界，而湖就在正中央。所有地方和湖水相連，可以從這裡走到另一個地方。」

這裡是魔法國度，她曾經夢想過的地方。

瓦西婭敬畏沉默了片刻，接著又問：「如果走得夠遠，是不是能到冬之國？」

「對，」那謝爾特雖然一臉狐疑，還是老實說了。「但走路很遠。」

「冬王在那裡嗎？」

爹德格里布又神情古怪看了她一眼。「我哪知道？我在雪裡又活不了。」

瓦西婭皺眉沉思，將注意力轉回填滿簍子和肚子。她找到了水芹、藍莓及醋栗，還有黃花九輪草與草莓。

瓦西婭不停走著，朝夏日森林的深處去。**索拉維來這裡一定樂死了**，她一邊踩傷腳下的嫩草一邊想著，**說不定我們還能一起去找他的家人**。悲傷頓時沖走了陽光灑在背上的喜悅，抹去了爛熟草莓在她齒間留下的芬芳。但她還是繼續採集。溫暖青翠的世界平靜了她受傷的靈魂。蘑菇老爹時而出現，時而消失。他喜歡躲在木頭下，但她始終感覺他看著她，目光好奇而狐疑。

日正當中時，瓦西婭想起多莫佛雅的警告和她對她的承諾。她力氣還沒恢復，但不論接下來發生什麼，她都需要體力，於是便說：「我採夠了，必須回去了。」

爹德格里布從一株殘幹後方冒出來。「妳還沒到最好的地方，」他指著遠方一處金中帶紅的樹林反駁說。那裡感覺就像秋天變成了一個地方，可以直接走進去似的，跟她此刻置身的夏天一樣。「只要再往前一點就到了。」

瓦西婭好想去一探究竟，想到栗子與松果更讓她流口水，但最後還是多莫佛雅的警告佔了上風。「我已經吃夠行事莽撞的苦頭了，」她對爹德格里布說：「這些夠我一天不會餓肚子了。」

蘑菇精靈似乎很不高興，但沒說什麼。瓦西婭依依不捨開始往回走。這個夏之國熱氣騰騰，她卻一身初春裝扮，穿著長袖羊毛衫和長襪。裝滿莓果的簍子在她臂彎裡左搖右晃，她雙腳開始抽痛，

---

23 爹德格里布：蘑菇老爹。這個角色沒有史料依據，靈感來自蘇維埃時期的一部老兒童電影《莫羅茲科》，目的在向片中一位人物致敬。

肋骨也疼得要命。

森林在她左方竊竊私語，悄悄觀望，湖水在她右側一片湛藍。瓦西婭瞥見樹林間有個小沙灣。口渴的她朝湖走去，蹲在岸邊掬水喝。那水和空氣一樣乾淨，冰得讓她牙齒痠疼。包紮的傷口刺刺癢癢，早上用海綿擦拭身體完全沒有洗去那感覺已經穿透骨髓的骯髒。

瓦西婭突然起身開始脫衣服。多莫佛雅要是知道她將她小心翼翼替她穿好、包紮好的衣服和繃帶全拆了，肯定會發脾氣，但她才不在乎。內心的渴望讓她雙手顫抖，彷彿那乾淨的水能抹去她身上的塵土與心裡的記憶。

「妳在做什麼？」爹德格里布問。他躲在陰影裡，離沙子和岩石遠遠的。

「我想游泳。」瓦西婭說。

爹德格里布張開嘴巴，然後閉上。

瓦西婭頓了一下說：「有什麼理由我不該下水嗎？」

蘑菇精靈緩緩搖頭，緊張地瞥了湖水一眼。也許他不喜歡水。

「很好，」瓦西婭說道。她有點遲疑，但聖母在上，她此刻只想脫去這身皮囊，變成另一個人。縱身湖裡或許能平靜她的心。「我不會游遠，你能幫我看著簍子嗎？」

❄

瓦西婭走進湖裡。起先底下是石頭，踩得她不停縮腳，接著湖底變成了爛泥。瓦西婭跳進水裡，立刻尖叫浮出水面。冰冷的湖水讓她肺部收縮，感官像著火一般。她回到岸邊附近，開始游泳。炙熱陽光令人很不習慣，湖水讓她心情大好，但實在冰得很。最後她游夠了，準備回到岸上，在陰涼處擦乾身體，躺著曬太陽……

但當她一回頭，卻發現放眼望去只有湖水。

瓦西婭身體轉了一圈，什麼都沒有，感覺就像全世界突然被吸進湖裡一樣。她吃驚地在水裡踩了幾下，開始感到害怕。

「我沒有惡意。」瓦西婭大聲說道，努力不去理會打顫的牙齒。

沒有回應，瓦西婭又游了一圈，還是沒有動靜。水這麼冷，只要一慌就跟送死無異。她只能硬猜，然後聽天由命。

忽然一個影子從湖水裡冒出來，擋在她面前，嘩啦的水聲有如嘶吼一般。那東西鼻孔裂開，夾在兩隻圓鼓鼓的眼睛中間，獠牙彎彎蓋過下顎，顏色好比岩石，只要一吐氣嘴裡就會冒出熱風，還有油膩膩的液體從臉上滑落。

「我要淹死妳。」他低聲說道，隨即朝她撲來。

瓦西婭沒有回答，一手彎成杯狀用力拍打水面，發出雷鳴的聲響，嚇得那謝爾特往後退開。瓦西婭吼道：「不會死的魔法師殺不了我，有全莫斯科人撐腰的神父也要不了我的命，你憑什麼認為**你做得到？**」

「妳跑到我的湖裡。」那謝爾特露出漆黑的牙齒說。

「我是來游泳，不是來送命的！」

「這件事由我決定。」

瓦西婭努力忽略肋骨的刺痛，保持語氣冷靜。「擅闖是我的錯，但我不欠你命。」

那謝爾特的呼吸熱辣辣掃過她臉龐。「我是巴吉尼克，」他大聲咆哮：「**我**說妳的命是我的。」

瓦西婭的腿快抽筋了。「昨晚謝肉節，我在莫斯科殺了不死者卡斯契。」

「騙人！」巴吉尼克吼道，接著又朝她撲來，差點將她壓進水裡。

瓦西婭毫不退縮，注意力幾乎都用在不往下沉。「我是騙了人，」她說：「也付出了代價。但這件事我說的是實話。我殺了他。」

巴吉尼克突然閉上嘴巴。

「我認得妳了，」他喃喃道：「妳和妳家人長得很像。妳走上了穿越午夜的路。」

瓦西婭沒時間聽巴吉尼克恍然大悟。「但我家人離我很遠。我說過我沒惡意。岸邊在哪裡？」

「很遠？但也很近。妳根本不了解自己，也不了解這個地方。」

瓦西婭開始往下沉。「老爺爺，我要回岸邊！」

巴吉尼克滿口黑牙水水亮亮，有如水蛇游了過來。「來吧，很快就好了。妳一溺水，我就能靠妳血的回憶活上一千年。」

「我不要。」

「不然妳有什麼用處？」巴吉尼克反問道，不停朝她游近。「**溺死吧**。」

瓦西婭用盡最後的力氣，讓麻木的手腳繼續划動。「我有什麼**用處**？沒有。我犯的錯多得數不清，世界已經沒有我容身之處。但就像我剛才說的，我還是不會為了滿足你而死。」

巴吉尼克衝著她的臉齜牙咧嘴，而瓦西婭無視身上有傷，用手臂扣住他的脖子。巴吉尼克使勁一撲，差點掙脫她，可是沒有。她雙手再次注滿之前在莫斯科扳斷籠柱的力量。「你威脅不了我，」她在那謝爾特的耳邊說道，接著吸一口氣，和他一起沉入水中。兩人一起浮出水面，她依然沒有放手，而是喘著氣說：「我或許明天就會死，或許活到老得又酸又臭，但你只是湖裡的鬼怪，**沒資格**

命令我。」

巴吉尼克僵住不動，瓦西婭鬆開臂膀不停咳水，感覺骨折的那側身體肌肉緊繃。她的鼻子和嘴裡都是水，幾處傷口也再度裂開流血。巴吉尼克嗅聞她淌血的肌膚，瓦西婭沒有閃躲。

不料那謝爾特竟然溫和下來，說：「看來妳終究不是沒有用處，我已經很久沒有感覺這麼有力了，自從——」他沒有把話說完。「我會帶妳上岸。」他忽然一臉熱切。

瓦西婭感覺自己緊抓著一個曲曲長長的身體，熱得燙人。她四肢一抖，感覺手腳重新恢復了力氣。她小心問道：「你說我和我家人長得很像，那是什麼意思？」

巴吉尼克在水裡蛇行，回答她說：「妳不知道？」語氣急切得有些古怪。「橡樹旁的屋子裡住過一名老婦人和她的雙胞胎女兒，她們養了馬，讓馬在湖邊吃草。」

「什麼老婦人？我才去過橡樹旁的屋子，那裡已經變成廢墟了。」

「因為魔法師來了，」巴吉尼克告訴她：「一名英俊的年輕人。他說他想馴馬，結果馴服了老婦人的大女兒塔瑪拉。兩人一起在仲夏的湖水裡游泳，他在秋天暮光中輕輕許下承諾。後來塔瑪拉為了他，替金馬札爾普提薩套上了金籠頭。」

瓦西婭聽得聚精會神。這是她的家族過往，被一個遙遠國度的湖中精靈不經意地隨口說出。她外婆就叫塔瑪拉，而且騎著一匹神奇的馬，來自遙遠的地方。

「魔法師帶著金馬，離開了湖邊的國度，」巴吉尼克接著說：「塔瑪拉哭著騎馬追了出去，發誓一定將母馬帶回來，發誓她同樣愛他。但她再也沒有回來，魔法師也是。他讓自己成了凡人世界的大地主。沒有人知道塔瑪拉後來如何。悲傷的老婦人關閉了通往這裡的每一條路，還派人守著，除了穿越午夜的路。」

瓦西婭腦中閃過一百個問題，而舌頭立刻抖出第一個。「其他的馬怎麼了？」她問：「我昨晚看見幾頭，他們都很野。」

湖中精靈默默游了一陣，瓦西婭以為他不會答了，但巴吉尼克用低沉野蠻的嗓音說：「妳看見那幾頭就是僅存的了，其他從湖邊跑走的都被魔法師給殺了。他偶爾會抓到小馬，但他們都待不久，不是死了就是逃了。」

「天哪，」瓦西婭低聲道：「怎麼會？為什麼？」

「這個國度的馬，他們是世上最美妙的東西。魔法師駕馭不了他們，無法馴服或利用他們，所以就把他們殺了。」巴吉尼克接著說，聲音輕得幾乎聽不見。「活著的那些——老婦人將他們留在這裡，所以平安。但如今她不在了，馬一年比一年少。這世界失去了原有的美妙。」

瓦西婭默然無語。回憶熊熊燃燒著火焰，還有索拉維的命脈。

「那些馬，」她低聲道：「他們是從哪裡來的？」

「誰曉得？他們是大地生出來的，本性就如魔法一般。不用說，人和謝爾特都想馴服他們。有些馬樂於成為坐騎，」巴吉尼克接著說道。「天鵝、鴿子、貓頭鷹和烏鴉，還有夜鶯——」

「我知道夜鶯怎麼了，」瓦西亞幾乎無法啟齒。「他是我朋友，已經死了。」

「那些馬從來不做不聰明的選擇，」巴吉尼克說。

瓦西婭什麼也沒說。

她沉默良久，接著抬起頭說：「你可以告訴我，熊把冬王關在哪裡嗎？」

「不記得了。在很久以前，很遠的地方，永不改變的黑暗盡頭。」湖妖說：「妳覺得熊有可能冒險讓自己的哥哥重獲自由嗎？」

「不可能，」瓦西婭說：「我想他不可能那樣做。」她突然感覺說不出的疲憊，世界又大又怪，一切感覺都不真實，令人發瘋。她不曉得該做什麼，也不曉得該怎麼做，只是將頭靠在謝爾特溫暖的背上，不再開口。

❄

直到聽見湖水拍打小石灣的呢喃，她才察覺天色變了。

他們在水裡這段時間，太陽已經西斜，陽光變得冰冷而黃綠。夜幕將至，瓦西婭置身夏日暮色中，金黃天光已經消散，彷彿被湖水吞噬。瓦西婭嘩啦翻身游入淺灘，跌跌撞撞上了湖岸，拉長的灰色樹影映在水面，她的衣服擺在陰影處，冷冷疊成一堆。

巴吉尼克半潛在湖中，有如一抹黑影。瓦西婭忽然害怕起來，轉頭說：「白天到哪裡去了？」

她看見巴吉尼克的眼睛在水底下，牙齒閃閃發光。「你是故意把我帶到暮色來嗎？為什麼？」

「因為妳殺了魔法師，而且不讓我把妳殺了。因為話已經在謝爾特之間傳開了，我們都很好奇。」巴吉尼克的回答飄出了陰影之外，隨風散逸。「我建議妳生火。我們會看著妳。」

「為什麼？」瓦西婭又問了一次，但巴吉尼克已經潛入湖裡消失了。

瓦西亞氣得無法動彈，努力不去理會心底的恐懼。白天在她四周匆匆退散，彷彿森林決心一入夜就將她逮住。瓦西婭已經習慣了自己的蠻力，現在必須挺住身體千瘡百孔的虛弱。她得撐過半天才能走回橡樹旁的屋子。

季節會變，多莫佛雅這樣跟她說。那是什麼意思？她能冒險嗎？應該冒險嗎？瓦西婭抬頭望著逐漸聚攏的黑暗，知道自己天黑前不可能回去了。

那就待著吧，她做出決定。她要聽從巴吉尼克不懷好意的建議，利用最後一點陽光撿拾柴薪。不論這地方暗藏多少危險，有火總比沒有好，還有填飽肚子。

瓦西婭開始撿柴，一邊氣惱自己太好騙。雷斯納亞辛里亞的森林對她很好。那份信任並未消失，即使這地方沒有理由和善。耀眼的夕陽染紅了湖水，微風沙沙拂過松林。湖面徹底平靜，夕照下金澄一片。

她找到一片倒樹，正在砍樹枝時，爹德格里布又出現了。「妳難道不曉得不能在新的季節在湖邊過夜嗎？」他問。「否則舊的季節就回不來了。妳要是明天才回到橡樹旁的屋子，那就是夏天，再也不是春天了。」

「巴吉尼克把我困在湖裡，」瓦西婭冷冷回答，心裡想起冷杉林中莫羅茲科住處那些皎潔雪白的日子。**妳會在離開的那天夜晚回來**，他曾經這樣對她說。確實如此，即使她在他房子裡待了幾天，甚至幾週，但確實如此。而現在——會不會她在這個夏之國度過一晚，更遼闊的世界就過了月亮的一個圓缺？既然在湖邊待幾分鐘就過了一天，還有什麼不可能的？這個想法令她不寒而慄，甚至比巴吉尼克的威脅更可怕。白天與黑暗、夏日與冬季的交替早已是她的一部分，就如呼吸一般。難道這裡完全沒有週期與遞嬗？

「**我**以為妳再也不會從湖裡出來了，」那謝爾特老實說：「我知道那些大頭做了計畫對付妳。再說，巴吉尼克討厭人。」

瓦西婭懷裡抱了一堆樹枝，氣得將柴扔到地上。「你可以告訴我的！」

「為什麼？」爹德格里布答道：「**我**又不能干涉大頭的計畫。再說，妳讓其中一匹馬死了，不是嗎？或許巴吉尼克殺了妳算是討回公道，因為他很愛那些馬。」

「公道？」瓦西婭反駁道，過去幾天鬱積在她心底的憤怒、歉疚與無助忽然一股腦地決堤了。「過去幾天我受到的**公道**還不夠多嗎？我只是來這裡填飽肚子，沒有對你，對這座森林做任何事。**可是**你，你們所有人還是——」

瓦西婭啞口無言。她恨恨抄起一根樹枝，朝蘑菇精靈的小腦袋敲了下去。

她沒想到他會是這種反應。只見那謝爾特的頭和肩膀被削掉一塊，雲朵般的肉被砍了下來。他哀號一聲倒在地上，瓦西婭嚇得呆立原地，怔怔望著爹德格里布由白轉灰，再變為棕色，就像被小孩不慎踢到的蘑菇。

「不要，」瓦西婭驚惶喊道：「不要，我不是故意的。」她想也不想便跪下來，伸手摀著他的腦袋。「對不起，」她說：「我不是故意要傷害你的，對不起。」

爹德格里布不再變灰。瓦西婭發現自己在哭。她不曉得過去幾天的暴力已經在她心底扎了那麼深，不曉得那暴力還蜷縮在她體內，等著她在驚恐憤怒下傾巢而出。「請原諒我，」她說。

那謝爾特眨了眨血紅的眼睛。他還有呼吸，還沒斷氣，而且看上去比剛才還要真實，破碎的身體也已癒合。

「妳為什麼要這樣對我？」蘑菇精靈問。

「我不是故意要讓你受傷的，」瓦西婭用掌根摀著眼睛說：「我無意傷害任何人，」她手腳都在發抖。「但你說得沒錯，我——我……」

「妳——」蘑菇精靈一臉困惑望著自己雲灰色的手臂。「妳把眼淚給了我。」

瓦西婭搖搖頭，使勁想說些什麼。「我是為我的馬哭的，」她勉強擠出聲音：「還有我姊姊，甚至莫羅茲科，」她揉揉眼睛，試著擠出微笑。「為你只有一點點。」

爹德格里布嚴肅望著她。瓦西婭不發一語，吃力站起身來，繼續為過夜做準備。

❄

她在空地堆柴火時，蘑菇精靈又說話了。他半躲在落葉堆裡說：「妳剛才說**為了莫羅茲科**。妳在找冬王嗎？」

「對，」瓦西婭立刻回答：「我在找他。如果你不曉得他在哪裡，有沒有你認識的人可能知道？」熊的話——**他用他的自由交換妳的性命**——字字敲打在她的腦袋深處。冬王為什麼要那樣做？**為什麼？**而在回憶更深處，莫羅茲科說，**就我所及，我——**

她將柴火整整齊齊疊成方形，火種放在較大的樹枝之間，一邊說話一邊擺好松針準備引火。

「午夜知道，」爹德格里布說：「她的國度和古往今來所有午夜都有接壤。但我懷疑她會告訴妳。至於還有誰知道——」爹德格里布沒往下說，顯然努力思索。

「你這是在幫我嗎？」瓦西婭蹲在地上驚訝問道。

爹德格里布說：「妳給了我眼淚和一朵花。我要投靠**妳**，不追隨熊。我是第一個。」他挺著胸膛說。

「第一個什麼？」

「站在妳這邊。」

「我這邊是哪邊？」瓦西婭問。

「妳覺得呢？」爹德格里布說：「妳拒絕了冬王，也拒絕了他弟弟，不是嗎？這讓妳成了他們兩方惡鬥裡的第三股力量。」他皺起眉頭。「還是妳打算找到冬王，加入**他**那邊？」

「我不清楚差別在哪裡，」瓦西婭說：「誰在哪一邊之類的。我想找到冬王，是因為我需要他幫忙。」這不是唯一的理由，但她不想全部解釋給蘑菇精靈聽。

爹德格里布不在乎地揮了揮手。「欸，就算他加入妳這邊，我永遠都是第一個。」

瓦西婭皺眉望著還沒生起的火。「你要是不曉得冬王在哪裡，怎麼幫助我？」她小心翼翼地問。

爹德格里布沉吟片刻。「我很懂蘑菇，可以要他們統統長出來。」

這可把瓦西婭逗樂了。「我喜歡蘑菇，」她說：「你可以幫我找利西曲奇[24]嗎？」

就算爹德格里布有回答，瓦西婭也沒聽見，因為她忽然倒抽一口氣，靈魂再度充滿了對於火的焦灼回憶。只見柴堆烈焰沖天，瓦西婭滿足地添加細枝。

爹德格里布目瞪口呆。四周細語聲此起彼落，彷彿樹木在交頭接耳。「妳得小心。」過了半晌，爹德格里布說。

「為什麼？」瓦西婭仍然心滿意足。

「魔法會使人瘋狂，」蘑菇精靈說：「過度扭曲現實會讓人忘了什麼才是真實。不過或許還是會有其他謝爾特追隨妳。」

這時湖裡忽然迸出兩隻魚，彷彿想打斷他的話似的落在岸上張口喘息，身體映著營火紅中帶銀。

「追隨我去哪裡？」瓦西婭有點火了，但還是上前拾起魚，勉為其難朝湖水的方向說一句「謝謝」。就算巴吉尼克聽見了，他也沒有回應，但瓦西婭不認為他有離開。他在等待。

等待什麼？她不知道。

24 利西曲奇：雞油菌，菇類的一種。

12 討價還價

瓦西婭挖出魚的內臟，將魚用黏土裹好，放到炭火上烤。爹德格里布信守諾言，蹦蹦跳跳找了幾把蘑菇回來，可惜他不認得利西曲奇，也不知道哪些蘑菇能吃，害瓦西婭只得自己將毒蕈挑出來。她將能吃的菇連同香草和野洋蔥塞進魚腹中，烤好之後不顧手指被燙傷大快朵頤了一番。

填飽肚子很舒服，過夜就不是了。湖邊狂風大作，瓦西婭始終感覺被人窺伺著，被她看不見的眼睛上下打量。她感覺自己就像闖進一個她不了解的故事，身旁的人都等著她扮演某個角色，她卻不曉得該扮演什麼。索拉維不在身旁就像一個折磨人的厄運，怎麼也不會消失。

最後瓦西婭冷得打起盹來，然而情況並未好轉。她夢見拳頭和猙獰的面孔，夢見自己喊著要她的愛馬快逃。但當他變成夜鶯，卻被人用箭射下天空。瓦西婭喊著馬的名字從夢裡驚醒，聽見暗處傳來凌亂的馬蹄聲。

❄

瓦西婭勉強起身，光腳站在涼爽的夏日蕨叢之中，身體又痛又僵。營火已經燒得剩下幾塊邊緣泛紅的木炭，月亮低垂在地平線上。一道光照進樹林，瓦西婭想到拿著火把的人，直覺就想逃跑。

但她瞇眼細看，發現不是火把，而是那頭金馬，獨自一個。她身上的光芒比昨晚黯淡許多，而且跛了一隻前腳，胸口沾滿泡沫。瓦西婭感覺森林遠處有人竊竊私語，風裡突然臭味瀰漫。

她立刻添了樹枝到微弱的營火裡，並且喊道：「這裡。」

金馬吃力邁出步伐，沒絆到東西就拐了一下，垂頭喪氣朝瓦西婭走來。在重新變旺的火光下，一道又深又長的傷口在她前腿清楚可見。

瓦西婭拿起斧頭和一根燃燒的樹枝。她看不見誰在追趕金馬，但味道愈來愈濃，有如烘熱屍體發出的腐熟惡臭。瓦西婭抓著不堪一擊的武器，朝水邊退後。她根本不喜歡這頭讓莫斯科陷入祝融的活火苗，可是——她已經辜負了自己的馬，絕對不能再辜負這一頭。「這邊。」她說。

金馬沒有回答，只有全身上下散發的驚惶，但還是繼續朝瓦西婭走來。

「爹德格里布。」瓦西婭喊道。

暗處一撮蘑菇發著病懨懨的綠光，瑟瑟發抖。「妳千萬要活著，不然我當第一個又有什麼好處？**所有謝爾特**都在看。」

「什麼意——？」

但就算他回答了，瓦西婭也沒聽見，因為熊已經輕聲慢步踏出樹林，頂著月光來到湖邊。

❄

熊在莫斯科時外表和人一樣，現在依然如此，只是長出獠牙，獨眼裡閃著野蠻，體內的獸性有如背後的黑影張牙舞爪。他看上去更陌生、更蒼老，在這個不可能的森林裡有如回家一般怡然自得。

「我想，這就是巴吉尼克要我留在森林過夜的原因了吧？」瓦西婭僵著身體說。矮樹叢裡傳來猙獰的呼吸聲。「畢竟他之前想要我死。」

熊沒有傷疤的那側嘴角微微上揚。「也許是，也許不是。別再像貓一樣豎著毛髮了，我不是來取妳性命的。」

燃燒的樹枝開始燒到她的手，她將樹枝扔到兩人之間。「不然要抓火鳥嗎？」

「當然不是，但讓我的手下有個消遣也不壞，」熊朝金馬咧嘴獰笑，金馬畏縮後退，後腳踩進水中。

「別碰她！」瓦西婭吼道。

「好吧，」沒想到熊竟然這樣回答。他在營火旁的一根木頭上坐下。「妳不過來跟我一起坐嗎？」瓦西婭沒有動。黑暗中，熊咧嘴微笑，犬齒般的尖利獠牙閃閃發亮。「老實說，妳的小命我根本不稀罕，瓦西莉莎．彼得洛夫納，」他雙手一攤說：「我來是想給妳一個提議。」

瓦西婭沒想到他這樣說。「你之前提議饒我一命，我沒接受。我是靠自己活下來的，你覺得我還會接受你的提議嗎？」

熊沒有直接回答，而是抬頭望著樹頂的星光，深深呼吸夏夜晚風。她看見他眼裡映著星光，彷彿經歷多年黑暗之後正在暢飲天空。她完全不想了解那種喜悅。「我饒過了無數注定前往我哥哥的國度邊緣的人的性命，」熊說：「妳覺得我呼呼大睡的時候，他有把這世界管好嗎？」

「至少莫羅茲科醒來沒有造成毀滅，」瓦西婭說。金馬站在她的身旁，鮮血不停滴到湖中。

「你到莫斯科做什麼？」

「找樂子，」熊直言不諱。「我哥哥也做過同樣的事，只是他現在喜歡扮聖人。以前我們比較像，畢竟是雙胞胎。」

「你如果希望我相信你，想都別想。」

「然而——」熊接著說：「我哥哥認為人類和謝爾特可以共有這個世界，他真是蠢到家了。人類就像病菌一樣不斷孳生，愛敲教堂大鐘，還遺忘了我們。只要放任人類，這個世界就再也不會有謝爾特，沒有穿越午夜的路，所有奇妙更會一點不剩。」

瓦西婭不想了解熊為何一臉讚嘆仰望夜空，也不想認同他的說法，但他說得對。放眼羅斯，所有謝爾特都變得淡如輕煙，只能用抓不住東西的手和記不住事情的頭腦守護水域、森林和住家。瓦西婭沒有回答。

「人怕自己不了解的事物，」熊喃喃道：「他們傷害妳、打妳、吐妳口水，將妳送上火刑臺。人會抹去這世界的所有野性，直到再也沒有巫女可以躲藏。他們會燒死妳和所有妳的同類。」這是她最深、最痛苦的恐懼，他肯定瞭若指掌。「但事情不必變成這樣，」熊接著說：「我們可以拯救謝爾特，拯救月亮與午夜之間的國度。」

「是嗎？」瓦西婭問，聲音有些不穩。「**我們**能怎麼做？」

「跟我到莫斯科，」熊站了起來，沒有傷疤的半邊臉頰紅紅映著火光。「幫我推倒鐘樓，推翻王公的權柄。跟我結盟，妳就能向敵人報仇，再也沒有人敢奚落妳，瞧不起妳。」

梅德韋得是靈體，跟爹德格里布一樣不是血肉之軀，但在這片空地上，他卻像注滿了原始的生命力。「你殺了我父親。」瓦西婭說。

熊兩手一攤說：「是你父親自己撲向我的爪子。我哥哥用謊言騙妳站到他那一邊，對吧？靠著半真半假的暗夜細語和那雙藍色眼眸，他對少女真的很有吸引力吧？」

瓦西婭努力不讓臉龐洩漏任何情緒。熊嘴角微微上揚，接著說：「但我現在要妳加入我這一邊，靠的不是別的，只有真相。」

「你要是只帶了真相，就坦白跟我說你要什麼，」瓦西婭說：「少點花言巧語，多點老實話。」

「我要盟友。站到我這邊，向敵人復仇吧。我們將會再次統治大地，我們這些古老的存在。這就是謝爾特要的，所以巴吉尼克才會帶妳來這裡，所以他們才會統統在觀看。他們在等妳聽我說話，接受提議。」

他在撒謊嗎？

瓦西婭心底一驚，因為她發現自己竟然在想若是接受提議，讓心底的憤怒發洩成暴力會是如何。她可以感覺面前這個疤痕累累的傢伙體內有著同樣的衝動。他了解她的罪與哀愁，了解她那宣洩在爹德格里布頭上的暴怒。

「沒錯，」熊低聲道：「我們互相了解。不先打破舊世界，就無法創造新天地。」

「打破？」瓦西婭問道。她幾乎認不得自己的聲音。「你想打破什麼，好創造你說的那個新天地？」

「沒有什麼是不能修復的。想清楚吧，想想那個不願意面對火的女孩。」

瓦西婭很想充滿力量回到莫斯科，推翻那座城。他的野性召喚著她，他被長期監禁的悲傷也是。金馬動也不動。

「我能報仇嗎？」她喃喃道。

「能，」熊說：「百分之百。」

「坎斯坦丁．尼可諾維奇會慘叫而死嗎？」

她感覺熊遲疑半秒才回答。「他會死。」

「還有誰會死，梅德韋得？」

「每天都有人死。」

「那些人死是出於神的旨意，不是因為我，」瓦西婭說。她沒拿斧頭的那隻手的指甲深深掐進掌心裡。「沒有人應該為了我的悲傷而死。你覺得我是笨蛋，可以朝我耳朵灌迷湯嗎？我不是你的盟友，你這個怪物，永遠也不會是。」

她感覺森林裡漫起一陣竊竊私語，但她分不清出那聲音是歡喜或失望。

「唉，」熊答道，語氣聽起來是真的惋惜。「妳有些地方冰雪聰明，瓦西莉莎．彼得洛夫納，有些地方卻蠢得厲害。妳要是不站在我這邊，當然只有死路一條。」

「你的自由是用我的命換來的，」瓦西婭說。她身後的湖水冷冷旁觀，金馬依然暖暖站在她身旁，渾身顫抖。「你不能殺我。」

「我的提議是為了保住妳的小命，」熊說：「妳這麼頑固愚蠢，不肯接受提議，不是我的錯。我欠的債已經還清了，再說我也不打算殺妳。妳可以活著當我盟友，也可以做我的僕人。」他忍不住嘴角上翹。「只是少像活人一點。」

❄

瓦西婭聽見一聲輕輕窸窣的腳步聲，接著又一步。她感覺脈搏在耳朵裡砰砰跳，心裡迴響起很久前的警告：**熊出來了，小心死人**。

「我要來看好戲了，」梅德韋得說：「妳決定了告訴我，」說完他後退一步。「不論妳如何決定，我都會將妳的後悔交給我哥哥。」

一名眼睛血紅、面孔骯髒的死人從她左邊走進亮處，而她右邊則是出現一名嘴唇帶血的女子，慘白的骷髏頭上依然垂著幾綹腐壞的頭髮。殭屍的眼睛血紅發黑，有如地獄深淵，只要一張嘴，尖利的牙齒就會映著殘餘的火光發出耀眼的光芒。瓦西婭和金馬被圍成半圓的殭屍攔住，而半圓愈縮愈小。

金色母馬仰起身子。那一瞬間，她背上彷彿生出巨大的火焰翅膀。但她前腳隨即落回地上，外表仍然是馬，而且受了傷。她飛不起來。

瓦西婭放下無用的斧頭，靈魂裡依然充滿火的回憶。她緊握雙拳，忘了那些殭屍並未起火。事情比她想得還順利。只見那兩個烏皮爾像火把一樣燒了起來。他們燃燒尖叫，踉蹌繞圈，不停哀號。瓦西婭不得不赤腳踩進水裡，抄起一根樹枝將它們擋開。金馬仰起上身，用前蹄瘋狂踢蹬。

「哎呀，」熊語氣一變。「莫斯科在妳靈魂裡點了火，是吧？老實說，妳還真是半個作亂妖精。妳會喜歡當我盟友的，不考慮一下嗎？」

「你不知道什麼叫閉嘴嗎？」瓦西婭問。她全身冷汗直流。又一個烏皮爾起火燃燒，現實開始搖晃閃爍。她終於明白了。**魔法會讓人瘋狂，過多的可能只會讓人忘了什麼才是真實。**

但她面前還有四個殭屍，瓦西婭別無選擇。它們不斷逼近。

熊用一隻眼睛緊盯著她的眼眸，彷彿他能在其中見到瘋狂的種子。「沒錯，」他輕聲說道：「失去理智吧，野姑娘，這樣妳就會變成我的人了。」

瓦西婭深呼吸一口氣，然後——

「夠了。」這時又一個人說。

那聲音似乎將瓦西婭從黑暗的夢境裡震了出來。只見一名寬肩大手的老婦人大步穿越樹林，一邊看著眼前的恐怖景象，一邊彷彿再自然也不過的忿忿開口：「梅德韋得，你不該在午夜試這件事的。」

同一時間，湖面湧起一道巨浪，差點淹沒瓦西婭。巴吉尼克浮現在淺灘上，齜牙吼道：「吃人者，你沒說要傷害馬。」

老婦人從前可能個子高，但年紀改變了她。她衣服粗糙，指甲過長，雙腿彎曲，背上背著一個籃子。

瓦西婭站在湖水中，感覺現實變得和霧一樣迷濛。她看見熊一臉戒慎驚恐。「妳不是死了？」他對老婦人說。

老婦人咯咯笑，一臉得意地說：「在午夜？我自己的地盤上？你應該想得到才對。」

瓦西婭彷彿置身夢中，感覺自己見到午夜惡魔頭髮微亮，兩眼如星，半躲藏在樹林裡窺伺著。熊討好地說：「我是應該想到才對。但妳何必插手？何必在乎那些叛徒家人？」

「我起碼在乎金馬，你這個餓鬼，」老婦人跺腳反駁：「回莫斯科城去嚇人吧。」

這時，一個烏皮爾鬼鬼祟祟摸到老婦人後方。老婦人沒有回頭，甚至動也沒動，那個殭屍就變成一團白火，尖叫著倒在地上。

「我還以為，」熊說：「我要等上很久才會見到妳發瘋。」他語氣裡帶著一絲敬意，讓瓦西婭吃了一驚。

「我已經瘋好幾年了，」老婦人說完哈哈大笑，瓦西婭全身汗毛都豎起。「但在午夜，這裡仍然是我的地盤。」

「這個女孩不會待在妳身邊，」熊朝瓦西婭努了努下巴說：「不論妳怎麼遊說，她都不會待下來的。她會離開妳，跟其他人一樣。到時我一定會等著。」接著他又轉頭對瓦西婭說：「妳還是可以選擇。不論妳怎麼選，最後都會站到我這一邊來，謝爾特們也一樣。」

「快走，」老婦人吼道。

沒想到熊真的走了。他朝她們兩人低頭鞠躬，隨即悄悄走進黑暗之中。他的手下搖搖晃晃跟了上去，眼裡的地獄之火消逝無蹤。

13 巴巴亞嘎

夜晚的聲響再度浮現。瓦西婭的腳在湖裡凍僵了，金馬也垂頭喪氣。老婦人抿著雙唇打量少女和馬。

「巴布席卡，」瓦西婭小心翼翼地說：「謝謝您救了我們一命。」

「妳想站在湖裡直到長出鰭來，那是妳的事，」老婦人說：「不然就到火旁邊來。」

說完她便拖著沉重的步伐走開，朝火裡添加樹枝。瓦西婭涉水走上湖岸，但金馬一動不動。

「妳流血了。」瓦西婭對她說，一邊低頭想看看她前腿的傷口。

金馬仍然耳朵緊貼腦袋，最後她說：**我用跑的，其他同伴用飛的，試圖引開烏皮爾，但它們動作太快，而且我腳扭傷了，沒辦法飛。**

「我可以幫妳。」瓦西婭主動提議。

金馬沒有回答，但瓦西婭忽然明白對方為何沒有動作了。金馬低垂著頭。「妳怕自己再被套住，是嗎？因為妳受傷了？別怕，我已經殺了魔法師，塔瑪拉也死了。」她能感覺老婦人在她背後仔細聽著。「我沒有韁繩，更沒有金籠頭。沒有妳同意，我絕對不會碰妳。到火邊來吧。」

瓦西婭說到做到，轉頭就朝營火走去。金馬沒有反應，耳朵動也不動，透露了心裡的猶豫。老婦人站在營火另一面等候瓦西婭。她頭髮花白，面容卻像是被哈哈鏡扭曲的瓦西婭。

瓦西婭又驚又餓，愣愣望著那張相似的臉孔。

森林裡感覺依然布滿窺伺的眼睛。湖邊悄然無聲了片刻，接著老婦人說：「妳叫什麼名字？」

「瓦西莉莎．彼得洛夫納。」瓦西婭說。

「妳母親叫什麼名字？」

「瑪莉娜．伊凡諾夫納，」瓦西婭答道：「我外婆叫塔瑪拉，就是替火鳥套上籠頭的那個女孩。」

老婦人目光在瓦西婭破皮瘀青的臉上、剪短的頭髮和衣服上轉了一圈，尤其是瓦西婭眼裡的神情。「妳臉那麼難看，」她漠然說道：「我很意外熊沒有被妳嚇跑。說不定他正好喜歡。很難說到底哪一個對。」她雙手顫抖。

瓦西婭默然不語。

「塔瑪拉和她妹妹都是我的女兒，對妳來說應該是陳年往事了。」

瓦西婭知道。「您怎麼還活著？」她低聲問道。

「我沒有，」老婦人說：「我在妳出生前就死了，但這裡是午夜。」

金馬踩著湖水走上岸邊，打破了兩人的沉默。她們同時轉頭看馬，只見火光不留情地照亮她身上馬刺與鞭打留下的傷疤。「妳們兩個真可憐。」老婦人說。

瓦西婭說：「巴布席卡，我和她都需要幫忙。」

「波札先，」老婦人說：「她還在流血。」

「她叫波札[25]嗎？」

老婦人聳聳肩。「有什麼名字足以描述她？波札只是我這樣叫而已。」

❄

然而，要幫金馬並沒那麼容易。只要她們一靠近，她就會倒貼耳朵，猛甩尾巴，弄得火星四射，落在夏日土地上。其中一點火星開始冒煙，瓦西婭伸腳用靴子將它踩熄，對金馬說：「不論有沒有受傷，妳都很危險。」

老婦人哼了一聲，金色母馬怒目瞪視。但波札終究是累了，最後瓦西婭伸手從她肩膀摸到膝蓋時，她只是微微顫抖。「這會很痛，」瓦西婭一臉鄭重。「妳別踹我。」

我什麼也不敢保證，金馬豎著耳朵說。

瓦西婭和老婦人一起說服金馬乖乖站著，讓瓦西婭縫合她腿上的傷，只是瓦西婭縫好傷口之後，自己身上又多了幾處瘀青。後來，備受驚嚇的波札跛著腳走到安全的遠處吃草，瓦西婭一屁股坐在營火旁，撥開臉上汗濕的頭髮。她的衣服都被金馬的體熱給烘乾了。雖然感覺離熊出現已經過了幾小時，天色依舊黑到極點。

老婦人的籃子裡有一只鍋子和幾顆洋蔥。她手朝湖裡一抓就撈出一條魚來，感覺就和爐灶裡拿出麵包一樣自然。她開始煮湯，彷彿現在不是午夜。

瓦西婭看著她。「橡樹旁的屋子，」她開口問：「那是您家嗎？」

老婦人忙著取出魚的內臟，頭也不抬說：「曾經是。」

「那個箱子——是您留在那裡，好讓我找到的嗎？」

「對。」老婦人依然頭也不抬地說。

---

25 波札：意思為火、篝火，本書中金馬（也是火鳥）的名字。這個名字包含俄文裡火鳥（zhar-ptitsa，札爾普提薩）的字根。

「您知道我——所以您是那位女巫，」瓦西婭說：「在森林照料馬的女巫。」她想到馬雅，想到那個令人害怕的古老童話人物，對方的名字不由自主衝到嘴邊。她打了個冷顫說：「巴巴亞嘎[26]，您是我的外曾祖母。」

老婦人淺笑一聲，魚的內臟在她手裡暗暗發亮。她將內臟扔回湖裡說：「應該是吧，我想。童話故事裡的女巫往往是幾個女巫東拼西湊成的。我可能是其中之一。」

「您怎麼知道我來了？」

「當然是波魯諾什妮絲塔跟我說的，」老婦人一邊回答，一邊在瓦西婭的簍子裡東翻西找，撈出蔬菜放進鍋裡。黑暗中，她的眼睛大又野蠻，映著火光閃閃發紅。「只是她拖太晚才說，差點就來不及了。她想讓妳和熊會面。」

「為什麼？」

「因為她想看妳會怎麼做。」

「**為什麼？**」瓦西婭又問了一次。她感覺自己簡直快變成不知好歹的小鬼了。她雙腳發疼，還有肋骨和臉上的割傷。她比剛才更加感覺自己被扔進一個她幾乎無法理解的故事裡。

老婦人沒有立刻回答，而是再次打量瓦西婭。之後她開口道：「大多數謝爾特並不想攻擊人的世界，但也不希望變淡消失，所以很掙扎。」

瓦西婭皺眉說：「是嗎？這跟我有什麼關係？」

「妳覺得莫羅茲科為何拚了命想拯救妳的性命？沒錯，這件事波魯諾什妮絲塔也跟我說了。」

「我不知道，」瓦西婭答道。儘管她極力克制，語調還是忍不住上揚。「妳以為是我要他這樣做的嗎？那根本是瘋子的舉動。」

老婦人眼皮低垂，眼裡閃過一絲惡意。「是嗎？我想妳是永遠不會懂了。」

「您跟我說，我就懂了。」

「因為——不行，這件事妳必須自己想辦法搞懂，或是搞不懂。」老婦人咧嘴微笑，語氣仍然不懷好意。她撒了些鹽到湯裡。「妳想走簡單的路嗎，小姑娘？」

「是的話，我就不會離家出走了，」瓦西婭反駁道，努力保持禮貌。「但我已經受夠在黑暗裡跌跌撞撞了。」

老婦人攪著熱湯，臉上表情有些異樣，正好被火光照到了。「這裡永遠是黑暗的。」她說。

瓦西婭腦中還有千百個問題，卻發現自己問不出口，為自己感到羞恥。於是她換了個語氣說：「是您派午夜到往莫斯科的路上找我的。」

「沒錯，」老婦人說：「因為我聽說有個來自我家族的女孩，帶著一匹湖邊的馬四處晃蕩，我就很好奇。」

瓦西婭想起索拉維，不禁身體一顫。湯已經好了，老女巫用勺子替自己舀了一大碗，替瓦西婭舀了小小一碗。但瓦西婭不在意，她之前已經用魚填肚子了。但湯很美味，於是她慢慢地喝。

「巴布席卡，」她問道：「您的兩個女兒離開這裡後，您有再見過她們嗎？」

巴巴亞嘎的老臉瞬間凝結，如石雕一般。「沒有，她們都拋棄了我。」

瓦西婭想起塔瑪拉凋萎的鬼魂，心想這名老婦人是否能阻止那樣的駭事發生。

---

26 巴巴亞嘎：經常出現在俄國童話裡的老女巫，住在長著雞腳不停旋轉的小屋裡，臼是她的交通工具，她會用杵控制方向，用樺木掃帚清除經過的痕跡。在冬夜三部曲中，她是瓦西婭的外曾祖母。

「我女兒竟然和那個魔法師合謀，硬是擄走了火鳥！」老婦人怒聲說道，彷彿讀到了瓦西婭的心思。「我追不上他們，那母馬是世上跑得最快的生物，但至少我女兒最後還是受到懲罰。」

瓦西婭說：「她是您女兒，您知道魔法師是怎麼對待她的嗎？」

「那是她自作自受。」

「要我**告訴**您究竟發生了什麼嗎？」瓦西婭問道，語氣有些惱火了。「關於她的勇氣與絕望？還有她困在莫斯科的特倫裡直到過世？甚至死了也無法解脫！而您竟然封住自己的國度，連幫忙她都不願意？」

「**她**背叛了**我**，」老女巫反駁道：「她寧可要男人而不是家人，還把金馬交到卡斯契的手上。瓦伐拉也離開我。她想代替塔瑪拉，可是做不到。那是當然，因為她眼睛沒有那種能力。所以她也走了，膽小鬼。」

瓦西婭僵住不動，心裡突然明白了什麼。

「我不需要她們兩個，」老婦人接著說：「所以就把路封了。除了午夜路之外，我把所有的路都封了。那條路是我的，因為午夜女士是我的僕人。我要守住這個國度不讓外人侵犯，直到新的繼承者到來。」

「守住國度不讓外人侵犯？」瓦西婭簡直不敢相信。她問：「結果害您的小孩受困在人的世界？讓她被愛人拋棄？」

「對，」老女巫說：「她活該。」

瓦西婭無言以對。

「不過，」老婦人接著說，語氣緩和下來：「我現在又有繼承人了。我知道妳有一天會來。妳能跟馬說話，用火喚醒了多莫佛雅，也沒被巴吉尼克弄死。妳不會背叛我。妳會住在橡樹旁的屋子裡，而我每天午夜會去找妳，將我知道的一切傳授給妳，教妳掌控謝爾特，保護妳的同胞平安。妳難道不想學會這些事嗎，妳這個臉被燒傷的可憐小姑娘？」

「想，」瓦西婭說：「我的確想學會那些事。」

老婦人一臉滿足坐回去。

「等我有時間學的時候，」瓦西婭接著說：「但不是現在，因為熊出來了，正在羅斯胡作非為。」

老婦人火冒三丈。「羅斯對妳有那麼重要嗎？他們不是想把妳燒死？還殺了妳的馬，不是嗎？」

「羅斯是我的家。那裡有我的哥哥和姊姊，還有我的姪女，她和我一樣看得見東西。那裡有妳的孫子，妳的曾外孫。」

老婦人眼裡閃現令人不安的異樣光芒。「又一個眼睛有能力的孩子？而且還是女孩？讓我們穿越午夜去把她帶來。」

「您是說把她偷走？讓她離開深愛她的母親身邊？」瓦西婭倒抽一口氣說：「您最好先想想您自己小孩的下場。」

「不必，」老婦人說：「我不需要她們，那兩隻小蛇蠍。」她眼神野蠻，瓦西婭心想到底是孤獨或魔法在她心裡種下了如此深的瘋狂，讓她如此憎恨自己的孩子。「妳會擁有我的力量和謝爾特，曾外孫女。」

瓦西婭起身走到老婦人面前，跪在她身旁。「謝謝您的厚愛，」她說，努力保持語氣鎮定。「日落前我還是流浪漢，現在已經是某人的曾外孫女了。」

老婦人滿臉困惑僵坐原地，眼裡帶著不甘願的期盼望著瓦西婭。

「可是，」瓦西婭接著說：「熊是因為我而釋放的，我必須看著他再次被關。」

「熊想找什麼樂子不關妳的事。他被關了那麼久，難道不該讓他出來曬曬太陽嗎？」

「他想殺了我，」瓦西婭尖刻說道：「這個樂子關我的事。」

「妳對抗不了他的。妳年紀太輕，而且見識過魔法過度的危險。他是所有謝爾特裡頭最聰明的傢伙。要不是我出面，妳早就死了。」老婦人伸出枯槁的手掌抓住了瓦西婭的手。「待在這裡跟我學習吧，孩子。」

「我會的，」瓦西婭說：「我會的。只要熊被關住，我就會回來當您的繼承人，向您學習。但我得先確保我的家人平安。您能幫助我嗎？」

老婦人收回手，臉上的神情從期盼轉為怨惡。「我不會幫妳。我只照看這座湖、這些森林，不在乎這以外的世界。」

「您至少可以告訴我冬王關在哪裡吧？」瓦西婭問。

老婦人哈哈大笑。笑得真心誠意，前仰後合，骨頭喀嚓作響。「妳覺得他弟弟會讓他像小貓一樣躺在那裡，忘記溺死他嗎？」她瞇起眼睛。「還是妳和塔瑪拉一樣，寧可要男人不要家人？」

「不是，」瓦西婭說：「但我需要他幫忙，才能再將熊關住。您知道他在哪裡嗎？」儘管她努力保持冷靜，語氣裡還是透露了幾分尖銳。

「不在我的國度。」

午夜女士還在陰暗處專心聽著她們對話。**巴巴亞嘎有三名僕人，白晝、黃昏和夜晚，三人都是騎士**，故事是這樣說的。「不論如何，」瓦西婭說：「我都要找到他。」

「妳根本不曉得從何找起。」

「我會從午夜開始，」瓦西婭簡短回答，再次瞄了午夜惡魔一眼。「假如它真的包含所有午夜，那被關住的莫羅茲科一定在其中一個。」

「午夜大得很，妳的心根本無法理解。」

「那您願意幫我嗎？」瓦西婭又問了她一次，兩眼注視著那張有如鏡中自己的面孔。「求求您，巴布席卡，我相信一定有辦法。」

老婦人嘴角囁嚅，似乎有些動搖。瓦西婭心底忽然燃起一絲希望。

但老婦人咬著牙僵硬地將頭撇開。「妳和塔瑪拉一樣壞，和瓦伐拉一樣壞，和那兩個邪惡的女孩一樣壞。我不會幫妳的，傻子。妳只會害自己喪命，害妳寶貴的冬王費盡心力保妳平安，結果卻白白犧牲了自己。」她站起身來，瓦西婭也是。

「等等，」瓦西婭說：「求求您。」午夜動也不動站在黑暗中。

老婦人忿忿說道：「妳要是反悔了回來找我，覺得是自己犯蠢，我或許會重新考慮，不然——我都讓自己的女兒走了，曾外孫女應該更容易。」

說完她便踏入黑暗消失了。

14 伏賈諾伊

瓦西婭真希望自己能哭。她靈魂裡有一部分只想跟著外曾祖母，就跟思念她未能謀面的母親、過世的保母和年紀輕輕就遠走他鄉的姊姊一樣。但她怎麼可以獨自安然住在魔法國度，放任熊為所欲為，家人身陷險境，冬王湮滅腐朽？

「妳們真像，」一個熟悉的聲音說道。瓦西婭抬起頭，只見午夜從暗處出來。「同樣魯莽又衝動。」月光將那謝爾特的銀髮照成了一團白火。「所以妳打算去找冬王？」

「妳問這個做什麼？」

「好奇。」午夜說道，一副無所謂的樣子。

瓦西婭完全不相信。「妳會告訴熊嗎？」她問。

「為什麼？他只會哈哈大笑。妳不可能救出莫羅茲科的，只會害死自己。」

「欸，」瓦西婭說：「根據我們上次碰面給我的感覺，妳應該希望我死。何不告訴我冬王在哪裡，讓我早點沒命？」

波魯諾什妮絲塔似乎被逗樂了。「我說了一點好處都沒有。在午夜要去某個地方不比知道往哪裡去還容易。」

「那在午夜要如何移動？」

波魯諾什妮絲塔輕聲說：「午夜沒有北方，也沒有南方，沒有東和西，也沒有這裡或那裡。妳只能抱著目的地在心裡一直走，不要在黑暗中跌倒，因為妳摸不透得走多久才能到妳想去的地方。」

「就這樣？那瓦伐拉為什麼要我碰橡樹苗？」

波魯諾什妮絲塔哼了一聲說：「那婆娘只知道一點皮毛，什麼也不懂。共鳴會讓移動輕鬆點，因為同類召喚同類，血親召喚血親。對方是家人，去到對方那裡就容易些。光靠微弱的共鳴，例如橡樹到橡樹，是無法讓妳一個人走到湖邊的橡樹。」她表情變得狡猾。「說不定妳要找到冬王並不難，小姑娘，因為共鳴明顯得很。畢竟他要很愛妳才肯放棄自己的自由。說不定他到現在還是很渴望妳。」

瓦西婭這輩子沒聽過這麼荒唐的話，但她只回了一句：「我要怎麼**進去**午夜？」

「每天晚上時辰一到，我的國度就會出現，眼睛有能力的人就看得見。」

「很好，那我怎麼**離開**午夜？」

「最簡單的方法嗎？去睡覺。」午夜這會兒已經牢牢盯著她。「心睡著之後就會尋求黎明。」

爹德格里布從木頭底下冒了出來。

「剛才這麼熱鬧，你都跑到哪裡去了？」瓦西婭問他。

「躲著，」蘑菇精靈簡短答道。「很高興妳沒有死。」他緊張看了午夜一眼。「可是妳最好別去找冬王，妳會喪命的，這樣我千辛萬苦當妳盟友就白費了。」

「我非去不可，」瓦西婭說：「他為我犧牲了自己。」

她看見午夜瞇起眼睛。她很認真，可沒用懷春少女的口吻。

「那是他的選擇，不是妳要他做的。」爹德格里布說，臉上神情比之前都要不安。

瓦西婭不發一語走向波札，但沒有走到那匹母馬身旁，而是適度隔了一段距離，因為波札愛咬人。「女士，妳和其他是鳥的馬都是親戚嗎？」

波札惱怒地甩了甩耳朵。**當然是**，她說。她的腿看上去已經好多了。

瓦西婭深呼吸一口氣說：「那妳願意幫我一個忙嗎？」

波札立刻退開。**妳別想騎到我背上**，她說。

瓦西婭似乎聽見波魯諾什妮絲塔笑了。「不是，」她說：「我不會要求那件事。我想問的是——妳願意和我一起穿越午夜，帶我去找莫羅茲科的白馬嗎？因為我聽說血親會召喚血親。」

這事對波魯諾什妮絲塔有好處。瓦西婭幾乎可以感覺波魯諾什妮絲塔盯著她。

波札沉默片刻，金黃色的大耳朵來回甩了一下，一臉猶豫。**我想我可以試試**，她忿忿跺腳說，**如果妳不叫我做其他事的話。但妳永遠別想騎到我背上**。

「沒問題，」瓦西婭說：「反正我肋骨斷了。」

爹德格里布皺起眉頭。「妳剛才不是說——」

「難道你們所有人都覺得我沒常識嗎？」瓦西婭問道，一邊大步走回營火旁。「穿越午夜需要共鳴，而我和莫羅茲科好歸好，也沒有蠢到相信我們之間的牽絆，因為裡頭全是謊言、渴望與半真半假。更何況我懷疑熊可能希望我死在路上。」

從波魯諾什妮絲塔的表情看來，熊正是這樣打算。「就算找到他，」波魯諾什妮絲塔恢復鎮定。「妳也無法救他出來。」

「我們一件一件來，」瓦西婭說著從簍子裡抓了一把草莓遞給她。「您願意再告訴我另一件事嗎，午夜女士？」

「哦，現在是賄賂嗎？」雖然嘴上這麼說，但波魯諾什妮絲塔還是接過了草莓，低頭嗅了幾下。「告訴妳什麼？」

「如果我進午夜去找莫羅茲科，熊或他的手下會跟蹤我嗎？」

午夜遲疑片刻。「不會，」她說：「他在莫斯科事情已經夠多了。妳要為了一個無法闖破的牢籠喪命，那是妳家的事，」她再次嗅聞草莓。「但我要給妳最後一個警告。最近的午夜只要一跨就到了，妳可以隨意進出。但比較遠的午夜，那些穿越好幾年的午夜，妳只要在那裡睡著，迷失了午夜之路，妳就會像露水一樣消逝，或是皮肉瞬間化為塵土。」

瓦西婭打了個冷顫。「我怎麼知道哪個午夜近，哪個午夜遠？」

「無所謂。想找到冬王，就不能睡著，直到眼睛閉上為止。」

瓦西婭深呼吸一口氣。「那我不會睡著。」

❄

瓦西婭走到湖邊慢慢喝水，發現巴吉尼克在淺灘氣憤扭動。「火鳥回來了！」他齜牙咧嘴道：「沒有人想到她還能活著回到水邊，也許將來破曉時分又會有一大群鳥飛過湖面。結果妳現在又要將她帶走，就為了一件愚蠢的差事。」

「我並沒有強迫她跟我走。」瓦西婭溫和說道。

巴吉尼克甩動尾巴拍打水面，可憐兮兮地不講話。

瓦西婭說：「波札想回來就能回來，而我——要是我僥倖活下來，就會回來住在湖邊學習，找回流落四處的馬，照顧他們，以紀念我的馬，因為我非常愛他。這樣你覺得滿意嗎？」

巴吉尼克沒有回答。

瓦西婭轉身離開。

巴吉尼克語氣變了，在她身後說：「我一定會要妳信守承諾。」

❄

瓦西婭拿起簍子和剩下的魚，爹德格里布在草裡尖聲說道：「妳要拋下我嗎？」話沒說完，他已經坐在一根殘幹上，身體在黑暗中發著難看的綠光。

瓦西婭不確定地說：「我可能會到離湖很遠的地方。」

爹德格里布看上去好小，卻是一臉堅決。「反正我跟定妳了，」他說：「我是站在妳這邊的，還記得嗎？再說，**我**不會化為塵土。」

「算你好運，」瓦西婭冷冷說道。「你為什麼要站在我這邊？」

「熊能讓謝爾特生氣，因憤怒而強大，但妳可以讓我們更**真實**。我現在搞懂了，巴吉尼克也一樣。」爹德格里布一臉自豪。「所以我站在妳這邊，跟妳一起走。妳沒有我會迷路。」

「有可能，」瓦西婭微笑道，不過語氣隨即透出一絲懷疑。「你要用走的？」他真的很小。

「沒錯。」爹德格里布說完便上路了。

波札甩甩鬃毛，**快點**，她對瓦西婭說。

❄

金馬走進夜色裡，一邊不停找草吃，只要發現好草地，她就會低頭認真吃草。瓦西婭沒有催促她，不想讓她弄痛前腿的傷口，但很擔心自己會不會開始想睡覺，焦急還要多久才會……

想也沒用，瓦西婭最後跟自己說，反正不是成功就是失敗。

「我從來沒離開過湖邊，」爹德格里布走在瓦西婭身旁，掏心掏肺地說：「自從湖邊有了人的村子，秋天會採蘑菇，小孩夢見我存在之後，我就沒離開過了。」

「人的村子？」瓦西婭問：「在湖邊？」他們這時走到了一片奇怪的林間空地，腳下是粗草和泥巴，夜空恢宏大氣，星星低垂而溫暖，完全是夏夜的星空。

「對，」爹德格里布說：「魔法國度的邊界以前有人的村子，偶爾會有勇敢的男人或女人去探險。」

「也許以後又會有男人和女人被說服這樣做，」瓦西婭滿心期待。「他們會和謝爾特和平相處，遠離這個世界的邪惡。」

爹德格里布一臉懷疑，瓦西婭嘆了口氣。

他們繼續前進，走走停停、停停走走。夜晚時涼時暖，他們時而走在岩石上，風颼颼拂過波札的耳朵，時而繞過池塘，滿月有如珍珠浮在水中央。萬物無聲，一切俱寂，瓦西婭精疲力竭，但緊張和她在湖邊屋子裡的那頓好眠讓她腳下沒有停歇。

瓦西婭光著腳，靴子綁在簍子邊。雖然腳很痠，但皮膚接觸土地感覺很好。波札走在林間有如金中帶銀的閃光，受傷的前腿微微跛低。爹德格里布的身影更淡，在殘幹、岩石與樹木間匍匐潛行。

瓦西婭希望午夜沒有騙人，熊沒有跟蹤她，但還是不時回頭，甚至有一兩回必須提醒自己不要催金馬趕路。

他們走過一條樹木長廊，兩旁松樹參天。瓦西婭發現自己竟然開始想像，要是用樹枝搭床睡到隔天破曉，那該有多舒服。

瓦西婭趕緊讓自己分心，這才驚覺她已經一陣子沒看到蘑菇精靈的綠光了。她朝暗處看去，四處尋找。「爹德格里布！」她不曉得這裡藏著什麼危險，因此幾乎不敢大聲嚷嚷。「爹德格里布！」

蘑菇精靈從她腳邊的壤土鑽了出來，嚇得波札猛力後退，連她也嚇了一跳。「你跑去哪裡了？」瓦西婭嚇得沒好氣地問。

「幫忙呀！」爹德格里布說著將一樣東西扔到她手上。瓦西婭低頭一看，發現原來是一包食物。不是野生的，像她摘的草莓與蒲公英，而是麵餅、燻魚和一皮囊蜂蜜酒。瓦西婭「哇」了一聲，隨即撕了一塊麵餅給蘑菇精靈，一塊給受到冒犯的波札，一塊給自己。「你去哪裡弄來的？」她啃著麵餅問。

「那裡有人，」爹德格里布回答。瓦西婭抬頭望去，發現樹林間有微微的火光。波札往後退，鼻孔不安張大。「但妳不該靠近。」蘑菇精靈說。

「為什麼？」瓦西婭不解地問。

「他們在河邊紮營，」爹德格里布說，一副理所當然的模樣：「那裡的伏賈諾伊打算殺了他們。」

「**殺了**他們？」瓦西婭說：「怎麼殺？為什麼？」

「用水和恐懼吧，我想，」爹德格里布說：「不然他要怎麼殺人？至於為什麼，呃，可能是熊要他做的。水怪幾乎都是他的手下，而且他現在勢力已經擴張到全羅斯了。我們走吧。」

瓦西婭心底躊躇。最後讓她下定決心的，不是同情那些人在睡夢中溺死，而是熊為何要特地殺死**他們**。**穿越午夜需要共鳴**。是什麼共鳴將**她**引來這裡？在這時間？瓦西婭再次瞥向樹林，發現篝火很多，營地一點也不小。

她聽見微微的轟隆聲，聲音很熟悉，彷彿馬群大步跑過岩石地。但不是馬。

那聲音讓她拿定了主意。她將簍子扔給爹德格里布。「待在這裡，你們兩個，」她對金馬和蘑菇精靈說，接著便光腳奔向低低燃燒的火光，同時用劃破黑暗的聲音高喊：「你們！露營者們！快起來！**起來**！河水上漲了！」

她半跑半滑衝下那群人紮營的河谷陡坡，只見馬群拴在木樁上，不停拉扯繩子。**他們**知道出事了。瓦西婭一切斷繩子，那群牲畜立刻直奔高處。

這時一隻手重重落在瓦西婭肩上。「小子，來偷馬嗎？」一名男子喝道，手掌緊掐住她的肩膀，身上飄著大蒜和滿口爛牙的味道。

瓦西婭扭身掙脫。她原本應該很害怕，因為那手掌和臭味激起了刺痛的回憶，但現在她有更緊急的事要擔心。「我看起來像是把馬藏在帽子裡嗎？我幫你救了你那些馬。聽著，河水上漲了。」

那人轉頭一看，只見一道黑牆般的河水從下游湧了過來，掃過他們面前。那群人紮營的空地立刻被水淹過。所有人睡眼惺忪在黑暗裡四散奔逃，驚呼尖叫。河水漲得異常之快，不斷將人捲倒，怪得令他們驚惶失措。

其中一人開始發號施令。「先救銀子！」他吼道：「再救馬！」

但水漲得愈來愈快，紮營者一個一個被水沖走。不少人逃到高處，但發號施令的那名男子依然在水裡掙扎。

正當瓦西婭看著這一切，河王伏賈諾伊忽然從水裡冒出來，恰好在那名男子面前。

男子看不見那謝爾特，但還是憑著遠古的本能猛然後退，差點沉入水裡。

「王公？」伏賈諾伊說，洪水中岩石碰撞是他的笑聲。「我才是這裡的國王，王公們只能匍匐在我河邊的泥巴裡，將公主扔進河中討我歡心。快給我溺死吧你。」

黑水一湧而起，將男子捲入水中。

瓦西婭躲在樹上，樹下惡水奔騰，她從樹枝直接縱入激流中，立刻被一股驚人的水勢攫住。她可以從中感受到伏賈諾伊的憤怒。

瓦西婭血管裡泛起一股力量，和她在莫斯科扳開鐵條的力量一樣。她現在睡意全消。

那男子浮出水面，拚命張口吸氣。他的屬下在高處叫喊，互相咒罵。瓦西婭頂著激流在水裡划了三下。男子個頭高大，幸好略通水性，瓦西婭從他腋下架住他，憑著最後一股狠勁將他拖向岸邊，感覺自己半癒合的肋骨一陣刺痛。

男子躺在泥裡張大嘴巴看著她。她可以聽見其他人從四面跑來，但她沒有開口，而是轉身再次潛入水中，留下那名男子抓著河岸愕然呆望。

❄

瓦西婭任自己沖到下游，接著才攀住河裡的一塊巨石不停喘息。

「河王！」她高喊道：「我有話跟你說。」

河水翻騰，捲著斷樹殘枝滔滔而下，瓦西婭趕緊攀著岩石往上爬，這才躲過一根迎面撲來的大樹幹。

伏賈諾伊從水裡冒出來，離她不到一隻手臂遠，猙獰大嘴長滿利牙，銳利如針，皮膚黏著厚厚的黏液與淤泥，水珠有如鑽石流過多疣的表皮，在他四周形成浮沫與氣泡。他張開尖牙大口朝她咆哮。

這時我應該尖叫，瓦西婭心想，**而他會哈哈大笑——我絕望哀號，覺得自己死定了，而他一口**

將我咬住，拖入水中。

謝爾特就是這樣殺人的：讓人類覺得自己完了。

瓦西婭緊緊抓著激流中的岩石，極力保持語氣鎮定說：「原諒我擅自闖入。」

河王竟然嚇到了，真不簡單。只見他忽然閉上嘴巴。「妳是誰？」

「我是誰不重要，」瓦西婭回答：「你為什麼要殺那些人？」暴漲的河水重重打在她臉上，瓦西婭甩掉嘴裡和眼裡的水，抓著岩石往上爬了一點。

天色昏暗，她只能憑著黑影和他眼裡的微光推斷河王的位置。「我沒有。」他說。

瓦西婭手臂開始發抖，她低聲咒罵自己的虛弱。「沒有？」她上氣不接下氣問道。

「銀子，」他說：「我要淹掉的是銀子。」

「**銀子**？為什麼？」

「熊要我做的。」

「謝爾特在乎人的銀子做什麼？」瓦西婭喘著氣問。

「我不知道。我只曉得熊吩咐我這樣做。」

「好吧，」瓦西婭說：「那你達成任務了，可以讓水平靜了嗎，河王？」

伏賈諾伊忿忿嘀咕道：「為什麼？那些人滿身塵土，還帶著馬，生出一堆穢物搞髒了我的河，結果既沒獻貢，也沒感謝，不如跟銀子一起淹死算了。」

「別這樣，」瓦西婭說：「人和謝爾特可以共有這個世界。」

「才怪！」伏賈諾伊怒斥道：「他們才不會收手。鐘聲不會停，砍樹和髒水不會停，遺忘也不會停，直到我們統統消失為止。」

「真的**可以**，」瓦西婭堅持道：「我看得見你，你不會變淡。」

「只有妳根本不行，」他又咧開烏黑的嘴唇露出尖牙：「而且熊比妳強大。」

「熊不在這裡，」瓦西婭說：「我在。**你不能殺那些人**。快讓水平靜下來！」

伏賈諾伊毫不理會，只是齜牙咧嘴。瓦西婭沒有退縮，反而伸出滿是擦傷的手摸了摸他多疣的臉說：「聽我的話，河王，平靜下來吧。」伏賈諾伊摸起來就像水流，冰冷柔滑而鮮活。她努力將他皮膚的觸感烙印在腦中。

伏賈諾伊往後退開，閉上了嘴巴。「非這樣不可嗎？」他問道，語氣完全變了，忽然變得很害怕，但又藏著一絲痛苦的期望。瓦西婭想起曾外祖母的話，謝爾特其實根本不想打仗。

瓦西婭深呼吸一口氣說：「沒錯，非這樣不可。」

「那我會記得，」伏賈諾伊答道，激流的力道瞬間緩和下來。瓦西婭吁了口氣，心頭的重擔卸了下來。「妳也要記得，海姑娘。」說完他便咕嚕咕嚕沉入水裡。瓦西婭還來不及問他為何那樣叫她，他已經不見蹤影。

河面開始下降，等瓦西婭好不容易游回岸邊，河水已經變回泥濘的小溪。

瓦西婭踏水上岸，她拯救的那個人在岸邊看著。瓦西婭渾身濕透，喘息顫抖，但至少不再想睡了。她發現那人竟然在等她，頓時停下腳步，努力壓下驚惶逃跑的衝動。

那人舉起雙手。「別怕，小伙子，你救了我一命。」

瓦西婭沒有開口。她不信任他，但河水在她身後，還有夜晚、森林與午夜之路，這些全是她的靠山。她對這人帶著本能的恐懼，但這裡不是莫斯科，沒有城牆將她困住。於是她抬頭挺胸說：「您要是想感謝我，葛斯帕定[27]，那就報上您的大名和前來此地的目的。」

那人愣愣看著她，瓦西婭這才想到他以為她是鄉下小伙子，但她聽起來完全不像。

「我想這些都不重要了，」那人面色凝重，沉默片刻說：「我是塞普柯夫王公弗拉基米爾・安德烈維奇。我和屬下要去薩萊進貢銀子給傀儡可汗和萬戶長馬麥，因為馬麥召集了人馬，威脅不拿到稅金就不解散軍隊。但現在銀子全沒了。」

原來這人是她姊夫，被狄米崔派去阻止戰爭，結果遭遇挫敗。瓦西婭明白共鳴為什麼將她帶來這裡了，也明白熊為何想淹掉銀子。既然能靠韃靼人搞垮狄米崔，何必由他親自動手呢？

天色漆黑，就算銀子找得回來，也不是現在。她可以逼伏賈諾伊弄回銀子嗎？瓦西婭在森林和河水之間舉棋不定。

弗拉基米爾瞇眼打量她。「你是誰？」

「就算我告訴你，你也不會相信的。」她正大光明告訴他。

弗拉基米爾一雙灰眼銳利掃過她臉上的割傷與瘀青。「我不會害你，」他說：「不論你從哪裡逃出來，我都不會送你回去。你想吃點東西嗎？」

這番突如其來的好意讓她差點掉淚。瓦西婭這才察覺自己剛才有多困惑與恐懼，現下依然。但她沒有時間哭泣。

「不用了，」她說：「謝謝。」她已經拖定主意。要徹底終結熊的禍害，她必須找到冬王。

於是她轉身就跑，有如幽靈一般消失在黑暗中。

---

27 葛斯帕定：對男性的尊稱，比英文mister（先生）一詞更恭敬，或可譯為「大爺」或「大人」。

15 更遠更陌生的國度

月亮低垂在地平線上，長夜依然悠悠渺渺。瓦西婭光著雙腳，而且身體發冷。

爹德格里布從斷樹後方冒了出來，抓住瓦西婭的簍子，一臉憤怒地說：「妳濕透了，而且幸好我看著妳，不然妳和我還有那匹馬去了不同的午夜怎麼辦？妳就會迷路了。」

瓦西婭牙齒打顫。「我沒想到，」她對自己的小盟友說：「你真有頭腦。」

爹德格里布似乎氣消了一點。

「我想找地方弄乾衣服，」瓦西婭吃力地說：「波札呢？」

「她在那裡，」爹德格里布指著黑暗裡的一道微光說：「我同時看著妳們兩個。」

瓦西婭滿懷感激，真心誠意朝他深深一鞠躬，接著說：「你能幫我找一個地方，生火不會被人看見嗎？」

爹德格里布嘴裡嘀咕，還是照做了。瓦西婭生了火，但心裡很猶豫。她看著柴火，感覺憤怒與恐懼，還有火焰，在她靈魂裡蠢蠢欲動。

瓦西婭還不及細想，燃燒的樹枝已經迸出點點火花。現實再次在她腳邊傾斜。這地方的無盡黑暗本來就已經令她焦慮，現在感覺更是糟上百倍。

她抖著手伸進衣服裡，摸到那鼓脹的地方。多莫佛雅將夜鶯縫在那裡。瓦西婭緊緊握住木雕，感覺就像船錨一樣。

密林裡亮光一閃，波札從暗處踩著蕨類碎步走出來。**別再施魔法了，蠢姑娘，否則妳會和那個老女人一樣瘋掉。在午夜迷路比妳想得簡單。**她甩甩耳朵，**只要妳一瘋，我立刻就走。**

「別走，我會努力不讓自己瘋掉。」瓦西婭啞著嗓子說。金馬哼了一聲，接著便轉頭去吃草了。

瓦西婭褪下衣物，開始費力將衣服烤乾。

她真希望倒頭就睡，直到破曉醒來，但不可以。於是她只好光著身子走來走去，使勁捏自己手臂，不時離開營火旁，讓寒冷替她喚回清醒。

正當她停下腳步，心想衣服夠乾了沒，能不能怯寒，忽然聽見波札嘶鳴一聲。她轉頭一看，發現午夜的黑馬幾乎隱身在黑暗中，慢步走到火光前。

「你主人要你帶她過來，好給我更多建議嗎？」瓦西婭問，語氣不是很客氣。

別傻了，波札對她說，**是我叫他來的。他叫佛龍。**她淘氣看了黑馬一眼，黑馬順從地舔了舔嘴唇。**天鵝比我想得遠，佛龍比我更清楚怎麼到她那裡，他更熟悉這個地方的路徑。我已經受夠瞎闖了，尤其妳常常一下就不見蹤影。照這種速度，我們在妳非得睡覺之前是到不了的。**她兩隻耳朵對著瓦西婭。**妳救了我兩次，莫斯科和河邊，現在我也救了妳兩次，咱們互不相欠了。**

「是的。」瓦西婭突然滿心感謝，朝她鞠躬致意。

午夜惡魔從黑馬身後走到火光前，一張臉臭得要命。瓦西婭認得那表情。每回索拉維纏著她，非要她做某件事時，她也是這副神情。她差點笑出聲來。

「波札，」午夜說：「我在很遠的地方還有事，沒辦法——」

「耽擱，因為妳的馬不理妳，是嗎？」瓦西婭插嘴道。

午夜惡狠狠瞪了她一眼。

「那就幫我一把，」瓦西婭說：「這樣妳就能儘快去忙妳的事了。」黑馬甩了甩厚實的耳朵，波札一臉不耐。**拜託，她說，這件事起先很好玩，但我已經受夠黑暗了。**

午夜臉上不由自主閃過一絲幽默。「所以妳想做什麼，瓦西莉莎．彼得洛夫納？冬王被囚禁在無可挽回之處，囚禁在記憶、地方和時間裡，三者一起。」

瓦西婭臉上寫滿了不可置信。「我想知道冬王為何為了我甘願永遠被囚，難道這樣做是多此一舉嗎？冬王不是童話裡的蠢王子，而我怎麼看也不像是美麗的葉蓮娜，所以他這樣做一定有理由，知道可以逃脫。換句話說，我**有辦法**放他出來。」

午夜歪著頭說：「我以為妳是被愛沖昏頭，才會為了他把我整個國度拖下水，但其實並非如此，是嗎？」

「沒錯。」瓦西婭說。

午夜惡魔這下無可奈何了。「妳最好穿上靴子，」她打量了瓦西婭半乾的衣服一眼。「否則會冷。」

❄

結果真的變冷了。瓦西婭穿越一個又一個午夜，起先感覺靴下霜晶沙沙作響，夏天的青翠氣息變得更加野性與大地，星光銳利如劍，沒有被流雲捆綁。夏日樹葉的婆娑聲變成了乾枯的摩挲，最終徹底沉寂，只剩光禿的枝幹映襯天空。接著，在午夜與午夜之間，瓦西婭的靴子劃過潮濕的雪塊，爹德格里布突然站住。「我不能再往前走了，否則會枯死。」他望著眼前這一片白物驚惶地說。

瓦西婭跪在矮小的蘑菇精靈面前。「你能自己回到湖邊嗎？因為我必須繼續往前。」

蘑菇精靈一臉沮喪，身上的慘綠微光不停顫動。「我當然有辦法回到湖邊，但我許下承諾了。」

「你已經實現諾言了，不只幫我找食物，還在大水後找到我，」瓦西婭摸摸蘑菇精靈的頭，又從簍子裡扳了一塊麵包遞給他，接著突然靈機一動說：「或許你可以幫我跟其他謝爾特說，跟他們說我——我——」

爹德格里布眼睛一亮。「我知道要告訴他們什麼了。」他說。

這話聽起來有點恐怖。瓦西婭開口想說什麼，但還是吞了回去。「好吧，」她只短短說了一句。「不過——」

「妳真的不回湖邊？」爹德格里布問。他朝雪厭惡瞥了一眼。「前面又黑又冷，地還很硬。」

「我沒辦法，還不行，」瓦西婭說：「但我會回去的，等事情結束之後。到時說不定你能告訴我利西曲奇長在哪裡。」

「好吧，」蘑菇精靈難過地說：「記得告訴其他人我是第一個。」說完他就消失了，途中還不時頻頻回頭。

瓦西婭挺起腰桿往前看了一眼。寒冬午夜池邐綿延：寒冷的矮林、結冰的溪流，或許還有她看不見的危險隱藏在黑暗中。一道冷風掃過他們，還長著夏日毛皮的波札不禁甩甩尾巴，耳朵貼平。

「我們已經深入妳的國度了嗎？」瓦西婭問波魯諾什妮絲塔。

「對，」波魯諾什妮絲塔說：「這裡是寒冬午夜，我們是從夏日出發的。」

「多莫佛雅說只要季節變了，」瓦西婭說：「我就回不去了。」

「湖邊的國度是那樣沒錯，」波魯諾什妮絲塔回答：「但這裡是午夜。在午夜妳想去哪裡都行，任何地方、任何季節都可以，只有一件事不行，就是不論離妳開始的地方多遠，都不能睡著。」

「那就走吧。」瓦西婭瞄了一眼霜凍的天空說。

他們默默前行，只有波札偶爾踢到雪裡的石頭，馬蹄發出撞擊聲，如此而已。一行人有如遊魂穿越寂靜大地。

他們一會兒走過被雲撕裂的黑暗，一會兒月光普照，亮得才剛適應黑暗的瓦西婭兩眼昏花，一會兒又是一道強風猛扯她的頭髮。他們不斷向前，天氣愈來愈冷，大地愈來愈原始，飛雪刺痛了她的臉龐。

波魯諾什妮絲塔突然說道：「妳之前要是用自己和冬王的牽絆，應該很快就會死掉或迷路了。妳說得對，凡人對不朽，這樣的關係變數太多，而且你們之間有太多的半假半真。但我沒想到可以用馬，熊也沒想到。」

瓦西婭說：「項鍊毀了，我和冬王已經沒有任何牽絆了。」

「完全沒有？」午夜一副意味深長的模樣。

「從頭到尾都是誤會一場，」瓦西婭斬釘截鐵地說：「我不愛他。」

午夜不置可否。

瓦西婭很想多待一會兒，因為她瞥見了遠方的事物：高山頂上有城鎮在過節，老百姓在火把旁縱酒狂歡，叫嚷聲清清楚楚傳到她的耳中。

「這裡有更遠、更陌生的國度，」午夜說：「必須在黑暗中旅行很久才走得到，甚至永遠到不了，因為妳的靈魂無法理解那些地方。那些國度不是妳一生中經歷的午夜，而是來自妳第一位祖先誕生的時候，來自妳最後一位後代過世的時候，其中有些連我自己也到不了。因此，我知道自己終有一天會消失，這個世界的所有午夜不會都認得我的手。」

瓦西婭內心深處微微悸動。「我很想造訪妳國度的邊境，」她說：「在陌生城鎮歡宴過節，參加婚禮在澡堂裡掰午夜麵包吃，欣賞海上的月亮。」

午夜斜斜瞄她一眼。「妳這個女孩真古怪，竟然喜歡那種危險。想在午夜或其他地方旅行，妳還早得很呢。」

「但我可以想未來，」瓦西婭反駁道：「好提醒自己現在不是永遠。或許有一天我會再見到我哥哥艾洛許，還有妹妹伊莉娜。我會有自己的家，擁有一個地方、一個使命與一場勝利。少了未來，何來現在？」

「我不知道，」午夜回答：「不朽者沒有未來，只有現在。這既是我們的福氣，也是巨大的詛咒。」

天氣愈來愈冷，瓦西婭開始瑟縮發抖。斗大的寒星高懸頭頂，光禿的樹木映襯著清朗的天空。現在她腳下每一步都得踢開厚厚的積雪。疲憊讓她頭昏眼花，走得跌跌撞撞，全靠恐懼才沒睡著。

最後，佛龍和波札在一條細長小溪前停了下來。溪面結冰泛藍，對岸是一個圍著木樁柵欄的小村莊。寒冬夜空無比清澄，繁星點點，有如不小心從桶子裡灑出來的水花。

村裡的房子沒有煙囪，而是開洞讓炊煙散走。屋檐下的場所有雕飾，但沒上漆，低矮的木樁柵欄樣式簡單，目的是不讓牛隻和孩童出去，而非阻絕搶匪進入。最怪的是，村裡沒有教堂。瓦西婭從小到大從沒見過人群聚居的地方沒有教堂，感覺像見到無頭人一樣怪。「這裡是哪？」她問。

「妳在找的地方。」

16 冬王的枷鎖

「莫羅茲科在這裡？」瓦西婭問：「這就是霜魔的囚房？」

「對。」午夜說。

瓦西婭望著村落。**這裡憑什麼關得住冬王？**「那頭叫天鵝的白母馬，她在附近嗎？」她問波札。

金馬抬起頭來。**對，她說，但她很害怕。她已經在黑暗中等他很久了。我要去找她。她需要我。**

「好，」瓦西婭說著伸手摸摸波札的脖子，那母馬連咬她都沒有。「謝謝妳。妳找到那頭白馬的時候，跟她說我會想辦法救他。」

波札跺地說，**我會轉告她**，接著便轉身飛奔而去，腳下掠過的白雪瞬間融化。她腿上的傷口幾乎癒合了。

「謝謝妳。」瓦西婭對波魯諾什妮絲塔說。

「妳在自尋死路，瓦西莉莎．彼得洛夫納。」午夜回答，但語氣不再那麼確鑿。她的黑色駿馬靠在她肩上輕輕吐氣，午夜搔弄他的鬐甲，皺起眉頭。

「即使如此，」瓦西婭說：「還是要謝謝妳。」說完她開始吃力朝村落走去。她可以感覺午夜目送著她。就在她走到快聽不見彼此聲音的地方時，午夜再也按捺不住似的高聲說：「去那間大房子，但別告訴任何人妳是誰。」

瓦西婭回望一眼，朝午夜點了點頭，接著便繼續向前。

她以為囚禁莫羅茲科的地方會像關住熊的空地一樣，或是一座牢牢上鎖、戒備森嚴的高塔，而他則如公主一般關在塔頂。不然再怎麼樣也會是夏日之地，讓他虛弱無力。沒想到竟然只是一個村落，而且是冬天。園子覆著白雪在睡覺，牲畜在溫暖的畜舍裡昏昏欲睡。一間屋子矗立在蒸騰的嘈雜與光線中，屋頂上的洞飄著白煙。她可以聞到烤肉味。

莫羅茲科怎麼可能在這裡？

瓦西娅翻過木樁柵欄，躡手躡腳朝大屋走去。

就在快到大屋時，前院的新雪忽然一陣窸窣，一個謝爾特冒了出來，瓦西娅頓時停下腳步。是住家精靈多莫佛伊。但他和瓦西娅認識的多莫佛伊都不一樣，一點也不小，個頭和她不相上下，而且眼露凶光。

瓦西娅懷著警戒與敬意朝他鞠躬。

「陌生人，妳來這裡做什麼？」多莫佛伊咆哮道。

瓦西娅口乾舌燥，但還是勉強擠出回話：「老爺爺，我是來這裡吃筵席的。」這不算撒謊，因為她真的很餓。爹德格里布從營地拿來的口糧感覺像是上輩子的事。

沒有反應。接著多莫佛伊說：「妳大老遠來，就為了吃筵席。」

「我還來找冬王。」她低聲坦承道。想欺騙住家精靈非常難，而且不智。

多莫佛伊兩眼上下打量她。瓦西娅屏住呼吸。「那就進門去吧。」他只說了這麼一句就再次消失在雪裡了。

就這麼簡單？不可能。但瓦西娅依然朝門走去。她以前很喜歡筵席，現在只覺得聲音太吵，鼻子裡都是火味。瓦西娅帶著一股古怪的局外感低頭望向自己的手，發現手在顫抖。

她鼓起勇氣踏上臺階，從兩排燈光之間走過。一隻狗開始叫，接著是第二、第三隻，最後所有狗都高聲應和。緊接著嘎的一聲，門在寒風中開了。

然而，走出來的不是男人，也不是瓦西婭擔心的一群男人，而是一名婦人，而且只有她一個。隨著她從門裡湧出的，還有一股帶著煤煙與料理味的暖流。

瓦西婭一動不動，使勁逼自己不要逃到暗處躲藏。

婦人一頭亮麗的青銅色頭髮，眼睛宛如兩顆琥珀珠子，身高只比瓦西婭矮一點，頸間繫著金項鍊，手腕、耳朵、腰帶和頭髮上也都有金飾。

瓦西婭知道自己在那婦人眼中是什麼模樣：長時間摸黑而慌亂的眼神、發冷和恐懼而顫抖的嘴唇，以及結霜而沙沙作響的衣服。她努力維持語氣清醒，對婦人說：「願神與妳同在。」但聲音還是沙啞微弱。

「多莫佛伊說有訪客，」婦人說：「妳是誰，陌生人？」

多莫佛伊？她能聽見——？「我是旅人，」瓦西婭答道：「來這裡乞求一餐和過夜的地方。」

「妳一個小姑娘獨自在午夜旅行？而且穿成這樣？」

因為她穿著少年的衣服。瓦西婭小心翼翼地說：「這個世界對落單的少女不友善，所以最好打扮成少年的模樣。」

婦人眉頭皺得更深了。她說：「妳身上沒有彈弓，沒有行囊，也沒有坐騎，穿著打扮連在戶外過一晚也不可能。妳到底是從哪裡來的，小姑娘？」

「從森林，」瓦西婭隨機應變：「我掉到河裡，所有東西都沒了。」

這話幾乎沒有說謊。婦人深鎖眉頭。「那妳為何——」她頓了一下。「妳**看得見？**」她語氣變了，神情忽然半是恐懼、半是熱切。

瓦西婭知道她在問什麼。**別告訴任何人妳是誰**。「沒有。」她立刻回答。

婦人眼裡的熱切瞬間消逝。她嘆了口氣說：「好吧，是我一廂情願。進來吧，屋子裡有各地來的領主和他們的僕人，不會注意到妳。妳可以在大廳吃飯，找個暖和的地方睡覺。」

「謝謝妳。」瓦西婭說。

一身金黃的婦人將門打開。「我叫葉蓮娜．塔米斯拉夫納，」她對少女說：「我哥哥是領主。進來吧。」

瓦西婭心臟狂跳，隨著婦人走進屋裡。她可以感覺多莫佛伊在背後盯著她。

❄

葉蓮娜抓住一名女僕的肩膀，兩人交頭接耳幾句，瓦西婭只聽見葉蓮娜說「回來照顧客人」，還有那名老僕人臉上閃過一絲古怪的同情。

女僕催著瓦西婭下到一間地窖，裡頭全是箱子、捆包與木桶。她嘴裡喃喃自語，開始東翻西找。「可憐的姑娘，妳在這裡很安全，」女僕說：「把衣服脫下來，我幫妳找更合適的。」

瓦西婭想要反駁，但明白這樣做可能讓她被趕走。「遵命，巴布席卡，」她開始褪下衣物。「但換下的衣服我想留著。」

「那當然，」老女僕和善地說：「衣不蔽體逃跑可不行。」她看了一眼瓦西婭身上的瘀青，呵呵笑說：「這是妳先生或爸爸的傑作，我都不在乎。勇敢的姑娘，竟然扮成少年跑了。」她托著瓦西婭割傷的臉向著燈光，狐疑地皺起眉頭。「妳要是待下來，努力工作，說不定領主會給妳一小份嫁妝，讓妳再找一個丈夫。」

瓦西婭不知道該笑還是該氣。老女僕替她套上一件粗糙的亞麻連衣裙，然後披上一條長布巾，前後各半，用腰帶固定，再給她一雙樹皮鞋穿。她拍拍瓦西婭剪短的黑髮，掏出一條頭巾對她說：「小姑娘，妳到底在想什麼，怎麼會把頭髮剪了？」

「因為我假扮成少年，」瓦西婭提醒她：「這樣旅行比較安全。」她將夜鶯木雕塞進連衣裙的袖子裡，雖然衣服飄著洋蔥和前一位主人的味道，但很暖和。

「去大廳吧，」女僕同情地沉默片刻，接著說：「我替妳拿吃的來。」

❄

瓦西婭一走進大廳，率先撲來的便是筵席的氣味：汗臭、蜂蜜酒和烤肉香。長方大廳中央高高堆著炭火，滋滋烤著肥肉，廳裡擠滿了賓客，個個盛裝打扮，銅飾與金飾在煙霧瀰漫中閃閃發亮。高溫蒸得熱氣翻舞，湧向屋頂中央的煙孔。一顆孤星在黑夜裡綻放光芒，隨即被輕煙吞沒。僕人端來幾籃沾了雪的麵包，瓦西婭只顧著東張西望，差點踩到一隻叼著骨頭、吆喝著一窩小狗退到角落的母獵犬。

老女僕將瓦西婭按在長椅上。「待在這裡，」她告訴瓦西婭，一邊伸手抓來一塊麵包和一碗湯。「盡量吃，盡量欣賞這些大人物，筵席會持續到天亮。」她似乎察覺少女非常緊張，便慈祥補上一句：「妳在這裡很安全，很快就能開始工作了。」說完她便轉身離開，留下瓦西婭一人捧著食物和滿腦子疑問。

「他要的是領主的妹妹。」一名男子對另一名男子說。兩人匆匆走過，那名男子一腳踩到其中一隻正在吃奶的小狗。

「胡說，」另一名男子說道，語氣低沉克制。「她要嫁人。就算冬王要她，他也不會放人。」

「他別無選擇。」第一名男子用強調的口吻說。

瓦西婭心想，**所以莫羅茲科在這裡**。她皺著眉頭將吃剩的麵包收進袖子裡，然後站了起來。食物在她胃裡沉沉的，很令人心安。酒溫暖了她的四肢，讓她手腳放鬆。

沒有人察覺她起身，甚至沒人朝她這裡看來。何必呢？

這時，賓客之間忽然出現一道縫隙，瓦西婭瞥見炭火旁的人們。

莫羅茲科就在那裡。

她的呼吸剎時凍結在喉間。

她心想，**這哪裡是囚犯**？

莫羅茲科坐在炭火旁最好的位置，火焰替他臉龐鍍了金，讓他捲曲的黑髮閃耀著點點金光。他穿得像個王公，外套和上衣因為刺繡而筆挺，領口及袖口都鑲滾皮草。

兩人四目交會。

但他臉上毫無反應，絲毫沒有認出她的跡象。他轉頭和鄰座的人交談，賓客間的縫隙轉瞬消失，驚嚇未定的瓦西婭拉長脖子，但再也看不到他。

既然沒被強迫，那他留在這裡是為什麼？

他真的不認得她？

趴在地上的母狗咆哮一聲，瓦西婭被賓客愈來愈往牆邊推，發現自己必須很努力不去踩到她。

「妳不能到人少一點的地方餵小狗吃奶嗎？」她才這樣問母狗，一名喝醉的男子就踉蹌撲到她身上。

瓦西婭被推到牆上，嚇得母狗厲聲咆哮。男子將瓦西婭抵在被煙燻黑的木牆上，醉醺醺地伸手在她身上摸了一把。「欸，妳的眼睛跟黃昏的碧綠池塘一樣，」他口齒不清地說：「但妳的主人是沒給妳吃飯嗎？」

他笨拙地用食指戳弄她的側乳，彷彿想親自確定似的，張嘴朝她雙唇貼近。

瓦西婭抵著男子的胸膛，感覺心跳又急又快。她一言不發，不顧肋骨依然緊繃疼痛，使出全身重量朝他猛力一撞，從男子和木牆之間的縫隙鑽了出去。

男子差點跌倒。瓦西婭試圖混入人群，但男子隨即站穩腳步，一把抓住她的胳膊將她拉回，臉上不再是笑容，而是自尊受損。兩人身旁的賓客都轉頭觀望。「妳竟敢這樣對我？」他說：「在仲冬的夜晚！妳這隻青蛙嘴小鼬鼠，有哪個男人敢要妳？」他一臉刁滑。「滾吧，給高桌上的客人端酒去。」

瓦西婭沒有答腔，腦中燃起大火的回憶。炭火堆剎時猛然火起，劈啪作響，在火附近的賓客慌忙退開，所有人一陣騷動。男子腳下不穩，下意識鬆了手，瓦西婭趁機將他甩開，消失在賓客之間。熱氣和人擠人的臭味讓她想吐，瓦西婭胡亂摸到門口，跌跌撞撞回到夜色中。

她在雪裡佇立良久，喘得上氣不接下氣。夜晚純粹而寒冷，最後她終於平靜下來。

她不想再進屋裡。

但莫羅茲科在那裡，以某種形式被囚禁著。她必須靠近，必須找出他的枷鎖是什麼。

她忽然想到，也許剛才那個男的說得對。想不動聲色接近冬王，有什麼比端酒的僕人更妙的方法？

瓦西婭再吸了一口冰冷的夜。冬天的氣味似乎在她四周流連，宛如承諾。

她衝回屋裡那一團哄亂。她一身僕人裝扮，很容易就弄到一只酒囊。她小心翼翼捧著酒囊，感覺那重量讓自己飽受摧殘的身體肌肉緊繃。她在大廳裡的賓客間穿梭，最後來到中央的炭火堆。

冬王坐在離火最近的位子。

瓦西婭的呼吸在喉間凍結。

莫羅茲科沒戴帽子，火光將他的黑髮鍍了一層金。他的藍眼深邃美麗，但當他們四目交會，那雙眼睛依然沒有認出她來。

他的眼神很——年輕？

年輕？

瓦西婭最後一次見到他，是在煉獄般的莫斯科大火中。他虛弱得有如雪花，眼神無比蒼老。**召喚雪吧**，她求他，**召喚雪吧**。冬王照做了，之後隨著晨曦消逝無蹤。

他最後留下的話語是一句勉為其難的坦白：**就我所及，我愛妳**。她永遠忘不了他當時的模樣。那神情和他手掌的力道，都深深烙印在她的記憶裡。

但顯然不在他的記憶中。歲月從他目光裡消逝了。直到此刻目睹歲月的消失，瓦西婭才明白時間的分量。

冬王木然看了瓦西婭一眼，隨即轉向鄰座的女人，並且眼神一亮。葉蓮娜臉上的神情介於恐懼和——另一種情緒之間。她很美，手腕和頸間的金飾在火光下散發著晦澀的光芒。瓦西婭看見莫羅茲科頂著狂放不羈的黑髮，低下頭在葉蓮娜的耳邊竊竊私語，而葉蓮娜則是側頭貼著他仔細聆聽。

什麼能囚禁霜魔？瓦西婭心裡想著，忽然憤怒了起來。愛情？慾望？所以他才會放下水深火熱的羅斯跑到這裡，跟金髮美女在一起？他會在這裡出現，顯然是因為他想在這裡。

然而，羅斯水深火熱是因為莫羅茲科為了救她不被燒死而放棄了自己的自由。**他為何要那樣做？又怎麼能忘記？**

接著她想，**如果我想把某人囚禁到世界末日，最好的做法豈不是給他一個他不想逃脫的牢籠？在這裡，這個午夜，人類看得見他，對他又怕又愛。他夫復何求？這些年來還有什麼比這個更讓他感到渴望？**

瓦西婭腦中匆匆閃過這些想法，但她隨即集中精神，朝冬王和坐在他身旁的領主妹妹走去。她手裡捧著酒囊，彷彿那是盾牌。

霜魔再次彎身靠向那女人，在她耳邊輕聲細語。

突然一個動作吸引了瓦西婭的目光。炭火堆另一側有個男人也盯著霜魔他們看。那人身上的刺繡與飾物顯示他來頭不小，黑亮的眼眸裡閃著痛苦，而方才就是他不由自主手按劍柄的動作吸引了瓦西婭。瓦西婭看著他，發現他一指一指吃力地將手從劍柄上鬆開。

瓦西婭不明白為什麼。

她雙腳繼續朝冬王和他身旁的金黃女子走去。她知道自己最好低頭將酒杯斟滿，隨即快步退開，卻還是面無表情繼續向前，目光鎖在霜魔的眼眸上。

霜魔抬起頭，露出感興趣的表情，看著瓦西婭朝他走來。

瓦西婭直到最後一刻才垂下目光，拿起酒囊將酒杯斟滿。

一隻纖細冰冷熟悉的手掌抓住她的手腕。瓦西婭使勁甩脫，將蜂蜜酒灑在自己和對方身上。

葉蓮娜及時側身，才沒有讓酒弄髒了長禮服。接著她認出了瓦西婭。「回去，」她對瓦西婭說：「服侍我們不是妳的工作，姑娘。」瓦西婭感覺她話裡透著警告——年輕驕傲、手握死亡的莫羅茲科很危險。

她掙脫霜魔的手，他沒有試著扣住她的手腕。瓦西婭現在確定霜魔不認得她了。不論他們之前有過什麼牽絆，有過欲迎還拒的飢渴熱情，現在都消失了。

「對不起，」瓦西婭對葉蓮娜說：「我只是想回報您的好意。」

她目光依然鎖住霜魔的眼眸。霜魔不疾不徐、不帶欣賞地瞄了她一眼，掃過她剪短的頭髮、削瘦的臉龐與身軀。瓦西婭覺得自己臉頰泛紅。

「我不認得妳。」莫羅茲科說。

「我知道你不認得，」瓦西婭說。葉蓮娜身體一僵，可能因為她這句話，也可能因為她說話的語氣。莫羅茲科看了看瓦西婭的手臂，瓦西婭也瞥了一眼，發現剛才他抓的地方留下了白印。「妳來是有求於我嗎？」他問。

「我求的話你會應允嗎？」瓦西婭說。

葉蓮娜厲聲道：「走開，小傻瓜。」

霜魔眼裡依然沒有認得她的跡象，但他用食指輕輕碰了碰瓦西婭的手腕內側。瓦西婭感覺心跳在他指尖下加速了，雖然只變快了一點。她那顆見識過生與死也見識過生死交界卻依然跳動的心。

莫羅茲科的目光相當冷漠。「說吧。」他說。

「跟我走，」瓦西婭說：「我的同胞需要你。」

葉蓮娜滿臉驚恐。

莫羅茲科一笑置之。「我的同胞在這裡。」

「沒錯，」瓦西婭說：「但其他地方也是，你忘了。」

他突然鬆開抓著她的冰冷手指。「我什麼都沒忘。」

瓦西婭說：「要是我在撒謊，冬王，我何必冒著生命危險在仲冬來到這個大廳，來到你面前？」

「妳為什麼不怕我？」他沒有再碰她，但大廳裡捲起一道凜冽的寒風，弄青了火光，也壓下了談話聲。

葉蓮娜雙手抱胸，原本喧嘩的賓客紛紛噤聲。瓦西婭差點笑出來。她有什麼好怕的？青火嗎？在發生了這一切之後？

「我不怕死，」她說。這是實話。她走過了那條路。在繁星點點的寒冷靜寂中，沒有任何東西能令她害怕。受苦是活人的事。「又怎麼會怕你？」

莫羅茲科瞇起眼睛。瓦西婭這才發覺炭火旁一片靜寂，有如鳥兒見到獵鷹來襲一般。「有道理，」霜魔依然盯著她：「傻瓜通常很勇敢，因為他們什麼也不懂。走開吧，姑娘，照妳主人說的做。我會嘉獎妳的勇氣，忘記妳的愚蠢。」說完他便撇開頭。

葉蓮娜肩膀一垮，神情既是失望，又如釋重負。

瓦西婭不知所措，只能退回賓客之間。她手上沾著黏黏的蜂蜜酒，手腕剛才被他抓著的地方一陣刺痛。她要怎麼做才能讓他想起一切？

「她讓你不開心了嗎，大人？」瓦西婭聽見葉蓮娜這樣問，語氣摻著好奇與責怪。

「沒有，」霜魔回答。瓦西婭可以感覺他正目送著她。「但我沒見過像她這樣不害怕的人。」

瓦西婭走向賓客，賓客紛紛退開，彷彿她身上染了病似的。老女僕擠到她身後，抓住她的手肘，搶過酒囊在她耳邊怒斥道：「瘋子，妳著了什麼魔，竟敢靠近冬王？那位女士才能給他蜂蜜酒，才有資格得到他的注目，那是她的工作。妳知道被他注視過的女孩會有什麼下場嗎？」

瓦西婭忽然脊背一涼。「什麼下場？」

「他可能會選中妳，懂嗎？」老女僕剛喃喃說完，葉蓮娜就站了起來。她臉色蒼白，但很鎮定。大廳裡一片死寂。

瓦西婭耳鼓裡脈搏狂跳。有個童話說，一名父親帶著女兒到森林裡，先是一個，再帶第二個，當作冬王的新娘。冬王讓其中一個女兒帶著嫁妝回家——

殺了另一個。

他們從前會在雪地裡絞死少女，莫羅茲科曾經這樣說，**以換得我的祝福。**

從前？還是現在？這是哪個午夜？瓦西婭聽過那個童話，但從來沒真的想像過：**一名女子離開同胞，霜魔消失在森林中。**

消失，但不是獨自一個。

他從前常從獻祭得到潤澤。

莫羅茲科和梅德韋得曾經非常相像，瓦西婭嘴唇發冷，心裡這麼想到。冬王有如撕裂死兔的飢餓獵鷹，臉上清楚洋溢著本能般的喜悅。他牽著葉蓮娜的手站了起來。

大廳再次氣氛緊繃。

突然一個聲音打破了沉默，有人唰地拔出長劍。所有人轉頭望去。是那個手始終無法離開劍柄的黑眼男子。痛苦在他臉上熊熊燃燒。

「不行，」他說：「你不能帶走她，換一個人。」眾人試圖將他拉住，但他掙脫他們的手往前猛撲，揚起劍朝冬王胡亂揮去。

莫羅茲科沒有武器，但無所謂。他一手抓住砍下的劍刃，猛力一扭，劍立刻匡啷一聲落在地上，劍鞘結霜。全身金飾的女子驚呼一聲，黑眼男子臉色發白。

莫羅茲科的手汩汩出水，有如噴血一般，但只流了片刻，霜就滲滿傷口將它封住。

冬王輕聲說：「你好大**膽子**。」

葉蓮娜跪倒在地。「求求你，」她哀求道：「別傷害他。」

「別帶她走，」男子攤開雙手懇求冬王。「我們需要她，我需要她。」

大廳裡鴉雀無聲。

莫羅茲科眉頭深鎖，似乎有些躊躇。

瓦西婭走到賓客讓出的空間。她的頭巾已經掉了。所有人轉頭看著她。

她說：「放他們走吧，冬王。」

她想起莫斯科，想起自己走過雪泥迎向死亡。那痛苦的回憶讓她語氣憤怒：「這就是你的力量嗎？在仲冬將女兒從父親身邊帶走？如果她們的愛人試圖阻止，就連帶殺了他們？」

瓦西婭的聲音響徹大廳，忿忿不平的聲音此起彼落，但沒有人敢闖進炭火堆旁的祭拜空間。

葉蓮娜悄悄伸手握住男子的手，兩人指關節慘白。「大人，」她喘息道：「這個女孩只是個蠢姑娘，仲冬夜裡從雪地來的乞丐，她瘋了。不要理她。我才是我同胞獻上的祭品。」但她沒有放開男子的手。

莫羅茲科望著瓦西婭。「這女孩不這麼認為。」他說。

「沒錯，我不這麼認為，」瓦西婭厲聲說：「選我吧。可以的話，帶走你的祭品。」

大廳裡所有人嚇得退開，但莫羅茲科哈哈大笑，笑得放肆張揚，幾乎和熊一樣，讓她忍不住身體一縮。冬王眼裡閃著恣意的喜悅。「那妳就過來吧。」他說。

瓦西婭沒有動。

莫羅茲科盯著她的眼睛。「妳打算**反抗**嗎，小姑娘？」

「沒錯，」瓦西婭說：「想要我的血就來吧。」

「為什麼？我眼前就有一個比妳更美的女人等著我。」

瓦西婭笑了。他那面對挑戰和對抗時本能湧現的喜悅，也在她靈魂裡迴盪。「那樣有什麼樂趣呢，冬王？」

「很好。」他說完便拔刀衝來。刀刃映著炭火，隨著他的動作發出顫動的閃光，彷彿是用寒冰做成的一般。

瓦西婭盯著刀往後退開。她的第一把刀是莫羅茲科給的，還教她如何用刀。他的動作牢牢烙印在她意識裡，但那時的耐心教導此刻早已——

她從一名旁觀者的腰帶上抽出一把刀。那人目瞪口呆望著她。那刀把手很短，用鑄鐵製成，對照冬王手裡森冷的冰刃顯得十分普通。

瓦西婭閃過莫羅茲科的攻擊，鑽到炭火另一側，一邊咒罵鞋太粗糙。她將鞋子踢掉，腳底感覺地板又冰又冷。

賓客們屏息觀戰。

「妳為什麼來找我？」冬王問她：「妳很想死嗎？」

「你自己判斷吧。」瓦西婭低聲道。

「不是的話——」他說：「那為什麼？」

「因為我認為我認識你。」

莫羅茲科臉色一沉，隨即再次出擊，速度更快。瓦西婭閃身避開，但沒成功，他的刀突破她的防衛，擦過她的肩膀，割破袖子，鮮血汩汩流下她的臂膀。她贏不了冬王，但沒必要，只要讓他想起來就好，不論用什麼方法。

周圍賓客悄然無聲，有如圍著身陷絕境的雄鹿的狼群。

溫熱的血腥味讓瓦西婭恍然明白，這場打鬥對他們來說不是表演。在此之前，她一直覺得這是童話，是發生在遙遠國度的遊戲。也許他永遠不會記起她，甚至會殺了她。午夜早就知道會是如此。**好吧**，瓦西婭冷冷想道，**反正我本來就是祭品**。

但還不是現在。她滿腔怒火，忽然低身突破他的防衛，朝他胸口劃了一刀。傷口湧出冰水，賓客們低聲驚呼。

莫羅茲科往後倒。「妳是誰？」

「我是女巫，」瓦西婭回答。血已經流到她手上，讓她很難把刀握牢。「我在冬天採雪花蓮，害自己送命，為了夜鶯哭泣。現在我不再受預言束縛了。」兩人刀刃相交，她用刀柄抵著他的刀柄說：「我翻越三九廿七個國度來找你，大人，結果你竟然不當回事，忘了一切。」

瓦西婭感覺他在遲疑，眼裡閃過比回憶更深的東西，可能是恐懼。

「記起我吧，」她說：「你曾經要我記住你。」

「我是冬王，」莫羅茲科惡狠狠說：「怎麼可能需要某個女孩記得**我**？」他再次發動攻擊，不再只是好玩。他壓下她的刀，突破她的防衛，割斷她手腕的肌腱。「我不認得妳。」他紋風不動，有如不知雪融為何物的嚴冬。瓦西婭在他的話語中聽見了自己的潰敗。

然而，他的目光卻盯住她的臉。血從她指尖滴下。瓦西婭遺忘火不是青色，下一秒炭火就忽然迸成燦爛的金黃。所有人大聲驚呼。

「你會記起我的，」她說：「只要你願意試。」她用染血的手摸了摸他。

莫羅茲科猶豫了。瓦西婭敢對天發誓，他真的猶豫了。僅此而已。她的手垂下，熊贏了。

瓦西婭眼前泛起縷縷黑霧。她手腕傷口極深，手掌廢了，鮮血汩汩而下，潔淨了屋子的木地板。

「我來找你，」她說：「但你不記得我，我就失敗了。」她耳中轟轟作響。「你要是再見到自己的馬，就告訴她我出了什麼事。」她說完身子一晃，眼看就要昏迷過去。

冬王在她跌倒前抓住了她。瓦西婭被他冰冷的手抓著，腦中浮現一條滿天星斗、無法回頭的林中路。她敢對天發誓，他低聲咒罵了一句。接著她感覺冬王伸手到她膝下和肩下，將她抱了起來。

他抱著她大步走出筵席廳。

17 回憶

她其實沒有昏迷，但世界變得晦暗靜止。她聞到飄著煙味的夜晚與松樹的氣息，仰頭看見星星，一整個天空的星星，感覺自己有如飄蕩的魔鬼翱翔在天地之間。霜魔的腳踩在雪裡沒有發出窸窣，呼吸在凜冽的夜裡也沒有化為白霧。她聽見凍硬的門樞吱嘎作響，接著聞到其他味道：清新的樺木、柴火與腐臭。她感覺自己被隨便扔到硬物之上，讓她的骨骼與瘀青隨之一震，忍不住唉出聲來。她抬起手臂，發現手上黏黏的滿是鮮血，手腕劃開一道深口。

接著她記起來了。「午夜，」她喘息道：「還是午夜嗎？」

「還是午夜。」燭光忽然閃動。說是蠟燭，其實是壁龕裡的幾坨蠟塊。她抬眼一看，發現霜魔注視著她。

空氣溫熱又不流通。瓦西婭訝然發現這裡竟是澡堂。她試著起身，但失血太快，很難保持清醒。她咬牙抓著裙子想撕下一角，結果發現廢了一隻手什麼也不能做。

她抬頭氣沖沖對霜魔說：「你帶我來這裡，是為了看我流血死掉嗎？你不會如願的，因為我已經習慣大難不死，壞人好事。」

「可以想像。」霜魔淡然答道。他站在她身旁，眼神嘲諷中依然帶著好奇，先看了看她受傷的臉，然後盯著她淌血的手腕。瓦西婭使勁摀住手腕，想阻止血繼續流。他的臉頰、長袍和白皙的手都沾了她的血。他渾身散發一股力量，宛如第二層皮膚。

「為什麼帶我來澡堂？」她問他，努力穩住呼吸。「只有女巫或邪惡的巫師會在午夜到澡堂。」

「這樣正好，」他漠然說道：「妳還是不害怕？就算血流得這麼多還是不怕？妳到底是哪裡來的，流浪者？」

「這是我的祕密。」瓦西婭咬著牙說。

「但妳希望我幫妳。」

「沒錯，」她說：「結果你砍傷了我的手腕。」

「妳挑釁我的時候，就應該知道會是這種下場。」

「好吧，」她說：「你想知道我是誰？那就幫助我，否則你永遠別想知道。」

霜魔沒有答腔。他移動身體，瓦西婭聽不到任何動靜，只感覺到一股異於溫熱澡堂的寒氣。霜魔跪在她身旁，兩人四目交會，她看見他身上閃過一絲不安，彷彿他心裡的冰牆裂了，裂開一道細縫。霜魔一言不發，手掌彎成杯狀，掌心立刻冒出水來。他將水倒在她手腕的傷口上。

受傷的皮肉一碰到水，立刻劇痛不止。瓦西婭咬住臉頰內的肉，不讓自己出聲。疼痛來得快去得急，讓她驚魂不定，有些想吐。但她手腕上的傷消失了，只剩一道白痕，映著燈光有如傷疤裡嵌了冰。

「妳的傷口好了，」霜魔說：「現在可以告訴我——」他忽然閉上嘴巴。瓦西婭順著霜魔的目光看去，發現他望著她手掌上的另一道疤，同樣是他弄傷和治好的。

「我沒有說謊，」瓦西婭說：「你認識我。」

霜魔沒有說話。

「你曾經弄傷我的手，」瓦西婭接著說：「用手指塗抹我的血，後來又治好那個傷。你難道不記得了？不記得那黑暗與殭屍，還有我到森林尋找雪花蓮的那一晚？」

霜魔起身道：「告訴我妳是誰。」

瓦西婭雖然頭昏腦脹，仍硬是跟著站了起來。霜魔後退一步。「我叫瓦西莉莎・彼得洛夫納。你現在相信我認識你了？我想應該是，因為你在害怕。」

「我會怕一個受傷的少女？」他一臉輕蔑。

汗水滾下瓦西婭的脊背。內室的火張牙舞爪噴著火焰，即使外室也很炙熱。「你既然不打算殺了我，」她說：「又不記得我是誰，那我們為何到這裡來？冬王有什麼好對小女僕說的？」

「我也不比女僕好到哪裡。」

「至少我不是這個村莊的囚犯，」瓦西婭說。兩人近得讓她輕易抓住他的目光，牢牢扣住他的眼眸。

「我是王，」他說：「他們為了我大辦筵席，還給我祭品。」

「囚牢不一定有牆和枷鎖。難道你打算永永遠遠吃筵席嗎，大人？」

霜魔神情森冷。「我只打算吃一晚。」

「永遠，」她說：「你也不記得永遠了。」

「只要我不記得，對我就不是永遠，」霜魔生氣了。「那又怎樣？他們是我的子民，妳只是個瘋女人，在仲冬夜晚來污染好人的瘋子。」

「至少我沒打算殺了他們任何一個！」

霜魔沒有回話，但寒氣掃過澡堂，吹得燭火不停搖曳。外室非常小，兩人幾乎貼著臉對吼。他冰牆的裂縫更大了。他不曉得中了什麼魔法，瓦西婭沒辦法靠講理讓他恢復記憶，但情緒讓他的記憶稍微浮上了一些，還有她的觸摸，還有她的血。兩人之間的感覺還在。他無須回想起來。他感覺得到，就像她也是。

而且他把她帶來這裡。即使他嘴上那樣說，還是將她帶到這裡。

瓦西婭感覺皮膚好薄，彷彿吹口氣就會瘀青。她吵架時向來鹵莽，此刻她又被同樣的衝動給牢牢攫住。**比記憶還深**，她心想，**聖母啊，原諒我**。

她伸出帶著白疤的手，停在離他臉頰只有毫釐的地方。霜魔立刻揚手，手指緊緊扣住她的手腕。兩人就這樣僵持了半秒。接著霜魔鬆開手指，瓦西婭輕觸他的臉頰，摸著那沒有年紀的細緻顴骨。霜魔一動不動。

瓦西婭低聲道：「如果我能晚一小時送命，冬王，我想去洗個澡，因為你把我帶進了澡堂。」

霜魔默不作聲，但他的沒有反應回答了一切。

❄

室內一片漆黑，只有爐灶裡燒熱的石塊微微發光。瓦西婭留下呆立的霜魔，心裡也被自己的鹵莽給嚇到了。她心想，自己從小到大老是做一些有問題的決定，現在這件事會不會是她這輩子做過最愚蠢的選擇。

瓦西婭下定決心，開始寬衣解帶，將衣服放在角落，接著舀水灑在石頭上，雙手抱膝坐下。然而，熱氣帶來的舒服慵懶沒能平撫她的緊張。瓦西婭不曉得自己是希望霜魔離去，還是留下。

他從門外進來。黑暗中，她幾乎看不見他，只從蒸汽的擾動察覺到他的存在與動作。

她揚起下巴，好隱藏心裡猛然升起的恐懼，對他說：「你不會融化嗎？」

霜魔一臉受辱的神情，接著忽然笑了出來，說：「我盡量。」說完便以他一貫的優雅在她對面的長椅坐下。他雙手交握，彎身倚著膝蓋，瓦西婭的目光在他修長的手指上徘徊。

他的皮膚比她白，目光冷靜直率，對裸體絲毫不大驚小怪。「妳走了很遠。」他說。暗影幢幢，瓦西婭看不見他的眼眸，但感覺他的目光有如手掌。之前她沒被他看過的地方，此時都攤在他的注視之下。

「而且還沒有走完，」她說著伸手怯生生摸了摸臉上的痂，抬眼看著他的眼眸，心想自己是不是很醜，醜有沒有關係。但霜魔還是沒有動作。微光將他分解成片：這裡是肩膀，那裡是胸膛下方的凹陷。她察覺自己在看他，從喉嚨到腳掌，察覺他也正這樣看她。瓦西婭滿臉通紅。

「妳要說妳的祕密了嗎？」霜魔問。

「什麼祕密？」瓦西婭反問道，努力穩住自己的聲音。他雙手沒有動作，但目光依然在她身上遊走。「我已經告訴你了，我的同胞需要你。」

他搖搖頭，抬眼注視她的眼睛。「不對，不只如此。妳每回看著我，臉上都還有其他東西。」

就我所及，我愛妳。

「我的祕密只屬於我，葛蘇達，」瓦西婭粗聲回答：「我們身為祭品，和其他人一樣可能帶著某些東西直到墓裡。」

霜魔挑起一邊眉毛。「我從來沒見過這麼自討死路的姑娘。」

「我也是，」瓦西婭說，依然喘不過氣來。「但我確實想洗澡，而且非洗不可。這才重要。」

霜魔又笑了，兩人四目交會。

他也是，瓦西婭心想，他也在害怕，因為他和我一樣，不曉得這事會如何結尾。

但他帶我來這裡，而且沒有離開。他傷了我，又治好我。他記得，又不記得。

瓦西婭趁自己害怕前趕緊溜下長椅，跪在他兩腿之間。蒸汽沒有暖和他的皮膚，即使澡堂煙味瀰漫，他身上依然散發著松香與冰水的氣味。他面無反應，但呼吸變快了。瓦西婭察覺自己在發抖。她再次伸手輕觸他的臉龐。

他再度攫住她的手腕，但這回他用嘴拂過她手上的傷疤。

兩人凝望對方。

她後母以前很愛講婚禮之夜的恐怖故事，嚇唬她和伊莉娜。敦婭向她保證事實不盡然如此。

瓦西婭感覺體內一股躁狂，似乎要將她從裡到外燃燒殆盡。

霜魔用拇指輕撫她的下唇，瓦西婭無法讀出他的表情。「拜託，」她說，至少她以為自己說了。霜魔瞬間靠近，親吻了她。

爐灶裡只剩餘燼，但他們不需要光。她掌心滲滿汗水，手感覺到他肌膚冰涼。她全身顫抖，不知手該放在哪裡，如何動作。這一切都超出她的負荷：肌膚與靈魂，飢渴與絕望的寂寞，還有兩人之間不斷湧現的感覺。

霜魔或許察覺到慾望底下的猶疑，他移開雙唇，低頭看著瓦西婭。內室裡只有兩人的呼吸，聲音一樣急促。

「現在害怕了吧？」他低聲道。他已經將她拉到長椅上，讓她側身坐在他腿間，一手摟住她的腰，另一隻手掌在她肌膚上游移，留下一道道冰涼的火焰，從耳朵到肩膀，順著鎖骨下到雙乳之間。

瓦西婭無法控制呼吸。

「我應該要害怕，」她呵責道，語氣有些不客氣，因為她是真的害怕，而且生氣，氣自己幾乎無法思考，遑論開口說話。他再次抬手，這回沿著她脊椎往下，輕輕繞過肋骨，找到乳房開始流連撫摩。「我是處女，而你——」她難以開口。

那隻輕輕動作的手停住了。「妳怕我會傷害妳？」

「你會嗎？」瓦西婭問，兩人都聽見她聲音裡的顫抖。她裸裎著在他懷裡，從來不曾如此脆弱。但他也在害怕。瓦西婭從他觸摸的緊繃克制裡感覺得到，從他蒙著黑影的眼眸裡看得出來。

兩人再次四目相對。

接著他似笑非笑，瓦西婭忽然明白，潛藏在兩人之間的恐懼與慾望之下的另一個感覺是什麼。是瘋狂的喜悅。

他手圈住她的手腕，再次低頭吻她。他的回答有如吐息吹進她耳裡，比話語還輕。

「不會，我不會傷害妳。」他說。

❄

「瓦西婭。」他對著黑暗說道。

兩人一路吻到了外室。霜魔將她放到地上，地板上已經鋪著一疊飄著冬天森林氣味的毯子。他們不再說話，但也不需要。瓦西婭無須言語，光用手指的滑動與瘀青肌膚的熱氣就能將他喚回她身邊。他的手記得她，但心不記得。記憶在他撫平她半癒合傷口的撫摸裡，在抓著她的手裡，在他的眼神中，直到燭光微弱。

完事之後，瓦西婭半迷糊躺在黑暗中，依然感覺他的脈搏在她體內跳動，松樹的氣息在她唇上逗留。

接著她突然坐起身來。「現在還是——？」

「午夜，」霜魔說，聲音很疲憊。「沒錯，還是午夜。我不會讓妳失去它。」

他聲音變了，他喊了她的名字。

瓦西婭用手肘支起身子，感覺自己滿臉通紅。「你想起來了。」

霜魔沒有說話。

「你放熊出來，好救我一命，為什麼？」

他還是沒有回答。

「我來找你，」瓦西婭說：「我學會了魔法。我得到火鳥的幫助，你沒有殺了我——**別那樣看我。**」

「我並不——」他開口道，瓦西婭一聽就生氣了，為了掩飾心底湧起的受傷。

霜魔坐起身子，從她身旁退開。幾近全暗中，他脊背緊繃。

「是我自己想要，」瓦西婭對著他的背說，努力不去理會自己從小到大被教導的名節概念：守貞、耐心、和男人同床只是為了生孩子，還有最重要的，不能樂在其中。「我以為——我以為你也是，而且你——」她說不出口，於是只說：「你想起來了。剛才這個只是很小的代價。」感覺一點也不小。

他轉過頭來，瓦西婭見到他的臉。他看上去一點也不相信她。瓦西婭真希望自己不是光溜溜坐著，離他只有一臂之遙。

他說：「謝謝妳。」

謝謝你？經過方才那幾小時的火熱，這三個字聽起來無比冷淡。**也許你希望自己沒有想起來，**她心想，**也許你心底有一部分開心待在這裡，被人畏懼與敬愛，在這座囚牢裡頭。**但她沒說出口。

「熊在羅斯胡作非為，」於是她換了話題：「他讓殭屍復活了，我們必須幫我表哥，幫我哥哥。我來是為了向你求助。」

莫羅茲科依然沉默。他沒有離她更遠，但目光轉向心底，變得遙遠，無法判讀。

她忽然怒火中燒。「這是你欠我們的。是你讓熊重獲自由。你不該和他商量，我自己從火堆裡逃了出來。」

他臉色微微亮起。「我有想過這個可能，但還是很值得。妳把我弄回莫斯科時，我就知道了。」

「知道什麼？」

「知道妳能成為人和謝爾特的橋梁，阻止我們變淡，不讓人類遺忘。只要妳活下來，展現妳擁有的力量，我們就注定不會滅亡。而我沒有其他方法能救妳。我——我覺得不論後果如何，都值得冒這個險。」

「你應該相信我能拯救自己。」

「妳一心求死，我看得出來。」

瓦西婭身體一顫。「的確，」她輕聲道：「我想我確實不想活了。索拉維死了，死在我的手上，而且——」她欲言又止。「但我要是放棄，他一定會罵我愚蠢，所以我就改變心意了。」

夜晚的激情單純不斷消逝，化成無止盡的複雜。她從來沒想過他會犧牲自己的國度與自由，只因為愛她。她心底一部分曾經這樣想，但事實擺在眼前，他是一個看不見的國度的君王，不可能做出這樣的決定。他要的是流淌在她血脈裡的力量。

瓦西婭又累又冷又痛。

她從未感到如此寂寞。

接著她氣自己自憐自艾。冷很好解決，至於他們之間新起的尷尬，管他去的。瓦西婭鑽回那疊沉重的毯子底下，背對著他。莫羅茲科沒有反應。瓦西婭將身體縮成一團，想辦法自己取暖。

一隻手，輕盈如雪花，拂過她的肩頭。瓦西婭眼眶泛淚，努力想把淚水眨掉。這一切都讓她負荷不了：他那冰冷緘默的存在、理性實際的解釋，和那沛然莫之能禦的熱情的回憶是多大的對比。

「不要，」莫羅茲科說：「今晚不要悲傷，瓦西婭。」

「你不該這樣做的，」她說，沒有轉頭看他。「來這裡——」她朝澡堂、朝他們撇了撇頭。「要是你能記得我是誰的話。你會救我完全是因為我是——我是——」

霜魔的手從她肩頭移開。「我嘗試過，」他說：「一次又一次我試著放妳離開，因為我只要觸碰到妳，甚至只是看著妳，我就會離有死之身更近一些。我很害怕。然而，我就是無法放手，」他停頓片刻，接著說：「如果妳不是這樣的妳，或許我會在自己身上找到它，讓妳喪命。但——我聽見妳哀號。即便虛弱如迷霧罩住我，即便莫斯科大火已經過去，我還是聽得見妳。我告訴自己這樣做才最合理，告訴自己妳是我們的最後希望。我這樣告訴自己。但我想到妳在火裡。」

瓦西婭轉頭看他。莫羅茲科雙唇緊閉，彷彿自己說溜了嘴。

「現在呢？」她問。

「我們在這裡。」他短短回答。

「對不起，」她說：「我不曉得還有什麼方法能喚你回來。」

「沒有其他方法了。不然妳覺得我弟弟為何對他設的囚牢這麼有信心？他知道再強大的牽絆也無法將我喚回自己身上，我也一樣。」

莫羅茲科語氣不悅，瓦西婭這才想到他或許有著和她同樣的感受，覺得被剝開，完全袒露在對方面前。於是她伸出手。莫羅茲科沒有看她，但張開手指握住了她的手。

「我還是害怕，」他說。這是實話，直白而坦誠。「我很高興妳還活著，很高興竟然能再見到妳，但不曉得接下來該怎麼做。」

「我也很害怕。」瓦西婭說。

莫羅茲科握住她的手腕，瓦西婭感覺肌膚底下熱血翻騰。「妳會冷嗎？」

她會，可是……

「看來，」他揶揄道：「我們在這些毯子底下多待幾小時應該沒問題。」

「我們得走了，」瓦西婭說：「有太多事要做，沒時間了。」

「在午夜這個國家，差一小時或三小時不會有差，」莫羅茲科說：「妳已經累得像個影子了，瓦西婭。」

「有差，」瓦西婭說：「我不能睡著，在午夜這裡。」

「妳現在可以了，」莫羅茲科說：「我會讓妳待在午夜。」

睡覺，真的睡一覺……天哪，她好累。她已經蓋著毯子，沒多久霜魔也鑽進毯子裡。她呼吸急促起來，握緊拳頭克制撫摸他的衝動。

兩人四目交會，小心翼翼看著對方。是他先有了動作，伸手摸上她的臉，撫過她稜角分明的下顎，輕觸石頭在她臉上留下的厚痂。瓦西婭閉上眼睛。

「我可以治好這個。」他說。

瓦西婭點點頭，慶幸至少只會留下一道白疤，而非猩紅的傷痕。霜魔手掌彎成杯狀，將水滴在她臉頰上。瓦西婭咬牙忍住那火燒般的痛楚。

「說吧。」治完傷後，莫羅茲科說。

「說來話長。」

「我保證，」他說：「妳說完我也不會變老。」

瓦西婭跟他說了。從他在莫斯科的風雪中拋下她開始，到波札、弗拉基米爾和她踏上午夜的旅程結束。說完她精疲力竭，但也平靜許多，彷彿她將生命裡的糾結撫平了，靈魂裡不再有那麼多纏擾。

瓦西婭沉默之後，莫羅茲科嘆息一聲。「我很遺憾，」他說：「索拉維死了，我只能眼睜睜看著。」

「然後把你的瘋子弟弟推給我，」瓦西婭抗議說。「還有一個信物。你弟弟就免了，但那個木雕——它慰藉了我。」

「妳沒有扔了它？」

「沒有，」她說：「它把他喚了回來，那時我——」她沒有往下說。記憶還太鮮明、太歷歷在目。他將她的一綹鬈髮撥到耳後，沒有說話。

「你為什麼害怕？」她問他。

他垂下手，瓦西婭覺得他不會回答了。但他開口了，聲音低得她幾乎聽不清楚他說了什麼。「愛是屬於懂得時間之傷的人的，因為愛總是免不了失去。永生是如此沉重，只會是一種折磨。然而——」他停頓片刻，吸了口氣說：「如此恐懼與喜悅，除了愛又能叫做什麼？」

這讓她難以靠近他。之前是衝動，是喜悅，毫不複雜，此刻情緒沉沉壓著兩人之間的空氣。毯子下，他的肌膚被她溫暖了。他看上去就像人類，除了眼睛古老而困惑。現在換她將他眉毛上的頭髮往後撥，捲曲的髮絲在她手裡感覺又粗又冰。她輕撫他下顎後方的溫暖處和頸間的凹陷，張開手掌貼著他的胸膛。

他伸手覆著她的手，撫過她的手指、胳臂、肩膀，從脊椎到腰間，彷彿想用觸覺認識她的身體。她喉嚨低嗚一聲。他冰涼的呼吸吹在她唇上。她不曉得是他動了，還是她自己，兩人身軀變得靠近。她無法呼吸。兩人不再交談，她可以感覺緊繃在他體內蓄積，從肩膀到手，他手指掐著她的肌膚。

將瘋狂的陌生人拉向自己是一回事，望著敵人兼同盟兼朋友的臉又是另一回事，而且……

她手指勾著他的頭髮。「過來，」她說：「不對——近一點。」

莫羅茲科笑了，冬王獨有的笑，緩慢、深不可測，可是裡頭帶著她從未見過的笑意。「別急。」他喃喃對著她的嘴說。

但她做不到，多等一秒都沒辦法。她沒有說話，逕自抓著他的雙肩，將他翻了過來。她感覺體內一股力量，看見肌肉在微弱燭光下的移動與變化：她和他的肌肉。她壓低身體在他耳邊呢喃：「永遠別想命令我。」

「那就命令我吧。」霜魔回以呢喃。他的話語有如醇酒。

她身體知道該怎麼做，即使她的心還不清楚。她抓著他，讓他進入自己，連同那雪、冰冷、力量、歲月與飄忽的脆弱。他再次呼喚她的名字，入神的瓦西婭幾乎沒聽見。但事後當她嬌軟身子窩在他懷裡，她低聲道：「你不孤單，再也不是獨自一個。」

「我知道，」他輕聲說：「妳也是。」

於是她終於睡了。

18 魔馬背上

不知過了幾小時，霜魔從凌亂糾纏的雪白毛皮毯子底下鑽了出來。瓦西婭沒有聽見他離開，但感覺到他不在了。依然是午夜。她睜開眼，身體顫抖坐了起來，一時不曉得身在何處。接著她記起來了，搖搖晃晃起身，心裡一陣恐懼。莫羅茲科走了，消失在夜裡。這一切都是夢……

瓦西婭抱住自己，難道他真的就這樣離開了，不留下隻字片語？

她不曉得。瘋狂已經從她體內消逝。她只感覺冷，咬牙克制心裡的羞愧。她從小到大聽到的那些教誨在她耳中轟隆作響，全在指責她。

瓦西婭咬著下唇去拿衣服。天殺的羞愧，天殺的黑暗。瓦西婭一轉頭，壁龕裡的蠟燭忽然火光大亮。她一點也不詫異，彷彿心裡終於接受了自己能讓東西燃燒。

她摸到了連衣裙，將它套上。她站在內室和外室的門口，感覺很冷，猶豫不決。就在這時，外室的門開了。

燭光照亮了他的骨架，在他臉上塗滿陰影。他手裡拿著她的男裝。她聽見澡堂外有人說話，步履雜沓。

她心裡漲滿恐懼，完全不受控制。「外頭出了什麼事？」

霜魔面露悲傷。「我想我們兩個應該搞壞澡堂的名聲了吧。」

瓦西婭沒有說話，心裡再次浮現莫斯科暴民的叫嚷。

瓦西婭看見他知道她在想什麼。「妳那時只有一個人，瓦西婭，」他說。「現在不再是了。」她雙手抓著內室門框，彷彿群眾要進來拖她出去。「而且就算那時，妳還是從火裡逃脫了。」

「但我付出了代價，」瓦西婭說。不過，掐住她喉嚨的恐懼鬆開了它多瘤的手。

「村民不是憤怒，」莫羅茲科說：「而是歡喜。今晚有力量存在。」瓦西婭感覺自己臉頰微微泛紅。「妳想待在這裡嗎？我現在很難繼續待著。」

瓦西婭停頓不語。那感覺一定很像回到曾經是家，但再也不是的地方，很像鑽回已經拋棄的皮囊。

「你的國度和我曾外祖母的國度接壤嗎？」她忽然問他。

「有，」莫羅茲科說：「不然妳覺得我桌上怎麼會有草莓、梨子和雪花蓮招待妳？」

「所以你知道那件事？」瓦西婭追問道：「知道女巫和她雙胞胎女兒的故事？你知道塔瑪拉是我外婆？」

「知道，」他說，臉上露出警覺的神色。「我知道妳會問，所以：沒有錯，我沒打算告訴妳，直到莫斯科大風雪那晚，但那時已經太遲了。老女巫不是死了，就是迷失在午夜中。沒有人知道那對雙胞胎女兒的下落，至於那位用魔法讓自己不死的魔法師，我也毫無所知。這些事我都是後來才知道的。」

「而你覺得我只是個孩子，是達成你目的的工作。」

「對，」他說。不論他心裡想什麼、感覺或希望什麼，都埋得很深，而且牢牢鎖住。**我不是孩子了**，她或許會說，但**這點**已經清楚寫在他看她的眼神裡。於是她開口說：「再也不要對我說謊了。」

「不會了。」

「熊會知道你自由了嗎？」

「不會，」莫羅茲科說：「除非午夜告訴他。」

「我想她不會這麼愛管閒事，」瓦西婭說：「她只是看著。」

這回，她在他的沉默裡聽出了他有話沒說。

「說吧。」她說。

「妳不必回莫斯科，」莫羅茲科說：「妳已經見過夠多可怕的事，引起夠多痛苦了。熊現在會想盡辦法殺死妳，用他能想到最慘的死法，尤其當他發現我已經想起來了。他知道殺了妳會讓我痛。」

「沒關係，」瓦西婭說：「他重獲自由是我們的錯，必須再把他關住。」

「憑什麼？」莫羅茲科反問道，燭火跟著猛然晃動。他眼眸映著火的顏色，輪廓似乎變淡了，身體變成了風與夜。接著他甩掉了力量的披風說：「我是冬天，妳覺得我在夏天的莫斯科會有任何力量嗎？」

「你在這裡不靠冷也能贏得人心，」瓦西婭恨恨說道：「我們必須做點什麼。」她從莫羅茲科手裡接過衣服。「謝謝你，」她說，接著便走進內室穿衣服。經過門檻時，她回頭喊道：「一旦到了夏天的世界，你能出門嗎，冬王？」

莫羅茲科語氣勉強：「我不曉得，或許可以，待一小段時間，如果我們在一起的話。雖然項鍊毀了，不過——」

「但我們不需要項鍊了，」瓦西婭頓悟道。現在兩人之間的牽絆，層層疊疊的激情、憤怒、恐懼與薄弱的希望，比任何魔法寶石更有力量。

穿好衣服，瓦西婭走回門邊，莫羅茲科還站在原地。「我們就算去莫斯科，又是為了什麼？」

他說：「熊一發現我們在路上，就會設下圈套，讓我只能眼睜睜看妳被殺，甚至讓妳眼睜睜看著家人受苦。」

「那我們只好多動點腦筋，」瓦西婭說：「既然是我們把莫斯科大公國捲進來，就得救它出去。」

「我們應該先回我的國度，等冬天我變強了再去找熊，這樣才有勝算。」

「熊肯定知道這一點，」瓦西婭答道：「因此他有任何盤算，絕對會在夏天執行。」

「他可能會毀了妳。」

瓦西婭搖頭說：「也許，但我不會拋棄家人。你要跟我一起去嗎？」

「我說過妳再也不是一個人了，瓦西婭，我是當真的。」他說，但語氣並不高興。

瓦西婭勉強擠出微笑。「你也不是一個人了。不論如何，就讓我們一直重複這句話，直到某人相信了為止。」接著她輕快補上一句，努力不讓聲音顫抖。「如果我出去，村民會不會殺了我？」

「不會，」莫羅茲科說，接著露出微笑。「但可能會從此立下傳說。」

瓦西婭滿臉通紅。但當他伸出手來，她還是牽上。

村民果然聚集在澡堂外。門一開，眾人紛紛後退，目光在瓦西婭和莫羅茲科兩人身上來回，見他們手牽著手，衣冠不整。

葉蓮娜站在人群前端，和之前試圖救她的男子並肩而立。莫羅茲科轉頭看她，葉蓮娜打了個哆嗦。霜魔開口說話，雖然是對葉蓮娜說的，但眾人都聽見了。「原諒我。」他說。

葉蓮娜一臉驚訝，接著高雅地鞠躬為禮。「那是你的權利，不過——」她仔細打量他的臉。「你變了。」她低聲道。

瓦西婭看見時光從他眼裡消失，這個女人則是察覺到時光重返的重量。「沒錯，」莫羅茲科答道：「我被人從遺忘裡救回。」他瞄了瓦西婭一眼，接著朗聲讓所有村民聽見：「我愛她，而詛咒讓我忘了一切。但她來找我，打破了詛咒，所以我現在必須離開。這個冬天，我的祝福與你們所有人同在。」

村民驚詫低呼，甚至歡喜私語。葉蓮娜面露微笑。「我們得到了兩倍的祝福，」她對瓦西婭說：「姊妹。」她手裡捧著一份禮物，一件華麗的長斗篷，外層是狼皮，內裡是兔毛。她將斗篷遞給瓦西婭，擁抱了她。「謝謝妳，」她低聲道：「我能請妳祝福我的第一胎嗎？」

「願妳的孩子健康長壽，」瓦西婭有些笨拙地說：「在愛中喜樂，在遙遠的未來勇敢迎向生命的盡頭。」

齊姆妮婭．柯洛列娃，他們說，冬后。瓦西婭嚇了一跳，努力鎮定表情。

莫羅茲科站在她身旁，看似鎮靜，但她可以感覺情感在他和他的同胞之間激盪，有如潮水般拉扯著他。他的藍眼深邃得驚人。或許他現在很想回去，回到筵席的座位上，永遠享受獻祭。

但就算他懷疑自己的選擇，也沒有顯露在臉上。

就在這時，蹄聲傳來，所有人轉頭觀望，讓瓦西婭鬆了口氣。十幾張臉上浮現了歡喜的神情。只見兩頭馬，一白一金，飛越木樁柵欄，穿過人群，小跑步來到了瓦西婭和霜魔面前。莫羅茲科不發一語，將額頭靠在白馬頸上，瓦西婭看了心底一痛。「我也把妳忘了，」他輕聲對白色母馬說：「對不起。」

白馬耳朵後貼，用頭推了推他。**我不曉得我們為何要等你。這裡好黑。**

波札唰唰輕踏雪地，顯然深有同感。

「妳也等了。」瓦西婭驚訝地說。

波札前腳跺地，咬了她胳膊一下。**不會再有下一次了**。

瓦西婭揉揉新的瘀青。「很高興見到妳，女士。」

莫羅茲科有點些詫異地說：「她這輩子從來沒有讓人騎過。」

「她還是沒有，」瓦西婭急忙說：「但她指引我來這裡，我很感激。」她說完搔了搔波札的鬐甲，波札忍不住貼向她。**妳拖太久了**，她又強調一次，只為了表現她不喜歡被人寵，同時再次跺地。

瓦西婭肩上披著沉沉的新斗篷，對村民說：「再見。」所有人目瞪口呆。「他們以為自己見到了奇蹟，」她低聲對莫羅茲科說：「但感覺一點也不像。」

「可是，」莫羅茲科說：「一個女孩獨力將冬王從遺忘裡救了回來，還帶著兩匹魔馬將他帶走，這對一個仲冬來說已經是奇蹟了。」說完他就跳到白馬背上。瓦西婭發現自己在笑。

她沒有等霜魔伸手拉她上馬坐在他前面（也許他不會這樣做），就對他說：「我要用走的，畢竟我是雙腳走來的。」沒有雪鞋在很深的雪地裡行走簡直是夢魘一場，但她沒說出口。

那雙淺藍眼眸細細打量她。瓦西婭真希望他別這樣。他顯然看穿她表面的驕傲，看穿她不想坐在他的馬鞍上，見到更深層的情緒。索拉維骨折倒地的衝擊依然鮮明烙印在她記憶裡。現在要她志得意滿坐在馬上，感覺就是不對。

「好吧。」他說完便從馬上下來，嚇了她一跳。

「你不用這樣，」她說。兩頭馬用身體將村民擋在外頭。「你不該像牧牛人一樣走出村莊吧？這樣有失尊嚴。」

「我見過無數死者，」他淡然回答：「觸摸他們，送他們上路，但從來沒做過任何事紀念他們。

我可以跟妳一起用走的，因為妳不能騎著索拉維跟我並肩而行，因為他很勇敢，而且離開了。」

她不曾為索拉維哭泣，沒有好好哭過。她夢過他，醒來時尖叫著要他回來。他的離去就像一個隱約的有毒傷痛。但是她不曾落淚，除了她差點殺死蘑菇精靈時流下的幾滴克制不住的淚水。她感覺眼眶開始濕潤刺痛。霜魔伸出手指，輕輕觸摸滑落她下顎的第一滴淚水。淚水被他一碰就成了冰，落在地上。

在兩頭馬的陪伴下走出午夜村，不知為何喚起了失去索拉維的傷痛。過去幾天的衝擊都沒有給她如此感受。兩人雙馬出了木樁柵欄回到冬林裡時，瓦西婭將臉埋在白馬的鬃毛裡，將莫斯科那一晚蓄積在她心底的淚水統統哭了出來。

白馬耐心站著，朝瓦西婭的雙手溫熱吐氣。霜魔默默等候，期間只有一次伸出冰冷的手指輕觸她的頸背。

最後瓦西婭平靜下來，搖搖頭擦去鼻水，試著釐清思緒。「我們必須回到莫斯科。」她啞著嗓子說。

「遵命。」莫羅茲科說。他仍然不大高興，但沒有再次反對。

假如我們要趕回莫斯科，沒想到白馬竟然插話道，**那瓦西婭就得坐到我背上，我可以載你們兩個，這樣比較快**。

瓦西婭開口想反駁，但注意到莫羅茲科的表情。「她不會准妳拒絕的，」他柔聲說道：「而且她說得對，妳用走的只會累垮自己。妳得一直把莫斯科掛在心裡，因為換成我帶路，到的時候就會是冬天了。」

至少村民已經看不見他們了。於是瓦西婭翻身坐到白馬背上，莫羅茲科也上馬坐在她身後。白馬的身形比索拉維細緻，但跑動的姿態讓她想起——為了不讓自己想起那頭棗紅愛馬，瓦西婭低頭看著莫羅茲科輕鬆擺在膝蓋上的手，想起那雙手在她身上遊走的感覺，還有他又粗又冷的烏黑頭髮披垂在她乳房上。

瓦西婭身體一顫，趕緊也將這點回憶拋開。他們之前偷得了幾小時的午夜，現在必須全心思考如何勝過那聰明又不留情的敵手。

然而——為了不再分心，瓦西婭逼自己問了一個她很怕知道答案的問題：「我也要像我父親一樣犧牲性命，才能關住熊嗎？」

莫羅茲科沒有立即否認，瓦西婭開始感覺有些反胃。白馬在雪上輕盈奔馳，天空飄下更多白雪。瓦西婭心想雪是不是因他而起，是不是像心跳一樣，只要他心情苦惱就會不由自主引來降雪。

「你答應過我，不再對我說謊。」她說。

「我知道，」莫羅茲科回答：「事情不是用妳的命交換他被關住那麼簡單，這兩件事不能互換。妳的性命和他的自由並沒有綁在一起。在我和他的爭鬥裡，妳不只是——不只是戰利品。」

瓦西婭等他往下說。

「但當我拋棄自由之身，」莫羅茲科說：「他的力量就勝過我。我和我的孿生弟弟現在決鬥就不是勢均力敵了。」他恨恨說道。「夏天是他的季節，我不曉得怎樣才能關住他，除非某人自願犧牲性命，或是靠詭計——」

波札突然說，**那個金色的東西呢？**她不曉得什麼時候飄到兩人附近，所以聽見了他們的對話。

瓦西婭眨眨眼說：「什麼金色的東西？」

母馬上下甩頭說，**魔法師做的那個金色的東西呀！我一套上就不能飛了，不得不乖乖聽命於**

他。**那東西很有力量**。

瓦西婭和莫羅茲科互望一眼。「卡斯契的金籠頭，」瓦西婭緩緩說道：「既然那東西能鎮住波札，或許也能鎮住你弟弟？」

「也許。」冬王皺眉道。

「那東西在莫斯科，」瓦西婭興奮得愈講愈快。「在馬廄裡，狄米崔・伊凡諾維奇的馬廄。莫斯科大火那晚，我把它從波札身上弄下來之後，就扔在那裡了。它還在王宮裡嗎？會不會被火熔掉了？」

「那東西不會熔化，」莫羅茲科說：「我們還有機會。」瓦西婭看不見他的臉，但他放在膝蓋上的手緩緩握成拳頭。

瓦西婭太開心了，想也沒想就彎身搔搔波札的脖子說：「謝謝。」母馬勉強讓她搔了幾下，就側身跑開了。

第四部

19 盟友

夏日有如大軍殺入莫斯科，來得一場突然。森林竄起大火，害得城裡煙霧瀰漫，不見日光。百姓熱得承受不了，不是跳進河裡享受清涼，就是滿臉脹紅昏厥在地上，全身冷汗。

溫暖引來了老鼠，趁水手卸貨時從商船溜了下來。水手卸下銀飾、衣物及鍛鐵，送往莫斯科熱氣蒸騰、又濕又黏的市場。老鼠被城裡堆肥的惡臭吸引，在漫天煙霧裡如魚得水。

波薩德的百姓最先倒下。河邊小屋擁擠不堪，空氣滯悶，居民先是咳嗽、冒汗，隨後瑟縮顫抖，繼而喉嚨和跨下微微腫起，最後出現黑點。

瘟疫。這兩個字開始在城裡流傳。莫斯科經歷過瘟疫。狄米崔的叔叔塞米昂便是死於這疾病，在那個恐怖的夏季和妻兒一起殞命。

「叫病患緊閉門窗，」狄米崔吩咐侍衛隊長說。「不准他們出門，甚至不能上教堂。如果有神父願意替他們祝禱，就讓神父進他們家中，但僅此而已。吩咐城門的守衛，凡是看上去染病的人一律不准進城。」然而，百姓仍舊私下談論狄米崔叔叔的死狀。屍體全身黑點，腫脹有如壁蝨，連貼身隨從都不敢靠近。

侍衛隊長點點頭，但眉頭深鎖。「怎麼了？」狄米崔問。韃靼人那晚突襲重創了他的衛隊。暴動和瓦西婭火刑之後，衛隊雖然重建了，而且規模勝過從前，但這群新手還缺乏經驗。

「這場傳染病是神的咒詛，葛蘇達，」侍衛隊長說：「因此應該准許民眾上教堂禱告才對吧？

眾人一齊禱告或許能傳到全能的主的耳中。」

「錯了，這是人傳人的咒詛，」狄米崔說：「莫斯科的城牆如果擋不住邪惡，那城牆又有何用？」

前廳一位波亞說：「葛蘇達，恕我直言。可是——」

狄米崔轉頭一臉怒容道：「我難道得和半座城的人吵贏了才能下令嗎？」他通常都會遷就這些波亞，因為他們大多比他年長，並且在他弱冠之年力保他繼承王位。然而，炙熱耗去了他的活力，引來疲憊厭煩的怒氣。兩位表親到現在都毫無音訊。塞普柯夫王公帶著莫斯科大公國所能湊齊的全部銀子，遠赴南方向萬戶長馬麥求情。沙夏早該帶著謝爾蓋神父回來了，卻遲遲不見人影，而南方傳來的消息則說馬麥仍在持續召集烏魯斯[28]，彷彿完全沒收到他要弗拉基米爾傳達的口信。

「百姓惶惶不安，」波亞小心翼翼地說：「季節更替以來，殭屍已經出現三次，現在又發生這種事。您要是關閉莫斯科的城門，不讓染病者上教堂，我實在不敢想像他們會怎麼做。已經有很多人傳言莫斯科城被詛咒了。」

狄米崔了解戰爭，也懂得治理百姓，但對詛咒很陌生。「我會考慮如何安撫人心，」他說：「但我們沒被詛咒。」但他心裡並沒有把握。他很想聽聽謝爾蓋神父的建議，但那位老神父不在身邊，於是大公只好轉頭對總管說：「叫坎斯坦丁神父過來。」

❄

「那個金髮大公不是笨蛋，」熊說：「但他還年輕。他派人找你過去，你見到他後，一定要說

28 烏魯斯：國家、部落、追隨者。

服他讓你在大教堂做禮拜。召集百姓一起禱告，求雨、求救贖或什麼都行，只要是他們想從神那裡得到的東西就好。重點是召集百姓。」

坎斯坦丁獨自待在天使長修道院的抄書室裡，身上只有一件極輕盈的神父長衣，前額和上唇都是汗水。「我在畫畫，」他說著轉動一罐顏料，讓顏料對著光。他腳邊擺著幾罐顏料，有如一排珠寶，有些顏料的確由寶石製成。之前在雷斯納亞辛里亞，他只能用樹皮、莓果和葉子製作顏料，現在心急如焚的波亞們爭相奉上碧玉和天青石讓他製作紅色和藍色顏料，花錢雇用莫斯科的一流銀匠製作鑲滿珍珠的鍛銀聖像蓋給他。

殭屍第三次出現在莫斯科街頭時，驅魔耗費了他一整晚。先是趕走一個殭屍，然後是第二和第三個。「千萬不能讓人感覺太簡單，」熊事後告訴他。坎斯坦丁夢見好幾張死人面孔，讓他從夢中尖叫醒來。熊對他說：「你難道以為驅退一個小孩烏皮爾就能讓全莫斯科的人，從農民到波亞都對你死心塌地嗎？喝點酒吧，屬神的人，不要畏懼黑暗。我答應你的不是都做到了嗎？」

「是的，每一件事。」坎斯坦丁全身冷汗，可憐兮兮發抖著說。他會成為主教，未來獲得多大名聲就會擁有多少財富。莫斯科全城上下都用熱切的眼神崇拜他。但是這些入夜後一點幫助也沒有。他總是夢到殭屍伸手朝他抓來。

此刻在抄書室裡，坎斯坦丁目光從畫板上移開，轉頭發現熊就站在他身後，呼吸頓時默默停了一拍。雖然這不是惡魔第一次出現，但他始終沒能習慣。熊知道他的想法，會將他從夢魘中喚醒，在他身旁耳提面命。他永遠擺脫不了他。

說不定我根本不想擺脫他，坎斯坦丁頭腦比較清楚時，心裡常這麼想。而他每回看向惡魔時，總是發現自己被對方那隻獨眼牢牢盯著。

那野獸看透了他。

坎斯坦丁一心期盼聽見神的聲音，等了好久，神卻始終沉默。

而這個魔鬼一直說個不停。

然而，坎斯坦丁就是惡夢不斷。他試過喝蜂蜜酒助眠，卻只換得頭痛。最後他出於無奈，只能要其他修士拿來畫筆、木板、油彩、水和顏料，開始書寫聖像。上漆時，他的靈魂彷彿只存在於眼睛和手上，唯有這時他的心靈才會平靜。

「我看見你在畫畫，」熊說，語氣有些尖銳。「一個人在修道院裡，為什麼？我以為你要的是塵世的榮耀，屬神的人。」

坎斯坦丁用手臂擦了擦畫板上的圖畫。「我已經得到塵世的榮耀了。至於這個，難道它不是榮耀嗎？」他語氣帶著濃濃的尖酸諷刺。眼前這個繪製聖像的神父，是個沒有信仰的人。

熊從坎斯坦丁背後探頭看了一眼。「這個畫像很怪，」他一邊說著，一邊伸出粗手指去碰畫上的人物。

神父畫的是聖彼得，頭髮烏黑，眼神狂野，手腳流著鮮血，目光茫然望著天國。天使在天國等候，但眼神跟他們手裡的劍一樣漠然，不帶好意。雖然來迎接聖徒進天國，感覺卻像鎮守大門的衛兵。彼得臉上沒有聖徒的清明。他眼觀一切，雙手的姿勢表情豐富。坎斯坦丁的天分，加上他無法從靈魂裡根除的可悲的原始飢渴，使得聖徒在他筆下栩栩如生。

「畫得真美，」熊說。他手指在線條上方遊走，沒有觸碰到畫，臉上露出近乎困惑的神情。「你怎麼能畫得這麼——栩栩如生？你又沒有魔法。」

「我也不曉得，」坎斯坦丁說：「我的手會自己動。你又懂得美了，怪物？」

「比你還懂，」熊說：「我活得更久、看得更多。我雖然能讓死者復生，但比起活人只是拙劣的翻版。你的畫——你的畫不一樣。」

那慣於冷嘲熱諷的獨眼裡出現的是讚嘆嗎？坎斯坦丁無法確定。

熊伸手將畫板轉向牆壁。「你還是得去大教堂做禮拜。你難道忘了我們的協議？」

坎斯坦丁畫筆一扔說：「要是我不去呢？你能怎麼樣？讓我下地獄？偷走我的靈魂？還是讓我受苦刑？」

「都不會，」熊答道，輕輕碰了碰神父的臉頰。「我會消失不見，回到火堆裡，留你獨自一人。」

坎斯坦丁僵立不動。獨自一人？獨自面對他心裡的念頭？他有時感覺這個惡魔似乎是這夢魘般的炎熱世界裡唯一真實的事物。

「別拋下我。」他咬著牙喃喃說道。

熊的粗手指拂過他的臉，動作輕巧得令人意外。坎斯坦丁抬起湛藍的雙眼，瞬大望著那隻灰眼和疤痕累累的面孔。「我被關在空地，在一成不變的天空下孤零零待了人的百千輩子。你可以徒手創造生命，這是我前所未見的，怎麼可能拋下你。」

坎斯坦丁不曉得該釋然，還是害怕。

「不過，」熊喃喃道：「重點是大教堂。」

❄

狄米崔不同意。「為全莫斯科舉行聖禮？」他問道。「神父，麻煩你講點道理。百姓會熱昏的，或是被推倒踩踏。城裡的情緒已經夠高張了，要是召集全城的人一起流汗禱告，親吻聖像，即使那或許可以取悅神，還是太過了。」取悅神這句話是他最後才想到補上的。

隱身的熊見狀滿意地說：「我就喜歡講理的人。他們總是想將不可能化為合理，只是永遠辦不到，最終犯下大錯。快點，小神父，用你的口才蒙蔽他。」

坎斯坦丁只是抿了抿嘴，沒有顯露他聽到了。他語帶指責朗聲說：「這是神的旨意，狄米崔・伊凡諾維奇。只要有一絲機會能拯救莫斯科於咒詛之外，我們都不能放過。殭屍正在莫斯科四處散播恐懼，要是我晚來一步怎麼辦？要是出現比烏皮爾更可怕的東西，連我的禱告都無法阻止怎麼辦？我認為最好還是全城一起禱告，說不定能終結這個咒詛。」

狄米崔依然眉頭深鎖，但他答應了。

❄

坎斯坦丁披上紅白兩色的新長袍，感覺這世界少了幾分真實。長袍的領子又高又硬，汗水有如小溪順著脊椎奔流而下。他伸手摁在聖堂門上。

熊說：「真希望我能進去。」

「那就進去吧。」坎斯坦丁心不在焉地說。

那惡魔不耐哼了一聲，牽住坎斯坦丁的手。「你得帶我一起進去。」

坎斯坦丁被熊牽著，手掌一縮道：「你為什麼不能自己進去？」

「我是魔鬼，」熊說：「但也是你的盟友，屬神的人。」

坎斯坦丁拉著熊一起走入教堂，恨恨看了聖像一眼。**瞧我在做什麼？誰叫你們不對我開口？**熊好奇環顧四周，目光掃過金葉、鑲著寶石的聖像蓋和天花板的藍與血紅。

還有人類。

教堂裡站滿了人，互相推搡擾攘，汗臭沖天。他們擠在聖幛前哭泣禱告，全被眾聖徒和那個安靜的獨眼魔鬼看在眼裡。

百姓將聖幛的門打開時，熊正好和神父走了出來。他掃視群眾說：「這真是好兆頭。去吧，屬神的人，讓我瞧瞧你的本事。」

坎斯坦丁開始講道。他不曉得自己為誰唱頌，是注視著他的百姓，還是聆聽的惡魔。但他將自己破碎靈魂裡的所有折磨灌注其中，聽得教堂裡所有人都在哭泣。

禮拜完後，坎斯坦丁回到修道院的房間，一言不發躺了下來，身上的亞麻衣物被汗水濕透。這裡沒有他家中的擺設。他閉上眼睛，熊沒有說話，但他也在房裡。坎斯坦丁感覺得到熊那刺眼陰毒的存在。

最後神父忍不住了，沒有睜開眼睛脫口說道：「你為什麼不說話？我已經照你吩咐的做了。」

熊近乎咆哮說：「你一直在畫自己說不出口的東西。羞恥、悲傷和其他無聊的東西，統統都看得到，在你畫的聖彼得臉上。而剛才你把自己說不出口的東西全唱了出來。我都感覺到了。要是其他人聽出來了怎麼辦？你難道想毀約嗎？」

坎斯坦丁搖搖頭，眼睛依然閉著。「他們只會聽到自己想聽的，見到自己想見的，」他說：「把我的感覺當成他們自己的，完全搞不清狀況。」

「好吧，」熊說：「人真愚蠢。」他不再追究。「總之，教堂那一幕應該足夠了，」他語氣開心了起來。

「什麼夠了？」坎斯坦丁說。太陽已經下山了，青色暮靄讓人得以擺脫酷熱稍稍得到喘息。坎斯坦丁躺著不動，靜靜呼吸，想要嚐到一口清新空氣而不可得。

「夠他們死了，」熊毫不掩飾地說：「他們全親吻了那個聖像。死人對我很有用處。你明天務必去找大公，向他要到你的地位。那個女巫的修士——艾列克桑德修士——他就要回來了。你必須確保大公身旁的位子不再是他的。」

坎斯坦丁仰頭說：「艾列克桑德修士和大公從童年就是好友。」

「沒錯，」熊說：「但那修士決定欺騙狄米崔，而且不止一次。不論他事後指天發誓多少次，我敢向你保證，他都贏不回大公的信任。難道這會比煽動暴民殺死那個女孩還困難嗎？」

「她是罪有應得。」坎斯坦丁喃喃道，伸起手臂遮住眼睛。眼皮下的黑暗彷彿瘀青的目光，慘綠看著他，於是神父又睜開眼睛。

「忘了她吧，」熊說：「忘了那個女巫。慾望、驕傲與懊悔只會把你逼瘋。」

這話太正中要害了。坎斯坦丁坐起身子說：「你不能讀我的心。」

「的確，」熊反唇相譏：「但我可以讀你的表情，兩者差不多是同一回事。」

坎斯坦丁縮回粗毯子裡，輕聲說道：「我以為我會滿足。」

「你天性就不會滿足。」熊說。

「塞普柯夫王妃今天沒到大教堂，」坎斯坦丁說：「也不在她宮裡。」

「應該是她女兒。」熊說。

「你說馬雅？她怎麼了？」

「她得到警告，」熊說：「謝爾特警告了她。你以為燒死一個女巫，莫斯科的女巫就被你趕盡殺絕了嗎？不過別怕，初雪之前莫斯科就沒有半個女巫了。」

「是嗎？」坎斯坦丁喘息道：「為什麼？」

「因為你今天讓所有莫斯科人都去了大教堂，」熊滿意地說：「我需要一支軍隊。」

❄

「他們不能去，」馬雅朝母親喊道：「一個都不行！」

她們母女倆都穿著最單薄的連衣裙，卻依然滿臉是汗，兩雙一模一樣的黑色眼眸閃著疲憊。那年夏天，特倫裡所有女眷都生活在半明半暗中。室內沒有生火，也沒有點燈或蠟燭，照理應當熱得令人無法承受。她們夜裡開窗，白天完全緊閉，以便盡量留住陰涼。所有女眷就這樣活在昏暗中，最後深受其害。馬雅面無血色，全身冒汗，身形消瘦萎靡。

歐爾嘉柔聲對女兒說：「她們想去大教堂禱告的話，我實在很難阻止。」

「妳一定要阻止，」馬雅焦急說道：「非阻止不可，爐灶裡的人這樣跟我說的。他說去的人都會生病。」

歐爾嘉皺眉望著女兒。自從熱浪來襲，馬雅就變了個人。歐爾嘉通常會帶全家出城到塞普柯夫，去那個樸素小城，至少有機會享受片刻寧靜與涼爽。但今年有人回報南方大火頻仍，只要探頭出門就會看見煉獄般的白霧，被濃煙嗆到，而且瘟疫正在城外的波薩德蔓延，所以也不用想了，她得讓家人待在宮中。只是——

「求求妳，」馬雅說：「所有人都不能離開，大門也要關上。」

歐爾嘉依然皺著眉頭。「我不可能讓大門永遠關著。」

「不需要，」馬雅說，歐爾嘉察覺女兒眼神裡的乾脆果斷，心裡微微不安。她長大得太快了。

那場火和事後發生的事情改變了她。她看得見母親看不見的東西。「只要等瓦西婭回來就好。」

「馬莎——」歐爾嘉柔聲道。

「她就快回來了，」她女兒說。她沒有抗議似的叫嚷，也沒有哭泣或哀求母親體諒，只是平靜地說：「我知道。」

「瓦西婭不敢冒險，」瓦伐拉說。她拿著潮濕的衣物和一瓶儲藏在陰涼地窖裡用麥草包著的酒走進來。「就算她還活著，也知道回來會給我們帶來多大的危險。」她將衣服遞給歐爾嘉。

「她有因為這樣而放棄過任何事嗎？」塞普柯夫王妃摁揉太陽穴，從瓦伐拉手上接過酒杯說。

兩人交換了擔憂的眼神。「我會吩咐僕人別去大教堂，馬莎，」歐爾嘉說：「雖然他們可能不會感謝我。要是——如果妳——妳聽說——瓦西婭回來了，妳會告訴我嗎？」

「當然會，」馬雅立刻說道：「我們得替她準備晚餐。」

瓦伐拉對歐爾嘉說：「我不認為她會回來，她走太遠了。」

20 金籠頭

瓦西婭腦中塞滿了寒冬午夜，讓她渴望光線而顫抖。她不曉得他們是否真的可以離開這無光的世界。兩人馬不停蹄越過結冰發亮的山脊與峽谷，遍地黑暗，彷彿從來不曾見過天光。雖然莫羅茲科就在她身後，卻絲毫不令人安慰，因為他也屬於那漫長寂寞的黑夜，不因霜雪而煩擾。

她試著惦念沙夏，惦念莫斯科與日光，惦念在黑暗之外等著她的人生。但她賴以安身立命的一切早已四分五裂，而寒夜裡的奔馳讓她愈來愈難專心。

「別睡著了，」莫羅茲科在她耳邊說。她原本懶洋洋仰頭靠著他的肩，聽到這話忽然半是驚慌地坐直起來，弄得白馬豎起一隻耳朵表示不滿。「由我帶路的話，我們只會去到我的國度，進入冬天深處。」他接著說：「妳如果還想回莫斯科，想在夏天回到那裡，就得保持清醒。」他們正通過一片開滿雪花蓮的沼澤，抬頭是滿天繁星，腳下是淡淡的甜蜜花香。

瓦西婭趕緊挺直腰桿，努力集中精神。黑暗似乎在嘲諷她。妳怎麼可能讓冬王跟冬天分開？連嘗試都是浪費時間。瓦西婭頭昏腦脹。

「瓦西婭，」莫羅茲科柔聲說：「跟我到我的國度去吧。冬天很快就會降臨莫斯科，不然——」

「我還沒睡著，」瓦西婭突然厲聲說：「你把熊放了，現在必須幫我關住他。」

「我樂於從命，在冬天。」莫羅茲科說：「時間很快就過去了，瓦西婭，等兩個季節算什麼？」

「對你或許沒什麼，但對我和我的同胞關係重大。」她說。

莫羅茲科不再爭辯。

瓦西婭想起自己的遺忘，想起那無中生火和全莫斯科人看不見她的詭異片刻，那瞬間的超越現實。冬王不可能在夏天昂首闊步。不可能的，不可能。

瓦西婭握緊拳頭。**不對**，她心想，**有可能**。

「我們再多走一段。」她說。白馬沒講什麼，繼續慢跑向前。

就在瓦西婭精疲力竭的時候，寒冷終於微微減弱了。她的注意力有如風中殘燭，全靠莫羅茲科摟著她的腰，她才沒有歪倒。先是雪下開始出現泥濘，接著是樹葉沙沙作響。白馬的馬蹄沾滿帶霜的落葉，瓦西婭繼續咬牙硬撐。

最後，兩人雙馬越過黑夜與黑夜的交界時，瓦西婭看見河彎處出現營火。

剎那間，夏天的炙熱有如巨掌壓在她身上，最後一絲冬天消失在他們身後。

莫羅茲科身體癱軟，彷彿失去重量似的貼著她的背。溫暖的河水融化了冰霜，他的手也愈來愈淡。

瓦西婭半轉身子，抓住莫羅茲科的雙手。「看著我，」她吼道：「**看著我**。」

莫羅茲科抬頭看她。他眼睛沒有半點顏色，臉也失去顏色，沒有深度，和暴風雪時的光線一樣扁平。「你答應不會離開我，」瓦西婭說：「**妳不是獨自一人**，你說過的。你難道這麼輕易背棄誓言嗎，冬王？」

莫羅茲科直起身子。他還在，只是很淡。「我在，」他說，呼出來的冰晶竟然拂動了夏日森林的樹葉。他用微帶嘲諷的語氣說：「算吧。」但他在發抖。

你們回到自己的午夜了，波札說，對種種不可能無動於衷。**我要走了，我欠的債已經還了**。

瓦西婭小心翼翼鬆開莫羅茲科的手。他沒有立刻消失，於是她從白馬肩膀上滑下來，對金馬說：「謝謝，我無法形容自己有多感謝妳。」

波札甩甩耳朵，轉頭不發一語就跑開了。

瓦西婭目送母馬離開，心裡有些悵然，努力不讓自己再次想起索拉維。黑暗中，河邊營火閃閃發亮。「午夜旅行很好，」她喃喃道：「但太常需要鬼鬼祟祟靠近了。你想是誰在那裡？」

「我不曉得，」莫羅茲科答得簡短。「我看不見。」他語氣淡然，但一臉惶惶。冬天他的感官非常敏銳。

兩人悄悄靠近，在火光照不到的地方停下。一頭沒有繫繩的灰色母馬站在營火的另一側，仰頭不安傾聽黑夜的動靜。

瓦西婭認得她。「圖曼[29]。」她低聲說道，隨即看見馬後方有三名男子露宿，伴著三頭駿馬和一匹馱馬。其中一名男子裹著斗篷，有如一團黑布，另外兩人坐在火旁，雖然已是深夜，仍在交頭接耳。其中一人是她哥哥，跋涉數日讓他臉龐消瘦，曬得紅腫，頭髮出現幾根白絲。另一名男子是羅斯最聖潔的人，謝爾蓋．拉多涅茨基。

沙夏抬起頭，發現馬躁動不安。「有東西在森林裡。」他說。

瓦西婭不曉得屬神的人見到她會如何反應，即使對方是她親哥哥。她不僅深陷魔法和黑暗之中，還和霜魔立了婚約。但她仍然鼓起勇氣走上前。沙夏忽地轉頭，謝爾蓋則是立刻起身，儘管年紀一把，動作依然敏捷。剩下那名男子倏地坐起，不停眨眼。瓦西婭認出他來，他是羅迪昂．奧斯拉達，三一修道院的修士。

三名風塵僕僕的屬神之人於仲夏夜露宿野外。這一切實在太過平常，讓她身後的午夜感覺如夢一場。

但那不是夢。她讓兩個世界連在一起了。

她不曉得接下來會是如何。

❄

艾列克桑德修士第一眼見到的，是妹妹削瘦的身形和瘀青的面孔。他心裡咒罵一聲，將劍收回鞘中，抬頭禱告幾句，然後跑向了她。

她好瘦，臉上每道線條都變得又利又尖，映著火光有如骷髏。但她回給他的擁抱很有力量，並且當他看著她時，發現她睫毛濕了。

或許他也哭了。「馬雅說妳還活著，我——瓦西婭——對不起，請妳原諒我。我想去找妳，可是我——瓦伐拉說妳已經去到我們無法想像的地方，還說妳——」

瓦西婭打斷他的滔滔不絕。「沒有什麼需要原諒的。」

「那場火。」

瓦西婭臉色一僵。「都過去了，哥哥，兩場火都是。」

「妳去哪裡了？妳的臉怎麼了？」

她摸了摸臉頰上的疤。「這是那天晚上莫斯科那群暴民來捉我時留下的。」

沙夏咬著下唇。謝爾蓋神父忽然厲聲插嘴道：「有一頭白馬在森林裡，還有一個——人影。」

---

29 圖曼：薄霧，沙夏那頭灰馬的名字。

沙夏猛地轉身，手再次伸向劍柄。黑暗中，火光的最邊緣，一頭母馬站在那裡，皮毛白得有如冬夜的月光。

「那是妳的馬嗎？」沙夏問妹妹，接著又轉頭看了一眼，發現白馬身旁有個人影望著他們。他再次手按劍柄。

「不是，」他妹妹說：「你用不著拔劍，沙夏。」

沙夏發現那人影是一名男子，眼睛如兩個光點，跟水一樣沒有顏色。不是人類，而是怪物。

他拔劍道：「你是誰？」

❄

莫羅茲科沒有回答，但瓦西婭感覺得到他心裡的怒氣。他和屬神的人是天生宿敵。

她看了哥哥一眼，發現沙夏眼裡的憤怒不只出於修士對魔鬼的鄙夷，無關個人，讓她有些惱火。「瓦西婭，妳認識這個——東西嗎？」

瓦西婭正想回答，但霜魔走到亮處，搶先開了口。「她小時候我就看中她，」他冷冷說道：「後來帶她到我住所，用遠古的魔法將她拴在我身邊，送她上路到莫斯科。」

瓦西婭一言不發狠狠瞪著莫羅茲科。心懷鄙視的顯然不只她哥哥。**他有那麼多事可以對沙夏說，偏偏哪壺不開提哪壺。**

「瓦西婭，」沙夏說：「不論那傢伙對妳做了什麼——」

瓦西婭打斷他。「無所謂。我都穿著男裝騎馬闖蕩全羅斯，一個人走在黑暗裡又活著出來了，你想顧忌也來不及了。現在——」

「我是妳哥哥，」沙夏說：「我會擔心，我們家族裡所有男人都會擔心——」

「我小時候你就離開我們了！」瓦西婭插話道：「你把自己第一獻給宗教，第二獻給大公。我的人生和命運跟你的判斷無關。」

羅迪昂修士氣沖沖打斷她。「我們是屬神的人，」他說：「那東西是魔鬼，還有什麼好說的？」

「我想，」謝爾蓋神父說：「還是有些事應該說一說。」他沒有提高音量，但所有人都轉頭看著他。

「孩子，」他平靜地說：「我們會聽妳從頭道來。」

❄

所有人在營火旁坐了下來，羅迪昂和沙夏沒有收劍，莫羅茲科則是根本沒坐下，不停來回走動，彷彿不曉得自己更討厭修士和不懷好意的火光多些，還是討厭炎熱的黑暗夏夜多些。

瓦西婭一五一十交代了自己的故事，至少她能講的部分，說到最後聲音都啞了。莫羅茲科從頭到尾沒有開口。瓦西婭感覺他全副心力都擺在不要消失上了。她要是摸他或給他血，或許會有幫助，但她哥哥一直憂心忡忡瞄著霜魔，她想最好還是別激怒他，於是雙手緊緊摟著膝蓋。

最後她啞著嗓子安靜下來，謝爾蓋說：「妳沒有全部交代。」

「是的，」瓦西婭說：「有些事無法用言語表達，但我說的都是事實。」

謝爾蓋沉默不答。沙夏的手依然在劍柄上來回。火快燒完了，但弔詭的是，莫羅茲科在微弱紅光下似乎比火焰正盛時還要真實。沙夏和羅迪昂瞪著他，絲毫不掩飾眼裡的敵意。瓦西婭忽然覺得自己抱著希望根本是一廂情願，這兩種力量不可能為共同目標而結合。她努力擠出所有信心放進聲音裡，說：「莫斯科有惡魔橫行，我們必須一起面對，否則就會失敗。」
神父和修士沒有說話。
後來，謝爾蓋緩緩說道：「如果莫斯科真有惡魔作祟，那該如何是好，孩子？」
瓦西婭心底漾起一絲希望。羅迪昂冷哼一聲，但謝爾蓋揚手制止了他。
「熊無法被殺死，」瓦西婭說：「但可以被關住。」說完她便開始交代自己對金籠頭的了解。
「我們有找到那個東西，」沙夏突然插話說：「在被火燒毀的馬廄裡，就是——就是那個——」
「對，」瓦西婭匆匆說道：「就是那天晚上。那東西去哪裡了？」
「在狄米崔的藏寶室，如果他還沒熔去做金子的話。」沙夏說。
「如果你和謝爾蓋一起告訴他那東西的用途，他會把它給你嗎？」
沙夏張嘴顯然要說「會」，卻隨即皺起眉頭。「我不曉得。我已經——大公已經不像從前那樣信任我了，但他非常信任謝爾蓋神父。」
瓦西婭知道坦承這點讓他很心痛，也曉得狄米崔為何不信任她哥哥。
「對不起。」她說。
沙夏搖搖頭，什麼都沒說。
「你們不能再倚賴大公對誰的信任了，」莫羅茲科首次開口道：「梅德韋得天生擅長製造混亂，用恐懼和不信任作工具。他一定知道你們會去找大公，因此會預作準備。你們誰也不能信任，甚至不能信任自己，直到他被鎮住，因為他會讓人瘋狂。」
神父和修士面面相覷。
「我們偷得到金籠頭嗎？」瓦西婭問。

三名修行者一臉虔誠，沒有說話。瓦西婭氣得想把頭髮拔光。

❄

他們費了很久才擬好計畫。計畫完成時，瓦西婭只想睡覺。不光是為了休息，還因為在自己的午夜睡覺，隔天醒來會有日光。方才討論時，她一直停留在午夜裡。其他人也是，和她一起困在黑暗中。她心想沙夏會不會好奇破曉怎麼遲遲不來。

最後她撐不住了，開口說：「明天早上再談吧，」說完便起身離開了營火，找了一塊鋪著厚厚松針的地方躺下，全身上下縮進斗篷裡。

莫羅茲科朝三名修行者鞠躬，姿勢略帶嘲諷，氣得沙夏臉色一變。

「早上見。」冬王說。

「你要去哪裡？」沙夏質問道。

莫羅茲科沒有多說。「我要去河邊，我從來沒有見過朝陽照在流動的水上。」

說完他便消失在夜色中。

❄

沙夏滿心挫折恐懼，直想衝下河邊，擊倒那個影子般的傢伙，不讓自己再去想那幻影在黑暗中對他的未婚妹妹竊竊私語。他望著那魔鬼消失的地方，羅迪昂則是一臉關切望著他。謝爾蓋看著沙夏，臉上露出理解的神情。

「坐下吧，孩子，」謝爾蓋說：「現在不是生氣的時候。」

「難道我們要和魔鬼交易？那是犯罪，神會憤怒——」

謝爾蓋斥責道：「人無分男女，都無權推斷神的旨意。當人將自己擺得太高，說自己知道神要什麼，因為那也是我要的，這樣做其實暗藏邪惡。你或許討厭那個她稱之為冬王的人，因為他注視你妹妹的眼神。但他沒有傷害她，她還說他救了她一命，而你連這點都沒做到。」

這話很嚴厲，沙夏不禁身體一縮。「是的，」他低聲說：「我沒做到，但也許他對她降了咒詛。」

「我不曉得，」謝爾蓋說：「也沒辦法知道，但弟兄姊妹才是我們的正業，那些恐懼無依之人，所以我們才要去莫斯科。」

沙夏默然良久，最後他疲憊地朝火裡扔了一根木柴說：「我不喜歡他。」

「我想，」謝爾蓋說：「他一點也不在乎。」

❄

瓦西婭醒來發現陽光燦爛。她立刻跳起來，仰頭迎向太陽。她終於脫離午夜之國了。她心底希望再也不要踏上那條黑暗之路。

瓦西婭好好享受了一會兒溫暖，無情的熱氣便接著襲來。汗水滑下她的胸前與背後，因為她身上依然穿著湖邊屋子裡拿到的羊毛衫。她真希望換成亞麻。

她光著腳，腳掌從露水沾濕的土壤裡吸收清涼。莫羅茲科離她只有幾步，正在替白馬理毛。她心想他夜裡是守在兩人附近，還是四處遊蕩，用這時不該有的寒霜觸碰夏日的土地。三名修行者還在睡覺，睡得一如人類在夏日白天打盹慣有的怡然安穩。

莫羅茲科身上的毛皮和刺繡絲質衣物已經不見蹤影，彷彿強烈日光讓他無法承受代表力量的裝扮。他光腳踩著草地，看上去就像農夫，只是他所經之處土壤都會覆上一層星霜，還有他上衣袖口不停滴著冰水。雖然早晨濕熱，他周圍依舊籠罩著些許寒氣。瓦西婭吸了口他散發的清涼，感覺很心安，開口說：「天哪，真熱。」

莫羅茲科一臉嚴肅。「是熊的傑作。」

「冬天的時候，我常期望能有這樣的清晨，」瓦西婭老實說道：「能夠通體溫暖。」她走上前輕輕撫摸白色母馬的脖子。「但到了夏天，我就想起這樣的清晨有多滯悶。你會熱嗎？」

「不會，」莫羅茲科短短說道：「但熱企圖消滅我。」

瓦西婭心底遺憾，伸手握住他正摸著白馬鬐甲的手。兩人的牽絆瞬間活了過來，他的身影稍微不那麼淡了一些。他張手握住她的手。瓦西婭打了個哆嗦，他笑了，但眼神卻很遙遠。察覺自己的虛弱可不是一件開心事。

她垂下手。「你覺得熊知道你來了嗎？」

「不知道，」莫羅茲科說：「我會想辦法維持下去。我們最好在路上走個兩天，日上三竿再進莫斯科。」

「因為殭屍嗎？」瓦西婭說：「因為烏皮爾，他的奴隸？」

「它們只會在夜裡出沒。」莫羅茲科說，無色的眼眸露出凶光。瓦西婭咬住下唇。

久遠的戰爭，爹德格里布曾經這樣說。她真的如那個謝爾特所言，讓自己成為第三股力量了嗎？抑或只是站在冬王這邊？瓦西婭彷彿又回到了澡堂那晚之前，感覺自己無法跨越和冬王之間的那堵歲月高牆。

但她硬是擠出爽朗的語氣說：「我看今晚連我哥哥也會為了一杯涼水出賣靈魂。到時可別引誘他。」

「我很生氣。」莫羅茲科說。

「我們不會跟他們同行太久。」瓦西婭說。

「不是，」莫羅茲科說：「我會盡力忍受夏天，但瓦西婭，我無法永遠忍受。」

❄

他們什麼也沒吃。天氣太熱了，還沒出發就臉色發紅，汗流浹背。他們沿著莫斯科河的河畔小徑迂迴前行，從東邊往莫斯科城接近。瓦西婭緊張得腸胃糾結，愈往前走就愈不想回莫斯科。她橫越飛沙走石，心底怕得要命，努力提醒自己會施魔法，有盟友同行。但烈日當空，她實在很難說服自己。

莫羅茲科放走白馬，讓她到河邊吃草，遠離人的視線。他自己也匿跡潛形，幾乎不比拂弄樹葉的涼風更引人注意。

太陽愈升愈高，讓人昏昏欲睡，小徑上一道道有如鐵條的灰影。他們左邊是河，右邊是大片麥田，和波札的毛皮一樣金中帶紅，熱風吹得麥稈低頭彎腰，颯颯作響。太陽彷彿眼睛之間的一根木槌。小徑讓他們的雙腳沾滿塵土。

他們不斷前行，一直在麥田裡，感覺怎麼也走不完，感覺……瓦西婭忽然停下腳步，伸手遮眼說：「這麥田有多大？」

三名修行者也跟著停下腳步。他們面面相覷，沒人知道答案。熱天似乎沒完沒了，莫羅茲科不見蹤影。瓦西婭瞇眼瞭望麥田。一道旋風夾帶塵土掃過金中帶紅的麥草，天空黃霧瀰漫，頭頂上的太陽——依然在頭頂上……它已經在頭頂上多久了？

停下來後，瓦西婭這才發現三名修行者都滿臉脹紅，呼吸急促。比之前急？太急了？天氣實在太熱了。「那是什麼？」沙夏抹去臉上的汗水說。

瓦西婭指著旋風說：「我想——」

忽然間，謝爾蓋悶哼一聲，接著便癱倒在馬鬃上，身體斜向一邊。沙夏抱住他。神父的坐騎很鎮定，沒有驚逃，只是困惑地歪了歪一邊耳朵。謝爾蓋皮膚赤紅，身體不再出汗。

瓦西婭瞥見修士後方出現一個白皮膚、頭髮蒼白的女人，骨頭色的手裡抓著一把剪刀高高舉著。不是女人。瓦西婭想也不想便跳上前去，抓住那謝爾特的手腕，逼她退後。

「我見過午夜女士，」瓦西婭抓著那女人的手不放，對她說：「但還沒見過她的姊姊波魯德妮薩[30]，他們說誰被她摸到，誰就會中暑。」

沙夏抱著謝爾蓋跪在地上，一臉愁容。羅迪昂跑去取水，但瓦西婭不確定他能找到。正午的麥田是正午女士的地盤，他們誤闖進來。

「放開**我**！」波魯德妮薩齜牙咧嘴道。

瓦西婭沒有鬆手。「放了**我們**，」她說：「我們無意與妳爭鬥。」

「沒有爭鬥？」那謝爾特白髮劈啪作響，有如焚風中的麥稈。「他們的鐘聲就是我們的末日。妳說這還不算爭鬥嗎？」

「製鐘師傅只是想活下去，」瓦西婭說：「我們所有人都是。」

30　波魯德妮薩：正午女士，午夜女士的姊姊。常在牧草地出沒，用剪刀讓人中暑。

「如果他們得靠殺戮才能活，」正午女士厲聲道：「不如全死光。」羅迪昂兩手空空回來了。瓦西婭和謝爾特交談時，沙夏已經起身，手扶灼熱的劍柄，但看不見瓦西婭在和誰說話。

瓦西婭對正午女士說：「他們喪命，你們也得死。不論好壞，人類和謝爾特都是生命共同體。但連結可以是好的，我們可以共有這個世界。」為了表達善意，瓦西婭伸手讓剪刀刺破拇指。她聽見三名修行者在她背後倒抽一口氣，忽然想到她的血讓他們看見魔鬼。

正午女士尖聲笑道：「妳這個人類小孩，熊保證我們會打仗，而且戰勝，憑**妳**也想要拯救我們？」

「熊在說謊。」瓦西婭說。

就在這時，謝爾蓋氣若游絲的聲音從後面傳來。「憑著欺騙才能被看見，裝腔作勢的受詛咒的不潔魂靈，快點畏懼潛逃吧。不論妳是白日、正午、午夜或夜晚，我都令妳立刻退散。」

正午女士大叫一聲，這回是真的痛苦。她剪刀落地，往後一倒，身影愈來愈淡、愈來愈淡……

「不要！」瓦西婭朝修士們喊道：「事情不是你們想的那樣，不是**他們**想的那樣。」她衝上前抓住正午女士的手腕，不讓她完全消失。

「我看得見妳，」她低聲對她說：「活下去。」

午夜女士呆立片刻，表情受傷、害怕又困惑，接著就被一道旋風捲走消失了。

莫羅茲科從正午強光裡走了出來。「妳保母不是警告過妳，要小心夏天的麥田嗎？」他問道。

「神父！」瓦西婭剛回到三位修行者身旁，就聽見沙夏大喊。謝爾蓋呼吸急促，脈搏在喉嚨震動。莫羅茲科或許略有遲疑，但還是喃喃自語跪在地上，修長手指摁在神父脈搏紊亂的脖子上。他吁了口氣，另一隻手緊緊握拳。

「你在做什麼？」沙夏質問道。

「等等。」瓦西婭說。

麥田刮起一陣風。起初很慢，但愈來愈快，壓平了麥稈。風很冷，是冬天的風，帶著松香，在炙熱和塵土大地上不該出現這種風。

莫羅茲科下顎緊繃。風愈來愈強，他的身影愈來愈淡，再過一秒就會消失。他的存在就和夏日的雪花一樣難以想像。瓦西婭抓住他的雙肩，在他耳邊說：「還不行。」

他匆匆看了她一眼，繼續堅持下去。

空氣變涼後，謝爾蓋的呼吸和兔子逃命般的飛快脈搏開始變慢，沙夏和羅迪昂看上去也好多了。瓦西婭大口呼吸清涼的空氣，但莫羅茲科雖然被她抓著，身影卻變得非常飄搖。

沙夏忽然問道：「我能做什麼？」他臉上的希望終於勝過了責難。

瓦西婭驚訝看了他一眼說：「看著他，記住他。」莫羅茲科抿起嘴巴，但沒有說話。

謝爾蓋深吸一口氣。他們四周變涼許多，連瓦西婭悶熱羊毛衫下的汗水都乾了。強風減弱，太陽移動了位置，雖然還是熱氣蒸騰，但已經不再致命。莫羅茲科垂下手掌，往前癱倒，臉色如春雪一樣灰沉。瓦西婭依然抓著霜魔的肩膀，冷水從她指尖滑落，流到他肩上。

所有人都默不出聲。

「我想我們可能得有一段時間無法往前了，」瓦西婭看了看霜魔，又看了看滿身是汗的三名修行者說：「我們沒有必要替熊省事，還沒到莫斯科就自己喪命了。」

沒有人回答。

❄

他們找到一處小河谷，青草陰涼，水流潺潺。棕色河水流過他們腳邊，朝莫斯科匆匆奔去，流向莫斯科河與涅格林納亞河[31]的交口。遠方霧藹迷濛中，那座陰鬱的城市隱約可見，不遠處的河面上停滿了船。

天氣熱得讓人沒胃口，但瓦西婭還是跟哥哥拿了一點麵包，將碎屑灑進河裡。她彷彿看見一雙鼓凸的魚眼，和一道不屬於河水的漣漪，但僅此而已。

沙夏盯著妹妹，忽然說道：「媽媽——媽媽也會扔麵包到河裡，有時候。她說是獻給河王的。」他說完便閉緊嘴巴，但瓦西婭感覺那語氣裡帶著理解，帶著道歉。她有些遲疑地朝他微微一笑。

「那魔鬼打算殺了我們。」謝爾蓋說，聲音依然沙啞。

「她只是害怕，」瓦西婭說：「他們都很怕。他們不想消失，我想熊讓他們變得更加恐懼，才會突然攻擊。那不是她的錯。神父，驅魔只會把他們更往熊那邊推。」

「也許吧，」謝爾蓋說：「但我可不想死在麥田裡。」

「您沒有，」瓦西婭說：「因為冬王救了您一命。」

沒有人說話。

她離開待在陰涼處的三名修行者，起身朝下游走，走到他們聽不見她的地方，一屁股坐在長草地上，雙腳浸在水裡大聲說：「你還好嗎？」

沒有反應。接著他的聲音在夏日的凝滯裡響起：「我好一些了。」

莫羅茲科無聲走過草地，在她身旁坐了下來。現在很難看著他，因為眼睛遇到不可能的東西只會盲目掃過。瓦西婭瞇著眼不停細看，直到那感覺消失。他收起膝蓋坐著，凝視耀眼的河水，語帶怨恨地說：「我弟弟為什麼怕我自由？我連鬼魂都不是。」

「他知道了嗎？」

「當然，」莫羅茲科說：「怎麼可能不知道？召喚冬風，這樣……只差沒有當他的面大喊我來了。我們如果還是要去莫斯科，就得今天去，即使得冒日落的風險。我原本希望同時避開夜晚和烏皮爾，但要是他打算指派自己的奴隸來殺妳，我們最好先拿到那個籠頭。」

雖然日正當中，但瓦西婭打了個哆嗦，接著對他說：「正午女士那樣的謝爾特會站在熊那邊，是有理由的。」

「很多謝爾特是那樣沒錯，但不是絕大多數，」莫羅茲科回道：「謝爾特不想消失，但我們幾乎都曉得跟人類對決有多愚蠢。我們是命運共同體。」

瓦西婭沉默不語。

「瓦西婭，我弟弟是不是差點就說服妳加入他了？」

「差得遠了，」她說。莫羅茲科眉毛一挑。瓦西婭壓低聲音說：「我有考慮過。他問我對羅斯有多忠心，我的馬可是死在莫斯科的暴民手上。」

「妳放了波札，讓莫斯科失火，」莫羅茲科說，目光再次飄向河水。「妳姊姊的女兒因妳而死，不顧她願意為了保全嬰兒而犧牲自己。也許這一切都是妳為了自己的愚蠢而付出的代價。」

31 涅格林納亞河：莫斯科原為莫斯科河和涅格林納亞河之間一座丘陵上的城鎮，這兩條河也成了莫斯科的天然屏障。目前，涅格林納亞河是莫斯科市的地下河。

他語氣傷人，突然得有如利劍。瓦西婭驚詫地說：「我不是有意——」

「妳來到莫斯科城，像關在蘆葦籠子裡的鳥，不停撞擊籠子，把籠子撞壞——妳難道很意外會是這樣的結局嗎？」

「不然我該去哪裡？」瓦西婭氣沖沖地說：「回到家鄉被當成女巫燒死嗎？還是順服於你，戴著你給的護身符，嫁人生孩子，不時坐在窗邊甜蜜回想跟冬王共度的時光？或是要讓——」

「妳做事之前應該先想想。」他咬著牙說，彷彿她最後一個質問很刺人。

「你為了救我，隨隨便便就拋掉了自己的國度，現在好意思說這種話？」

莫羅茲科沒有回答。瓦西婭吞回更多嗆辣的話語。她不曉得他們兩人之間到底是怎麼回事。她既不聰明，也不美麗，沒有一個童話故事同時講到渴望與憎惡，偉大之舉與天大的錯誤。

「熊得逞的話，」瓦西婭調整語氣說：「謝爾特就會受人膜拜。」

「他得逞的話，**他**會受人膜拜，」莫羅茲科說。「只要謝爾特能幫他達成目的，我不認為他會關心他們的下場。」他停頓片刻。「或關心人類的下場，死於他的陰謀詭計也無妨。」

「如果我把賭注押在熊身上，根本就不會去找你了，」瓦西婭說：「但沒錯，我有時想到回去拯救那座城，就覺得痛苦。」

「忘不掉自己的過錯，整天扛著它們過日子，最後只會傷到自己。」

瓦西婭狠狠瞪他，莫羅茲科也瞇眼看著她。他為何生氣？她又為何憤怒？瓦西婭知道媒妁之言，知道鄉下青年在仲夏黃昏追求黃頭髮的農村姑娘。她還不會講話就開始聽童話故事，但聽了那麼多故事仍然讓她此刻不知所措。她只能緊緊握拳，才能克制住不去摸他。

接著莫羅茲科忽然退開，瓦西婭心煩意亂深吸一口氣，目光再次轉向河水。「我打算在陽光下睡一覺，」她說：「等謝爾蓋神父可以動身了再出發。我如果這樣做，你會消失嗎？」

「不會。」莫羅茲科回答，語氣聽來彷彿痛恨自己這樣說。但她又熱又想睡，懶得去理會，便縮起身子躺在他附近的草地上。瓦西婭最後感覺到的，是他輕盈冰冷的手指道歉似的拂過她的髮間，接著她便突然昏睡過去。

❄

不久後，沙夏發現了他們。霜魔坐起身子，一臉警覺。西斜的夏日陽光似乎穿透了他的身體。他仰頭看著沙夏走近，臉上毫無防備的神情讓沙夏嚇了一跳，但隨即消逝。瓦西婭動了動身子。

「讓她睡，冬王。」沙夏說。

莫羅茲科沒有說話，但伸手摸了摸瓦西婭蓬亂的黑髮。

沙夏望著他們說：「你為什麼要救謝爾蓋神父一命？」

莫羅茲科答道：「你別誤會了，我沒那麼了不起。只是熊必須再被關住，而單靠我們做不到。」

沙夏沉吟不語，接著忽然說：「你不是神所造的。」

「沒錯。」他空著的那隻手鬆垂著，有種不自然的凝滯。

「但你救了我妹妹一命，為什麼？」

那魔鬼毫不畏懼望著他。「一開始是我的計謀，但後來是因為我無法見到她被殺。」

「那你為什麼還和她一起騎馬過來？對霜魔來說，酷夏不可能好受。」

「是她要我做的。你問這麼多問題做什麼，光之使者艾列克桑德？」

他喊出那個稱號的語氣半是認真，半是揶揄。沙夏心頭火起，只能硬壓下去。「因為莫斯科之後，」他努力保持語氣平淡。「她去了一個——黑暗國度。有人告訴我不能去那裡找她。」

「的確。」

「但你可以？」

「是的。」

沙夏似乎明白了什麼。「要是她再去到那黑暗裡——你能發誓不拋棄她嗎？」

就算那魔鬼吃了一驚，也沒有顯露出來。他神情孤遠，對沙夏說：「我不會拋棄她，但她總有一天會去到我也去不了的地方。我是不朽之身。」

「那麼——要是她哪天開口——要是有個人能溫暖她，為她祈禱，給她孩子——那就請你放手，不要將她留在黑暗中。」

「你最好拿定主意，」莫羅茲科說：「是要我發誓不拋棄她，還是保證將她交給某個男人？到底是哪一個？」

他口氣犀利，沙夏下意識將手伸向劍柄，但沒握住。「我不曉得，」他說：「我從來沒有保護過她，現在不曉得有什麼把握說自己做得到。」

那魔鬼沒有說話。

沙夏說：「修道院會讓她崩潰。」接著他無奈補充道：「甚至結婚也一樣，就算對方人再好，家人對她再公平都沒用。」

莫羅茲科依然沉默。

「但我很為她的靈魂擔憂，」沙夏不由自主提高音量。「我擔憂她獨自一人在黑暗的地方，擔憂你在她身旁。那是罪。你是童話裡的人物，是夢魘，根本沒有靈魂。」

「也許吧。」冬王應和道，但他纖細的手指依然捲著瓦西婭的頭髮。

沙夏咬著牙，很想要對方承諾、立誓或告解，好讓自己繼續否認有些事他無力改變。但他把話吞了回去。他知道那些話沒有好處。她活過了冰霜與烈焰，找到了避風港，即使可能無比短暫。在這個日益凶狠的世界，或許能求的就這樣了。

他退後一步。「我會為你們兩個禱告，」他草草說道。「我們不久就會出發。」

21 門前的敵人

時近傍晚，天空明亮沉靜，灰影斜長，變弱成紫藍。他們一行人下到乾涸的莫斯科河河岸時，發現一艘渡船正在等候。

船夫只對三名修行者感興趣。瓦西婭將頭壓低，她的短髮粗衣和魯鈍讓人感覺她只是馬僮。她起先一下就忘了自己身在何處，因為忙著讓馬靜靜站在搖晃的船裡。但隨著船漸漸靠近河對岸，她發現自己心跳愈來愈快、愈來愈快。

在她心裡，莫斯科河依然覆著冰層，紅紅映著火光，男女老幼鬧哄哄的擠在一個匆匆搭建的火刑臺前。說不定他們此刻正經過原本河水會漠然吞沒她骨灰的地方。

她及時衝到船側，才沒有吐在船裡。船夫笑著說：「可憐的鄉下小伙子，你是第一次坐船吧？」謝爾蓋神父慈祥扶著她的頭，讓她嘔吐。「看著岸邊，」他說：「看河岸是不是沒在動？這裡是清水，喝了吧，感覺會舒服點。」

是那冰冷隱形的手涼涼碰到她的頸背，讓她回過神來。**妳不是獨自一人**，他說，聲音只有她聽得見。**別忘了**。

她面色鐵青坐起身子，擦了擦嘴巴。「我沒事了，神父。」她對謝爾蓋說。

渡船停在碼頭邊，瓦西婭抓著馱馬的韁繩領他上岸，手汗讓繩子滑了一下。民眾趕著在城門關上之前擠進城裡，因此要稍微落後三名修行者並不困難。莫羅茲科無影無形走在她身旁，只是一道寒冷的存在，等待著。

會有人認出她，發現她就是那個他們以為已經被燒死的女巫嗎？她前後都是人，四面八方都是。瓦西婭很害怕。空氣飄著塵土、腐魚和疾病的味道。汗水滑落她胸前。

她將頭壓低，努力保持低調，克制亂跳的心。城裡的臭味瞬間喚起回憶，火刑、驚惶與撕扯她衣服的手，速度快得令她無法抵擋。她暗自祈禱不要有人好奇她怎麼大熱天還穿著厚上衣及外套。她從小到大從來不曾感覺如此不堪一擊。

三名修行者在城門口被攔了下來。衛兵拿著香包摀住口鼻檢查車輛，詢問旅者。河面閃光映在他們眼裡星星點點。

「陌生人，報上名字和職業來。」衛兵隊長說。

「我不是陌生人，我是艾列克桑德修士，」沙夏說：「我帶著聖潔的謝爾蓋．拉多涅茨基神父回來見狄米崔．伊凡諾維奇。」

隊長沉著臉說：「大公命令你一到就去見他。」

瓦西婭咬住下唇，沙夏和顏悅色說：「我自然會去見大公，但我得先送神父到修道院休息，禱告感謝神讓他平安抵達。」瓦西婭手滑得差點抓不住韁繩。

「神父想去哪裡都行，」衛兵隊長斷然道：「但根據大公命令，**你**現在就得去見他。我會派人送你過去。有人給大公出意見，他現在不信任你。」

「誰給大公出意見？」沙夏追問道。

「那個行奇蹟的人，」衛兵隊長說，語氣裡多了一分激動。「坎斯坦丁．尼可諾維奇神父。」

熊知道我們要來了，他們在那悶熱難耐的午後沿著莫斯科河朝莫斯科城前進時，莫羅茲科這樣對謝爾蓋和沙夏說。**你們可能在大門被攔阻，到時候——**

瓦西婭心裡的驚惶卡在喉間，幾乎無法呼吸，但還是對身旁的馱馬擠出一句：「仰起身子！」馱馬立刻猛力彎背躍起，前腿狂蹬，下一秒沙夏的戰馬圖曼也後腿直立，亂踢前蹄，羅迪昂的馬跟著在大門前上下蹦跳。謝爾蓋朗聲道：「修士，快點，讓我們一起禱告——」雖然年事已高，他的聲音依然飽滿渾厚。就在這時，圖曼踹了其中一名衛兵。瓦西婭趁著最混亂的時候溜進城裡，莫羅茲科也跟了進去。

忘記吧。就像那晚在這同一條河邊。忘記他們看得見她。當然，就算不施魔法，衛兵也可能沒看見她，因為三名修行者徹底吸引了所有人的目光。

她在大門的暗處等著，等沙夏帶著謝爾蓋通過大門，好不露蹤跡地跟著他們溜進大公宮殿，隱形進入宮裡去偷籠頭。

「我有那麼蠢嗎，哥哥？」一個熟悉的聲音問道。在那輕快的語調裡，可以聽見軍隊交戰和人的尖叫聲。只見熊站在大門的陰影處，似乎比她上回見到他時更壯了，彷彿飄蕩在莫斯科的恐懼與疾病滋養了他。「這座城是我的了，」他說：「你還想怎樣？跟著幾名修行者像鬼魂一樣溜進來嗎？背叛我投靠新的信仰？看我被驅趕？不會的，我已經變強了。等我在你面前殺了她，讓她成為我的奴隸，我再來解決你。這回別想再舒舒服服關在遺忘的牢籠裡，等著被囚禁在枷鎖和漫漫黑暗中吧。」

莫羅茲科沒有說話。他手握冰刀，只是刀刃一動就會滴水。他瞥了瓦西婭一眼，兩人目光默然交會。

瓦西婭拔腿就跑。

「女巫！」熊用人能聽見的聲音大喊：「女巫！這裡有女巫！」群眾紛紛轉頭，但熊忽然沒了聲音，因為莫羅茲科一刀劃過他的咽喉。熊將刀拍到一旁，兩兄弟像狼一樣倒在地上糾纏在一起，只是沒人看得見。

瓦西婭奮力狂奔，心臟在她喉間猛跳。她沿著房舍的陰影不停地跑。

❄

她努力不去想她身後的狀況。沙夏和謝爾蓋讓狄米崔分心，莫羅茲科拖住熊。剩下就靠她了。

再怎麼努力，我也沒辦法一直拖住他，莫羅茲科之前跟她說，**只能到日落。到了日落就沒用了。他會掌握殭屍，掌握人因為黑暗而恐懼的力量。我們得在日落前關住他，瓦西婭。**

所以她不停地跑。汗水刺痛了她的眼，謝爾特們的目光有如石頭砸來，但她無暇轉頭去看。百姓氣喘吁吁，汗流浹背專心幹活，手裡拿著乾燥花包驅趕疾病，沒時間留意這個裝扮笨拙的少年。一個蜷縮的屍體躺在兩座房舍之間的角落，蒼蠅停在他睜開的眼睛上。瓦西婭壓住反胃的感覺，繼續往前跑。她跑每一步，都得壓抑重返莫斯科和落單的驚惶。每個聲響、氣味與街角都會喚起令人手腳癱軟的回憶。她感覺自己就像夢魘中的女孩，在黏腳的泥濘裡吃力奔跑。

塞普柯夫王宮的大門經過了數次加強，頂端插著木刺，門口也站著衛兵。瓦西婭停下腳步，一邊對抗令她腸胃緊繃的恐懼，一邊思考要如何——

牆上傳來聲音。瓦西婭找了三次才看見說話的人。是歐爾嘉的多莫佛伊。他朝下伸出雙手給她。「來吧，」他低聲說：「快點，動作快。」

瓦西婭抓住多莫佛伊伸來的手，發現竟然很結實。歐爾嘉家的住家精靈之前只比薄霧實在一點，現在這謝爾特的手卻很有力道。瓦西婭左攀右爬，好不容易一手抓到牆頂翻到牆的另一邊。落地之後，她發現前院黃澄靜寂，只有幾名僕人緩緩走動。瓦西婭吸了口氣，在心裡捕撈遺忘，好讓僕人看不見她，差點沒能抓住。索拉維就是在那裡……

「我有話要跟瓦伐拉說。」瓦西婭咬著牙對多莫佛伊說。

但多莫佛伊抓著她的手，推著她朝澡堂走。「妳得去見我們家小姐。」他說。

❄

她縮著身體像隻小狗躺在澡堂裡。澡堂並不太熱，瓦西婭心裡想，班尼克肯定為了她盡心盡力。所有住家精靈應該都是，因為她……

馬雅坐起身子，瓦西婭見到她的臉嚇了一跳。她的黑眼圈有如瘀青。

「阿姨！」馬雅喊道：「瓦西婭阿姨！」說完便哭著撲向瓦西婭懷裡。

瓦西婭摟住那孩子，緊緊抱住她。「瑪莎，小親親，告訴我出了什麼事。」

瓦西婭胸骨前傳來模糊不清的解釋。「妳走了，索拉維也走了，爐灶裡的人說吃人者會想辦法讓死人到我們家。所以我跟謝爾特說話，給他們麵包，照妳說的割手給他們喝血，媽媽要所有人待在家裡，不准去教堂——」

「很好，」瓦西婭打斷外甥女的話，驕傲地說：「勇敢的小姑娘，妳做得很好。」

馬雅突然直起身子。「我去找媽媽和瓦伐拉過來。」

「這主意不錯。」瓦西婭答道，察覺天色暗了。她很不喜歡自己躲在澡堂裡，讓馬雅去傳話，但她不敢讓僕人們見到她，而且她的控制力還不夠，不能倚賴她還不是完全了解的魔法。恐懼依然伺機而動，等著掐住她的咽喉。

「謝爾特說妳會回來，」馬雅開心說道：「他們說妳會來，我們會去一個湖邊，那裡一點也不熱，而且有**馬**。」

「希望如此，」瓦西婭真心說道。「但現在快點去吧，馬莎。」

馬雅跑出澡堂。馬雅走後，瓦西婭深呼吸幾口氣，努力打起精神，轉頭對班尼克說：「我為了一隻夜鶯落淚，但馬雅——」

「她是妳的傳人兼鏡子，」班尼克說：「她會有一頭馬，他們會深愛對方，就像左手愛右手。她長大之後，會騎馬跑得又快又遠，」他頓了一下：「假如妳和她都活下去的話。」

「這個未來不錯。」瓦西婭說完咬著下唇，在心裡記住這個預言。

「熊瞧不起住家精靈，當我們是人類的工具，」班尼克說：「我們會盡力幫妳。他的信徒害怕我們。」

「他的信徒？」

「那個金髮神父，」班尼克說：「熊把他納為自己人，給了他眼睛另一種能力，把他嚇壞了。他們綁在一起了。」

「喔，」瓦西婭說，忽然明白了許多事。「我打算殺了那個神父。」她這話根本不算發誓，而是陳述事實。「這樣熊會變弱嗎？」

「會，」班尼克說：「但可能沒那麼容易。熊會保護他。」

就在這時，馬雅跑回陰暗的澡堂。「她們來了，」她說，接著皺起眉頭。「我**想**她們看到妳會很開心。」

她話才說完，歐爾嘉和瓦伐拉就出現了。歐爾嘉臉上煩亂多於喜悅。「看來妳是注定永遠會用突然出現嚇壞我了，瓦西婭。」她說。雖然語氣平淡，但卻緊緊握住妹妹的雙手。

「沙夏說妳知道我活著。」

「馬雅知道，」歐爾嘉說：「還有瓦伐拉，是她們跟我說的。我雖然懷疑，但——」她沒有往下說，而是打量妹妹的臉龐。「妳是怎麼逃脫的？」

「那不重要，」瓦伐拉說：「妳之前讓我們所有人身處險境，姑娘，現在又打算重蹈覆轍。有人看到妳嗎？」

「沒有，」瓦西婭說：「他們沒看到我從火刑臺上跳下，現在也不會看到我。」

歐爾嘉臉色慘白。「瓦西婭，」她開口道：「對不起——」

「沒關係。熊打算推翻狄米崔．伊凡諾維奇，」瓦西婭說：「讓整個國家陷入混亂，我們必須阻止他。」她吃力嚥了嚥口水，硬是穩住聲音說：「我必須潛進狄米崔．伊凡諾維奇的王宮。」

22 王妃與戰士

沙夏的分心戰術出乎意料地成功。圖曼被叫嚷聲激怒，又經歷過戰爭，因此不停仰身蹬腿、仰身蹬腿，結果引來更多衛兵，直到三名修行者被嘈雜的群眾團團包圍。

「他回來了。」

「他是女巫的哥哥。」

「艾列克桑德・佩列斯維特。」

「他旁邊的那個人是誰？」

不可能有人看見瓦西婭，沙夏鬱鬱地想，因為所有人都在看他。人群愈聚愈多，衛兵一臉不知所措，不曉得該正對他還是背對他，免得背對憤怒的群眾。人群中有人扔了一顆爛掉的萵苣過來，砸在謝爾蓋坐騎的腳邊。修士們的馬開始躁動，上坡朝克里姆林奔去。更多蔬菜扔來，然後是一塊石頭。謝爾蓋依然穩穩坐在馬上，舉手替民眾祈福。沙夏策馬趕到他老師身邊，用自己和圖曼的身體保護謝爾蓋。「真是瘋了，」他喃喃道：「羅迪昂，你們兩個到天使長修道院去。這裡的情況可能更糟。神父——求求您，我會派人傳話給您的。」

「好吧，」謝爾蓋說：「但要小心。」沙夏目送羅迪昂和他的駿馬從人群中殺出一條路來，護送神父離開，心頭如釋重負。衛兵這時已經逼著他往狄米崔的王宮走。雙方僵持成了一場比賽，看是他先到王宮，還是群眾先多到失控。

幸好是前者。沙夏聽見王宮大門在他背後關上，心裡暗自慶幸。他在前院下馬，大公也在前院，正看著屬下調整一頭三歲小馬的步態。沙夏第一眼的感覺是他狀況不好，看上去心事重重，形容憔悴，下顎無力，臉上帶著呆愣的憤怒，感覺很怪。

金髮神父站在狄米崔身後。他看上去完全不同，比之前還俊俏，雙唇和手跟女人一樣細緻，眼眸藍得不可思議。他一襲主教裝扮，仰首諦聽城裡的不安喧囂。他臉上沒有榮耀，只有對權力的確信，沙夏覺得這比什麼都糟。

狄米崔瞥見沙夏，立刻表情一僵。他臉上沒有歡迎，只有古怪的緊張。

沙夏走過前院，一眼提防地盯著神父。「葛蘇達。」他對大公恭敬說道。有那位冷眼神父在場，他不想提到謝爾蓋神父。

「你現在才回來，沙夏？」狄米崔破口喝斥：「全城都陷入疾病與不安，所有人都在祈求饒恕的時候，你才出現？」他閉上嘴巴聆聽宮外愈來愈大的聲響，群眾在大門前愈聚愈多。

「狄米崔．伊凡諾維奇——」沙夏開口道。

「別說了，」狄米崔說：「我不想聽。我會把你關著，你最好祈禱這樣能平息眾怒。神父——你可以去告訴他們嗎？」

坎斯坦丁用既勇敢又悲傷的完美語氣說：「我會的。」

沙夏恨透了那傢伙，對大公說：「表哥，我必須跟你談談。」

狄米崔和他四目相望，沙夏敢說他眼裡閃過一絲異樣，是警告。接著狄米崔表情再度變冷。

「你必須被關著，」他說：「直到我請教過聖人之後，再決定如何處置你。」

❄

「尤朵娅亞又懷孕了，心裡很不安，」歐爾嘉對瓦西婭說：「有人去找她談心，她會很高興。我可以幫妳進大門。」

「那很冒險，」瓦西婭說：「我打算和瓦伐拉一起去，假裝兩名女僕去傳話，誰會留意？甚至我一個人去也行。或是妳派一個可以信任的男丁，推我翻過宮牆。」接著她三言兩語交代了火刑那晚她發現自己有隱形能力，只是不大牢靠。

歐爾嘉手劃十字，皺眉搖頭說：「就算妳發現自己有什麼奇怪力量，狄米崔仍然在王宮大門設了重兵。要是我派男丁過去，結果他被人看到了怎麼辦？莫斯科城已經陷入半瘋狂狀態，所有人都害怕瘟疫，害怕殭屍和詛咒。事實上，今年夏天莫斯科城大多數時間都深陷恐懼。我是塞普柯夫王妃，通過大門比較容易。妳扮成我的僕人，就算真的有人看見妳，也不會太醒目。」

「可是妳——」

「告訴我這樣做沒必要，」歐爾嘉反駁道：「告訴我維持現狀不會讓我的孩子、我的丈夫和城市陷入危險。妳要是這樣說，我就開心待在宮裡。」

瓦西婭沒辦法摸著良心那樣說，一句也說不出口。

❄

歐爾嘉和瓦伐拉很有效率，兩人幾乎不用開口就替瓦西婭找好女僕的衣服。歐爾嘉吩咐僕人迅速備馬，馬雅哀求想一起去，但歐爾嘉說：「小心肝，街上都是病菌。」

「但妳就可以去。」馬雅抗議道。

「沒錯，」歐爾嘉說：「但妳就是不准去，勇敢的小親親。」

「好好照顧她。」瓦西婭對歐爾嘉的多莫佛伊說，接著緊緊擁抱了馬雅。

暮靄變成黃昏時，兩姊妹出了塞普柯夫王宮。泛紅的夕陽斜掛天邊，四輪馬車關著門悶熱異常，躁動聲從車外隱約傳來，還有城裡人滿為患造成的腐臭味。瓦西婭打扮成女僕，感覺比穿著少年裝扮更像光著身子。「我們得在日落前趕回妳的宮裡，」她對歐爾嘉說，努力保持語氣平靜。重回城裡讓她心底再度浮現恐懼。「歐莉亞，我只要耽擱了，妳就直接回宮，不要等我。」

「那當然，」歐爾嘉說。她可沒打算做出這麼大又愚蠢的犧牲。瓦西婭知道姊姊已經是勉強冒險。兩人默默騎了一會兒，接著——「我不知道該拿馬雅怎麼辦，」歐爾嘉突然坦白道：「我雖然盡力保護她，但她太像妳了。她會對著我看不見的東西說話，一週一週變得愈來愈難以理解。」

「妳無法阻攔她的本性，」瓦西婭說：「她不屬於這裡。」

「也許吧，」歐爾嘉說：「但待在莫斯科，我至少能保護她，讓她不受那些不懷好意的人傷害。要是百姓發現她的祕密怎麼辦？」

瓦西婭緩緩說道：「在一個沒有人煙的國度，湖邊有一間屋子。莫斯科大火和我火刑之後，我就是去了那裡。那裡是我們外婆的家，也是曾外祖母的住處。我們體內流著她們的血。這一切結束後，我會回去那裡，我要打造一個人類和謝爾特能平安共處的地方。馬雅要是跟著我，就能自由長大。她可以騎馬，想嫁人或不想嫁人都沒問題。歐莉亞，她在這裡會凋萎，終其一生都會為了失去某樣東西而感嘆，卻不曉得那東西是什麼。」

歐爾嘉一臉哀愁，嘴巴和眼角附近的皺紋變深了，但沒有答話。

兩人再次陷入沉默。過了一會兒，歐爾嘉忽然開口，嚇了瓦西婭一跳。「那人是誰，瓦西婭？」

瓦西婭猛然抬頭。

「我至少還有點眼力，」歐爾嘉回應她眼裡的驚詫。「我見過太多結婚的女孩了。」

「他，」瓦西婭突然發現自己又緊張了起來，只是原因不同。「他是——」她結巴得無法往下說。「他不是人類，」她坦承道：「他——我們看不見的人。」

她以為歐爾嘉會嚇到，但她姊姊只是皺起眉頭，眼睛審視她的表情。「妳是出於自願的嗎？」

瓦西婭不曉得她回答是或不是，哪個會讓姊姊更驚恐，但她只有實話可說。「是，」她說：「他救了我的命，不止一次。」

「你們結婚了？」

瓦西婭說：「沒有，我不——我不知道我們能不能結婚。有什麼聖禮能約束他？」

歐爾嘉一臉哀傷。「那神就照看不了妳了。我憂心妳的靈魂。」

「我不，」瓦西婭說：「他——」她結巴片刻，試著把話說完。「他讓我很開心，」接著冷冷補上一句：「但也讓我很挫折。」

歐爾嘉微微一笑。瓦西婭記得多年以前，她姊姊還是如花少女時，曾經憧憬烏鴉王子與愛情。但歐爾嘉後來放下憧憬，一如所有女人。或許她並不後悔。因為烏鴉王子古怪又神祕，會把妳拉進一個危險的世界。

「妳想見他嗎？」瓦西婭忽然問。

「我？」歐爾嘉說，語氣很驚訝，但接著嘴唇一緊。「我要見他。就算女孩愛上的人是魔鬼，也需要有人替她說媒。」

瓦西婭咬著下唇，不曉得該高興或擔心。

兩人已經來到狄米崔的王宮門前。城裡的擾攘聲更大了。王宮大門外聚集了一票民眾高聲叫嚷，瓦西婭不禁汗毛直豎。

這時，一個音樂般的聲音蓋過喧鬧。那聲音立刻安撫暴民，掌控他們。

瓦西婭認得那聲音，心裡頓時湧起莫大的恐懼。她呼吸急促，皮膚冒出斗大的汗珠，幸虧歐爾嘉堅毅的手掌抓著她的胳膊，才讓她回過神來。

「妳敢昏倒試試看，」歐爾嘉說：「妳說妳能讓自己隱形，難道**他**能看見妳？他是個屬神的人，曾經希望妳死。」

恐懼在她腦袋裡不停振翅，瓦西婭努力繞開恐懼思考。坎斯坦丁不是聖人，可是——他現在看得見謝爾特了。熊給了他那種能力。他看得到她嗎？「我不曉得。」她老實說道。

馬車停下。瓦西婭感覺自己就快窒息了，只想呼吸一口新鮮空氣。

坎斯坦丁的聲音再次響起，語氣冷靜自持，就在大門外。瓦西婭必須咬緊牙關、緊握拳頭，才沒讓自己發出聲音。她全身上下都在顫抖。

群眾低聲鼓譟，不情願地讓開空間讓她們通過。歐爾嘉穩穩坐在羊毛墊上，似乎不為所動，但憂慮地瞥了面色鐵青、不停冒汗的瓦西婭一眼。

瓦西婭勉強咬牙說：「我沒事，歐莉亞，只要——別忘記。」

「我知道，」歐爾嘉說完深呼吸一口氣。「好了，」她堅毅地說：「跟著我。」兩人沒時間多作交談，只見大門呀的打開，姊妹倆走進莫斯科大公的王宮前院。

❄

夕陽依然西斜，頭戴珠寶頭巾的塞普柯夫王妃光彩奪目，長髮用絲帶紮成辮子，綴滿銀飾。她走在前頭，瓦西婭死命抓著勇氣跟在姊姊後方。歐爾嘉立刻抓住她的手臂，表面是要人攙扶，其實主導的是她。她拖著瓦西婭朝特倫臺階走去，在她步伐不穩時撐住她。

「別回頭看，」她低聲說：「他很快就會從大門再進來。但特倫裡很安全，我們先待一會兒，然後我會派妳去跑腿。只要能避人耳目，妳就不會有事。」

這話聽起來很有道理。但瓦西婭瞄了太陽一眼，發現陽光更斜了。她們頂多只剩一個小時，而瓦西婭發現自己心裡佔滿了恐懼與可怕的回憶，幾乎無法思考。

王宮蓋了新馬廄，在舊馬廄的遺址上。姊妹倆走上特倫的臺階，瓦西婭上回來這裡是摸黑去救馬雅。坎斯坦丁．尼可諾維奇在她身後某處，之前差點用最殘酷的方法要了那女孩的命，而現在混亂之王成了他的盟友。

莫羅茲科現在在哪裡？沙夏和謝爾蓋呢？還有——？

歐爾嘉儀態優雅，催著妹妹往上走。她們登上臺階，獲准入內。當特倫的門在她背後關上，一直努力控制自己的瓦西婭總算鬆了口氣。但她們接著來到作坊，卡斯契曾經讓這裡充滿幻覺，差點殺了她和馬雅——

瓦西婭吞了口氣，聲音近乎哽咽，歐爾嘉狠狠瞪她一眼——**妳別現在給我崩潰，妹妹**——就在這時，莫斯科大公妃尤朵婭亞．狄米崔瓦歡喜勾住了歐爾嘉。大公妃和她的女眷成天待在不通風的房間裡，都快憋壞了。

瓦西婭悄悄走到牆邊，站在其他女僕身旁。恐懼牢牢攫住她的肺，讓她幾乎無法好好呼吸。再過一會兒，歐爾嘉覺得安全了，就會……

特倫的門開了。瓦西婭當場愣住。

坎斯坦丁的金髮在黑暗中閃閃發亮。他表情無比沉靜，目光卻困惑警覺。

瓦西婭縮到牆邊的陰影裡，歐爾嘉抬頭見到坎斯坦丁，立刻以完美的精準與驚人的技巧暈過去，直直倒在擺著甜肉與酒的桌上，將所有東西黏呼呼地灑向空中。

若說沙夏在城門口的表演略嫌誇張，那歐爾嘉可說完全吸引了所有人的注意。女眷們立刻圍了上去，連在門口的坎斯坦丁也往房裡走了幾步，正好讓瓦西婭可以從他身旁溜走。

他看不見妳。相信吧，相信吧……

瓦西婭跑向門邊。

但他看得見她。瓦西婭聽見他倒抽一口氣，便轉過頭去。

兩人四目交會。

驚詫、倉皇、憤怒和恐懼瞬間閃過他臉上。瓦西婭雙腳發抖，胃酸直湧。在那雷擊般的瞬間，兩人僵立不動望著對方。

接著她轉頭就跑。不是為了去找籠頭，結束這一切。沒有這麼了不起，她是為了活命而跑。

她聽見特倫的門被人猛力推開，他圓潤的嗓音在她背後高聲響起。但她已經鑽進最近的門裡，有如幽靈穿越滿房間的編織女工，再次到了室外，往樓下跑。之前幾小時的顫慄驚慌全迸了出來，瓦西婭只想快逃。

她鑽進另一扇門，發現裡頭沒人，於是硬逼著自己停下腳步，努力思考。

籠頭。她必須拿到籠頭，在天黑之前。要是她能在午夜之前力保大家平安，或許午夜之路就能拯救他們。或許。

又或許她會慘叫而死。

她聽到聲音，感覺就在門外。房裡還有一扇門，通往狄米崔王宮的更深處。她跑進門裡，彷彿闖進迷宮，放眼望去盡是低矮的房間，其中許多堆滿物品，包括毛皮、絲綢圖案的毯子和一桶桶麵粉。其餘房間則是編織、木工和製作靴鞋的工房。

瓦西婭腳下沒停，奔進一個堆滿羊毛捆的房間，躲到最大的羊毛捆後面。她跪著掏出腰間的匕首，顫抖著手指將手掌劃開一道傷口，掌心向下讓血啪噠啪噠滴在地板上。

「主人哪，」她啞著嗓子對著空氣說：「求你幫助我。我不會傷害這間房子。」

瓦西婭聽見樓下前院傳來咒罵、男人咆哮與女人尖叫的聲音。一名僕人匆匆跑過堆著羊毛捆的房間說：「他們說有人闖進王宮裡。」

「是女巫！」

「是幽靈！」

狄米崔王宮的多莫佛伊從其中一捆羊毛後方走了出來。身影變淡的他說：「妳在這裡很危險，神父會出於恨意殺了妳，而熊則是想惹惱他哥哥。」

「我不在乎自己會有什麼下場，」瓦西婭回答，但喘息拆穿她的故作鎮定。「只要我姊姊和哥哥能保住性命。藏寶室在哪裡？」

「跟我來。」多莫佛伊說。瓦西婭深吸一口氣，隨即跟了上去。她忽然慶幸自己這些年來給了多莫佛伊不少麵包屑，因為那些平凡無奇的奉獻，不論是麵包或鮮血，現在都讓多莫佛伊健步如飛，帶著她在狄米崔王宮錯綜複雜的房間裡穿梭。

他們不停往下走，最後來到一條飄著土味的走廊和一道鐵箍大門前。瓦西婭想起洞穴和陷阱。她的呼吸還是比正常跑步時喘。

「這裡，」多莫佛伊說：「快點。」下一秒瓦西婭就聽見沉沉的腳步聲，還有陰影在牆上移動。她只有一點時間了。

驚惶之下，她忘了自己可以隱形，忘了要多莫佛伊幫她開門。她踉蹌向前，被上方的腳步聲嚇得匆忙動作，一手摁在藏寶室的門上。現實扭曲，門開了。她倒抽一口氣，跌跌撞撞走了進去，手忙腳亂鑽到幾面銅雕盾牌後方。

走廊傳來聲音。

「我聽見聲音了。」

「那只是你的幻想。」

沉默片刻。

「門開著。」

藏寶室的門唰的被人推開，接著是重重的踏地聲。「這裡頭沒人。」

「是哪個蠢蛋忘了關門？」

「小偷嗎？」

「搜一下房間。」

不會吧？她好不容易來到這裡，難道要被他們發現，拖去莫斯科交到守株待兔的坎斯坦丁手上？

不會的，他們不會找到她。

忽然間，外面響起一聲雷鳴，彷彿是她的驚惶和勇氣同時高喊。王宮為之震動，接著便下起了傾盆大雨。

那兩人的火把熄了。瓦西婭聽見他們罵了幾句。

她雙手顫抖。暴風雨的聲音、四周的黑暗和她一摸就打開的大門，感覺就像夢魘裡的三段情節，現實的變化快得讓她無法理解。

那兩人被雷聲和突然變暗嚇了一跳，給了瓦西婭喘息的時間，但僅此而已。火把很快就會再次燃起，他們會搜查房間然後找到她。這回她能讓自己隱形嗎？在他們在這個小房間裡搜索的時候？

她不確定。因此她只是握緊拳頭，想著莫羅茲科，想著掌握在冬王手中那猶如沉睡的死亡。睡著。那兩個人會睡著，只要她忘了他們醒著。

她真的忘了，而他們也果然睡著了，啪的倒在藏寶室布滿灰塵的地板上，叫嚷也隨之消失。

莫羅茲科在那裡，出現在眨眼之間。讓那兩人睡著的不是她，是**他**。他出現了，實實在在的他本人，在藏寶室，和她在一起。

冬王轉頭看她，瓦西婭盯著他淺藍的眼眸。真的是他。就這樣被她引來，在她記起他的力量的瞬間，彷彿將他吸引過來比讓人睡著還容易。

召喚。冬王被她召來，就像召喚遊魂一般。

兩人同時察覺這件事。瓦西婭在他臉上看到和她一樣的驚詫。

兩人沉默片刻。

接著他開口說：「暴風雨嗎，瓦西婭？」他說得很吃力。

瓦西婭動著發乾的嘴唇低聲說：「不是我，它正巧就發生了。」

莫羅茲科搖頭說：「錯了，才不是正巧。大雨一旦開始下，外頭就夠黑了。他就不用再耽擱了。妳真蠢，我這樣就無法將他從地窖支開了。」莫羅茲科沒有受傷，但神色憔悴，臉上的表情難以形容。他眼神狂亂，彷彿一直在打鬥，說不定真是如此，直到她無意識將他引來。

「我不是故意的，」她喃喃說道：「我實在太害怕了。」現實有如狂風下的衣服劇烈擺盪，她不曉得莫羅茲科真的在她面前，抑或只是她的幻想。「我好怕……」

瓦西婭想也不想就將雙手捧成杯狀，隨即發現手裡忽然竄出藍色火焰，讓她清楚看見他的臉。她手裡有火……卻沒有燒傷。盲目的驚惶加上新發現的能力，讓她差點狂笑出聲。「坎斯坦丁看見我，」她說：「於是我就跑了。我心裡好害怕，無法阻止自己不去想起，所以召喚了暴風雨，然後你就來了。兩個魔鬼和兩個人——」她知道自己前言不對後語。「籠頭呢？」她捧著掌心的火，彷彿那是普通的燈，在藏寶室裡左看右看。

「瓦西婭，」莫羅茲科說：「魔法使夠了，停下來，一天這樣就行了。妳要是再扭曲自己的心靈，它就會崩潰了。」

「扭曲的不是我的心靈，」瓦西婭舉起手上的火說：「你在這裡，不是嗎？扭曲的是其他東西，是整個世界**扭曲**了。」她雙手顫抖，火焰不停晃動。

「外在和內在的世界沒有區別，」冬王說：「快合起雙手，我們走吧。」他將門略往外推，讓走廊的光線透入，接著轉身對著她，雙手抓住她的手掌，彎起她捧著火的手指。火焰瞬間消逝，和它出現時一樣突然。「瓦西婭，我弟弟只要現身就會激起恐懼，瘋狂也會隨之而來。妳必須——」

瓦西婭幾乎充耳未聞，顧著發抖左右尋找金籠頭。歐爾嘉在哪？坎斯坦丁做了什麼？現在又在做什麼？她甩開莫羅茲科，跪在一只大鐵箍箱前推開箱蓋，蓋子立刻開了。當然如此，因為夢魘裡沒有鎖。這是夢，她能隨心所欲。她真的在地窖裡？真的是逃犯，回到莫斯科？真的召喚了死神？

「夠了，」莫羅茲科在她背後說：「妳會被這些不可能逼瘋。」他冰涼虛幻的手按在她肩上。「瓦西婭，聽著，妳聽著，**聽我說**。」

但她還是沒聽見，只是盯著箱子裡的東西，幾乎沒有察覺自己手在發抖。

莫羅茲科將她抓起來，這回用的不是幻影，是真實的身體。他讓她轉過身來，看著她的臉。他壓低嗓子朝她厲聲說道：「告訴我真實的東西，**告訴我**。」

瓦西婭茫然望著他，開始歇斯底里大笑說：「真實並不存在。午夜是一個地方，晴朗的傍晚外頭有暴風雨。你之前不在，現在在了，我**好害怕**──」

莫羅茲科冷冷說道：「妳叫瓦西莉莎．彼得洛夫納，父親是領主，名叫彼得．弗拉迪米諾維奇。妳小時候會偷蜂蜜蛋糕──不行，看著我。」他硬是讓她抬頭看他，繼續莫名其妙地說東說西，告訴她真實的、不屬於夢魘的事物。

莫羅茲科無情地往下說：「然後妳的馬被暴民殺了。」

被他抓著的瓦西婭扭了一下，拒絕承認事實。她忽然心想，說不定我能讓索拉維永遠不死，在這個什麼都可能的夢魘裡。但莫羅茲科搖晃她，抬起她的下巴，強迫她再次看著他的眼睛，在密不通風的地窖用冬天的聲音在她耳邊說話，提醒她經歷過的喜悅與錯誤，愛與缺點，直到瓦西婭回過神來，雖然受到驚訝，但又能思考了。

她發現自己在這個幽暗的藏寶室裡，現實和腐壞的樹一樣爛了倒了，她差點就要失去理智。她還體會到卡斯契當年遭遇了什麼，怎麼會變成怪物。

「天哪，」她喘息道：「爹德格里布──他之前說魔法會讓人發瘋，但我其實沒聽懂……」

莫羅茲科看著她的眼睛，身上那股難以形容的緊繃似乎消失了。「不然妳覺得為什麼會魔法的人那麼少？」他克制自己，退後一步這麼問道。瓦西婭身上依然留著他手指掐著的感覺，察覺到他剛才是多麼用力，就像她之前抱住他那樣。

「謝爾特會魔法。」她說。

「謝爾特只會法術，」他說：「人類不分男女老幼都強多了。」他頓了一下。「不然就是瘋掉。」他跪在瓦西婭打開的箱子旁：「而且當熊在的時候，人更容易被恐懼與瘋狂俘虜。」

瓦西婭深吸一口氣，在他身旁跪了下來。金籠頭就在箱裡。

她見過金籠頭兩次，一次是白天在波札頭上，一次是夜裡在馬廄，在金馬毛皮的耀眼光芒下黯然失色。但這會兒它擺在精緻的墊子上，散發著令人不悅的光澤。

霜魔捧起金籠頭，部分零件有如流水一般滑過他指間。「謝爾特做不出這種東西，」他拿著它左右端詳說：「我不曉得卡斯契是怎麼辦到的。」他的語氣既讚賞又害怕。「但我想不論肉體或靈體，任何東西被它套上都會被關住。」

她怯生生伸手去摸。那金子很沉、很軟，而馬勒尖利得可怕。瓦西婭想到波札臉上的傷疤，不禁同情顫抖。她匆匆卸下籠頭的帶子、扣環、韁繩和絡頭，剩下兩條金繩。她將馬勒扔到地板上，其餘零件有如沉默的蛇停在她手中。「你能用這些嗎？」她將那些零件遞到莫羅茲科面前說。

他伸手觸摸金零件，遲疑片刻。「不能，」他說：「這是人類所造、為人類而造的魔法。」

「好吧，」瓦西婭說完便將兩條金繩分別纏在自己兩隻手腕上，以確定需要時能迅速解開。「那我們去找他吧。」

宮外再次響起一聲雷鳴。

23 信念與恐懼

坎斯坦丁讓莫斯科大公王宮外的群眾安靜下來，塞普柯夫王妃的馬車已經卸下輓具，王妃和女僕正走到特倫的臺階上。

他冷酷想著，總有一天他不會再安撫莫斯科百姓，而是再次喚醒他們的殘暴。他想起自己那天擁有的力量，只要輕聲細語，成千上萬人就會被他左右。

他渴望那股力量。

很快，那魔鬼答應過，**很快**他就能得到那股力量。但他現在必須回到大公身旁，確定狄米崔不會聽信艾列克桑德．佩列斯維特的話。

他轉身走過前院，發現一個瘦弱的小傢伙擋住了去路。

「可憐的蠢蛋。」歐爾嘉的多莫佛伊說。

坎斯坦丁不理會他，抿著嘴繼續往前。

「你知道嗎，他騙了你，她沒有死。」

坎斯坦丁忍不住慢下腳步，回頭說：「她？」

「她，」多莫佛伊說：「你自己到特倫裡瞧瞧吧，追隨熊的人都會被他背叛。」

「他不會背叛我，」坎斯坦丁一臉嫌惡瞪著多莫佛伊說：「他需要我。」

「你自己去瞧瞧吧，」多莫佛伊再次低聲說：「還有記得——你比他強。」

「我只是人，他是魔鬼。」

「但臣服於你的血液之下，」多莫佛伊輕聲道：「到時別忘了這一點。」說完他指著特倫的臺階緩緩一笑。

坎斯坦丁躊躇片刻，接著轉身朝特倫走去。

他幾乎不曉得自己對侍從說了什麼，但顯然有用，因為侍從開門讓他進去。他在門口站了一會兒，眨眼適應黑暗。塞普柯夫王妃連回頭看他一眼都沒有就昏了過去。坎斯坦丁心裡頓生厭惡。只不過是個女人，來拜訪閨友。

這時一名女僕朝門口跑去，他立刻認出她來。

瓦西莉莎．彼得洛夫納。

她還活著。

他像觸電似的愣愣看了好一會兒。她臉上有疤，黑髮也剪短了，是她沒錯。

接著她衝出門外，坎斯坦丁大聲咆哮，幾乎不曉得自己說了什麼。他盲目追了上去，左右張望看她去了哪裡，卻只看見熊在前院。

梅德韋得身後拖著一個人，或者——不是人，是另一個魔鬼。那魔鬼有著無色眼眸，眼神警覺，而且異常面熟，身影邊緣似乎和漸暗的天色融合為一。

「她在這裡，」坎斯坦丁聲音粗嘎對熊說：「瓦西莉莎．彼得洛夫納。」

另一個魔鬼似乎笑了。熊轉身賞了他臉上一拳。「老哥，你在打什麼主意？」他說：「我從你眼裡看得出來一定有鬼。你為什麼讓她回這裡？她在做什麼？」

那魔鬼沒有說話，熊轉頭對坎斯坦丁說：「屬神的人，快召人過來，上去抓她。」

坎斯坦丁沒有理他。「你知道，」他說：「你知道她還活著。你說謊。」

「我是知道，」熊不耐地說：「但那又有什麼差別？反正她現在也是死。我們倆一起確定讓她沒命就好。」

神父沉默不答。瓦西婭活下來了。她終究打敗了他，連他的怪物都站在她那邊，替她守密。難道所有人都反對他？不僅神，連魔鬼也是？這一切是怎麼回事？這年夏天的所有苦難、死亡、榮耀、灰燼、炎熱與恥辱到底為了什麼？

熊用他那激動人心的存在填補了坎斯坦丁的信仰缺口，讓他彷彿不由自主地有了新的信念。不是信神，而是相信力量的存在，相信自己和**他的**怪物的結盟。

但此刻這份信念在他腳邊瓦解了。

「你說謊。」他又說了一次。

「我是說了謊。」熊說，但皺起了眉頭。

另外一個魔鬼抬頭看著他們倆。「我本來可以警告你的，弟弟，」他說，聲音冷淡而疲憊。「叫你不要說謊。」

下一秒發生了兩件事。

另外一個魔鬼消失了，彷彿不曾存在過。熊目瞪口呆望著自己空空的手。

而坎斯坦丁沒有出去加入王宮衛兵，和他們一起搜捕瓦西婭，而是悄悄衝回特倫裡。他的靈魂有如點火一般，燃燒著誓不甘休的急切。

❄

瓦西婭和莫羅茲科剛出藏寶室，就遇上了眼神慌亂的多莫佛伊。瓦西婭問道：「出了什麼事？」

「天黑了，熊要放它們進來了！」多莫佛伊尖聲嚷嚷，身上毛髮全豎了起來。「多爾尼克守不住大門，我想我也守不住房子了。」

又是一聲雷鳴。「我弟弟已經懶得遮掩了。」

「快走吧。」瓦西婭說。

他們倆衝出王宮來到一處高臺，低頭只見景色變了。天空下著滂沱大雨，不時被閃電照亮。前院已經泥濘成湖，但中央聚著一群人動也不動，很不對勁。

瓦西婭瞇眼細瞧，發現他們是衛兵。歐爾嘉的衛兵，還有狄米崔的侍衛，困惑地站在雨中。接著衛兵們散開了。瓦西婭瞥見坎斯坦丁．尼可諾維奇，看見他站在前院中央，金髮被雨水打溼。

他抓著她姊姊歐爾嘉的手臂。

手裡一把匕首抵著王妃的喉嚨。

用那悅耳的嗓音高喊瓦西婭的名字。

瓦西婭看見衛兵左右為難，既擔心王妃的安危，又困惑於那屬神的瘋人的舉動，不敢違逆。他們動也不動，就算有人出言反抗坎斯坦丁也被淅瀝的雨聲蓋過。只要有衛兵靠近，坎斯坦丁就會後退，匕首抵著歐爾嘉的喉嚨。

「出來！」坎斯坦丁吼道：「女巫，快出來！不然我就殺了她。」

瓦西婭第一時間就想衝下去找姊姊，幾乎無法抑制，但硬是逼自己停下來思考。曝露自己能讓歐爾嘉脫身嗎？有可能，只要姊姊撇清和她有任何瓜葛。但她很猶豫，因為熊就站在神父身後。但梅德韋得的目光不在坎斯坦丁身上，而是望著濕淋淋的黑暗。「他在召喚殭屍，」莫羅茲科盯著他弟弟說：「妳得把妳姊姊救離前院。」

瓦西婭不再多想。「跟我來。」她說完便鼓起勇氣光腳走入雨中。衛兵可能因為傍晚又有風雨而沒有認出她，但她剛踏進前院，坎斯坦丁的眼睛就鎖住了她。他瞬間閉口不言，看著她朝他走近。

一名衛兵轉過頭來，接著又一名衛兵回頭。她聽見他們的聲音：「那是——」

「不會，不可能。」

「就是她，神父不會看錯。」

「她是鬼魂？」

「是女人。」

「女巫。」

他們拔劍對著她，但瓦西婭置之不理。熊、神父和她姊姊，她眼中只有他們三個。憤怒和充滿怨恨的回憶在她和坎斯坦丁之間流竄，連衛兵都肯定感覺到了，因為他們自動讓出路來，但她一走過又隨即聚攏，拿劍指著她。

上次面對坎斯坦丁・尼可諾維奇的回憶在她腦海裡歷歷在目。她愛馬的鮮血灑在他們兩人之間，還有她的性命。

此刻換成歐爾嘉困在他們倆的冤仇裡。瓦西婭想到著火的鐵籠，心裡萬分恐懼。

但她聲音沒有一絲顫抖。

「我來了，」她說：「放開我姊姊。」

❄

坎斯坦丁沒有馬上回答，但熊開口了。是她的幻覺，還是他臉上真的閃過一絲不安？「妳還沒發瘋呀？」熊對瓦西婭說。「真可惜。很高興又見面了，哥哥，」他朝莫羅茲科補了一句：「是什麼魔法把你從我手中——」他忽然住口，看看瓦西婭，又看看冬王。

「哦，」他輕聲道：「我沒想到力量這麼強，她的力量加上跟你的牽絆。反正沒差，還想再被打敗嗎？」

霜魔完全沒有理會。他眼睛盯著大門，彷彿能看穿那銅釘木板。「快點，瓦西婭，」他說。

「妳阻止不了的。」梅德韋得說。

熊的聲音讓坎斯坦丁打了個哆嗦，匕首的刀尖登時劃破了歐爾嘉的面紗。瓦西婭像是安撫受驚的馬似的對坎斯坦丁說：「你想要什麼，巴圖席卡？」

坎斯坦丁沒有回答，她看得出他其實不知道。他的所有禱告只換來神的沉默。將靈魂交給熊既沒有讓他贏得那魔鬼的誠實，也沒有換得他的忠誠。他被自我憎恨所刺傷、所把持，只想不計代價傷害她，完全不顧可能的後果。

他雙手顫抖，歐爾嘉只靠著頭巾與面紗才沒有被匕首誤傷。熊眼神愉悅望著這一切，暢飲其中的激烈情感，但注意力依然大多擺在狄米崔王宮牆外的世界。

歐爾嘉嚇到嘴唇發白，卻還是沒有動搖，絲毫不失高雅。她看著瓦西婭的眼睛，眼神充滿信任，沒有半點顫抖。

瓦西婭攤開雙手，對坎斯坦丁說：「我把自己交給你，巴圖席卡。但你必須放我姊姊回特倫，讓她和女眷們在一起。」

「想騙我嗎，女巫？」坎斯坦丁聲音依然悅耳，但不再冷靜，變得大聲粗啞。「之前妳也投身火裡，結果全是把戲，難道我要再次受騙？妳和妳那群魔鬼。把她的手捆綁起來，」他對衛兵說：「手和腳都綁住。我會把她關在教堂裡，魔鬼無法不請自來，這樣她就再也別想騙我了。」

衛兵不安騷動，但沒有人果敢上前。

「快點！」坎斯坦丁跺足吼道：「免得她的魔鬼出來把我們全抓走！」他眼神驚惶，目光從瓦西婭背後的莫羅茲科瞥向自己身旁的熊，再到聚在前院觀望的謝爾特們——

不是觀望前院的鬧劇，而是王宮大門。雖然下著大雨，瓦西婭還是聞到一絲腐臭味。熊的嘴角微微上揚，露出一絲勝利的淺笑。沒時間了，她必須讓歐爾嘉離開……

緊張沉默中，又一個聲音出現了。「老天，這是怎麼回事？」

狄米崔．伊凡諾維奇大步走進前院，隨從們匆匆忙忙不顧左右跟在他後頭。他的黃色長髮淋濕變暗，收攏在帽子裡。衛兵紛紛退開讓大公通過。他走到人群中央停下來，直直望著瓦西婭，臉上是不可思議的神情，但瓦西婭察覺不是驚訝。她瞬間滿懷希望看著狄米崔的眼睛。

「你瞧，」坎斯坦丁厲聲道，手依然緊抓著歐爾嘉。他語氣再度恢復鎮定，字字說出有如重拳。「放火燒了莫斯科的女巫在這裡。我們以為她得了報應，但靠著黑魔法，她這會兒好好的站在眾人眼前。」這回衛兵高聲附和，十幾把劍指著瓦西婭的胸膛。

「再拖延他們幾分鐘，」熊對坎斯坦丁說：「我們就會獲勝了。」

坎斯坦丁臉上閃過怒火。

「瓦西婭，跟狄米崔說你們得離開了，」莫羅茲科說：「沒時間了。」

「狄米崔·伊凡諾維奇，我們必須回到王宮，」瓦西婭說：「現在就回去。」

「妳真的是女巫，」狄米崔冷冷對瓦西婭說：「我賭上王位也要讓妳再受火刑。我們不能讓女巫活著。神父，」他轉頭對坎斯坦丁說：「我請求你，這兩個女人都會受到最嚴厲的懲罰，但必須在眾人面前，而不是前院的泥巴裡。」

坎斯坦丁猶豫不決。

熊突然怒斥道：「騙人，他在撒謊。他知道了，那個修士告訴他了。」

大門震動，城裡傳來尖叫，滂沱的天空閃著雷電。「快走！」霜魔突然大吼，連人類都聽見了。衛兵們不安地東張西望，不知誰在說話。莫羅茲科臉上帶著驚惶。「快點回到宮裡，否則月亮升起之前，你們一個也活不了。」

一股味道乘風而來，讓她全身汗毛直豎。城裡傳來更多尖叫，雷電一閃，瓦西婭看見多爾尼克雙手擋著搖晃的大門。「巴圖席卡，**我求你了**。」她對坎斯坦丁說道，接著忽然跪在他腳邊哀求。她的動作讓神父不由自主低頭看她。雖然只有瞬間，但已經夠了。狄米崔衝到歐爾嘉身旁，在大門破開的剎那將她從神父手裡拖開。坎斯坦丁的匕首掃過歐爾嘉的面紗，將面紗扯到下巴一側，但歐爾嘉沒有受傷。瓦西婭站起身來，踉蹌後退。

殭屍進了莫斯科大公的王宮前院。

❄

那年夏天的瘟疫並不是最嚴重的，不比十年前還糟。被波及的只有莫斯科的窮人家，宛如擴散不出去的火苗。

但喪命的全死於恐懼之中，全成了能可以利用的奴隸。此刻這些「成果」正湧進王宮大門，有些穿著壽衣，有些赤裸，身上全是當初害死它們的黑色腫塊。更可怕的是，它們眼裡依然帶著恐懼。它們還在害怕，還在黑暗中尋找熟悉的事物。

狄米崔手下一名衛兵看著它們，大喊：「神父，救救我們！」

坎斯坦丁不發一語杵在原地，手裡依然握著匕首。瓦西婭很想殺了他，從小到大從來沒有這麼想殺死一個人過，只想將那把匕首送進他的心臟。

但沒時間了。她的家人比她心裡的悲苦還重要。

眼見坎斯坦丁毫無反應，衛兵們開始後退，意志動搖。狄米崔還扶著歐爾嘉。他忽然對瓦西婭說，口齒清晰而冷靜：「那些東西跟人一樣殺得死嗎，瓦西婭？」

瓦西婭照著莫羅茲科在她耳邊說的話複述一遍：「不行。火能拖延它們，讓它們受傷也可以，但僅此而已。」

狄米崔仰頭恨恨瞪了一眼。天空依然下著大雨。「火沒辦法，那就讓它們受傷吧。」說完他便開始俐落地高聲發號施令。

狄米崔沒有坎斯坦丁左右人心的力量，也沒有如簧的舌頭，但他聲音嘹亮有力，甚至歡快，讓衛兵們大受振奮，突然不再是一群懦弱匹夫，在恐怖的事物面前退卻，而是瞬間化為齊心抗敵的戰士。

時間正好。他們剛握緊長劍，殭屍就張著嘴朝他們撲來。闖進大門的殭屍愈來愈多。十幾個，還繼續增加。

「莫羅茲科，」瓦西婭吼道：「你可以——」

「我只要碰它們，它們就會倒下，」莫羅茲科說：「但我無法掌控它們全部。」

「我們必須回王宮裡。」瓦西婭說。換她扶著歐爾嘉。她姊姊習慣了特倫的光滑地板，這會兒在濕滑的前院裡走得很狼狽。狄米崔帶著自己和歐爾嘉的手下上前排成方陣。他們將女人圍在中央，拿著武器吆喝，所有人一起慢慢退向宮殿正門。

坎斯坦丁呆立雨中，彷彿凍僵了一般。熊在他身旁，兩眼炯炯有神，開心對著自己的大軍咆哮，要他們繼續進攻。

一個烏皮爾撲向狄米崔的衛兵，方陣中傳出哀號。坎斯坦丁身體一縮。哀號的衛兵年紀不比少年大多少，喉嚨破開倒在地上。

莫羅茲科手伸向烏皮爾。雖然他只是輕輕一碰，但神情猙獰。殭屍踉蹌退後，重新歸於死亡。莫羅茲科一個轉身，又用同樣方法摺倒了兩個烏皮爾。

瓦西婭知道自己和姊姊到不了宮殿正門。閃電照得前院忽明忽暗，湧入的烏皮爾愈來愈多，團團包圍了衛兵的方陣。全靠他們的脆弱身軀，歐爾嘉才沒被……

他們必須關住熊，非關住不可。

瓦西婭摁了摁姊姊的手。「我得去幫他們，歐莉亞。」她說。

「我不會有事的，」歐爾嘉堅定地說。「願神與妳同在。」她雙手交握這麼禱告。

瓦西婭鬆開姊姊的手，來到狄米崔．伊凡諾維奇身邊，和他手下在一起。

衛兵們用長矛架開殭屍，臉上帶著嫌惡與驚恐。狄米崔剛上前砍掉一個殭屍的腦袋，另一個殭屍就趁著方陣出現縫隙撲了過來。

瓦西婭緊握雙拳，努力忘記那殭屍沒有著火。

那殭屍像火把燒了起來，接著又一個殭屍起火，然後是第三個，但都沒有燃燒太久。大雨將火澆熄，被烤黑的殭屍們嘴裡呻吟，繼續逼上前來。

但狄米崔看見了。離他最近的殭屍一著火，他立刻揮劍劃破雨水和火焰，將殭屍的頭砍下。

他朝瓦西婭咧嘴微笑，毫不掩飾心裡的欣喜，臉頰上血跡點點。「我就知道妳有不潔的力量。」他說。

「別忘了感恩呀，表哥。」瓦西婭反諷道。

「喔，我是很感恩，」莫斯科大公說。儘管大雨傾盆，前院擠滿夢魘般的怪物，他的微笑卻讓她心頭一暖。狄米崔環顧前院說：「但我希望妳不是只會弄出小火而已——表妹。」

大公說話同時又一劍刺穿了一個烏皮爾，然後及時退回到手下的長矛陣中，但他對她以表親相稱，還是讓瓦西婭不禁面露微笑。她又讓三個殭屍著火，狀甚駭人，但隨即又被雨澆熄。殭屍開始對衛兵的刀劍心存提防，更極度害怕莫羅茲科的手，然而死神在雨中只是魂靈，飄渺可怕的黑影。已經有六個活人倒下了，不再動彈。

夏天以來的高熱，加上疾病與痛苦，讓熊長得無比魁梧。瓦西婭覺得他的聲音比雷聲還響，不停吆喝手下進攻。梅德韋得外表不再像人，而是熊模熊樣，肩膀寬得能遮蔽星空。

大公又揮劍刺中一個烏皮爾，結果劍卻卡住了。他不肯棄劍退後，瓦西婭差點來不及將他拖回衛兵的方陣中。方陣愈縮愈小。

「你們都流血了。」歐爾嘉說，聲音只微微顫抖。瓦西婭低頭一看，發現果真沒錯，她手臂被抓破了，狄米崔的臉頰也是。

「別怕，歐爾嘉．弗拉基米洛娃。」狄米崔對她說，臉上依然掛著燦爛鎮定的微笑。瓦西婭再次明白自己的哥哥為何對他死心塌地。

方陣裡有人尖叫。莫羅茲科一躍而至，但還是遲了一步。雖然他將殭屍撂倒，熊還是哈哈大笑。殭屍仍然源源湧入前院。

「沙夏呢？」瓦西婭問狄米崔。

「當然是去修道院找謝爾蓋了，」莫斯科大公說：「神父一瘋，我就派他去了。這樣也好。妳哥是做聖人的材料，而非戰士。我們要是沒援手，就別想活命了。」他語氣像是陳述事實，冷冷評估己方的勝率，但隨即瞇眼細瞧找到了呆立在熊那巨大身影旁的坎斯坦丁。那身影帶著死亡的氣息，使得殭屍對神父視而不見。

「我知道那個神父一定有鬼，因為他一直數落我表弟有多邪惡，」狄米崔說，他哼了一聲，又砍下一個殭屍的頭。「我把沙夏關進牢裡，就為了讓坎斯坦丁露餡。我下去牢裡找沙夏，他就把一切跟我說了。我以為那個神父只是有點愛騙人，沒想到——」

狄米崔顯然認為一切都是坎斯坦丁做的，包括控制殭屍。他看不見熊。瓦西婭很清楚並非如此。雷電閃光下，她看得出坎斯坦丁一臉愁苦。她也看得見熊的表情：凶狠、歡喜、死不服輸。

瓦西婭說：「我一定要到坎斯坦丁身旁。他就站在引發這一切的魔鬼身邊，但我無法活著走過前院。」

狄米崔抿起雙唇，但沒有說話。沉默片刻後，他點點頭，轉身開始朝手下俐落地發號施令。

❄

「你沒有力量控制殭屍，」多爾尼克在坎斯坦丁耳邊低聲說道。坎斯坦丁完全沉浸在驚惶之中，幾乎沒被那聲音嚇到。「但你有力量對付他。」

坎斯坦丁緩緩轉頭說：「是嗎？」

「你的血，」多爾尼克說：「你的血能鎮住那魔鬼。你不是無能為力。」

❄

瓦西婭的鼻腔裡全是泥土、腐物與乾涸的血的味道。四周瀰漫著雨水淅瀝與腳步雜沓的聲響，閃電不時照亮這駭人的場景。她可以聽見歐爾嘉依然被方陣保護著，正不斷低聲禱告。

莫羅茲科臉上閃著猙獰的青白光，頭髮淋濕緊貼頭顱，看上去毫不像人。她可以看見他眼裡映著死後森林的星光。他走過方陣附近，瓦西婭抓住他的胳膊，莫羅茲科轉身看她。剎那間，他擁有的古怪力量的全副重量，以及身上的無盡歲月，都從他目光裡傾瀉而出，接著一絲人性有如血色回到了他臉上。

「我們得到熊身邊。」瓦西婭說。

莫羅茲科點點頭，瓦西婭不確定他能說話。

狄米崔還在發號施令。他對瓦西婭說：「我會把人分成兩隊，一隊陪著王妃，另一隊排成楔形突破前院。妳盡量想辦法幫助我們。」

大公一聲令下，衛兵立刻分成兩隊。歐爾嘉由更小一圈人圍著，朝王宮大門推進。

其餘衛兵排成楔形開始衝鋒，怒吼著突破重重殭屍，朝熊和坎斯坦丁逼進。

瓦西婭和他們並肩奔跑，兩旁十幾個烏皮爾瞬間起火。莫羅茲科頻出快手，攫住殭屍的手腕或喉嚨，將它們驅除。

殭屍實在太多了。衛兵前進的速度慢了下來，但持續朝熊靠近，愈來愈近。他們腳步開始踉蹌，臉上是強烈到反胃的驚恐，連狄米崔都忽然神情害怕了起來。

是熊的傑作。他咧嘴微笑。衛兵渙散，烏皮爾則是重新振作進攻。一名狄米崔的手下喉嚨被扯破倒地，接著又是一個。另一名衛兵手腕被利牙咬住，驚惶哀號。

瓦西婭咬緊牙關。她也飽受恐懼重擊，但那恐懼並不真實。那是熊的把戲，她知道。瓦西婭再次從靈魂裡放出火焰，這回是熊淌水的毛皮起了火。

梅德韋得轉頭咆哮，火立刻熄了，但瓦西婭沒放過這個可趁之機。靠著莫羅茲科替她擋開殭屍，瓦西婭猛衝幾步，解開手腕的金繩索，甩到熊的頭上。

熊巧妙躲開了，閃過了飛來的鎖鏈。他哈哈大笑，張牙舞爪去抓莫羅茲科。雖然霜魔低頭閃開，但瓦西婭沒時間再試一次，因為熊的動作讓莫羅茲科撲向一側，殭屍趁機將她圍住。「瓦西婭！」莫羅茲科吼道。一隻黏滑的手抓住她頭髮，瓦西婭頭也不轉就讓那東西起火燃燒。殭屍嚎叫仰倒，但烏皮爾實在太多了，狄米崔的楔形陣勢四分五裂，衛兵們各自在前院各處孤軍奮戰。熊不讓莫羅茲科靠近瓦西婭，而殭屍們再度逼近……

大門傳來新的聲音。不是謝爾特，也不是殭屍。

是她哥哥，手握長劍站在門前，身旁站著他的老師謝爾蓋．拉多涅茨基。兩人都衣冠不整，彷彿被騎馬穿越危險的街道折騰了一番。雨水汩汩滑過沙夏的劍刃。

謝爾蓋舉手劃了十字。「奉天父的名，」他說。

殭屍們竟然定住了，連熊也因為神父的聲音而停下動作。黑暗中，有鐘聲開始在某處響起。

連冬王眼裡也閃過一絲畏懼。

天空再次閃電，照亮了坎斯坦丁的臉，只見他目瞪口呆，既驚又疑。瓦西婭心裡想，他以為這

世上只有魔鬼和他自己的意志，再沒其他了。

謝爾蓋的祈禱溫和鎮靜，但聲音劃破了滂沱大雨，一字一句清清楚楚迴盪在前院裡。

殭屍們依然定住不動。

「安息吧，」謝爾蓋最後說：「別再打擾活人世界了。」

所有殭屍竟然瞬間癱倒在地。

莫羅茲科虛弱地吐了口氣。

瓦西婭看見熊的臉氣得扭曲。他低估了人類的信仰，他的大軍就這樣瓦解了。但梅德韋得沒有被關住，依然自由。他一定會逃走，溜進黑夜和風雨之中。

「莫羅茲科，」她說：「快點——」

但天空再次閃電，所有人看見坎斯坦丁金髮淋濕變暗，站在熊的巨大身影之前。一陣強風將他懾人的聲音清清楚楚帶到她耳邊。「所以你連這件事也騙了我，」坎斯坦丁說道，聲音小卻清晰。「你說神不存在，但神父一禱告……」

「神不存在，」瓦西婭聽見熊說：「只有信仰存在。」

「兩者有什麼差別？」

「我不知道。快點，我們得走了。」

「魔鬼，你騙人。你**又在騙人**。」坎斯坦丁無瑕的聲音破碎了，如老人咳嗽般沙啞。「神存在——祂一直都在。」

「也許是，」熊說：「也許不是。事實是沒人曉得，人或魔鬼都不知道。跟我走吧，你待下來只會被他們殺了。」

坎斯坦丁兩眼盯著熊。「不會，」他說：「他們不會殺了我。」他舉起匕首。「回到你窩著的地方吧，」他說：「我也有力量。那些魔鬼也跟我說了這一點，而我曾經是屬神的人。」

熊張開利爪朝他抓來，但神父動作更快，拿匕首朝自己的脖子猛力一劃。

熊抓住匕首使勁將它扳掉，但已經遲了。沒有人出聲。天空再次閃電。瓦西婭看見熊的臉，看見他抓著坎斯坦丁倒在地上，雙手——這時又是人類的手了——摀住從神父劃破的喉嚨湧出的鮮血。

瓦西婭上前一步將金繩索套在熊脖子上，使勁拉緊。

這回熊沒有閃躲。他做不到，因為他已經被神父的犧牲困住。他只是身體顫抖，低頭臣服於繩索的力量之下。

瓦西婭用另一條金繩索綁住他兩隻手腕。熊沒有動彈。

她應該感覺到勝利才對。

事情結束了，他們贏了。

但當熊抬頭望著她的眼睛，他臉上不再有任何憤怒。他的目光掃向她背後，望著他的孿生哥哥。「拜託了。」他說。

拜託？拜託饒了他？再次放他自由？瓦西婭直覺不是如此。她不懂他的意思。

熊的眼睛再次看向泥濘中垂死的神父，幾乎完全沒注意到金繩索。

莫羅茲科語帶勝利，又夾雜著一絲詭異，彷彿不由自主的理解。「你知道我不會。」

熊嘴角扭曲，但不是微笑。「我知道你不會，」他說：「但我還是得試試。」

那金藍色頭顱淋濕變暗，罩著死亡的慘白。坎斯坦丁舉起手，黑暗中鮮血直流。熊對瓦西婭說：「**該死的，讓我碰碰他**。」瓦西婭困惑後退，讓熊跪在神父身旁，抓住他顫抖的手，用肥厚的手指緊緊握住，無視於手腕上的繩索。「你真蠢，屬神的人，」他說：「你就是搞不懂。」

坎斯坦丁口含鮮血喃喃道：「搞不懂什麼？」

「我也有信仰，以我自己的方式，」熊嘴角一扭。「我很愛你這雙手。」

藝術家的手。表情豐富的手指，殘酷尖細的指甲。這會兒癱軟有如死鳥，被那謝爾特緊握著。

坎斯坦丁望著熊，眼眸已經混濁，目光充滿困惑。「你是魔鬼，」他又說了一次。鮮血不停湧出，讓他呼吸困難。「我不──你沒被打敗嗎？」

「我被打敗了，屬神的人。」

坎斯坦丁張大眼睛，但瓦西婭看不出他在注視什麼，也許是天上那張臉，他愛之罵之不下於自己的那個存在。

也許只是星光照亮的森林，或沒有回頭路的小徑。

也許那裡他終於能得到安息。

也許那裡只有死寂。

熊將坎斯坦丁的頭放到泥巴上。他頭髮不再金黃，被雨水和血弄得黯淡。瓦西婭察覺自己伸手摀住了嘴巴。邪惡者不該悲傷，不該後悔，不該在最後一刻、在別人的堅定的信仰中見到他們那緘默的神。

熊緩緩鬆開握著坎斯坦丁手掌的手，緩緩站了起來。金繩索閃著病懨懨的光芒，似乎沉沉壓著他。他雙手綁著金繩索，緊緊抓住冬王的雙手。「哥哥，溫柔帶領神父，」他說：「他現在是你的人了，不是我的了。」說完他又回頭望著泥濘裡的那副癱軟的身軀。

「到頭來他不是你的人，也不是我的。」莫羅茲科說。瓦西婭發現自己幾乎不自覺地在胸前劃了十字。

坎斯坦丁睜著的眼睛裡灌滿雨水，有如淚水順著眼角流過太陽穴。「妳贏了，」熊對瓦西婭說，語氣比莫羅茲科說過的話都要冷酷。他低頭鞠躬，朝遍地殭屍大手一揮：「希望妳心滿意足。」

瓦西婭沒有答話。

「你在那傢伙的禱告裡見過我們的結局，」熊朝謝爾蓋努了努下巴說。「老哥，就算世界變了，你和我化成了灰與霜，依然會繼續困在我們永無止盡的爭鬥裡。謝爾特們再也沒有希望了。」

「我們會共享這個世界，」瓦西婭說：「大家都有空間，人類和魔鬼，還有鐘聲。」

熊只是輕輕對她笑了笑。「走吧，我的孿生哥哥？」

莫羅茲科一言不發，伸手抓住熊手腕上的金繩索。前院刮起一道冰風，他們倆消失在黑暗中。

❄

雨水簌簌滑過狄米崔的頭髮和執劍的淌血手臂。他腳步沉重走過前院，將淋濕的頭髮從眼前撥開。「很高興妳沒死，」他對瓦西婭說：「表妹。」

瓦西婭挖苦道：「彼此彼此。」

狄米崔對沙夏兄妹說：「陪塞普柯夫王妃回宮吧，」他說：「然後——你們倆一起來找我。求求你們暗地來。事情還沒完，接下來可不是殺死幾個殭屍就能解決的。」

說完他便留下他們兩人，嘩啦嘩啦穿過多爾，迫不及待下起命令了。

「接下來怎麼樣？」瓦西婭問沙夏。

「韃靼人，」沙夏說：「我們陪歐莉亞回宮吧，我需要換上乾衣服。」

第五部

24 轉折

歐爾嘉一平安返回宮殿特倫，瓦西婭和沙夏就換掉濕漉漉的骯髒衣服，匆匆趕回去找大公。瓦西婭將午夜子民給她的毛皮大衣披在肩上。大雨澆熄了炎熱，宮外潮濕黑暗而凜冽。

他們悄悄從後門進去，隨即被僕人默默領到狄米崔的小前廳。強風從大開的窗戶呼嘯而入，前廳裡沒有侍從，只有一張備好餐的桌子，上頭擺著一只寬口瓶、四個杯子、麵包、燻魚和醃蘑菇。為了謝爾蓋，所以食物很簡單。老神父和狄米崔一起在前廳裡等候他們。他緩緩啜飲蜂蜜酒，面容十分疲憊。

大公精神抖擻，亢奮激動，跟牆上的彩繪藤蔓、花朵與聖人成了鮮明的對照。「兩位坐吧，」他看見瓦西婭和沙夏出現便說：「我明天要和波亞們商量，但想先確定自己的想法。」

倒好酒後，只在河邊休息時吃了幾口食之無味的乾糧的瓦西婭立刻吃個不停，一邊聽他們三人談話，一邊大啖麵包和美味的油漬魚。

「我早該看出來，」狄米崔先開口：「那個黃毛騙子闖到莫斯科，是為了召喚殭屍。我們以為他擁有神聖的力量，結果他從頭到尾都和魔鬼勾結。」

瓦西婭真希望狄米崔別提起這件事。她眼前一直浮現坎斯坦丁雨中的臉。

「不過，我們已經徹底除掉他了。」狄米崔接著說。

謝爾蓋開口說：「你不顧我們幾個精疲力竭，把我們都召來這裡，應該不是為了洋洋自得吧。」

「當然，」狄米崔說，得意的表情從臉上淡去。「我得到消息——韃靼人正在伏加河下游，往北前進。馬麥還是出發了。弗拉基米爾．安德烈維奇毫無音訊，銀子——」

「銀子沒了。」瓦西婭這才想起來，對大公說。

在座三人都轉頭看她。

「被洪水沖走了，」瓦西婭接著說。她放下杯子，直起腰桿。「如果你想用銀子贖回莫斯科大公國，狄米崔．伊凡諾維奇，那就沒能如願了。」

三人還是看著她。瓦西婭不為所動望著他們。「我發誓是真的，你們想知道我是怎麼知道的嗎？」

「我不想，」狄米崔在胸前手劃十字說：「我寧可知道別的事。弗拉基米爾死了嗎？還是活著？被俘虜了？」

「這我就不知道了，」瓦西婭說：「但我可以去查。」

狄米崔聽了只是皺眉沉思，在房裡來回走動，獅子般嚴厲煩躁。「要是我派出的密探回報妳說銀子丟了是實話，我就差人通知羅斯境內所有王公，說我們別無選擇，必須在無月之前集合部隊到科洛姆納，一起出兵往南。難不成我們要任人蹂躪全羅斯？」狄米崔這話對著所有人說，目光卻看著沙夏。沙夏之前曾求他不要在戰場上和韃靼人廝殺。

但此刻沙夏只用和大公一樣嚴厲的口吻說：「哪些王公願意出兵？」

「羅斯托夫、斯塔羅杜布，」狄米崔扳著手指點名隸下的公國。他還是在前廳裡來回走動。「我分封的那些公國。下諾夫哥羅德，我岳父是王公。特維爾，我們有協定。但我需要塞普柯夫王公，他擅長議事，而且忠心，我需要他的人馬。」他停下腳步，眼睛盯著瓦西婭。

「梁贊的奧列格呢？」沙夏問。

「奧列格不會來，」狄米崔說：「梁贊離薩萊太近，而且奧列格天性謹慎，不論他的波亞怎麼想，他都不會冒險。就算出兵，他也會站在馬麥那邊。但我們就是會行動，如有必要，就算梁贊或塞普柯夫不加入也一樣。我們還有選擇嗎？我們已經試過贖回莫斯科大公國，但沒有辦法。我們是要降還是**要戰**？」這回他是對著三人提問。

沒有人開口。

「我明天就會差人通知王公，」狄米崔說。「神父，」他轉頭對謝爾蓋說：「您願意和我們同行，替部隊祝禱嗎？」

「沒問題，孩子，」謝爾蓋回答，聲音很疲憊。「但你應該明白，就算勝利也得付出代價。」

「我也不想打仗，」大公說：「但實在沒辦法，因此──」他神采飛揚。「經歷一個夏天的恐懼與膽怯之後，我們會戰到最後。若神許可，這回換我們起義了。」

願神幫助他們，瓦西婭心想。狄米崔這樣一說，他們都信了。她不用問也知道，王公都會對他一呼百應。**願神幫助我們**。

大公忽然轉頭看著瓦西婭。「我有你哥哥的劍，」他說：「還有神父的祝福，但妳能給我什麼，瓦西莉莎．彼得洛夫納？抱歉我以為妳死了，但那時我聽人說妳放火燒了我的城。」

瓦西婭起身面對他。「我確實有罪，葛蘇達，」她說：「可是我兩度幫忙這座城擊退敵人。失火是我的過錯，但隨後的暴風雪──那也是我召喚來的。至於懲罰？我已經受過了。」她轉頭讓一邊臉頰對著火光，清楚露出疤痕，一邊悄悄縮手到袖子裡握住木雕夜鶯。但她在這些男人面前想展露的不是悲傷。「你希望我做什麼？」

「妳兩度差點活活燒死，」狄米崔說：「又兩度活著回來，從邪惡手中拯救這座城，或許應該給妳獎賞。**妳**想要什麼，瓦西莉莎·彼得洛夫納？」

她知道自己要什麼，於是直言不諱。「我有辦法可以知道弗拉基米爾·安德烈維奇是不是還活著。如果他還活著，我會找到他。你兩週內要召集軍隊？」

「沒錯，」狄米崔謹慎地說：「不過——」

瓦西婭打斷他的話。「我會出現，」她說：「要是弗拉基米爾·安德烈維奇還活著，他也會到，和他的部隊一起。」

「不可能。」狄米崔說。

瓦西婭說：「要是我成功了，我就當成自己欠債還清了，對你、對這座城。現在呢，我要你的信任。不是信任那個名叫瓦西里·彼得洛維奇的少年，因為他根本不存在，而是我。」

「我為什麼該信任妳，瓦西莉莎·彼得洛夫納？」狄米崔問，但目光熱切。「妳是個女巫。」

「她保衛教會免於落入邪惡之手，」謝爾蓋在胸前劃十說：「神作的工實在奇妙。」

瓦西婭也在胸前劃十。「我或許是女巫，狄米崔·伊凡諾維奇，但羅斯所有力量必須團結一致，大公和教會必須跟看不見的世界聯手，否則就勝利無望。」

我之前需要人類協助我擊敗一個魔鬼，瓦西婭心想，**現在需要魔鬼協助我擊敗人類**。但能做這件事的除了她還有誰？**妳可以成為人和謝爾特的橋梁**，莫羅茲科這樣說過，瓦西婭覺得自己現在明白了。

前廳靜默片刻，只有張揚的風不斷從窗戶灌進來。接著狄米崔短短說了一句：「我會信任妳。」

他手掌輕輕按在瓦西婭頭上，以大公身分為她這名戰士祈福。瓦西婭定住不動。「妳需要什麼？」

瓦西婭低頭沉吟。大公的話依然讓她激動不已。**我會信任妳**。「我需要商人之子會穿的衣服，」她說。

「表哥，」沙夏開口說：「她去的話，我就必須跟她同行。她已經有太多次遠行沒有親人陪伴了。」

大公一臉詫異。「我需要你待在這裡。你會說韃靼語，也熟悉這裡到薩萊之間的各地民情。」

沙夏沉默不語。

大公臉上突然出現恍然大悟的神情，可能是他想起大火那晚，沙夏的妹妹被逼著獨自面對黑暗。

「我不會阻止你，沙夏，」他不情願地說：「但軍隊集結時你一定要到，不論她有沒有成功。」

「沙夏——」瓦西婭才開口，沙夏就走到她身旁低聲說：「我為了妳哭過。就算聽到瓦伐拉說妳還活著，我也哭了。我痛恨自己，竟然讓妹妹獨自面對如此恐怖的事情。當妳再次出現在營火旁，整個人變了那麼多，我更是自責。我不會讓妳一個人去。」

瓦西婭伸手按著哥哥的手臂。「如果你今晚真的要跟我同行——」她手指收緊，兩人四目交會。「那我警告你，那路會穿越黑暗。」

沙夏說：「那我們就穿越黑暗，妹妹。」

❄

兄妹倆回到歐爾嘉的王宮，瓦伐拉已經在澡堂裡等候。沙夏匆匆沐浴之後就立刻上床休息。時間不多，兩人午夜就要出發。但瓦西婭多留了片刻。「我還沒說謝謝妳，」她對瓦伐拉說：「那晚在河上，妳救了我一命。」

「我本來救不了妳，」瓦伐拉說：「除了哀痛，我不知該怎麼做。但波魯諾什妮絲塔跟我說話。我已經好久沒聽到她的聲音。她告訴我需要做什麼，我就到火刑臺了。」

「瓦伐拉，」瓦西婭說：「我在午夜之國——遇到妳母親了。」

瓦伐拉緊抿雙唇。「我猜她可能以為妳是塔瑪拉，塔瑪拉回來了。她只有一個女兒能左右，只有那個女兒沒愛上魔法師。」

瓦西婭無言以對，只能說：「妳當初為什麼來莫斯科？又為何成為女僕？」

瓦伐拉臉上浮現積沉已久的憤怒。「我天生就沒有那種眼力，」她說：「所以看不見謝爾特，只聽得見力量比較強的謝爾特說話，會講一點馬語，如此而已。在我母親的國度裡，我感受不到驚奇，只有寒冷、危險與孤立，後來還加上我母親的憤怒。她對塔瑪拉太嚴厲了，於是我就離開她去找我姊姊。最後我到了莫斯科，這個人造之城，也找到了塔瑪拉。但她已經回天乏術，被巨大的悲傷壓垮，變得遲鈍錯亂。她生了個孩子，於是我盡力保護她。」瓦西婭點點頭。「但那孩子後來嫁去北方，我沒跟去，因為她有保母，丈夫也是個好人。我不想再生活在只有森林沒有人的土地上。我喜歡鐘聲，喜歡莫斯科城的繽紛與忙碌，於是我就留下來等待。後來又來了一個流著我家血脈的女孩，我再次變得完整，開始照顧妳姊姊和她的小孩。」

「但為什麼要當女僕？」

「妳會不知道？」瓦伐拉說。「僕人比貴族自由，愛去哪裡就去哪裡，不包頭也可以出門。我過得很幸福。女巫會孤獨死去，我媽媽和姊姊讓我明白了這一點。妳的天賦有帶給妳任何幸福嗎，火姑娘？」

「有，」瓦西婭答得乾脆。「但也帶來悲傷。」她話裡透露些許憤怒。「妳既然認識他們倆，塔瑪拉和卡斯契，那她死後妳為何什麼也沒有替她做？卡斯契來莫斯科時，又為什麼不警告我們？」

瓦伐拉沒有反應，但臉上突然稜角分明，凹陷凸顯，泛起久遠的傷悲。「我知道姊姊在王宮裡陰魂不散，卻無法讓她離開，也不曉得她為何流連徘徊。卡斯契來的時候，我不認得他。他換了一張臉來莫斯科，跟他在仲夏湖邊引誘塔瑪拉的臉不一樣。」

她肯定察覺瓦西婭眼帶懷疑，於是突然激動大喊：「我又不像妳，沒有不朽的眼睛和瘋狂的勇氣。我只是個女人，在家族血統裡毫無價值，只能想辦法顧好自己。」

瓦西婭無言以對，只是伸手握住瓦伐拉的手。兩人沉默片刻，瓦西婭吞吞吐吐開口：「妳會告訴我姊姊嗎？」

瓦伐拉張開嘴巴，顯然想厲聲回擊，但很快便猶豫了。「我之前一直不敢，」她勉強答道，聲音帶著一絲懷疑。「她憑什麼相信我？我外表又沒有老到像姨婆。」

「歐爾嘉這陣子見到的怪事夠多了，我想她會相信妳的，」瓦西婭說：「我想妳應該告訴她，她一定會很開心，雖然我明白妳的意思。」瓦西婭重新檢視瓦伐拉。她身強體壯，頭髮泛黃，幾乎見不到白絲。「妳幾歲了？」

瓦伐拉聳聳肩。「我不曉得，比外表老。母親從來沒有告訴我們父親是誰，但我一直認為我活那麼長肯定遺傳自他，不管他到底是何方神聖。我在這裡真的很幸福，瓦西莉莎·彼得洛夫納。我從來不想要力量，只想照顧人。幫他們拯救莫斯科，帶著我的野姑娘馬雅到她可以自由呼吸的地方，我就心滿意足了。」

瓦西婭笑了。「我會的——姨婆。」

❄

瓦伐拉走後，瓦西婭沐浴完畢，換好衣服，全身整潔出了澡堂，踏上通往特倫的地毯走道。雨還在下，但減弱了些。暴風雨逐漸遠去，閃電也不再頻繁。

瓦西婭隔了好幾秒才察覺那身影。她僵住不動，背貼著澡堂的門，感覺很粗糙。

她細聲問：「搞定了嗎？」

「搞定了，」莫羅茲科說。「他被我的力量、他的信徒的犧牲和卡斯契的金籠頭一起關住，再也無法重獲自由了。」雨水變冷了，簌簌拍打夏日的塵土。

瓦西婭放開澡堂的門，雨點在屋頂上竊竊私語。她走過通道，直到看清他的臉，可以問出她心底一直困擾的問題。「熊最後說**拜託了**，」她問：「那是什麼意思？」

莫羅茲科皺起眉頭，但沒有開口回答，而是舉起一隻手彎成杯狀，讓雨水聚積在他的掌心裡。「我就想妳可能會問，」他說：「把手給我。」

瓦西婭伸出手，莫羅茲科讓掌心的水輕輕滴在她手臂和手指的傷口上。一陣驚人刺痛之後，傷口痊癒而後消失了。瓦西婭猛地將手收了回來。

「死亡之水，」莫羅茲科甩掉手裡剩下的水說：「這是我的力量。我可以還原皮肉，不論死活。」

自從她第一晚遇見他，治好了她的凍瘡，她就知道他能療傷。但她一直沒有將這件事和童話聯想起來，沒有想到——

「你說你只能治好你造成的傷。」

「沒錯。」

「你又說謊？」

莫羅茲科嘴角一沉。「我沒交代全部的事實。」

「熊要你救坎斯坦丁一命？」

「不是救他一命，」莫羅茲科說：「我可以治癒皮肉，但他已經救不回來。梅德韋得要我治好神父的傷，好讓他讓神父復活。我和我弟弟只要聯手，可以起死回生，因為梅德韋得的天賦是生命之水。所以他才會說拜託。」

瓦西婭皺眉檢視痊癒的手指，還有掌心和手腕的疤痕。

「可是，」莫羅茲科說：「我們從來不曾聯手。有何必要？他是怪物，他和他的力量都是。」

「熊很難過，」瓦西婭說：「當他看見坎斯坦丁——」

莫羅茲科不耐地說：「邪惡者也會悲傷，瓦西婭。」

瓦西婭沒有答話。大雨在他們四周下著，瓦西婭站著不動，再次被自己不知曉的事物所震撼。冬王是流連不去的暴風雨的一部分，人性只是他真實自我的殘影，夏日一走他的力量就會變強，眼裡閃著黑暗。但他又喜歡她，對她有所圖謀。她為何要在乎熊或坎斯坦丁？他們倆都是殺人凶手，也都消失了。

瓦西婭甩掉心裡的不安說：「你可以見我姊姊一面嗎？我答應她了。」

莫羅茲科一臉詫異。「以求婚者的身分徵求她的同意嗎？」他問：「這能改變什麼？說不定只會讓事情變得更糟。」

「話雖如此，」瓦西婭說：「可是我——」

「我不是人類，瓦西婭，」莫羅茲科說：「我不受任何聖禮約束，也不能在你們的神或人民的律法下和妳成婚。妳如果想在姊姊面前有面子，那是不可能的。」

瓦西婭也明白，只不過——「反正我就是希望你見見她，」她說：「至少——或許她就不會怕你了。」

莫羅茲科沒有說話，瓦西婭忽然發現他全身顫抖，正在忍笑。她雙臂交抱，心裡滿是不悅。

莫羅茲科雙眼晶亮看著她。「我不會向任何人的姊妹保證什麼，」他笑完說：「但妳要我見她，我就見她。」

❄

歐爾嘉在馬雅房裡，看著女兒睡覺。馬雅臉龐蒼白消瘦，長期緊繃留下的痕跡晦暗了她的容顏。這孩子年紀輕輕就承受太多，而歐爾嘉看上去幾乎一樣疲憊。

瓦西婭站在門口，忽然不曉得自己是不是不速之客。

床上鋪著羽絨被套，還有毛皮和針織羊毛。瓦西婭剎時好想變回孩子，躺在馬雅身旁讓姊姊撫摸她的頭髮，就這樣沉沉睡去。但歐爾嘉聽見她輕聲靠近，立刻轉過頭來，那願望就消失了。時光無法倒流。

瓦西婭走到床邊，摸了摸馬雅的臉頰。「她會沒事吧？」她問。

「她只是累了吧，我想。」歐爾嘉說。

「她很勇敢。」瓦西婭說。

歐爾嘉順了順女兒的頭髮，沒有說話。

「歐莉亞。」瓦西婭笨拙說道，她在狄米崔前廳裡的冷靜自持似乎全沒了。「我——我答應妳會見到他，如果妳想的話。」

歐爾嘉皺起眉頭。「**他**是誰，瓦西婭？」

莫羅茲科沒有等瓦西婭回答，也沒有像人類一樣過門而入，而是從暗影裡走了出來。多莫佛伊原本坐在爐灶旁，見到他立刻起身，汗毛直豎。睡著的馬雅動了動身子。

「我不會傷害她們，小傢伙。」莫羅茲科先對多莫佛伊說。

歐爾嘉也踉蹌站了起來。她站在床邊，彷彿想保護女兒不受邪惡侵犯。瓦西婭擔心得身體一僵，忽然見到姊姊眼裡的霜魔：一個眼神冰冷的影子，讓她不禁懷疑起自己的決定。莫羅茲科轉身離開多莫佛伊，朝歐爾嘉鞠躬。

「我認得你。」歐爾嘉低聲說：「你為什麼過來？」

「我不是來取人性命。」莫羅茲科說，雖然聲音很平，但瓦西婭感覺他語氣謹慎。

歐爾嘉對瓦西婭說：「我記得他，我記得。**他帶走了我的女兒**。」

「不是——他——」瓦西婭吞吞吐吐，莫羅茲科狠狠看她一眼，瓦西婭閉上嘴巴。

莫羅茲科聲色不變，但全身肌肉緊繃。瓦西婭知道原因。他雖然想接近人性，讓自己被想起，好繼續存在，但瓦西婭不斷拉他更接近，像飛蛾撲火一般，結果就是他此刻必須和歐爾嘉面對面，體會她眼裡的折磨，帶著這份體會繼續他漫長無邊的生命。

他不想要這樣，卻沒有退縮。

「這說不上安慰，」莫羅茲科謹慎說道：「但妳的大女兒還有很長的人生，至於小的那個——我會記得她。」

「你是魔鬼，」歐爾嘉說：「我的小女兒連名字都來不及有。」

「我還是會記得她。」冬王說。

歐爾嘉看了他一會兒，接著忽然崩潰了，悲傷得拱起身子，雙手摀臉。

瓦西婭手足無措，走到姊姊身旁怯生生地抱住她。「歐莉亞，」她說：「歐莉亞，對不起，真的對不起。」

歐爾嘉沒有開口，莫羅茲科站在原地，不再說話。

房裡靜默良久。歐爾嘉深吸一口氣，眼眶濕潤。「我一直沒哭，」她說：「從我那晚失去她之後。」

瓦西婭緊緊抱著姊姊。

歐爾嘉溫柔推開瓦西婭的手。「為什麼是我妹妹？」她問莫羅茲科：「世界上那麼多女人，為什麼？」

「因為她的血統，」莫羅茲科說：「但後來是因為她的勇氣。」

「你能給她什麼嗎？」歐爾嘉語帶尖銳地問：「除了黑暗裡說悄悄話之外？」

瓦西婭想出聲抗議，但吞了回去。就算這個問題讓莫羅茲科措手不及，他也沒有表現出來。

「所有的冬日大地，」他答道：「黑樹和銀霜，人類的金銀財寶。只要她想，雙手可以捧滿財富。」

「你會不給她春天與夏季嗎？」

「我不會不給她任何東西，但有些地方她能去，我無法輕易跟隨。」

「他不是人類，」歐爾嘉對瓦西婭說，眼睛依然盯著冬王。「沒辦法當妳的丈夫。」

瓦西婭垂著頭說：「我從來就不想要丈夫。他跟著我離開了冬天，為了莫斯科。這就夠了。」

「妳覺得他到最後不會傷害妳嗎？別忘了童話裡的那個女孩死了！」

「我不是她。」瓦西婭說。

「要是這段——關係會讓妳下地獄呢？」

「我已經被判罪了，」瓦西婭說：「從神或人的律法都是，但我不想孤獨一人。」

歐爾嘉嘆了口氣，哀傷地說：「那就如妳所願吧，妹妹。」接著她忽然說：「很好，我祝福你們倆——現在叫他離開。」

❄

瓦西婭隨著莫羅茲科離開房間，這回他甚至和一般人一樣從門出去。但他一出房間就停下腳步，有如辛勤工作後的男人垂頭駝背。

他咬牙吃力對她說：「澡堂。」瓦西婭握住他的手，拉著他到澡堂，將門關上。澡堂一片漆黑，瓦西婭忘記蠟燭沒著火，四根蠟燭立刻亮了起來。莫羅茲科癱坐在外室的長椅上，顫抖著吸了口氣。澡堂是出生與死亡的所在，變形與魔法之地，甚至是記憶之處。他在這裡比較能喘息，不過——

「你還好嗎？」瓦西婭問。

霜魔沒有回答，而是說：「我無法待著。」他眼眸淺得像水，雙手緊緊交握，燭光下手指關節暴凸。「沒辦法。我的時間還沒有到來，在這裡。我必須回到自己的地方。我——」他中斷片刻，接著說：「我是冬天，我已經跟自己分開太久了。」

「就只是這個原因嗎？」瓦西婭問。

霜魔不再看著她，而是逼自己鬆開交握的雙手，將手放在膝上，接著近乎無聲地說：「我不能再知道更多名字，那只會讓我太接近——」

「太接近什麼？死亡？你可以變成有死之身？」瓦西婭問。

莫羅茲科嚇了一跳。「怎麼做？我不是肉身所造，但它——撕扯著我。」

「那它會永遠撕扯著你，我想，」瓦西婭說：「只要我們——除非——你忘了我。」

霜魔站起來。「我已經做選擇了，」他說：「但我必須回到自己的地方。妳不是唯一會被不可能逼瘋的人。我再也承受不住這地方了。我不屬於這個夏日世界。瓦西婭，妳責任已了，跟我走吧。」

這話如雷電一般，在她心裡燃起熊熊渴望，渴望藍天與深雪、野地和寂靜，渴望冷杉林中他火光微明的房子與黑暗裡他的雙手。她可以跟他走，拋下人世間的一切，離開這座讓索拉維喪命的王城。

但就算她想，嘴裡卻說：「不行，事情還沒結束。」

「妳的部分已經結束了。就算狄米崔和韃靼人打仗，那也會是人類的戰爭，跟謝爾特無關。」

「但是熊引起的！」

「反正本來就可能打仗，」他反駁道：「警訊已經存在許多年了。」

瓦西婭伸手輕觸臉頰，撫摸她步向死亡時被石頭砸中留下的傷疤。「我知道，」她對他說：「但我是羅斯人，他們是我的同胞。」

「他們把妳送進火裡，」莫羅茲科說：「妳不欠他們什麼，跟我走吧。」

「可是——我要是跟你走了，我又會變成誰？」瓦西婭問：「雪女孩、冬王的妻子，被世人遺忘，跟你一樣！」

她看見這話讓他身體一縮，於是咬著唇稍微平靜地問：「若我不能幫助自己的同胞，我還算什麼？」

「妳的同胞不只是一場計畫不周的戰爭。」

「你放了你弟弟，因為你覺得我可以不讓謝爾特消失在這世界。或許我真的可以做到這件事。但另一個羅斯，人類的羅斯，卻付出了代價，而我打算復原一切。熊的危害不止於莫斯科，我的任務尚未結束。」

「要是妳因此喪命呢？妳覺得我有辦法承受妳墮入黑暗，再也見不到妳嗎？」

「我知道你沒辦法，」瓦西婭深吸一口氣。「但我還是得試試。」

為了她，莫羅茲科跟她哥哥聯手，求她姊姊原諒，夏天到莫斯科，還關住了熊。但她已經將他逼到了力氣與意志的極限。他不會為了狄米崔而戰。

但是她會。因為她不想只是雪女孩，她要狄米崔的信任，要他的手按在她頭上。她想得勝，因她勇氣而來的勝利。

但她也想要冬王。在煙塵臭氣瀰漫的莫斯科城，他的存在是一縷冰水、靜謐與松香，她無法想像不要他。

莫羅茲科看見她猶豫不決。兩人在黑暗中目光交會，他上前拉近兩人的距離。

他動作並不溫柔，而是充滿憤怒。她也一樣，既迷惘又渴望。兩人的手粗魯地在對方肌膚遊走。瓦西婭吻了他，他感覺自己在她掌下彷彿有了肉身，被時間、地點和她的激情猛然拉進現實。沉默蔓延，兩人用雙手訴說無法開口表達的一切，瓦西婭差一點就跟他說好，讓他將她抱上白馬，帶她奔進黑夜。她不想再思考了。

但她必須思考。塔瑪拉曾讓她的魔鬼用愛情的夢想蠱惑她，最後讓她失去一切重要的事物。

她不是塔瑪拉。瓦西婭使勁掙脫，不停喘息，莫羅茲科放開了她。

「那你就回冬天去吧，」她聽見自己啞著嗓子說：「我要去穿越午夜的路，尋找我的姊夫，看他是否還活著。我要協助狄米崔·伊凡諾維奇打贏戰爭。」

莫羅茲科僵立著，憤怒、困惑和慾望從他臉上緩緩消逝。「弗拉基米爾·安德烈維奇還活著，」他只這樣回答。「但我不曉得他在哪裡。瓦西婭——我沒辦法與妳一起走那條路。」

「我會找到他。」瓦西婭說。

「妳會找到他的，」莫羅茲科說，語氣疲憊而肯定。他低頭鞠躬，神情孤遠，將所有感覺深鎖在眼裡。「初霜時記得來找我。」

說完他就幻影般離開了澡堂。瓦西婭匆忙跟上，儘管心底依然憤怒，卻不希望他就此離開，帶著兩人之間未癒合的傷。她逼他和自己的天性對抗，這樣的敵人太強大了。

莫羅茲科走到前院，仰頭對著夜空。前院瞬間刮起風來，那是真正的、會讓鼻孔裡的呼吸結凍的冬天之風。

莫羅茲科忽然轉頭看她，所有感覺再次回到他臉上，彷彿情不自禁。

「好好照顧自己，還有別遺忘了，斯妮葛洛席卡[32]，」他說。

「不會的，莫羅茲科——」

他已經一半消失了，風似乎穿透了他的身軀。

「就我所及，我也愛你。」她低聲道。

兩人目光交會，接著他就不見了，隨著揚起的強風消逝在狂野的空氣中。

---

32 斯妮葛洛席卡：雪少女，俄羅斯童話的常見人物。源自俄文的斯妮葛（sneg），意思是雪，也是莫羅茲科對瓦西婭的暱稱。

25 穿越黑暗的路

沙夏和瓦西婭在午夜前夕出發了。

「對不起，」動身前沙夏對歐爾嘉說：「我要為上回我們分開前我說的話道歉。」

歐爾嘉差點笑了出來，但隨即嘴角一沉。「我也很生氣，因為你以為我習慣道別了，哥哥。」

「要是我們在南方遭遇不測，」沙夏說：「妳千萬不要待在莫斯科，立刻帶著孩子們回雷斯納亞辛里亞。」

「我知道。」塞普柯夫王妃說，兄妹倆交換了堅決的眼神。歐爾嘉經歷過三次圍城，沙夏則是剛脫離少年就開始為了一起長大的狄米崔而奮戰，直到現在。

瓦西婭看著他們，心裡不安想起自己雖然見識不少，卻從來沒見過戰爭。

「和神同在吧，你們兩個。」歐爾嘉說。

瓦西婭和沙夏悄悄離開莫斯科。城門下方的波薩德沉沉睡著，迅疾的寒風吹散了疾病的臭氣，至少死者這下都安息了。

瓦西婭領著哥哥踏入森林，到上回瓦伐拉送她進入午夜的地方。那是多久之前？自從那晚之後，羅斯經歷了兩個季節，但瓦西婭數不清自己過了幾天。

莫斯科傳來鐘聲，城牆在森林外隱隱泛白。瓦西婭握住哥哥的手。午夜了。黑暗多了幾分野性，帶著新的威脅與更深邃的美。瓦西婭領著哥哥往前走。「在心裡想我們的表哥。」她說完踏出一步、兩步，接著沙夏輕輕驚呼了一聲。

莫斯科消失了。兩人站在稀疏的榆木林中，空氣乾燥而溫暖。瓦西婭腳趾踩的不再是泥巴，而是土壤，夏末的碩大星星低垂在他們頭頂上方。這是另一個午夜。

「天哪，」沙夏低呼道：「這裡是塞普柯夫附近的森林。」

「我跟你說了，」瓦西婭說：「這是捷徑，不過——」她忽然閉口。

黑馬佛龍從兩棵樹之間走了出來，背上的騎士眼如晨星，在黑暗中閃閃發亮。

沙夏伸手握住劍柄。或許是午夜之國喚醒了他血統裡的某種能力，因為他竟然看見了那頭馬和騎士。「這位是午夜女士，」瓦西婭說，眼睛一直盯著那謝爾特：「這裡是她的國度。」她說完微微低頭致意。

沙夏在胸前劃了十字。波魯諾什妮絲塔朝他嘲諷地笑了笑，從馬背上下來。

「願神與妳同在。」沙夏小心翼翼地說。

「最好不要，」波魯諾什妮絲塔說。佛龍甩了甩黑色腦袋，不悅地垂下耳朵。午夜女士轉頭對瓦西婭說：「妳又來我的國度了？打勝仗很得意是嗎？」

「我們確實贏了。」瓦西婭謹慎地說。

「錯了，」午夜答道：「妳沒有。妳覺得什麼才是真正的戰爭，妳這個自大的傻子？妳就是搞不懂，對吧？」

瓦西婭沒有說話。

午夜咬牙切齒說：「我們以為——**我**以為——妳不一樣，以為妳會打破報復與囚禁的無止盡循環，結果妳卻**鼓動**他們決鬥，那兩個白癡雙胞胎。」

「妳在講什麼？」瓦西婭問：「我們從殭屍手中拯救了莫斯科。我不知道妳為何如此生氣。熊很邪惡。現在他被鎮住了，羅斯平安了。」

「是嗎？」午夜問：「妳還是不懂。」她眼裡噴著怒火、厭惡與——失望。「妳無法統治謝爾特，也無法守住湖邊小屋，拯救我們不變淡消逝。妳失敗了。通往湖邊的路對妳封閉了。我會封掉它，就算惹那老女人生氣也無妨。她不會有傳人了。永別了，瓦西莉莎・彼得洛夫納。」

說完她就走了，白髮飄飄躍上了佛龍的背，和她出現時一樣突然。瓦西婭只聽見遠去的馬蹄聲，心煩意亂望著她剛才站的地方。沙夏只是一臉困惑。「她是什麼意思？」

「我不曉得她為什麼生氣，」瓦西婭說，但心裡很不安。「我們必須繼續前進。緊跟著我，我們千萬不能分開。」

兩人走得小心翼翼。這裡是午夜的地盤，她的憤怒讓瓦西婭心驚膽戰。沙夏跟著她，不斷被暗影驚嚇，被不停變換的夜晚搞得滿頭霧水。但他仍跟著瓦西婭。他信任她。

瓦西婭後來對此自責不已。

26 欽察汗國

一切毫無預警，遠方沒有出現亮光，也沒有聲響。他們只是忽然踏出黑暗，就來到了充滿笑聲的火光之中。

兩人瞬間愣住。

飲酒作樂的人也愣住了。瓦西婭瞥見武器，有彎刀和弓弦鬆開的短弓。她還聞到馬的氣味，看見牠們眼睛的反光，在火光外盯著他們。

那群人立即起身。他們講的不是羅斯語。瓦西婭聽過這語言，就在她救出幾個女孩的那個寒冬深夜，不讓她們落在——落在——

「回來！」瓦西婭對沙夏說。她眼角餘光瞄到一頭白髮和午夜頑固得意的神情，感覺似乎聽見有人低聲說：「沒有搞懂就等著喪命吧，瓦西莉莎．彼得洛夫納。」

十幾名男子拔刀出鞘，沙夏跟著拔劍，劍刃閃閃映著火光。「韃靼人！」沙夏吼道：「瓦西婭，快走。」

「不要！」瓦西婭繼續試著拉他回來。「不行，我們要回到午夜——」但那群人不斷逼近，她看不見午夜之路。「瓦西婭，」沙夏用冷靜到恐怖的聲音說：「我是修士，他們不會殺了我，可是妳……快跑！**快點！**」他說完便朝那群人撲去，將他們撞開。瓦西婭從混戰中退開，用念力讓營火瞬間成為火球，暴起的火光逼退了韃靼人，沙夏和其中一人刀劍相交，迸出一道火花。

午夜之路就在**那裡**，在火光之外。營火再次竄起，嚇到了韃靼人。瓦西婭放聲大喊：「沙夏，這裡——」

她才開口，太陽穴就被劍柄剁了一下，頓時天昏地暗。

❄

沙夏見妹妹倒地，立刻扔下長劍，用韃靼語對攻擊她的人說：「我是屬神的人，他是我的僕人，別傷害他。」

「沒錯，你**是**屬神的人，」那韃靼人說，他的羅斯語略帶口音。「你是艾列克桑德．佩列斯維特，但這小子不是你的僕人。」

那人聲音有點耳熟，但沙夏看不見對方的臉。那人站在瓦西婭身旁，營火對面，將她拉了起來。瓦西婭眼皮動了動，額頭一道傷口讓她臉上爬滿迷宮般的鮮血。

「**她**是你的女巫妹妹，」那韃靼人說，語氣驚喜又困惑。「你們倆怎麼會一起出現？替狄米崔當密探？他為什麼要派自己的表弟妹來？」

沙夏驚訝得無言以對。他已經認出對方是誰。「走吧，」那韃靼人用母語說道，一邊將瓦西婭扛在肩上。「將修士雙手捆住，然後跟我來。萬戶長肯定有話要問。」

❄

有人扛著她，每走一步就讓她腦袋一震。她吐了。疼痛有如冰刀戳刺她的頭顱。扛著她的男子恨恨咒罵。「妳要是再吐，」那個半熟悉的聲音說：「等萬戶長完事之後，我絕對揍妳一頓。」

瓦西婭環顧左右，想找出午夜之路，卻怎麼也看不到。一定是她昏迷時搞丟的。此刻午夜已過，她和沙夏被困在這裡，直到隔天午夜。

瓦西婭暈頭轉向。她不可能在眾目睽睽下讓自己和哥哥消失。或許有可能——但就算她試著動腦，思緒依然支離破碎。

她剛回過神來，就看見前方隱約浮現一個龐然大物，一個毛氈搭成的圓形帳篷。簾子掀開，她被人從入口扛了進去。瓦西婭嚇得喉縮胃緊。哥哥到哪裡去了？

帳篷裡有人，瓦西婭分不清人數。中央兩人衣著考究，身影被一個小爐灶和一盞吊燈照亮。扛著她的人將她放下，瓦西婭掙扎著勉強跪坐起來。她感覺到一股貴氣：燈是純銀鍛造，空氣中飄著肥肉的香氣，還有她膝下鋪著地毯。前後左右嘰嘰喳喳都是她聽不懂的語言，讓她頭昏眼花。沙夏被人甩到她身旁。

那兩名衣著考究的男人一個是韃靼人，一個是羅斯人。羅斯人先開口說：「這是怎麼回事？」

「這個嘛——」瓦西婭幾乎就要認出背後那人的聲音。她想回頭，卻頭痛欲裂，只能僵住喘息。但就在這時，那人上前一步，讓瓦西婭看到他的臉。她認得他。他差點在莫斯科近郊的森林殺了她，差點靠著邪惡魔法師推翻了狄米崔．伊凡諾維奇。

「看來，」哲留字朝她微笑，用羅斯語說：「狄米崔．伊凡諾維奇想出了幹掉這兩個表弟妹的新把戲。」

❄

雖然沙夏只聽過名號，但個頭較高的那名男子肯定是馬麥，因為他們都喊他萬戶長，也就是將軍。另外那個羅斯人他不認識。

「表弟妹？」那萬戶長用母語問。馬麥正值中年，神情疲憊尊貴，頭髮灰白。雖然他對別兒迪別忠心耿耿，但別兒迪別只是無數可汗之一，而且只在位了短短兩年，因此可汗死後，他一直處心積慮想要重振聲勢，卻受制於自己不是大汗[33]之後而未能如願。沙夏知道（馬麥所有部屬可能都清楚）馬麥必須徹底擊敗狄米崔，否則就會被崛起的敵對汗國給連根剷除。

孤注一擲的人非常危險。

「這位是聖艾列克桑德．佩列斯維特——您肯定聽過他的大名，」哲留孛說道，眼睛卻看著瓦西婭。「另外一位——我頭一回在莫斯科見到他時，他們跟我說他是貴族，是艾列克桑德．佩列斯維特的弟弟，結果是騙人的，」哲留孛輕聲接著說：「他根本不是少年，而是小姑娘，女巫的後代。她喬裝成少年，騙過了全莫斯科。我非常好奇狄米崔為何派他們來，一位修士和一名女巫。密探嗎？妳能告訴我嗎，德芙席卡？」最後一個問題是對瓦西婭說的，語氣近乎溫柔，但沙夏聽得出其中的威脅。

瓦西婭默默注視哲留孛的眼眸，瞪大的眼裡充滿驚恐，滿臉通紅。「你弄痛我了。」她低聲道，語氣顫抖難堪，沙夏從來沒聽過妹妹這樣說話。

「這才剛開始，」哲留孛靜靜地說。這話更像陳述事實，而非威脅。「你們倆為什麼來這裡？」

「我們受人攻擊，」她喃喃回答，聲音依然顫抖。「同伴都死了，所以我們到火光處求救。」她眼睛又圓又黑，充滿困惑與恐懼，臉頰沾著乾涸的血。她垂下腦袋，接著再次抬頭望著哲留孛，只見兩行淚水劃過她帶血的臉蛋。

沙夏覺得妹妹演過頭了，想扮成無助的少女，但隨即發現哲留孛臉上神情從提防轉為輕蔑，不禁在心裡暗自禱告感謝。為了讓哲留孛將目光轉回他身上，他說：「別嚇壞我妹妹。我們撞上你們是意外，我們不是密探。」

「是啦，」哲留孛語氣和順，轉頭對沙夏說：「所以你妹妹穿得這麼不檢點獨自出門和你同行，這也是意外？」

「我要帶她去修道院，」沙夏撒謊道：「這是大公的願望。我們的車隊遇上了劫匪，剩我們兄妹倆孤立無援。劫匪扯壞了她的衣服，除了你看見的這些，什麼都沒留下。我們餓肚子遊蕩了幾天，看見營火就靠近了，以為能得到幫忙，而不是羞辱。」

「但有一點我想不明白，」哲留孛酸溜溜地說：「莫斯科大公最親近的資政為何會在這時候帶自己的妹妹到修道院呢？」

「我勸阻狄米崔．伊凡諾維奇不要打仗，」沙夏答道：「他一怒之下就把我從他身邊罷黜了。」

「是嗎，」馬麥迅速說：「既然如此，那你應該不介意告訴我們，你表哥有什麼打算和動向，之後你就能回修道院禱告了。」

「我對狄米崔的動向一無所知，」沙夏說：「我已經跟你們說了——」

哲留孛反手甩了他一巴掌，力道大得讓他跌到地上。瓦西婭尖叫一聲，朝哲留孛腳邊撲去，阻止他踹沙夏腹部。「求求你，」她喊道：「求求你別傷害他。」

哲留孛甩開她，但低頭皺眉看著她雙手交握跪在他面前。瓦西婭絕對稱不上美人，但她的大骨架和大眼睛莫名吸引了哲留孛的目光，在她身上流連不去。沙夏雙唇淌血，發現哲留孛的注意力再

33 大汗：成吉思汗，其後代建立的欽察汗國統治羅斯兩百年。

次轉向妹妹，露出之前沒有的眼神，令他心裡非常不安，而且該死的瓦西婭還故意這樣做，不讓哲留孛注意他。

「很抱歉，」哲留孛平靜地說：「但我不相信妳哥哥。」

「他只是實話實說。」瓦西婭喃喃道，聲音很微弱。

馬麥忽然轉頭問那名羅斯人：「你說呢，奧列格．伊凡諾維奇？他們是不是撒謊？」

那羅斯人一臉鬍鬚，表情莫測高深，但沙夏聽過這個名字。他是梁贊大公，和韃靼人是盟友。

奧列格抿嘴說：「他們是不是撒謊我不清楚，但修士說的感覺應該是真話，而非信口開河。狄米崔．伊凡諾維奇有什麼理由派表親來當密探，而且還讓這個姑娘扮成男人的模樣？」他看瓦西婭的眼神裡滿是不贊同。

「她是女巫，擁有古怪的力量，」哲留孛反駁道：「她讓我們的營火莫名變大，還在莫斯科用巫術蠱惑了我的馬。」

所有人轉頭看著瓦西婭。瓦西婭目光渙散，雙唇顫抖，頭上的傷口依然滲著血，並且開始腫脹。她輕聲哭泣。

「最好是，」奧列格刻意沉默幾秒才說：「她看上去慘透了。這姑娘叫什麼名字？」最後這句他是用羅斯語說的。

瓦西婭一臉茫然沒有回答。哲留孛再次揚手準備揍人，但奧列格先說話了。「你現在連被綁著的小姑娘都打？」

「我說了，」哲留孛氣沖沖道：「她是女巫！」

「我看不出證據在哪裡，」奧列格說：「而且天色已晚，或許我們明早再決定他們的命運也不遲。」

「我來看管他們，」哲留孛說。他眼神急切，之前在莫斯科受的羞辱記憶猶新。或許他是對這個扮成少年的綠眼姑娘感到好奇，或許那天在河上，卡斯揚當著全莫斯科人面前以最狠毒的方式揭穿她時，他就在現場。「狄米崔．伊凡諾維奇會付贖金的，」沙夏插嘴道：「只要她毫髮無傷。」

沒有人理他。

「很好，」馬麥對哲留孛說：「那就交給你了，有問出什麼再告訴我。奧列格．伊凡諾維奇——」

「要是他被刑求至死，都主教[34]會講話的，」奧列格說。沙夏吸了口氣鎮定自己。

「要留活口。」馬麥朝哲留孛補上一句。

「將軍，」奧列格對馬麥說，目光再次飄向瓦西婭。「今晚我想帶著這姑娘。說不定她和哥哥分開，會因為孤單害怕而更願意開口。」

哲留孛一臉被人壞了好事的模樣，正想開口反駁，馬麥已經先發制人，一副看好戲的表情說：「請求照准。但她瘦了點，不是嗎？」

奧列格鞠躬叩謝，接著一把將瓦西婭拉了起來。瓦西婭幾乎沒聽懂他們說了什麼，因為對話大多是韃靼語。她只是緊緊望著沙夏。「別怕。」沙夏說。

他安慰錯人了。瓦西婭擔心的不是自己，而是他。

34 都主教：東正教的高階神職人員。中世紀時，羅斯都主教是東正教會於俄羅斯的最高權威，由拜占庭正教會任命。

27 梁贊的奧列格

出了馬麥的帳篷，奧列格呼哨一聲，兩名武裝男子立刻出現跟了上來。他們面露好奇打量了瓦西婭一眼，隨即隱去臉上的神情。瓦西婭想到沙夏就心慌意亂。事情發生得太快，雖然午夜女士老愛嘲諷與威脅，但瓦西婭壓根也想不到曾外祖母的僕人竟然會將她出賣給韃靼人。天哪，到底為什麼？

妳失敗了，午夜之前跟她說。

奧列格拖著她往前走。瓦西婭努力思考。要是她想辦法掙脫了，能在隔天午夜回來救她哥哥嗎？營區這麼大，她臉上沾著血，魔法感覺就和天上漠然的星星一樣遙遠。

黑暗中浮現另一頂圓帳篷，比馬麥的帳篷小一點。奧列格將她推進簾布裡，自己跟著走進帳篷，要一臉遲疑的隨從離開。

帳篷裡沒有爐灶，只有一盞陶燈。瓦西婭瞥了一眼，感覺裡頭很樸素，只有一堆毛皮整齊疊放著。就在這時，奧列格說：「妳要去修道院是嗎？穿成這樣？被劫匪攻擊？結果蠢到撞上哲留字？我有那麼好騙嗎？告訴我實話，姑娘。」

瓦西婭逼自己動腦。「我哥哥說的是實話。」她說。

「妳膽子不小，這我承認，」奧列格聲音平靜一些。「德芙席卡，我可以幫妳，但我必須知道真相。」

瓦西婭讓自己眼眶泛淚，這並不難，因為她頭痛得厲害。「我們已經說了，」她再次喃喃道。

「很好，」奧列格說：「隨妳吧。我明天就把妳交回給哲留孛，讓他從你們嘴裡問出實話來。」說完他便坐下開始脫靴子。

瓦西婭看了他一會兒。「你是羅斯人，卻甘願為敵人打仗，」她說：「難道你以為我會相信你？」

奧列格抬頭看她。「我只是和汗國聯手，」他放下一隻靴子，修正她的說法。「因為我不像狄米崔．伊凡諾維奇那樣，彷彿急著讓自己王國被夷平，百姓被抓去當奴隸，但這不表示我不能幫妳，也不表示妳要是反抗我，我不會讓妳生不如死。」

奧列格將另一隻靴子放在前一隻靴子旁，摘下帽子扔到毛皮堆上，開始用挑貨的目光上下打量她。**遺忘吧**，瓦西婭心想，**忘了他看得見妳**。但她無法專心，腦袋裡的痛楚有如白熱的火棒。奧列格光腳大步走向她，一言不發一手抓住她被綁的雙手，另一手摸索她身上的武器。她沒帶武器。她在哲留孛的營火旁被人打昏之後，就有人拿走了她的匕首。「嗯，」他將她身體摸了一遍之後說：「看來妳確實是個姑娘。」

瓦西婭踩了他一腳，奧列格甩了她一巴掌。

瓦西婭醒來發現自己趴在地上，手腕上的繩子已經被他割斷。她抬起頭，發現奧列格正坐在毛皮堆上，用磨刀石磨著擺在腿上的劍。

「妳醒啦，」他說：「讓我們重新開始。告訴我實話，德芙席卡。」

瓦西婭掙扎著站了起來。「否則呢？你要刑求我嗎？」

奧列格臉上閃過一絲厭惡。「妳可能一心只想英勇犧牲，所以沒多想，但妳在我手上比在哲留孛那裡好。他在莫斯科出了醜，整個部隊都知道這件事，他一定會刑求妳。要是他突發奇想，說不定會逼妳在妳哥哥面前被他羞辱。」

「所以這就是我的選擇嗎？在他那裡被公開強暴，或在這裡被你玷污？」

奧列格哼了一聲。「算妳好運，我喜歡外表和行為都像女人的女人。把我想知道的事告訴我，我就保護妳不被哲留孛欺負。」

兩人四目相對。瓦西婭深呼吸一口氣，決定賭一把。「莫斯科大公要我傳話。」

奧列格臉色一凜。「是嗎？怎麼會挑妳傳話？」

瓦西婭聳聳肩。「我不是都來了嗎？」

奧列格將劍和磨刀石擱到一旁說：「的確，但妳有可能說謊。妳有帶信物嗎？有的話是不是被妳吃掉了？因為我很有把握它現在不在妳身上。」

瓦西婭不曉得自己做不做得到，但還是穩住聲音說：「我能看到徵兆。」

「很好，讓我看看。」

「我會給你看，」瓦西婭說：「只要你告訴我哲留孛之前為何會那樣說，說狄米崔．伊凡諾維奇想出了新點子來除掉表兄妹。」

奧列格聳聳肩說：「塞普柯夫王公也被關在這裡，難道狄米崔沒有好奇表妹夫消失到哪裡去了？」奧列格停頓片刻。「啊，妳說你們是來傳話的？還是來救人？感覺兩者都不可能。」

瓦西婭沒有回話。

「不論如何，狄米崔都失算了，」奧列格接著說：「現在馬麥手上有他三個表親，」他交抱雙臂。

「好了，妳說的徵兆呢？」

瓦西婭不顧自己頭痛欲裂，雙手捧著杯狀，讓掌心注滿火的記憶。

奧列格咒罵一聲，手忙腳亂從瓦西婭指間的火焰前退開。

瓦西婭依然跪在地上，隔著火焰抬頭望著他說：「奧列格．伊凡諾維奇，馬麥會輸掉這場戰爭。」

「羅斯的雜牌軍能打敗欽察汗國[35]？」但奧列格聲音又細又喘。他眼睛盯著火焰，試著伸手去摸，隨即燙得縮手。他看見她雖然手臂上的汗毛捲曲，卻沒有受傷。「還不壞的把戲，」他說：「狄米崔跟魔鬼結盟了？但那是贏不了部隊的。妳知道馬麥有多少馬匹，多少弓箭和士兵嗎？就算羅斯所有人都站在狄米崔那邊，還是得以一敵二。」

但他目光始終沒離開瓦西婭的手。

瓦西婭繃緊每一根神經，撐過痛苦和頭疼，讓臉保持平靜，堅持住火的記憶。奧列格和敵人站在一起，好保護自己的人民。他很實際，或許可以講道理。「火的把戲？」她說：「你以為這只是把戲？錯了，火和水和黑暗統統一起，這片土地的舊力量會和新力量並肩作戰，」她希望這會實現。「你的將軍**會輸**，我就是徵兆，也是證明。」

「狄米崔．伊凡諾維奇將自己的靈魂出賣給黑魔法了？」奧列格手劃十字說。

「保衛孕育我們的土地是黑魔法嗎？」瓦西婭突然雙手合攏，讓火熄滅。「你為什麼將我從哲留孛手裡帶走，奧列格．伊凡諾維奇？」

「因為我人太好，」奧列格說：「還有我不喜歡哲留孛。」他怯生生伸手去碰瓦西婭的手掌，

---

35 欽察汗國：十二世紀由拔都建立的蒙古汗國，十四世紀初葉改信伊斯蘭教，全盛時期統治大部分現今東歐，包括莫斯科。

發現她手掌很涼。

「狄米崔這邊擁有你看不見的力量，」瓦西婭說：「**我們**也有你看不見的力量。與其捍衛征服者，奧列格．伊凡諾維奇，不如為自己而戰。你願意幫助我嗎？」

瓦西婭敢說他真的遲疑了，但他臉上隨即浮現尖酸的微笑。「妳很有說服力，我差點就相信是狄米崔派妳來的。他比我想得還聰明。但我早就不相信童話了，德芙席卡。我會這樣做：我會告訴馬麥，妳只是個要進修道院的蠢姑娘，應該送來我家，而不是當成奴隸賣掉。戰爭結束後，妳可以跟我回梁贊玩妳的火把戲。別讓人看見妳會這招魔術，韃靼人很怕女巫。」

她的頭又開始痛了，視線邊緣隱隱發黑。她抓住他的手腕，把戲、賭博和欺騙的力量都離她而去。「求求你。」她說。

意識模糊之間，她聽見奧列格輕聲回答：「我答應妳，只要妳能單槍匹馬找到妳哥哥和塞普柯夫王公，並救他們出來，而且使用的方法能讓我的部屬及波亞重新考慮**他們**的支持對象，這樣或許才算真的徵兆，我才會相信妳。在那之前，我還是站在韃靼人這邊。」

❄

她不確定那晚自己是睡了，還是頭痛讓她又墮回了昏迷。她夢裡不斷出現臉龐，統統注視著她，等待著。莫羅茲科眼神困惑，熊目光急切，午夜兩眼怒火，她的外曾祖母迷失在午夜裡，瘋瘋癲癲。**妳通過了三次大火，卻還是搞不懂最後的謎團。**

接著她夢見哥哥被刑求，最後哲留孛笑著殺死了他。

瓦西婭驚喘醒來，眼前是破曉前的黑暗。她發現自己躺的地方又暖又軟。有人抹去了她臉上乾涸的血。瓦西婭躺著不動，頭痛只剩隱約的抽搐。她轉頭看見奧列格睜著眼躺在她身旁望著她。

「手裡起火要怎麼學？」他問道，彷彿接著昨晚未完的對話。

破曉的白皙微光滲入了他們四周。兩人蓋著同一疊毛皮。瓦西婭猛地坐直。

奧列格沒能跟著坐起來。「覺得名節受辱了？妳不是都扮成少年半夜出現在韃靼人的營地了？」

瓦西婭貓一般鑽出毛皮毯子。或許是她臉上的神情給了他確信，因為他逗樂似的溫和補上一句：「妳覺得我碰了妳是嗎，女巫？但我已經很久沒有睡在姑娘身邊取暖了，即使是瘦巴巴的女孩。謝謝妳了，還是妳寧可睡地板？」

「沒錯。」瓦西婭冷冷回答。

「很好，」奧列格起身平靜地說：「既然妳決心受苦，我就把妳綁在馬鐙上拖著走，免得馬麥以為我心軟了。妳今天有得好受了。」

❄

奧列格出了帳篷，他管這個圓帳子叫蒙古包[36]。瓦西婭拚命思考。要逃跑嗎？遺忘他們看得見她，然後在營區裡走動，直到找到哥哥為止？但她能忘記他們看得見沙夏嗎？萬一他受傷了呢？不行，她不得不承認最好等到午夜，那樣比較明智。她可沒有兩次機會。

奧列格差人端了一杯發臭的東西進來，裡頭裝滿發酵的馬奶，又酸又稠，凝結成塊，讓她聞了

---

36 蒙古包：蒙古軍隊行進時使用的圓頂帳篷，由毛皮或獸皮製成，通常白天拆除，夜晚搭建，但可汗或將軍使用的上等蒙古包通常不會拆除，而是放置於大臺車上，由公牛拖到下個駐紮點。

就反胃。不久奧列格回到帳內說：「這東西不好聞，我知道，但韃靼人靠它就能連續行軍好幾天，還有馬血。喝了吧，小女巫。」

瓦西婭把馬奶喝了，忍著沒吐出來。奧列格重新捆綁她的手，瓦西婭說：「奧列格．伊凡諾維奇，我哥哥還好嗎？」

奧列格將綁住她手腕的繩子拉緊，起先彷彿不想回答，但隨即說：「他還活著，只是可能寧願死。他還是堅持原來的說詞。我跟馬麥說妳只是個蠢姑娘，什麼都不知道。他信了，但哲留孛不信。妳要提防他。」

午夜，瓦西婭努力不讓身體顫抖，對自己說，**我們必須撐到午夜**。

旭日初昇，奧列格將她拖出蒙古包外，瓦西婭一眼就看呆了。白天看來，營區比小鎮還大，甚至大過小城，觸目所及全是帳篷與馬圈，半被矮樹叢遮蔽。營區裡的人過百成千上萬，瓦西婭感覺應該不止，而且馬比人多，四面排滿馬車。狄米崔要召集多少人馬才比得過如此大軍？他怎麼會認為自己能打敗他們？

奧列格的坐騎是頭母馬，棗紅毛皮，頭大身壯，眼神和善聰明。奧列格憐愛地拍了拍她的脖子。

嗨，瓦西婭身體微動，用馬語對母馬打招呼。

母馬狐疑地甩甩耳朵。**嗨**，她說，**妳不是馬**。

沒錯，瓦西婭說。奧列格將綁著她手腕的繩子繫在鞍上，接著跳上馬背。**但我聽得懂妳講的話。妳能幫我嗎？**

母馬一臉困惑，但沒有拒絕。**怎麼幫？**她問。奧列格小腿輕輕踢了她一下，母馬開始快步小跑。

瓦西婭被馬拖著踉蹌前進，一邊祈禱自己體力可以應付，一邊思考該如何向母馬說明。

❄

瓦西婭很快就察覺，奧列格將她緊緊繫在馬旁一方面是羞辱她，一方面是不讓她沾上部隊行進時的那些髒污。或許他比外表看來更相信她，相信她是狄米崔．伊凡諾維奇派來的，甚至他沒有外表看來那麼效忠於韃靼人。途中有人朝她扔馬糞，奧列格回頭假意好言幾句，就不再有人惹她了。

然而，路途艱辛，長日漫漫，塵土灌進她的眼，她的嘴。早上過了一半下了雨，沙塵變成了泥巴。瓦西婭起先覺得鬆了口氣，但不久便開始發抖，濕衣服不停摩擦肌膚。之後陽光再次露臉，她又開始汗流浹背。

棗紅母馬被她說動，盡量跑直線，讓瓦西婭走得輕鬆一點，不會雙腳離地。但奧列格不停催她小跑，數小時不斷，因此她只能扯著瓦西婭往前。瓦西婭氣喘吁吁，手腳像著火一般，頭上的傷陣陣抽痛。奧列格一次也沒有回頭。

他們直到日上三竿才停下腳步，但只略作停留。人和馬一休息，瓦西婭就癱靠在母馬舒服的肩上不停顫抖。她聽見奧列格下馬。「還有別的巫術嗎？」他親切地問。

瓦西婭抬起頭痛欲裂的腦袋，朝他憤憤眨眼。

「這頭馬是我從小帶大的，」他拍拍母馬的脖子說：「但她沒有咬妳，而妳現在靠在她身上，好像她是耕馬一樣。」

「或許她只是不喜歡男人。」瓦西婭抹去眉毛上的汗水說。

奧列格嗤之以鼻。「或許吧。拿去，」他遞給她一袋蜂蜜酒，瓦西婭仰頭灌了一口，用手背揩揩嘴角。「我們要騎到天黑，」他一腳伸進馬鐙說：「妳比外表還強壯，」他又說：「算妳好運。」

瓦西婭只能祈禱自己撐得到午夜。

奧列格正要上馬，母馬豎起一邊耳朵，接著就看見哲留孛策馬奔來。「這下驕傲不起來了吧，小姑娘。」哲留孛用羅斯語說。

瓦西婭說：「我想見我哥哥。」

「妳不能見他。他的遭遇比妳還慘，」哲留孛說：「他明明能讓自己好過點，卻不斷重複同樣的謊言，不論蒼蠅有多折磨他的背。」

瓦西婭一陣反胃，但硬是吞了回去。「他是屬神的人，」她怒斥道：「你們沒有權利傷害他！」

「他要是乖乖待在修道院裡，」哲留孛答道：「我就不會碰他。屬神的人就應該專心禱告，」他彎身靠近，奧列格的手下紛紛轉頭看他。「你們兩個最好有人把我想知道的事告訴我，否則我就殺了他。」他說：「今晚就動手。」

哲留孛一邊說話，一邊騎到奧列格身旁。瓦西婭沒有反應，但那頭棗紅母馬忽然兩條後腿同時往後一蹬，踹在哲留孛坐騎的側腹上。那馬尖叫一聲驚惶後退，將主人甩了出去，眼神慌亂往後退開，側腹毛皮上出現兩道滲血的蹄印。

奧列格的坐騎轉了個圈，仰起上身，將瓦西婭扯離地面，然後摔在地上。瓦西婭雖然痛得要命，心裡卻暗自歡喜。沒有人會察覺她是故意的。奧列格趕緊衝上前去，抓住馬籠頭。

他的所有手下哄然大笑。

「女巫！」哲留孛從地上爬起來怒吼道。沒想到他除了憤怒，還有點畏懼，讓瓦西婭頗感意外。「妳——」

「是我的馬脾氣不好，不能怪在這女孩身上，」奧列格在她背後平靜地說：「你讓馬太靠近了。」

「我要把她帶走，」哲留孛說：「她很危險。」

「妳是說馬，還是說人？」奧列格故作糊塗，所有人又哈哈大笑。瓦西婭的目光不離哲留孛。羅斯人聚集在她左右兩側，朝那韃靼人靠近。有人抓住哲留孛的馬。哲留孛瞪著她，眼神慍怒又入迷，但隨即忽然撇開頭說：「天黑時把這女孩帶過來給我，」說完便跳上坐騎，策馬貼著風塵僕僕的車隊揚長而去。

瓦西婭目送他離開，奧列格搖頭說：「我以為狄米崔．伊凡諾維奇腦袋很清楚，結果他對待自己表弟妹竟然像潑出去的水一樣，這有什麼意義？」他看見瓦西婭依然怕得臉色發白，便給了她一塊麵餅，笨拙安撫道：「拿去。」但瓦西婭想活命就不能吃。她將麵餅塞進袖子裡，留待後用。

❄

午後漫漫，梁贊士兵開始遇到怪事。他們的馬變慢了，不是跛腳，也不是生病，不論士兵怎麼踢踹，怎麼猛蹬馬刺，他們的馬依舊慢慢吞吞，隨後沒走幾步就停了下來，耳朵垂貼著。

奧列格和他部屬發現自己追不上速度飛快的韃靼人部隊。到了傍晚，他們已經看不見主車隊了，只有黃綠天空下的飛揚塵土透露車隊的位置。

瓦西婭感覺手腳無力，和整個車隊的馬偷偷溝通讓她腦袋抽痛。幸好奧列格的馬通情達理，其他的馬都對她敬畏有加，在拖延速度這件事上幫了瓦西婭很大的忙。瓦西婭需要拖延速度。就算不得不被交回給哲留孛，她也希望是午夜或接近午夜。

他們來到一處淺灘，停下來讓馬喝水。瓦西婭倒抽一口氣，跪在河邊開始大口喝水，沒想到隨即被奧列格抓住胳膊拉了起來，對著雙手還滴著水的她冷酷地說：「好了，是妳嗎？」

「我什麼？」瓦西婭問。

他又猛力搖晃她，害她牙齒咬到了舌頭，嘴裡嚐到血味。她忽然想起，就算這位大公刻意對她略施小惠，他也會為了保護自己的人民而出賣狄米崔．伊凡諾維奇，殺了她也不會良心不安。「我已經保護了妳，難道活該被騙？」奧列格問：「哲留孛說妳在莫斯科曾經對馬施魔法，我當時還很懷疑，結果——」他半諷刺地朝車隊消失的方向揮了揮手。「我們現在變成這樣。妳是不是對馬做了什麼？」

「我沒有離開過你的視線，」瓦西婭回答，完全不掩飾語氣裡的疲憊與挫折。「怎麼可能對馬做什麼？」

奧列格瞇眼打量了她一會兒，接著說：「說吧，妳心底在盤算什麼？」

「我當然在盤算，」瓦西婭疲倦地說：「我在想辦法救我哥哥，但還沒想到什麼聰明的辦法。」她抬眼看他。「你有辦法嗎，奧列格．伊凡諾維奇？只要能救他，我什麼都願意做。」

他半吸口氣，神色不安望著她的眼眸說：「什麼都願意？」

瓦西婭沒有回答，但直直望著他。

奧列格抿著嘴，目光從她的眼睛飄向雙唇，接著忽然放開她，轉過頭去。「我會想想辦法。」他侷促說道。

他是個正直的人，瓦西婭心想，而且不傻。或許會口出威脅，但不會對狄米崔的表親說謊。但他生氣表示他心動了，而他確實在生氣，她看得出他脖子上青筋暴露。但他沒有再次搖晃她，而且不再去想馬的事。這正中瓦西婭的下懷。

至於其他的——嘖，她可沒打算待到有人再次起疑。她要帶著哥哥一起離開。

奧列格再次跳上坐騎，策馬前進。部隊不再休息。

❄

直到月亮出來了，夜深了，奧列格和他的羅斯部隊才追上其他人。他們的馬個個神清氣爽，幫著瓦西婭玩遊戲玩得很樂，士兵們則是汗流浹背，心情煩悶，全身痠痛。

他們頂著月光來到營區，只聽見身旁罵聲四起，不過似乎沒有惡意。精疲力竭的他們喝斥著躁動的坐騎，而瓦西婭敢說剛才那一小時奧列格的目光不曾離開她。最後他們總算停下腳步，奧列格翻身下馬，冷冷審視她說：「我得把妳交給哲留字。」

一絲恐懼有如蠕蟲鑽進了瓦西婭胃裡，但她還是克制住自己，說：「哪裡？我哥哥在哪裡？」

「他在馬麥的蒙古包裡，」奧列格說。他肯定看見她眼裡不由自主散發的恐懼，才會匆忙沙啞補充：「我不會把妳留在那裡的，姑娘，讓妳對那張最無知的臉龐使手段。我得先把手下安頓好。」

於是他讓瓦西婭站在木樁旁，留下一名衛兵看著。瓦西婭仰望月亮，試著用身體推斷現在幾點。顯然是深夜，因為白天酷熱而汗濕的衣服這會兒讓她直打冷顫。她深呼吸一口氣。現在夠接近午夜嗎？必須是才行。

儘管睏乏不堪，但她這會兒腦袋清醒，不想嘔吐，頭也不疼了。她努力克制對哥哥的擔憂，專心思考。小事情。一點點魔法還在她能力範圍之內，而且不會瘋掉，於是她坐在殘留白日餘溫的泥土上，開始遺忘自己被繩子牢牢捆著。

瓦西婭感覺繩子鬆了。只鬆了一點。她逼著自己放鬆。繩子又鬆了一點，很不明顯，但擦傷的手腕能動也能轉了。

瓦西婭環顧四周，發現奧列格的棗紅母馬和善地看她一眼，隨即聽話地仰起上身放聲嘶鳴。所有羅斯士兵的馬立刻照做，開始恐懼激動，彎身騰躍，眼神慌亂拉扯木柵，拉扯身上的繩子。瓦西婭聽見周圍咒罵聲起，士兵紛紛朝馬圈奔去，連看守她的衛兵也一樣。沒有人看著她。瓦西婭雙手一扭，手腕就自由了。營區裡愈來愈混亂，彷彿馬的驚惶會傳染似的。

瓦西婭不曉得哪一頂才是馬麥的帳篷，於是鑽入人馬雜沓的混亂之中，伸手撫摸棗紅母馬的脖子。母馬依然乖乖套著馬鞍，鞍袋旁甚至掛著一把刀。「妳願意載我嗎？」她低聲問道。

棗紅母馬親切甩頭，瓦西婭立刻跳上馬背，剎時居高臨下看清了眼前的混亂。她催促母馬向前，一邊回頭看了一眼。

她可以對天發誓，梁贊王公奧列格親眼看她離開，什麼話也沒說。

28 波札

瓦西婭沿途對著營裡的馬低聲講述大火、狼群和其他恐怖的東西，所到之處無不陷入混亂。營火突然變大，火花四竄。幾十頭馬一起驚惶失控，有些脫韁暴走，將人踩在腳下，有些只是仰起上身，弓背騰躍，猛扯繩子。瓦西婭騎著棗紅母馬穿梭在瘋狂的馬群之間，不時慶幸她步伐穩健，頭腦清楚。危險在瓦西婭的喉間與胃裡嘶嘶作響。

黑暗與混亂，她心想，是比魔法更好的盟友。

到了馬麥的蒙古包附近，瓦西婭跳下馬背，對母馬說：「等我一下。」母馬聽話垂下腦袋。這裡的馬也都又蹦又跳，士兵的咒罵聲此起彼落。瓦西婭嘴裡喃喃禱告，鼓起勇氣鑽進馬麥的帳篷。帳篷裡只有她哥哥一人，雙手被高高綁在支撐帳篷的梁柱上。他上身赤裸，背上滿是鞭痕，臉頰也有瘀青。瓦西婭奔到他面前。

沙夏抬頭目光疲憊看著她，右手少了兩片指甲。「瓦西婭，」他說：「快出去。」

「我會出去，帶你一起，」瓦西婭說。她手裡拿著奧列格鞍上的刀，伸手一揮砍斷了他手上的束縛。「走吧。」

但沙夏恍惚搖頭。「他們知道了，」他說：「知道妳煽動了馬。哲留字——提到一頭棗紅駿馬，還有莫斯科的一頭母馬。外頭一騷動，他就知道是妳搞鬼。他們——他們都盤算好了。」汗水流到他鬍鬚裡，在他太陽穴上和剃度的頭皮上閃閃發亮。瓦西婭猛然回頭。

他們都站在帳篷門口。馬麥和哲留孛，身後擠著一大堆人。哲留孛用母語說了幾句，馬麥點點頭，兩人目光裡閃著某種貪婪。

瓦西婭眼睛盯著他們不放，伸手扶起哥哥。沙夏是被拉起來了，但顯然每個動作都很痛苦。「放開他，動作慢。」哲留孛用羅斯語對她說。她可以看見自己在他手上被慢慢折磨至死。

瓦西婭受夠了。腦袋那一拳已經不會讓她頭暈目眩。她讓蒙古包燃起火來。帳篷邊竄起十幾處火焰，嚇得兩人驚呼倒退。瓦西婭抓住哥哥，拖著他踉蹌走到帳篷另一邊，用刀劈開毛氈。

但她沒有走出帳篷，而是在濃煙中閉氣等待，同時吹了聲口哨。棗紅母馬立即出現，甚至聽從瓦西婭吩咐，不顧濃煙和聚攏的火焰跪了下來，好讓沙夏坐上她的背。

沙夏無法自己坐直，瓦西婭只好坐到他前面，拉著他的手摟住她的腰。「抓好了。」她說。母馬拔腿狂奔，後方同時傳來咆哮聲。瓦西婭衝出濃煙，冒險回頭瞄了一眼，只見哲留孛攫住一頭馬，還有五六個人跟隨其後，策馬朝她撲來。於是追逐成了一場比賽，看是午夜先來，還是她先被逮。

她起先覺得自己能贏。她的身體告訴她午夜已經不遠，而母馬速度穩健。但營裡太擠太亂，無法筆直奔馳，必須左躲右閃。沙夏死命抱著她，馬蹄每次踏地，他就發出游絲般的痛苦低喘。勇敢的小母馬載著他們倆，已經開始感到吃力。

瓦西婭吸了口氣，讓莫斯科大火那晚的記憶回到腦中，喚回那驚恐與力量。現實開始扭曲，韃靼大軍的所有營火瞬間竄起，變成張揚的火炷。

瓦西婭頭昏眼花，吃力把持住自己，再次冒險回頭瞄了一眼，環顧哥哥身旁。追趕的士兵幾乎都散了，坐騎驚慌失措，但還有幾人穩住了馬，而哲留孛也沒動搖。瓦西婭身下的母馬衝刺不再有力，午夜卻還沒到。

哲留孛吆喝坐騎，追到了棗紅母馬身旁，手裡拿著長劍。瓦西婭輕觸母馬，母馬耳朵後貼，避開哲留孛，但這番折騰讓他們速度更慢了。哲留孛再次逼著他們朝營裡跑，想攔堵他們。沙夏沉沉趴在她背後，哲留孛再次奔到他們身邊，他的坐騎速度更快。他再次舉劍。

劍刃尚未砍下，沙夏忽然往側邊一躍，擒抱住那韃靼人，將他摔到地上。

「沙夏！」瓦西婭尖叫道。少了一人的重量，母馬重新加速，但瓦西婭已經要她立刻轉頭。她哥哥和哲留孛在地上纏鬥，可是那韃靼人佔了上風，一拳讓沙夏腦袋後仰。火光下，瓦西婭看見鮮血飛濺。哲留孛站起身來，任沙夏倒在地上。他喊了馬，同時吆喝其他騎馬追來的士兵。

沙夏吃力跪了起來。他嘴巴淌血，用唇語說了兩個字：**快跑**。

瓦西婭猶豫不決。母馬感覺到了，放慢了速度。

就在這時，一道火焰橫過天際。

感覺就像流星，顏色又紅又藍又金。火焰愈落愈低，有如大浪襲來，接著瞬間變成了一頭高大的金馬，在草地上閃閃發光，飛奔到他們身旁。

韃靼陣中響起怒吼與驚呼。

「波札。」瓦西婭低聲道。金馬朝母馬甩了甩一隻耳朵，另一隻耳朵往後對著追來的士兵。**到我背上**。

瓦西婭二話不說，穩住身子在母馬背上站了起來。波札步伐放短，跟母馬比肩齊步，瓦西婭輕輕側身一跨，跳到了金馬鬐甲上，感覺膝蓋貼著毛皮熱得燙人。

追來的士兵有人帶了弓，一支箭咻地擦過她耳邊。他們在箭射得到的範圍內，不停被逼回她哥哥躺著的地方。這下該怎麼辦？儘管她奇蹟似的得到了波札的速度，但哥哥卻倒在地上。正當另一支箭擦過她的臉頰，瓦西婭終於瞥見了午夜。

她立刻心生一計。這計畫魯莽得令她屏息，但她心裡又怒又怕，且智識與能力又顯然少得可憐，實在想不出別的辦法。

「我們必須回到這一個午夜，必須回來救他，」瓦西婭嚴肅對金馬說：「但我們必須先去求援。」

妳不懂，午夜曾經這樣說。

金馬踏上午夜之路，一人一馬立刻被黑夜吞噬。

❄

他們一定能回到同一個午夜，回到韃靼人的營地，否則她絕不會離開。但那感覺真的很糟，彷彿拋下自己的哥哥任他慘死。瓦西婭策馬奔馳在荒野的黑暗之中，樹枝不停鞭打她的臉。她貼著金馬的脖子哭了一陣，因為害怕，因為擔心沙夏，同時痛恨自己犯的錯，憎惡自己能力有限。

金馬的動作和索拉維不同。索拉維軀幹圓厚，騎起來很輕鬆；波札更快、更瘦，鬐甲宛如堅硬的山脊，步伐又顛又衝，感覺就像乘著浪頭。

過了一會兒，瓦西婭抬起頭，打起精神。她做得到嗎？她連思考都有困難，腦中全是哥哥流著血被敵人包圍的景象。她試著讓自己思考其他事情。

任何事都好。

但她做不到。

於是她專心思考自己想去哪裡。這很簡單，而且很快就想到了。她身上流著的血知道方向，幾乎不需要思考。

奔馳沒幾分鐘，他們就衝出漆黑的林子來到熟悉的田間，收成的麥穀沙沙作響，星河流過天際，瓦西婭坐起身子，波札放慢速度，恣意舞動騰躍。

收成的田地遠方有座小山坡，山坡上一個小村子，雖然在星空下並不明顯，但瓦西婭認得那村子的裡裡外外。渴望讓她喉嚨緊縮。那是午夜，在她出生的村莊，而她哥哥艾洛許和妹妹伊莉娜就在不遠處，在他家中。

但她不是來找他們的。有一天她或許會回去——帶著馬雅來見她的家人，坐在溫暖的夏日草地上享受美味的麵包。但她這會兒來這裡不是為了尋求慰藉，而是另有任務。

「波札，」瓦西婭問：「妳為什麼回來？」

爹德格里布，那母馬說，**他一直向羅斯各地的蘑菇打聽消息。那傢伙自大得很，告訴所有人他是妳最堅強的盟友。他今天來找我，跟我說妳又遇到了危險，如果我不幫忙就是大混蛋。我來找妳只是為了讓他閉嘴，但是來了發現妳造了火，那些火很不錯，**她那語氣幾乎像是肯定。**再說妳不算重，載起來甚至不會不舒服。**

「謝謝妳，」瓦西婭說：「妳能再載我一程嗎？」

看情況，母馬說，**我們要做什麼有趣的事嗎？**

瓦西婭想起莫羅茲科，想到他待在他那遙遠寂靜雪白的冬季世界裡。她知道那裡可以得到張臂歡迎，但得不到援助。她或許可以再次將他從冬天裡拖出來，但那有何用？幻影如他對抗不了韃靼大軍，拯救不了她哥哥。

她只想得到一人或許能做到。

瓦西婭冷冷說：「可能比妳期待得更有趣。」她再次擔心自己是否太過魯莽，輕率得足以致命。

但她隨即想起午夜，想起她說「我們以為妳不一樣」是什麼意思。

瓦西婭覺得自己懂了。

她輕觸波札，波札轉身奔回林中。

29 冬春之間

冬天和春天交界處有塊空地。瓦西婭過去會說春初是一個瞬間，但現在她知道那也是一個地方，在冬天大地的邊緣。

空地中央立著一棵橡樹，樹幹直徑和農舍一樣寬，枝幹有如屋梁上的橫木，又像監牢的鐵條。梅德韋得縮腿抱胸靠著樹幹坐在樹下。時間仍是午夜，空地漆黑無光，月亮已經落到地平線下。四周只有波札身上的光，以及照在捆住熊手腕與喉嚨的金鏈的反光。雖然周圍森林裡一片死寂，但瓦西婭清楚感覺看不見的地方有一雙雙眼睛正在看著。

梅德韋得看見他們，但沒有反應，只有嘴角微微抽動，顯然不是微笑。「來幸災樂禍是嗎？」他問。

瓦西婭下了馬背，那魔鬼鼻翼賁張，打量她衣冠不整的外表、太陽穴的傷口和腳上的泥土。波札耳朵朝熊不安後退，可能想起他手下的烏皮爾在她腹部咬的那一口。

瓦西婭上前一步。

熊揚起沒有疤痕的眉毛。「還是來誘惑我？」他問：「我哥哥滿足不了妳？」

瓦西婭沒有回答。熊靠著樹無法後退，但睜大了那隻獨眼。他被金鏈拴著，全身肌肉緊繃。

「不是嗎？」他依然語帶嘲諷：「那是為了什麼？」

「你為那個修士哀傷嗎？」瓦西婭問。

熊歪著頭，竟然答說：「對。」

「為什麼？」

「因為他是我的，他很美麗，光說一個字就能創造，也能毀滅。他將自己的靈魂放進唱頌裡，放進他對聖像的書寫中。可是他走了，我當然哀傷。」

「你粉碎了他。」瓦西婭說。

「也許吧，但裂縫不是我造成的。」

對坎斯坦丁神父來說，這樣的蓋棺論定或許非常貼切，即使很遺憾地竟出於混亂之魔之口。熊頭靠樹幹，外表顯得一派輕鬆，獨眼卻盯著瓦西婭。「德芙席卡，妳來這裡不是為了哀悼坎斯坦丁．尼可諾維奇，到底是為了什麼？」

「我哥哥被韃靼將軍馬麥囚禁了，還有我姊夫。」瓦西婭說。

熊嗤之以鼻。「感謝妳告訴我，希望他們都慘叫而死。」

瓦西婭說：「我一個人沒辦法救他們。我試過，但失敗了。」

熊再次用獨眼上下看了看她狼狽的外表。「是嗎？」他笑了，笑得近乎古怪。「這跟我有什麼關係？」

瓦西婭雙手顫抖。「我想救他們，」她說：「然後還要防止羅斯被入侵，但我一個人做不到。我介入了你和你孿生哥哥的戰爭，協助莫羅茲科將你關住。但我現在想求你介入**我的**戰爭。梅德韋得，你願意幫我嗎？」

這話嚇到了他。熊瞪大灰眼，但語氣依舊淡然：「幫妳？」

「我想跟你談個交易。」

「妳憑什麼認為我會答應？」

「因為，」瓦西婭說：「我不認為你想待在這棵樹下直到永遠。」

「好吧，」熊彎身向前，將金鏈扯到最遠。他在瓦西婭耳邊說了一句，聲音輕得近乎呼吸。「什麼交易，德芙席卡？」

「我會解開這個金子做的東西，」瓦西婭一邊說著一邊伸手輕觸鎖鏈，從他脖子摸到手腕再到手掌。那金籠頭不想鬆開，它生來就是為了讓人屈服於另一人的意志之下。但瓦西婭伸出手指鑽進籠頭底下，讓它稍微離開熊的皮膚，它卻讓步了。

梅德韋得打了個冷顫。

瓦西婭不想見到他眼帶希望，她希望他是怪物。

但怪物是小孩玩意兒。熊自有其力量，而為了她哥哥，她需要他。

想到這裡，瓦西婭便用匕首劃開自己的拇指。熊被她血裡的法力吸引，不由自主伸出手來，但還沒碰到她，瓦西婭就將手收了回去。

「我要是放了你，你就要像午夜服事我曾外祖母一樣服事我。」她冷冷說道：「你要為我而戰，暗助我勝利。要隨傳隨到，並發誓老實給我意見，始終相信我，永不欺騙或背叛我，還要發誓再也不在羅斯散播瘟疫，不製造恐懼、大火和殭屍。能做到這些條件，而且唯有如此，我才會釋放你。」

熊哈哈大笑。「妳真放肆，」他說：「就因為我哥哥看上妳那張醜臉，甘願自貶身分是嗎？」

瓦西婭微笑說：「因為世界很大很美，而你受夠這塊空地了。我親眼看見你那天晚上在湖邊仰望星空的模樣。因為你可能注意到了，我也是混亂之魔，走到哪裡，哪裡就會一團亂，而你喜歡這種事。還有你和你哥哥的戰爭結束了，因為你們兩個都要加入**我的**戰爭，而且——你可能會喜歡服事我。至少這會是一場鬥智之戰。」

熊哼了一聲。「妳能鬥智，小女巫？」

「我有在進步。」瓦西婭說完用劃傷的那隻手碰了碰他的臉。

熊猛然後退，即使身體被她手指一碰立刻真實了些。他彎了彎金鏈綁著的雙手，輕輕喘息望著她。「哦，我終於知道我哥哥為什麼要妳了，」他低聲道：「海姑娘、巫婆之女。但妳有一天會被魔法弄瘋的，就像所有活過的女巫和魔法師一樣，然後妳就會成為我的人了。也許我只要……等著就好。」

「有一天，」瓦西婭垂下手柔聲說：「我會死，我會走進黑暗，走進你哥哥帶領死者的世界之間的森林。但我依然會是我自己，就算瘋了也不會成為你的人，死了也不會成為他的人。」

熊輕吁一聲，狀似淺笑，但一隻灰眼神色銳利。「也許吧，」他答道：「但換個方式被囚禁奴役？被神父的血困住，被金鎖鏈套著待在這裡，還是換個地方披著金繩索，做妳意志的奴隸？妳的提議遠遠不夠格讓我幫妳。」

波札忽然嘶鳴一聲。瓦西婭沒有回頭，卻被那聲音激勵了。她知道只要自己靠著那個金籠頭使人為奴，不論是誰，金馬就不可能忠心於她。

瓦西婭深吸一口氣。「不，你不會套著鎖鏈。我不是不死者卡斯契，我打算相信你的諾言。這樣你願意承諾嗎，梅德韋得？」

熊望著她。

瓦西婭接著說：「我覺得有可能，因為你自己的孿生哥哥信了你的承諾。對我起誓，我就放了你，還是你寧可坐在這裡，也不想打仗？」

熊臉上閃過一絲強烈的飢渴，隨即消逝。「打仗。」他喃喃道。

瓦西婭克制緊張，保持語氣冷靜。「馬麥和狄米崔的戰爭，」她說：「你應該知道，是你讓銀子不見的。」

熊聳聳肩。「我只是扔了麵包到水裡，德芙席卡，看誰會上鉤。」

「總之，戰火點燃了，狄米崔別無選擇，而你這個好戰之徒能幫助我們。你願意對我起誓，然後進到夜裡嗎？」她起身後退。「還是你寧願待著，或許聽命於小姑娘有損你的尊嚴？」

熊大笑不止，接著說：「人間千世以來，我從來不曾聽命於任何人。」他又久久看了她一眼。「而且這樣做會惹火我哥哥。」瓦西婭咬著下唇。「我答應妳，瓦西莉莎．彼得洛夫納。」熊將綁住的手腕舉到嘴邊，突然朝虎口用力一咬，散發硫磺味的清澈鮮血汨汨而出。他伸出手指粗厚的手。

「未死之人碰到你的血會怎麼樣？」瓦西婭問。

「卡拉臣不是跟妳說過嗎？」熊說：「我的血能給妳生命，野姑娘。我不是發誓不會傷害妳了嗎？」

瓦西婭遲疑片刻，接著握住了他的手。她的血緩緩流到他皮膚上，而她肌膚被他的血碰到，感覺一陣刺痛。她感覺體內湧起一股令人不舒服的力量，燒光了她的疲憊。

瓦西婭將手抽了回來，說：「你要是背誓，就會回到這棵樹下，被金籠頭捆住手腳和喉嚨。我會弄瞎你另一隻眼，讓你永遠活在黑暗中。」

「我頭一回在這棵樹下見到妳的時候，妳還是好可愛的小女孩，」熊說：「現在怎麼變成這樣？」他雖然語帶嘲諷，但當她開始拆卸金籠頭，卻可以感覺他全身緊繃。

「怎麼變成這樣？因為愛、背叛和時間。」瓦西婭說：「了解你的人呢，梅德韋得，他們都怎麼樣了?活下去了。」她雙手摸著油滑的金籠頭,試著解開鎖扣,心裡忽然好奇卡斯契當初怎麼做出它的。答案或許就在某處,那裡有著除了引火和看見謝爾特以外的魔法的奧祕。

或許有一天她會學到這些奧祕,在遙遠的國度,更原始的天空下。

就在這時,金籠頭忽然鬆脫了。熊僵立原地,扭動重獲自由的雙手,無法掩藏心裡的不可置信。瓦西婭站起身來。金籠頭一分為二,轡繩和絡頭。她將兩樣東西纏在自己手腕上,只見那可怕的王公贖金閃閃發亮。

熊在她身旁站了起來,抬頭挺胸,兩眼炯炯有神。「走吧,主人,」他半是嘲諷道:「我們要去哪裡?」

「去找我哥哥,」瓦西婭正色道:「趁還是午夜,他還活著的時候,但首先——」

她轉頭在黑暗裡張望。「波魯諾什妮絲塔。」她喊道。

她對自己的猜測很有把握,而果不其然,午夜惡魔立刻出現在空地上。佛龍的馬蹄聲從她背後傳來,踩得蕨叢沙沙作響。

「妳出賣了我。」瓦西婭說。

「可是妳終究搞懂了,」波魯諾什妮絲塔答道:「妳要做的不是除惡揚善,而是團結我們,我們是一家人。」她臉上的憤怒消失了。

瓦西婭大步上前。「妳可以直接告訴我的。他們刑求了我哥哥。」

「這種事用講的沒用,」波魯諾什妮絲塔說:「妳必須自己搞懂。」

她的曾外祖母也曾經這樣說。瓦西婭感覺得到熊在看。他輕笑一聲,看著瓦西婭悄悄解下手上的金繩索,忽然一個動作套在波魯諾什妮絲塔脖子上。午夜惡魔試著掙脫,卻做不到,被金籠頭的力量困住。她驚呼一聲，目瞪口呆僵住不動。

瓦西婭說：「我不喜歡被人出賣，波魯諾什妮絲塔。妳對我上火刑臺毫不同情，對我哥哥也不例外。或許我該把**妳**綁在樹下。」

佛龍仰身嘶鳴，但瓦西婭面不改色，任憑那黑色駿馬的大蹄從她面前掃過。「你要是殺了我，佛龍，我就帶她一起走。」

黑馬安靜下來，瓦西婭逼自己硬下心腸。午夜望著她，眼神裡真心恐懼。「梅德韋得現在有欠於我，必須向我效忠。妳也是，波魯諾什妮絲塔。妳不可以再次出賣我。」

午夜惡魔望著瓦西婭，眼神充滿惶恐與不由自主的驚嘆。「妳現在真的成為巴巴亞嘎的繼承人了，」她說：「等妳處理完人類的事，回湖邊去。午夜時，那女巫會在那裡等著。」

「我還沒有處理完，」瓦西婭冷冷說道：「我要去救我哥哥。妳也要對我起誓，午夜女士，並且助我一臂之力。」

「我對妳的外曾祖母起過誓了。」

「但妳也說了，我是她的繼承人。」

兩人四目相對，默默以意志對決，午夜先敗下陣來。「我發誓。」她說。

「發誓什麼？」

「服事妳，聽從妳的命令，再也不出賣妳。」

瓦西婭唰的一聲鬆開了午夜身上的金繩索。「我發誓盡力維繫妳，」她說：「用鮮血和記憶。我們再也承受不起互相敵對。」

熊在她們背後輕快地說：「我想這下好玩了。」

30 敵人的敵人

沙夏將哲留孛從馬鞍撲下來後，就不大記得之後的事了。他當時沒想清楚就行動了，只感覺有人拔劍，妹妹喉嚨暴露在外，而他痛恨那韃靼人，從來沒如此恨一個人過，恨他的冷酷無情、機巧與虛軟的問題。

因此，當那韃靼人騎到他們身旁，沙夏一見到空檔就毫不遲疑撲了過去。可是他有傷在身，而哲留孛身強體壯，一拳打在他下巴，讓他眼冒金星躺在地上。一旁的哲留孛大聲吆喝，要其他人追上去。沙夏跪坐起來，看見妹妹還在馬背上，正準備掉頭回來救他。

瓦西婭，他試著大喊，**快跑**。

說完他就眼前一黑。醒來時，他仍倒在地上，哲留孛站在他身旁。「她跑了，」沙夏聽見一個聲音說：「消失了。」他釋然吁了口氣，哲留孛轉過頭來踹了他胸膛一腳，肋骨應聲斷裂。沙夏彎起身子，連慘叫都發不出來。

「我想，」哲留孛說：「今晚這番折騰之後，將軍應該不再會反對我把你刑求至死。拉他起來。」

但士兵們不再低頭看著沙夏，而是慌忙後退，臉上充滿驚恐。

❄

穿越午夜的回程很短。瓦西婭體內的血渴求她哥哥，而波札則是樂得在森林裡橫衝直撞。佛龍和他們並肩奔馳，雖然這頭黑色駿馬比所有凡間的馬還快，卻還是得盡力才能追得上金馬的步伐。

瓦西婭心底默默哀傷。儘管她身下這頭母馬威猛有力，但火鳥不是另一個她，也永遠不會是。波札的優雅只是令她再次想起自己失去的摯愛。

熊默默跟在他們身旁。他已經放棄人形，成了巨大的影子獸，靠著瓦西婭鮮血的滋潤奔跑著。他邊跑邊嗅聞天空，齜牙咧嘴幾乎隱藏不住心裡的急切。

「想大開殺戒？」瓦西婭問。

「不是，」熊說：「我不在乎死人，只想讓活人受苦。」

「我們的任務是救我哥哥，」瓦西婭厲聲道：「不是折磨人。你這麼快就背誓了嗎，梅德韋得？」

兩條金索在她腕上發著詭譎的光芒。熊沉著臉看了金索一眼，語帶咆哮說：「我保證過了。」

「前面。」午夜說。瓦西婭瞇眼注視黑暗，只見前方火光破夜而出，迎風飄來人和馬的味道。

瓦西婭往後一坐，波札勉為其難放慢腳步。她鼻翼賁張，不喜歡人的氣味。「我是在營地北側和我哥哥分開的，離一條小溪不遠。」瓦西婭對波魯諾什妮絲塔說：「他還在那裡嗎？」

午夜聽了便縱身下馬，輕輕按著黑色駿馬的脖子竊竊私語。佛龍仰起上身，鬃毛有如羽毛般飛揚，隨即化身烏鴉直奔夜空。

瓦西婭望著黑馬變身高飛，開口說：「索拉維從來沒那樣過。」

「變成另一種形體嗎？他還太年輕，」午夜說：「還是小馬。小馬變身很困難，不過他應該已經學會控制自己的本性了，要不是——」

「他本來有時間的。」瓦西婭平平地說。熊半笑著瞄了她一眼，彷彿嚐得到那傷痛。

「我們必須跟著佛龍。」午夜說。

「那就坐到我後面吧，」瓦西婭說：「除非——波札，妳介意嗎？」

母馬一臉想拒絕的模樣，就為了讓她們知道她能拒絕。**好吧**，她甩甩尾巴忿忿回答。

瓦西婭彎腰伸出手來，那謝爾特似乎毫無重量。兩人坐在馬上向前奔去，熊跟在波札身旁。前方森林稀疏了，一隻烏鴉在黑暗裡嘎嘎地叫。

❄

韃靼人還在她離開時所在的地方，有些仍然坐在馬背上，其餘則凌亂圍成一圈。兩名士兵伸手往下，瓦西婭隱約瞥見她哥哥的身影，看見他被拉著站了起來，垂著頭手腳無力。

「你有辦法嚇走他們嗎？」瓦西婭對熊說。她聽見自己的聲音不由自主地顫抖。

「可能吧，主人，」梅德韋得說，像狗一樣朝她咧嘴微笑。「請妳繼續驚慌，那對我很有幫助。」

瓦西婭鐵著臉瞪他，熊的態度軟化下來。「那就做點有用的事吧。看到那棵樹沒有？讓它起火。」

瓦西婭腦中閃過一小撮記憶之火，那棵樹就瞬間起火燃燒。引火變得這麼容易，感覺很可怕。待在熊身邊加劇了她心裡的混亂。熊看著她的眼睛。「瘋掉對妳有好處，」他喃喃道：「施魔法會變得更簡單，可以隨心所欲——只要妳瘋掉的話。風暴、閃電和正午天黑都辦得到。」

「安靜！」瓦西婭說。樹上的火更大了，迸射出強烈的金光。現實搖晃，瓦西婭緊握雙拳，指甲掐進掌心裡，低聲念著自己的名字，好讓一切停止。她逼自己聲音冷靜。「你到底要不要嚇走他們？」

熊依然一臉帶笑，默默轉頭朝人群走去，開始匍匐前進。馬群紛紛後退，鼻翼賁張。士兵們瞪大眼睛向著黑夜，拔劍提防。

火光下，有個影子愈來愈大，匍匐前進、不斷變動的古怪影子，朝人和馬悄悄逼近。一頭隱形怪獸的影子。

熊輕聲細語，聲音彷彿來自影子本身。「打擾我的僕人？」他低聲說道：「伸手動我的人？你們會因此而死，哀號而亡。」

他的聲音飄入人類耳中，進到他們心裡。他的影子愈來愈近，在燒焦的地上化成扭曲舞動的形狀。士兵們瑟瑟發抖，不屬於人間的輕聲咆哮充斥夜空。影子似乎在奔跑，而同一時間，瓦西婭記憶一閃，樹上的火焰瞬間變大。

士兵們心膽俱裂。他們或騎或跑，落荒而逃，最後只剩下一人，站在瓦西婭哥哥趴著的身軀旁，朝逃命的士兵們怒吼。沙夏倒在地上，抓著他的士兵早已撒手跑了。

那人是哲留孛。瓦西婭輕輕蹬了蹬波札，走進火光中。

哲留孛臉色發白，手中的劍微微下垂。「我警告過他們，」他說：「奧列格和馬麥，那兩個蠢蛋。我警告過了。」

瓦西婭朝他燦然微笑，笑裡沒有任何溫度。「你不應該告訴他們我是女孩，這樣他們或許會相信我是危險人物。」

波札眼如餘火，鬃毛冒著煙與火花。瓦西婭輕輕一碰馬腹，那母馬立刻仰起上身雙腳齊出，這下連哲留孛都心膽俱裂了。他拔腿就跑，跳上馬背疾馳而去，半瘋狂的波札立刻迎頭猛追，但沒跑幾步就被瓦西婭遏止了。瓦西婭熱血沸騰，必須壓抑住自己和母馬的衝動，不去追殺哲留孛。感覺熊的存在煽動了她們倆，讓她們變得魯莽暴躁。

好吧，他想煽動就隨他，但她可以自己選擇。「去救我哥哥。」她克制住自己，對波札說。波札聽進去了，勉強掉頭往回走。

熊感覺有些失望。瓦西婭不理會他，下馬奔到哥哥身旁。沙夏縮著身子，雙手抱胸，嘴巴和背上都是血，映著火光暗得發黑。但他還活著。「沙夏，」瓦西婭抱著哥哥的頭說：「布拉弟席卡。」

沙夏緩緩抬頭。「我不是叫妳快逃嗎？」他啞聲道。

「我回來了。」

「唉，沒想到這麼簡單，」熊在她背後說：「接下來呢？」

沙夏試著坐起來，痛得微微出聲。「不要，」瓦西婭說：「沒關係，別怕。他是來幫我的。」她輕輕摸了摸沙夏，發現他手上和背上的血都冷了，黏黏稠稠，呼吸因疼痛而急促，但沒有新傷。

「沙夏，」她說：「我得到營地找弗拉基米爾．安德烈維奇，你可以站起來嗎？你不能待在這裡。」

「我想可以。」沙夏說著便努力想站起來。他用受傷的手支起身子，發出近乎哀號的呻吟，但還是站了起來，身體重重靠著她。瓦西婭扶著哥哥走得搖搖晃晃，沙夏幾乎神智不清。

或許這樣也好，畢竟他對她的盟友沒什麼好感。

「妳能幫我把他抱到佛龍背上嗎？」瓦西婭問波魯諾什妮絲塔：「帶他到不被韃靼人發現的地方。」

「妳要我當修士的看護？」午夜女士不可置信地問，表情隨即轉為好奇。瓦西婭忽然想到，謝爾特可能樂於嘗試不尋常的事，就為了擺脫永生不死的枯燥。

「發誓妳不會傷害他、讓他受傷或嚇到他，」瓦西婭回答：「之後在這裡會合。我們要去救我姊夫。」

沙夏啞著嗓子說：「我是小嬰兒嗎，瓦西婭，需要她發那麼多誓？她是誰？」

「走在午夜裡，連修士的眼力都會被喚醒，」熊插嘴道：「真有趣。」

瓦西婭只好對沙夏說：「她是午夜女士。」

「就是痛恨妳的那位？」

「我們達成協議了。」

午夜打量了沙夏一眼。「我發誓，瓦西莉莎．彼得洛夫納。走吧，修士，上馬吧。」

瓦西婭不確定將哥哥託給午夜明不明智，但她沒什麼選擇。

「走吧，」她對熊說：「我們必須去救塞普柯夫王公，然後說服梁贊的奧列格他站錯邊了。」

熊一邊跟著她，一邊沉吟道：「雖然要用妳的方法去說服，但是說不定我真的會覺得很好玩。」

❄

瓦西婭引起的火雖然只剩餘燼，卻散布在四面八方，照得韃靼營地有如煉獄。疲憊的士兵一邊追著口吐白沫的馬，一邊交頭接耳，不安的氣氛強烈得彷彿伸手就能摸到。熊打量眼前餘波盪漾的混亂，「了不起，」他開口說：「我總有一天要把妳變成混亂之王。」

瓦西婭感覺自己已經一半是了，但她沒有對他說。

熊說：「妳打算怎麼做？」

瓦西婭把計畫告訴他。

熊笑了。「要是能有幾個蹣跚走動的屍體就更好了，沒什麼比會走動的屍體更能讓人乖乖聽話了。」

「我們不能再打擾死去的靈魂！」瓦西婭喝斥道。

「說不定最後妳會很想用這招。」

「今晚不會，」瓦西婭說：「你能引火嗎？」

「我可以，而且會滅火。恐懼和火是我的工具，親愛的姑娘。」

「你聞得到我姊夫嗎？」

「羅斯人的血？」他問：「妳以為我是童話裡的女巫嗎？」

「到底行不行？」

熊抬頭嗅了嗅夜空。「行，」他說，語氣有點凶。「行吧，我想應該聞得到。」

瓦西婭轉頭簡短交代波札幾句，接著便跟熊走進韃靼人的營地。她一邊走著，一邊深呼吸一口氣，遺忘自己只是影子，旁邊是另一個影子。長了利牙的影子。

他們隱身鑽入營地的混亂之中。熊如魚得水，身體似乎變大了，精準地在嘈雜和小群小群依然驚惶的軍馬之間遊走，所到之處馬群紛紛閃避，火焰大起。士兵們滿臉冷汗轉頭看著黑暗。熊朝他們咧嘴微笑，將火花吹進他們衣服裡。

「夠了，」瓦西婭說：「去找我姊夫，否則除了承諾，我還會用其他東西鎮住你。」

「這裡又不是只有一個羅斯人，」熊忿忿說道：「我沒辦法——」他瞥見她的眼神，於是近乎溫馴地把話說完，只是眼裡閃過一絲笑意。「但妳要找的那個羅斯人聞起來在很北邊。」

瓦西婭跟著他，腳下加快速度，最後他在營地中央附近停了下來。瓦西婭直覺想貼平身子，躲在蒙古包的影子裡，但那表示她覺得士兵們看得見她。

他們看不見。她抓著這個想法，待在原地不動。

她看見一個被捆綁的男子側影，跪在有人照管的營火旁，周圍全是士兵在安撫不聽話的坐騎。營火旁有三人在爭執。由於火光在他們背後，瓦西婭花了點時間才認出他們是馬麥、哲留孛和奧列格。她真希望自己聽得懂他們在講什麼。

「他們在討論要不要殺了他，」她身旁的野獸說：「看來妳跑了讓他們很忌憚。」

「你聽得懂韃靼語？」

「我懂人話。」熊說。忽然間，一道刺眼的強光照亮了營區，再次讓馬驚惶。瓦西婭沒有抬頭，她知道那道光是什麼。只見波札渾身冒煙扶搖直上，著火的翅膀在天空中劃出兩道深紅、亮藍、金澄和皎白的光芒。

我沒辦法讓野地著火，像在城市那樣，波札之前這樣回答瓦西婭，**當時——當時我很憤怒，氣瘋了。我沒辦法再來一次。**

「妳不用讓野地著火，」瓦西婭說：「只要讓他們睜不開眼睛就好。這會給我的同胞一個信號。」她安撫似的拍拍母馬，波札咬了她肩膀一口。

營地裡所有人都仰頭觀望，再次掀起一陣竊竊私語。瓦西婭聽見拉弓聲，看見幾支劍劃出弧線射向夜空，但都碰不到波札。羅斯人中間傳出驚呼，很快安靜下來：「札爾普提薩！」

「你能讓他們看得見你嗎？」瓦西婭問熊，眼睛依然盯著萬戶長。

「有妳的血就可以。」熊說。

瓦西婭將劃傷的那隻手遞到他面前，熊貪婪抓著不放。過了一會兒，瓦西婭將手抽回。

「那你就伺機行動吧。」她說。

瓦西婭緊緊抓著他們看不見她的想法，悄悄潛進火光下。那三人還在爭執，聲音愈來愈大，火鳥則是一飛沖天，金黃閃亮，不可思議。

瓦西婭摸到他們後面，解開手上的金繩索，一下套到馬麥脖子上。

馬麥喉嚨梗節，勉強吸了口氣，隨即僵住不動，被卡斯契的魔法和她的意志鎮住。

其他人也都僵住不動。這下他們全看見她了。「晚安。」瓦西婭說。喘著氣很難把話說清楚。二十幾名弓箭高手的眼睛全盯著她，許多已經箭在弦上。

「你們還沒殺死我，他就會被我殺了，」瓦西婭對他們說：「就算你們讓我萬箭穿心也一樣。」她一手抓著金繩索，另一手拿著匕首抵住馬麥的喉嚨。她似乎聽見奧列格的聲音，好像在翻譯，但她沒有轉頭去看。

哲留孛已經拔劍在手，氣沖沖朝她上前一步，隨即因為馬麥痛得說不出話來的呻吟而停住。

「我來這裡接塞普柯夫王公。」瓦西婭說。

馬麥又發出不成話語的氣結聲，接著發出類似命令的聲音。「閉嘴！」瓦西婭吼道，匕首更摁向馬麥脖子一點。馬麥僵住不動。

奧列格像擱淺的魚張嘴望著她。火鳥在他們上方再次鳴叫，轉過身來，身體映著雲層閃閃發光。韃靼人的馬群猛烈前衝，瓦西婭眼角瞥見士兵們彷彿身不由己，仰頭望著天空。

哲留孛最先回過神來。「我們不會放妳活著離開這裡，姑娘。」

「我要是沒能活著，」瓦西婭說：「還有弗拉基米爾．安德烈維奇沒活著，你的頭目也就別想活了。你敢冒這個險嗎？」

「放箭！」哲留孛吼道，瓦西婭立刻朝將軍喉嚨劃了一刀，深得讓他淒聲哀號。銅味四逸的血爬滿她的雙手。弓箭手遲疑了。

梅德韋得趁機從夜色裡走了出來。他化成一頭影子巨熊，獨眼裡閃著看好戲的神采，有如煉獄的火光。

弓弦聲響，一支箭射偏了，營地陷入驚惶的死寂。

瓦西婭打破沉默。「放了塞普柯夫王公，否則我就讓整個營地起火，每一頭馬跛腳，而他會把剩下的人和馬統統吃掉。」她朝熊努了努下巴，那野獸乖乖露出了利牙。

馬麥啞著嗓子說了什麼，他的手下立刻行動，沒多久河邊那名男子，也就是她姊夫，便小心翼翼朝她走來。

他看上去沒有受傷。當他認出眼前這人就是他在水邊遇到的男孩，不禁瞪大了眼睛。瓦西婭喊道：「弗拉基米爾・安德烈維奇。」他一臉彷彿被救比被關著還糟的表情。瓦西婭試著讓他放心。「狄米崔・伊凡諾維奇派我到這裡來，」她說：「你還好嗎？能不能騎馬？」

他小心翼翼微微點了點頭，在胸前劃了十字。沒有人移動。

「跟我走吧。」瓦西婭對姊夫說。弗拉基米爾聽話照做，臉上依然帶著遲疑。瓦西婭開始後退，手裡依然用金繩索捆著馬麥。

奧列格從頭到尾都沒開口，但一直專注望著她。瓦西婭深呼吸一口氣。

「就是現在。」她對熊說。

營地裡所有的火瞬間熄滅，包括燈光與火把，只剩盤踞空中的火鳥還在發光。緊接著波札俯衝而下，所有的馬再次猛扯木樁，淒厲嘶鳴。

在黑暗和馬嘶聲中，瓦西婭在萬戶長耳邊悄聲說：「再這樣下去，你必死無疑。羅斯不會臣服於任何人。」說完她便一把將他扔給他的手下們，抓住姊夫的手拖著他鑽進黑暗中。雖然三聲箭響，但她已經跟熊和弗拉基米爾．安德烈維奇消失在夜裡。

熊邊跑邊笑。「他們竟然怕得要命，被一個瘦巴巴的小女巫嚇壞了，真棒。喔，末日來臨之前，我們一定要教會這片土地什麼叫恐懼。」他轉頭用獨眼望著瓦西婭，吹毛求疵接著說：「妳剛才割那頭目的喉嚨應該狠一點。他會活下來，不會有事。」

「他們放了我姊夫，道義上我不能——」

熊不高興地咆哮道：「你們聽這姑娘說什麼！莫斯科大公給她一項任務，她竟然當場決定自己是波亞，滿腦子戰爭禮儀。妳哪時才學得會教訓啊？我真的很想知道。」

瓦西婭沒有回話，而是往旁邊走到營地邊緣的馬圈前，砍斷一根木樁說：「快過來，弗拉基米爾．安德烈維奇，上馬吧。」

弗拉基米爾沒有動，兩眼盯著熊。「這是什麼黑魔法？」

熊開心地說：「最恐怖的那一種。」

弗拉基米爾抖著手在胸前劃十。有人用韃靼語高喊，瓦西婭回過頭發現梅德韋得唯恐天下不亂，在黑暗天色下現了身，嚇得弗拉基米爾．安德烈維奇差點就要逃回敵營。

瓦西婭氣得解開金繩索說：「我們到底是不是盟友，梅德韋得？我快受夠你了。」

「欸，我不喜歡那玩意兒。」熊說，但隨即閉上嘴巴，身體似乎縮小了。士兵們開始靠近。

「快上馬。」瓦西婭對弗拉基米爾說。

雖然沒有馬鞍或籠頭，塞普柯夫王公還是躍上騸馬的馬背，瓦西婭則是跳到一頭雜色母馬的背上。

「你是誰？」弗拉基米爾低聲問道，語氣因為害怕而冷淡。

「我是歐爾嘉的妹妹，」瓦西婭說：「走吧！」她拍了弗拉基米爾坐騎的臀部一下，兩人便騎馬在草地上奔馳起來，一邊閃躲零星的樹木，一邊尋找黑暗，終於將韃靼人拋到身後。

他們揚長而去時，熊笑著說：「別跟我說妳不喜歡。」

瓦西婭體內也揚起笑聲，飄著激起敵人心中恐懼的那種令人暈眩的快感。她將那感覺壓了下去，但來不及避開混亂之王的目光。她在熊的眼裡見到自己放肆的喜悅。

❄

沙夏和午夜還待在瓦西婭跟他們分別的地方，一起坐在佛龍背上。波札也來會合了，以馬的形態。她每踏一步都火花四射，眼睛如熔岩一般。

瓦西婭看到他們，心底如釋重負。

「艾列克桑德修士，」弗拉基米爾說，依然有些結巴。「難道是——」

「弗拉基米爾．安德烈維奇，」沙夏說，接著又說：「瓦西婭。」瓦西婭才剛下馬，沙夏就從佛龍背上下來，兩人抱在一起。

「沙夏，」瓦西婭說：「你怎麼會——」他的背包紮好了，手也是，雖然行動僵硬，但已不見疼痛的蹤影。

他回頭瞄了波魯諾什妮絲塔一眼。「我們進了黑暗，」他皺著眉說，彷彿很難記起。「我幾乎沒有意識，只聽見水流過岩石的聲音。然後有一間飄著蜂蜜和蒜味的屋子，裡頭一位老婦人替我包紮背傷。她說——她喜歡女兒，但我也可以，問我願意留下嗎？我不曉得自己回答了什麼。我睡著了，不知睡了多久，但只要醒來都還是午夜。後來波魯諾什妮絲塔來了，說我睡夠了，就帶我回到這裡。我差點——我感覺那位老婦人似乎追在後面喊我們，語氣很悲傷，但可能是我做夢。」

瓦西婭朝波魯諾什妮絲塔挑了挑眉毛。「妳帶他到湖邊去了？他在那裡待了多久？」

「夠久了。」午夜說，臉上毫無歉意。

「妳難道沒想到他會瘋掉嗎？」瓦西婭語氣尖銳地說。

「沒有，」波魯諾什妮絲塔說：「因為他幾乎都在睡覺，而且他跟妳很像，」她主人似的看了沙夏一眼。「再說他根本坐不起來，渾身血味，讓我很不舒服，交給老女巫處理他比較簡單。妳知道，她雖然很氣塔瑪拉，卻也遺憾她離開。」

瓦西婭對午夜惡魔說：「那妳真是好心，我的朋友。」波魯諾什妮絲塔聽了臉上半疑半喜。

「你見到了我們的外曾祖母，」瓦西婭對哥哥說：「她是個住在午夜的瘋女人，殘酷又寂寞，有時很和善。」

「妳說那位老婦人？」沙夏答道：「我——不會，不可能。我們的外曾祖母早就過世了。」

「她是過世了，」瓦西婭說：「但那在午夜並不要緊。」

沙夏露出沉思的表情。「我會再回去，等事情結束之後。不論殘不殘酷，她似乎曉得許多事情。」

「我們或許可以一起去。」瓦西婭說。

「或許。」沙夏說，兩人相視而笑，有如計劃冒險的小孩，而不是大戰前夕的女巫和修士。

弗拉基米爾．安德烈維奇陰沉看了他們一眼。「艾列克桑德修士，」他在胸前劃十，僵硬插嘴道：「這場碰面真奇怪。」

「願神與你同在。」沙夏說。

「還提神，這**到底**是——」塞普柯夫王公才剛開口，就被瓦西婭匆匆打斷。

「沙夏會跟你解釋，」她說：「在我執行最後一個任務的時候。幸運的話，我們往北就會有同伴了。」

「妳最好快點，」熊說。他一臉嚴肅打量營地，只見韃靼人已經開始重新點起營火，氣憤的叫嚷聲讓波札甩了甩耳朵。「他們這會兒就像蜂窩被捅的馬蜂一樣。」

「你跟我一起去，」瓦西婭對熊說：「我不放心你在我視線之外。」

「有道理。」熊一邊說道，一邊抬頭望著天空，開心嘆了口氣。

❄

後來，梁贊的奧列格總算回到自己的帳內，看上去就像一夜活了幾百年似的。他推開門帘，走進帳裡默默佇立片刻。瓦西婭輕吹一口氣，他的陶燈立刻亮了起來。

奧列格臉上沒有絲毫詫異。「妳要是被將軍發現，肯定慢慢折磨妳至死。」

瓦西婭走進燈光裡。「他不會發現我的，我回來是為了見你。」

「是嗎？」

「你見到火鳥在天空飛，」她說：「見到夜裡起火，馬瘋狂亂走。你見到熊在暗影裡出現，也見到我們的力量。你的手下已經在竊竊私語，討論莫斯科大公的詭異力量，甚至連韃靼人都開始傳了。」

「詭異力量？或許狄米崔．伊凡諾維奇不在意他的不朽靈魂，可是妳難道要**我**跟魔鬼結盟，讓自己的靈魂下地獄嗎？」

「你是個實際的人，」瓦西婭上前一步柔聲說，奧列格緊扭雙手。「你不是出於忠誠選擇了韃靼人，而是出於求生。你現在發現相反可能才是對的，發現我們可能會贏。你在可汗底下永遠只會是附庸，奧列格．伊凡諾維奇，但要是我們贏了，你就能自己成為一方之霸。」

瓦西婭好不容易才穩住聲音。在午夜停留太久已經讓她開始發抖，熊的存在更是雪上加霜。那謝爾特就像黑暗中的一團濃黑，在暗影處聽著。

「女巫，妳已經找回自己的哥哥與姊夫，」奧列格說：「難道還不滿足？」

「對，」瓦西婭說：「召集你的波亞，和我們一起走吧。」

奧列格目光掃射帳內，彷彿他能——不是看見，而是感覺到——熊的存在。陶燈火光搖晃，燈周圍的黑暗更黑了。

瓦西婭瞪了梅德韋得一眼，那黑暗後退了一點。

「跟我們一起去贏得勝利吧。」瓦西婭說。

奧列格縮著身子更靠近燈光一些，不大曉得自己在怕什麼。

「明天，」瓦西婭說：「再次讓你的人馬落隊，我們會等著。」

奧列格沉默良久，之後堅決地說：「我的人會跟著馬麥。」

瓦西婭在他話裡聽見自己的失敗，熊開心發出一聲了然的嘆息。

接著奧列格把話說完，瓦西婭恍然大悟。「如果要背叛萬戶長，最好等時機對了。」

兩人四目交會。

「我喜歡聰明的叛徒。」熊說。

奧列格說：「我的波亞們想為羅斯而戰，而我覺得自己有義務控制他們的愚蠢，不過——」

瓦西婭點點頭。她竟然用把戲和謝爾特，還有她自己的頑強信念，說服他賭上自己的地位與生命？「狄米崔．伊凡諾維奇兩週後會到科洛姆納，」她說：「你那時會過去見他，向他送上你的計畫嗎？」

奧列格說：「我會差人過去，但沒辦法親自前往，否則馬麥會起疑。」

瓦西婭說：「你可以親自去。我會帶你過去，一個晚上來回。」

奧列格瞪著她，接著臉上浮現冷笑。「坐妳的研缽嗎？非常好，女巫。但妳要曉得，就算結合我和狄米崔的力量，也像兩隻甲蟲想要撞碎巨石。」

「你的信心到哪裡去了？」瓦西婭說，接著忽然哈哈一笑。「兩週後，記得在午夜裡找我。」

31 全羅斯

羅斯大軍集結在科洛納姆，前後花了整整四天。天氣陰霾凜冽，冰冷的雨水喃喃落在泥濘的地上，王公陸續出現：羅斯托夫、斯塔羅杜布、波洛茨克、穆羅姆、特維爾、莫斯科和其餘各公國。狄米崔．伊凡諾維奇將帳篷設在部隊中央。大軍到齊當晚，他便召集了所有王公共商對策。所有王公一臉嚴肅，動員人馬和匆促行軍讓他們精疲力竭。直到月沉，最後一位王公才擠進狄米崔的毛氈蒙古包，和其他王公交換戒慎的眼神。午夜將近，蒙古包外四面八方全是馬圈、馬車與營火。

這天大公一直在聽取情報。「韃靼人集結在這裡，」他指著地圖上一處溼地說。溼地位於頓河河彎邊，是某個小附庸國的進出口，名字就叫狙擊地，因為那裡草長鳥多。「他們在等援軍，立陶宛的部隊和卡法[37]的傭兵。我們必須在援軍趕到之前發動攻擊。順利的話，行軍三天，第四天破曉出擊。」

「他們現在人數超過我們多少？」特維爾王公米凱爾問。

大公沒有回答。「我們兵分兩路，」他接著說：「這裡。」他再次指指地圖。「長矛和盾牌保護馬匹，森林掩護我們的側翼。韃靼人不喜歡在林子裡進攻，那會阻擋他們的箭。」

「超過多少，狄米崔．伊凡諾維奇？」米凱爾又問了一次。自古以來，特維爾的地位不是在莫斯科之上，就是互相敵對，結盟並不容易。

狄米崔不得不答。「兩倍，」他說：「甚至更多，不過——」

王公們交頭接耳。特維爾的米凱爾再度開口：「你有梁贊的奧列格的消息嗎？」

「他站在馬麥那邊。」

交頭接耳聲更多了。

「無所謂，」狄米崔接著說：「我們人馬夠了，而且有聖謝爾蓋的祝福。」

「夠了？」特維爾的米凱爾吼道：「祝福或許夠我們在戰場上被宰的時候拯救我們的靈魂，但可不夠贏得戰爭！」

狄米崔站起來，聲音暫時被竊竊私語聲蓋過。「你這是在懷疑神的大能嗎，米凱爾．安德烈維奇？」

「我們怎麼知道神站在我們這邊？就我們所知，神要我們謙卑，效法基督，向韃靼人臣服！」

「也許吧，」帳篷外傳來一個鎮定的聲音。「但如果那是神的旨意，祂怎麼會讓塞普柯夫和梁贊的王公來到這邊？」

所有人轉頭望向聲音的來處，其中幾人手按劍柄。大公兩眼一亮。

弗拉基米爾．安德烈維奇走入帳內，身後跟著梁贊的奧列格，而艾列克桑德修士則在兩人身後接口道：「神與我們同在，羅斯的王公們，但我們沒時間耽擱了。」

❄

直到深夜作戰計畫擬好後，莫斯科大公才由轉述得知來龍去脈。他和沙夏悄悄策馬離開營地，

---

37 卡法：克里米亞城市，現名費奧多西亞。在冬夜三部曲中，卡法由熱那亞人掌控。

遠離燈火、煙霧與人聲，直到一處火光微微的隱匿窪地。

騎著騎著，沙夏心底一陣不安。他發現月亮一直沒有西沉。

瓦西婭已經設好營地，在那裡等候他們。她依然光著腳，臉上沾著煤煙，但仍然優雅起身，朝大公行禮致敬。「願神與你同在，」她說。波札在她身後，佇立在更黝黑的黑暗裡，閃閃發亮。

「天哪，」狄米崔手劃十字：「那是馬嗎？」

沙夏差點忍不住笑，瓦西婭朝母馬伸出手去，那母馬立刻豎起耳朵齜牙警告。

「她是來自傳說的野獸。」瓦西婭回答。母馬嗤之以鼻，轉身走去吃草。瓦西婭微微一笑。

「兩週前，」狄米崔藉著月光審視她的臉。「妳午夜離開去救姊夫，結果帶了一整支部隊回來。」

「你這是在感謝我嗎？」瓦西婭問：「其中一半純粹是意外，另一半是跌跌撞撞。」

瓦西婭雖然輕描淡寫，沙夏心裡想，其實這兩週辛苦得很。他們在午夜的黑暗裡策馬狂奔到塞普柯夫，弄得弗拉基米爾不停禱告和抱怨。接著他們慌忙召集弗拉基米爾的人馬，在雨中長途跋涉，總算及時趕到科洛姆納，因為瓦西婭說她無法帶太多人穿越午夜。

「妳絕對想不到有多少勝仗是這樣拿下的。」狄米崔說。

瓦西婭泰然面對大公的審視，兩人似乎心意相通。

「妳舉手投足不一樣了，」莫斯科大公說，接著半開玩笑地問：「難道妳在路上找到自己的王國了？」

「應該吧，」瓦西婭答道：「至少掌握了帶領權，帶領一群和這片土地一樣老的人，和一個遙遠的奇異國度。但你是怎麼知道的？」

「聰明的大公一眼就認得出力量。」

瓦西婭沒有回話。

「妳帶了部隊加入我的陣營，」狄米崔說：「要是妳真的成為一國之主，妳也會帶領自己的人民加入這場戰爭嗎，妮亞茲娜？」

沙夏聽見「公主」一詞，心中不知為何微微一震。

「幻想更多人馬助陣嗎，狄米崔．伊凡諾維奇？」瓦西婭問，臉上稍微恢復點血色。

「沒錯，」狄米崔說：「我需要所有飛禽走獸、所有人馬、所有生物才能打勝仗。」

沙夏從來不覺得狄米崔．伊凡諾維奇和他妹妹很像，但他現在看到了。熱情、聰明又充滿企圖心。瓦西婭說：「我已經還清對莫斯科的虧欠了，你還要我召集我的人馬，要他們為你而戰？你的修士和神父們可能會說他們是魔鬼。」

「沒錯，這正是我的要求，」狄米崔微微頓了一下說：「妳想要我給妳什麼？」

瓦西婭沉默不答，狄米崔默默等候。沙夏望著金馬吃草映在草地上的光，心裡想妹妹臉上是什麼表情。

瓦西婭緩緩說道：「我要承諾，但對象不只你，還有謝爾蓋神父。」

狄米崔一臉困惑，但沒有拒絕。「那我們一早就去見他。」

瓦西婭搖頭說：「對不起，我知道他年紀大了，但必須在這裡許諾，而且要快。」

「為什麼得在這裡？」狄米崔厲聲問：「而且非得現在？」

「因為，」瓦西婭說：「現在是午夜，我們沒時間耽擱了，而且需要聽他承諾的不是只有我一個。」

❄

沙夏騎著他的灰駒圖曼揚長而去，不久便帶著謝爾蓋神父來到空地。月亮依然古怪地高掛天空。等待哥哥的時候，瓦西婭心想沙夏是否知道她必須在午夜聚集他們四個，才選擇繼續前行——或者睡覺。但現在還不是睡覺的時候。瓦西婭和狄米崔一邊等著沙夏，一邊坐在漸弱的營火旁來回遞著酒囊，低聲交談。

「妳這些好馬都是從哪裡弄來的？」狄米崔問她：「先是那頭棗紅大馬，現在又是這傢伙。」他覬覦地看了波札一眼。金馬垂下耳朵，悄聲走開。

瓦西婭冷冷說道：「她聽得懂人話，葛蘇達。不是我從哪裡把她弄來的，而是她選擇承受我。你要是想贏得這樣的馬對你死心塌地，就得在黑暗裡尋找，穿越三個時間和九個國度。我建議你還是先關心自己的王國被圍攻的事吧。」

狄米崔似乎不肯放棄，張嘴還想再問什麼，但就在這時修士和神父到了，於是瓦西婭匆匆起身，在胸前劃了十字。「神父平安。」她說。

「願神祝福妳。」老神父說。

瓦西婭深呼吸一口氣，跟他們說了她的要求。

謝爾蓋聽完沉默良久，沙夏和大公皺眉望著他。

「他們是邪惡之物，」最後謝爾蓋開口說：「是世上的不潔力量。」

「人也很邪惡，」瓦西婭激動地說：「但也很善良，各種程度都有。謝爾特和人沒有兩樣，也和世間大地沒有兩樣，有時聰明、有時愚蠢，有時善良、有時殘酷。神掌管另一個世界，但這個世界呢？人或許渴望天國的救贖，卻也供奉家中精靈，讓自己的住所不受惡魔侵犯。謝爾特難道不是神造的，就和祂造天地萬物一樣？」

瓦西婭攤開雙手說：「這就是我出手幫忙的條件：你們發誓不會再讓女巫上火刑臺，不會再說擺放供物在灶口是犯罪，讓我們的同胞同時擁有兩種信仰。」

她看著狄米崔。「只要你和你的後人掌管莫斯科大公國的一天，還有──」她轉頭對謝爾蓋說：「只要神父和修士們興建修院、修築教堂、垂掛黃鐘，你們就要告訴他們允許百姓擁有兩個信仰。只要你們承諾，我就會立刻進入黑夜，讓羅斯其餘各地歸在你的旗下。」

眾人沉默良久。

瓦西婭默默站在一旁，神情直率嚴肅等待著。謝爾蓋垂頭嘴唇蠕動喃喃禱告。

狄米崔說：「要是我們不答應呢？」

「那麼，」瓦西婭說：「我今晚就走，盡我全力與時間去保衛一切。你們也是，只是我和你們力量都會減弱。」

「如果我們答應了，而且打了勝仗，那之後呢？」狄米崔問：「如果我們又需要妳，妳會出現嗎？」

「如果你們做到我說的事，」瓦西婭說：「那只要你們掌權的一天，我隨傳隨到。」

兩人再次端詳對方。

「我會答應，」狄米崔說：「如果謝爾蓋神父答應的話。一個國家要想強大，經不起力量分散，包括人類以外的力量。」

謝爾蓋抬起頭。「我也會答應，」他說：「神的道路非常奇特。」

「我聽到也看見了。」瓦西婭說著張開手掌，只見她拇指上一道細細的血痕，在昏暗月光下隱隱發黑。她讓血滴在地上，兩道身影隨即顯現，一個是獨眼男子，另一個是膚色如夜的女人。

狄米崔猛往後退，沙夏早就見過他們，所以紋風不動。謝爾蓋瞇著眼，嘴裡再次喃喃禱告。

「我們都是見證人，」瓦西婭說：「我們會要你們信守承諾。」

❄

大公和神父驚魂未定離開了，策馬返回科洛姆納休息。波魯諾什妮絲塔說：「我看到他們許下承諾了，還需要再待著嗎？我不是梅德韋得，對人類的奇怪作為沒有無止盡的愛。」

「的確，」瓦西婭說：「妳想走就離開吧，但我要是召喚妳，妳會出現嗎？」

「我會，」午夜說：「但只是想見到結局。雖然妳得到了他們的承諾，也就得遵守妳的諾言，投入戰爭。」

說完她一個鞠躬，便消失在夜色中。

沙夏待在妹妹身邊。「妳現在要去哪裡？」

瓦西婭沒有抬頭，拿著濕葉子扔進火裡。營火嘶的一聲熄滅了，空地頓時剩下昏暗的星光。「我要去找奧列格，將他帶回部屬那裡，」她直起身子說：「確保沒有人察覺他來這裡。我敢說狄米崔陣中至少有兩三名間諜。不過——」她忽然笑了。「誰會相信呢？他今天在馬麥身邊，明天也會在他營裡。」說完便朝金馬走去。

沙夏耐著性子跟了上去，說：「之後呢，之後妳打算如何？」

瓦西婭一手摸著母馬脖子，回頭反問沙夏：「狄米崔打算在哪裡進攻韃靼人？」

「韃靼人的部隊集結在一個叫狙擊地的地方，」沙夏說：「也就是庫利科沃，離這裡幾天路程。狄米崔必須在他們集結完畢之前發動攻擊。他說三天。」

「只要你跟部隊一起，」瓦西婭說：「我就一定找得到你們。我三天內回來。」

「但妳要去哪裡？」她哥哥再次問道。

「去騷擾敵人。」瓦西婭說話時沒看著他，而是望向他後方，皺眉注視著黑暗。波札耳朵前後擺動，一次也沒有試著咬她。

沙夏抓住她的手臂，硬讓她轉過身來。母馬氣憤退開，鼻子噗哧噴氣。瓦西婭被疲憊掏空殆盡，臉上閃著垂死的光芒。「瓦西婭，」沙夏語氣冰冷，對抗她眼神裡張狂的笑意。「妳覺得妳這樣跟魔鬼生活在黑暗之中，施黑魔法，最後變成什麼模樣？」

「我？」瓦西婭反駁道：「我正在變成我自己，哥哥。我是女巫，而且會拯救大家。你剛才沒聽見狄米崔說的話？」

沙夏瞄了金馬後方一眼，望著注視這裡的獨眼男。漆黑午夜星光下，那男人幾乎隱形不見。沙夏抓緊妹妹的手臂。「妳是我妹妹，」他說：「也是馬雅的阿姨。妳父親是雷斯納亞辛里亞的彼得・弗拉迪米洛維奇。妳要是隻身在黑暗裡停留太久，就會忘記回到光明。瓦西婭，妳不只是那個夜晚之物，那個——」

「那個什麼，哥哥？」

「那個東西，」沙夏豁出去了脫口而出，對著旁觀的魔鬼努了努下巴。「他要妳忘記自己，他會很開心妳瘋了，永遠失落在黑暗森林裡，和我們的外曾祖母一樣。妳知道那有多危險嗎，自己一個人跟著那傢伙？」

「她不曉得。」熊聽了插嘴道。

瓦西婭不理他。「我還在學，」她說：「但就算我不想，但有別的選擇嗎？」

「有，」沙夏說：「跟我回科洛姆納，我會照顧妳。」

「哥哥，我不行回去。你剛才沒聽見我對狄米崔的承諾嗎？」

「管他狄米崔，那傢伙只在意自己的頂上王冠。」

「沙夏，別為我擔心。」

「但我就是擔心，」他說：「為妳的性命，也為妳的靈魂。」

「我的性命與靈魂都掌握在我手上，而不是你，」瓦西婭柔聲說，但臉上的野性少了幾分。她深呼吸一口氣。「我不會忘記你說的話。我是你妹妹，我很愛你，即使獨自走在黑暗裡依然如此。」

「瓦西婭，」沙夏說，語氣充滿不願。「跟冬王都比跟那頭野獸好。」

「你們兩個都把我哥哥想得太好了，」熊才剛說完，就聽見瓦西婭吼道：「可是冬王又不在這裡！」接著她稍微平靜下來，說：「因為現在不是冬天，我只能有什麼工具用什麼。」

母馬甩了甩鬃毛，用力踱步，顯然想走了。

「我們要走了，」瓦西婭對她說，彷彿母馬真的開口了。她掙脫沙夏的手，聲音有些沙啞說：「再見了，沙夏。」接著便翻身上馬，低頭望著哥哥憂愁的臉龐。「我不會忘記你說的話。」

沙夏只是點了點頭。

「三天後見。」她說。

接著母馬便彎背躍起奔馳而去，轉眼消失在夜色中。熊回眸朝沙夏眨了眨眼睛，轉頭跟了上去。

❄

瓦西婭將奧列格留在她之前見到他的地方，也就是他手下紮營的茂盛乾草原邊，距離庫利科沃行走要一天路程。波札一等梁贊大公下馬，放開她的金黃側腹，就側腿踢了他一腳，斷然說道，**這是我最後一次載他這樣的人，他太重了**。

同一時間，奧列格說：「騎這頭傳說之馬的事就交給妳了，小女巫，騎在她身上就跟乘著暴風雨沒有兩樣。」

瓦西婭不禁哈哈大笑，說：「如果我是你，就會晚點再跟馬麥會合。他們接下來幾天會很難受。我們戰場上見。」

「但願如此。」奧列格．伊凡諾維奇說完朝她鞠躬。

瓦西婭低頭回禮，接著調轉波札，一人一馬再次回到午夜路上。

❄

天哪，我真是受夠黑暗了，瓦西婭心想。波札腳步沉穩，完全不受黑夜和變動的地形影響，但她奔馳的速度、凸出的鬈甲與飛快的步伐一點也不會不舒服。瓦西婭揉揉臉頰，努力集中精神。哥哥沙夏的警告令她心煩意亂。他說得沒錯，她生命中的所有磐石都消失了：家、家人，甚至她自己似乎都在大火中失去了。就連莫羅茲科也走了，直到降雪才會回來。此刻她在黑暗中的夥伴是瘋狂的化身，但他有時感覺很普通，甚至很講道理，而每回只要這種感覺浮現，她都得提醒自己和他保持距離。

這會兒熊以野獸的形體和金馬並肩同行。「人類不會信守諾言的。」他說。

「我不記得有問你的意見。」瓦西婭斥道。

「咱們謝爾特最好對抗人類，免得被他們消滅，」熊又說道。瓦西婭在他低沉聲音裡聽見人附和他的說法。「要是能讓羅斯人和韃靼人自相殘殺更好。」

「狄米崔和謝爾蓋會信守承諾的。」瓦西婭說。

「妳有想過插手他們的戰爭會讓妳付出什麼代價嗎？」熊說：「狄米崔對妳的承諾和欣賞會讓妳付出什麼？狄米崔喊妳**公主**的時候，妳的眼神我都看見了。」

「你覺得我會得到的不值得冒這個險？」

「不一定，」熊一邊說道，一邊繼續跟著穿越午夜。「但我不確定妳曉得自己賭上了什麼東西。」

瓦西婭沒有回答。她不信任他的邪惡，也不相信他似是而非的道理。

❄

月光下，湖水一片昏暗，漆黑的漣漪頂端是雪白的浪花。這回前來不再是恐怖的長途跋涉，瓦西婭很快就找到湖邊，彷彿記在血裡一般。

波札、熊和她衝出樹林，映著月光的遼闊湖水赫現眼前。瓦西婭一口氣憋在了咽喉，從母馬肩上下來。

那幾頭馬還在她上回見到他們的湖岸邊吃草。但這次他們沒有跑開，而是如初秋夜晚寒霧裡的鬼魅，抬起絕美的頭顱朝她看來。波札豎起耳朵，輕輕呼喊了她的家人。

老女巫的空房子黑影一般立在湖對面的高柱上，依然陰森荒蕪，多莫佛雅再次在灶裡沉睡著，等候她的到來。瓦西婭暫時放任想像馳騁，腦中浮現房子裡火光暖暖，家人齊聚笑聲不斷，外頭還有駿馬，大群的馬，在星空下怡然吃草。

總有一天。

但這天晚上，她不是為了房子而來，也不是為馬。

「爹德格里布。」瓦西婭喊道。

那小謝爾特在黑暗裡閃著綠光，正在大橡樹下的陰影裡等她。他輕呼一聲朝她跑來，隨即停在半路。可能是他不想失態，也可能是熊讓他緊張，瓦西婭分辨不出來。

「好朋友，謝謝你，」瓦西婭朝他鞠躬說：「謝謝你要波札來找我。你們兩個救了我一命。」

爹德格里布一臉自豪。「我覺得她喜歡我，」他透露道：「所以才會去。她喜歡我，因為我們夜裡都會發光。」

波札哼了一聲，甩了甩鬃毛。爹德格里布又說：「妳為什麼回來？妳打算待下來了？為什麼食人者跟妳在一起？」蘑菇精靈忽然神情嚴酷說：「他不准再用腳踢我的蘑菇同胞了。」

「很難講，」熊意有所指地說：「要是我勇敢的女主人沒給我更好的事情做，我只能在黑暗裡跑來跑去，開心踢倒你的所有蘑菇兄弟。」

爹德格里布火冒三丈。「他不會動你們一根汗毛，」瓦西婭狠狠瞪著熊，開口對爹德格里布說：「他現在跟我在一起。我們回來找你，是因為需要你幫忙。」

「我就知道妳不能沒有我！」爹德格里布驕傲地說：「雖然妳有**更大號**的盟友了。」他說著狠狠瞅了熊一眼。

「這場仗會打得非常慘烈，」熊插話說：「靠一個蘑菇能有什麼破壞力？」

「等著瞧吧。」瓦西婭說完伸手遞向了小蘑菇精靈。

❄

馬麥大軍沿著頓河前行，先頭部隊已經抵達了庫利科沃，預備軍則是分批紮營在南邊遠處，準備破曉北上。瓦西婭迅速穿越午夜，跟金馬和兩個謝爾特來到一座小崗上，隔著樹林窺探下方的部隊。

爹德格里布見到正在歇息的部隊規模如此之大，不禁瞪大了眼，發著綠光的手腳微微顫抖。河岸邊的火光一路延伸到視線之外。「人好多。」他喃喃說道。

瓦西婭看著數量龐大的人馬說：「我們最好開始幹活了。不過首先——」

波札拒絕使用馬鞍和鞍袋，瓦西婭只能自己背著一個小包，快馬奔馳很不舒服。她從包裡掏出麵包和幾片煙燻肉乾，都是狄米崔離去前給她的禮物。她自己咬了一小口，然後想也不想就扔給了她兩位盟友。

完全沒有聲音。瓦西婭抬頭看見爹德格里布捧著麵包一臉欣喜，而熊卻只是抓著肉乾看著她，沒有動嘴。

「這是供品嗎？」他說，聲音近乎咆哮。「我已經效力於妳，難道還不夠嗎？」

「這不是供品，」瓦西婭冷冷說道：「只是食物。」她瞪他一眼，接著繼續啃起麵包和肉乾。

「為什麼？」熊問。

瓦西婭沒有回答。她討厭他的恣意妄為、冷酷與笑聲，更討厭他的笑喚起她本性裡的某部分遙相唱和。或許這就是為什麼。她無法恨他，因為這樣可能讓她也得恨自己。於是她說：「因為你還沒背叛我。」

「的確，」熊說，但依然一臉疑惑。他看著她，一邊吃起肉乾，接著抖抖身子，冷笑俯瞰下方歇息的大軍，將手指舔乾淨。瓦西婭勉為其難起身走到他身旁。「我對黴菌不熟，蘑菇小不點，」熊對爹德格里布說：「但恐懼就像病菌會在人之間蔓延，就算人多也沒有用。好了，咱們動手吧。」

爹德格里布怯怯看了熊一眼，麵包已經被他放在一旁。他聲音顫抖對瓦西婭說：「妳要我做什麼？」

瓦西婭拍掉上衣的麵包屑。吃了點東西讓她體力恢復，但接著就是今晚的重責大任，不禁令人心惶。

「你能不能——讓他們的麵包壞掉？」瓦西婭說，轉頭避開熊的獰笑。「我想讓他們餓肚子。」

他們躡手躡腳下山潛進營地。瓦西婭用破布遮住手臂上的微微金光，和熊分別用匕首與爪子劃破部隊的糧袋和箱子，再讓爹德格里布伸手進去，麵粉和肉立刻變軟發臭。

瓦西婭見蘑菇精靈似乎上手了，便讓他和熊繼續隱形穿梭在營地帳篷之間，散播驚惶與腐爛，而她則是溜到河邊呼喚頓河的伏賈諾伊。

「謝爾特已經跟莫斯科大公結盟了，」她低聲告訴伏賈諾伊，接著將事情交代一遍，之後又說服他讓河水氾濫，讓韃靼人無法乾乾爽爽睡個好覺。

❄

三晚後，韃靼大軍一團混亂，瓦西婭恨透了自己。

「你不可以趁他們睡著的時候殺死他們，」她看見熊一臉獰笑，嗅了嗅一名在惡夢中掙扎的士兵，便這麼對熊說。「就算他們看不見我們，也不……」她說不下去，沒有話語能描述她心底的反感。沒想到梅德韋得竟然聳聳肩退開了，讓她嚇了一跳。

「我當然不會，」他說：「事情不是那樣做的。黑暗中的殺手可能被發現、被迫打鬥和被殺。恐懼更有力量，而人害怕他們看不見、不了解的事物。我做給妳看。」

老天，他還真做了。瓦西婭就像邪惡的學徒，跟著熊在韃靼營地四處散播恐懼。她讓馬車和帳篷起火，讓人瞥見鬼影而尖叫。她驚嚇他們的馬，即使看見馬瞪大眼睛驚惶逃跑讓她好不心痛。

少女和兩個謝爾特就這樣從營地這頭走到那頭，不讓馬麥和他部隊有絲毫喘息。馬匹紛紛扯斷木樁落荒而逃。韃靼人只要點火，火就會突然竄起，迸向毫無防備的面孔。士兵交頭接耳，說他們被一頭野獸、兩個發光怪物和一個臉龐稜角分明、眼睛太大的鬼魅女孩纏住了。

「人會自己嚇自己，」熊笑著對她說：「想像比實際見到的東西可怕。妳只需要趁著黑暗竊竊私語就好。跟我走吧，瓦西莉莎．彼得洛夫納。」

第三天晚上，熊開心得像吸飽血的蝨子，瓦西婭則是骨瘦如柴，一心渴望黎明。兩人又在營地繞了一圈後，她對自己和他說：「夠了。」她每個感官都大開著，心裡半是恐懼，半是和熊一樣，為了作惡而瘋狂欣喜。

「夠了，我要找個地方睡覺，然後天亮就回去找我哥哥。」她已經受夠黑暗了。

爹德格里布如釋重負，熊只是一臉飽足。

空氣凜冽，寒霧濛濛。瓦西婭遠離營地，在森林最濃密處找了一塊隱蔽的窪地。即使裹著斗篷躺在松枝上，她依然瑟瑟發抖。她不敢生火。

天冷對熊沒有半點作用。他之前用野獸的形體在韃靼營地四處嚇人，這會兒卻用人形休息。他心滿意足躺在蕨叢上，腦袋枕著胳膊注視夜空。

爹德格里布躲在岩石下，身上綠光微微弱弱。弄壞韃靼人的食物讓他精疲力竭，心情沮喪。「他們喝馬奶，」他說：「我不能弄餿它，他們才不會太餓。」

瓦西婭不知如何回答。她自己也很想吐。人和走獸的驚惶感覺在她骨頭裡迴盪，但她依然不曉得這樣是否足以逆轉即將的戰局。她瞥見熊牙齒一亮，發現他在微笑，不禁對他說：「你真的很噁心。」

熊頭也不抬。「為什麼？因為我樂在其中嗎？」

瓦西婭手腕上金光閃閃，讓她不安想起兩人的約定。她沒有說話。

熊半轉身子，手肘撐地看著她，嘴角掛著淺笑。「還是因為妳也是？」

她要否認嗎？何必呢？那只會給他力量。「沒錯，」她說：「我喜歡嚇唬他們，因為他們入侵我的國家，而且哲留孛刑求我哥哥。但我也嫌惡自己，覺得羞恥，而且非常疲倦。」

熊似乎微微失望。「妳應該多自責一點。」他說完又躺了回去。

瘋狂就是這樣來的。隱匿在她本性最惡劣的角落，悄悄長成怪獸，最後將其餘的她全部吞噬。她知道，熊也知道。「坎斯坦丁神父就是那樣做的，瞧他是什麼下場。」瓦西婭說。

熊沒有說話。

韃靼大軍雖然在視線之外，但還聞得到。儘管精疲力竭，被濕氣弄得很煩，韃靼部隊人數之多依然讓瓦西婭心裡一沉。她答應為奧列格施展魔法，但不曉得世上所有魔法加起來夠不夠讓狄米崔打勝仗。

「妳知道初雪來時，妳要對我哥哥說什麼嗎？」熊問，眼睛仍然望著天空。

「**什麼？**」瓦西婭被問題嚇了一跳。

「我的力量開始減弱，他的力量應該開始變強了。妳可以用威脅和承諾鎮住我，只是很快——」熊嗅了嗅空氣說：「**非常**快，妳就得面對冬王了。妳也打算威脅**他**嗎？」他緩緩微笑。「我很想看妳威脅他。喔，他一定會氣壞了。我很喜歡這世界，這世界的醜陋與美麗，喜歡搗亂人的行事，卡拉臣卻不是。」熊朝她眨了眨眼。「他為了妳費盡力氣，甘願違逆本性在夏天到莫斯科與我對抗，結果妳轉頭就放了我。他會非常生氣。」

「我跟他說什麼不關你的事。」瓦西婭冷冷說道。

「當然，」梅德韋得說：「但我可以等，我喜歡驚喜。」

從冬王在莫斯科和她分開以來，她就沒有他的消息。莫羅茲科知道她放了他弟弟嗎？他能理解嗎？**她自己**又理解嗎？「我要睡了，」她對熊說：「你不准背叛我，也不准讓我們被人發現，或利用別人讓我們被發現，或吵醒我、碰我，還有——」

熊哈哈大笑，揚手說：「夠了，小姑娘，留一點想像力給我。快睡吧。」

瓦西婭又瞇眼瞄了瞄他，這才轉過身去。和顏悅色、通情達理的熊比空地的野獸危險百倍。

❄

天將破曉時，瓦西婭被一聲尖叫吵醒。她心跳加速，搖搖晃晃站了起來。熊隔著樹林往外窺探，感覺不怎麼驚慌。「我還在想他們哪時才會發現呢。」他沒有回頭，直接對瓦西婭說。

「發現什麼？」

「發現那座村莊。我猜大多數村民已經收拾能帶走的東西跑了，因為部隊紮營離他們那麼近，只是——有人沒走，而韃靼人已經受夠馬奶了。」

瓦西婭心底一陣反感，走到熊所在的位置。

那個村莊非常小，隱匿在谷地裡，周圍大樹遮蔽。要不是韃靼人四處找東西填肚子，可能完全不會被發現。瓦西婭就沒注意到。

她心想熊是不是之前就看見了。

但此刻那村莊有十幾處起火燃燒。

又是一聲尖叫，這回較弱較輕。「波札。」瓦西婭喊道，母馬側身跑來，不悅地呼哧噴氣，但瓦西婭翻身上馬，她卻沒有抗議。

「我可不會攔妳，」熊說：「讓妳被那麼可愛的衝動帶著走，但我懷疑妳會喜歡那裡的景象。」

他又接著說：「而且妳可能被殺。」

瓦西婭說：「我讓那些人身陷險境，至少可以——」

「是韃靼人讓他們身陷險境——」

但瓦西婭已經走了。

等她趕到那個小村莊，村裡的房舍幾乎都燒光了，就算有畜生也都不見了，放眼所及只剩死寂與空蕩。瓦西婭心裡不禁浮現希望。或許所有村民一見到韃靼人來了的跡象就都跑了。或許遇害的只是一頭豬，臨死前發出類似哀號的尖叫。

正當她這樣想，村裡傳來一聲嗆到的呻吟，但不像哭聲。

波札轉動耳朵，瓦西婭發現一個細瘦的黑影縮在一間起火的房舍旁。

瓦西婭縱身下馬，抓住那婦人將她拖離火場，手上摸到都是黏稠的血。婦人疼得輕聲哀鳴，但沒有說話。房舍燃燒的火光照亮了她神情漠然的臉龐。她喉嚨被割，但沒有深到一刀斃命。

而且她有孕在身，說不定就快臨盆了。這就是為什麼其他村民跑了，她卻沒有離開的原因。就算之前有人陪她，此刻也不見蹤影，只留下這名婦人，兩手全是抵抗韃靼人留下的擦傷，並且裙子帶血，滿滿的血漬。瓦西婭伸手按著婦人的肚子，但感覺不到任何踢動，而且上頭也有一道滲血的傷口……

婦人嘴唇發青，沙啞喘息，目光渙散尋找瓦西婭的臉。瓦西婭雙手抓住她染血的手。

「我的孩子呢？」婦人喃喃道。

「妳很快就會見到她了。」瓦西婭穩住聲音說。

「她在哪裡？」婦人說：「我聽不到她哭。好多人過來——喔！」她喉嚨嗆到，倒抽一口氣。

「他們有沒有傷害她？」

「沒有，」瓦西婭說：「她很好，妳會見到她的。來吧，我們一起向神禱告。」

歐契納許[38]——主禱文唸來輕柔熟悉，撫慰人心。婦人勉力跟著瓦西婭禱告，即使她的目光逐漸遲滯空洞。瓦西婭不曉得自己哭了，直到一滴淚水落在兩人交握的手上她才察覺。她抬頭發現死神就在那裡，白馬在他身旁。

兩人四目交會，但死神面無表情。瓦西婭闔上婦人的眼睛，將她放在地上，起身往後退開。死神沒有說話。雖然婦人的屍體在地上一動不動，死神卻好像將她輕輕抱起，放到馬上。瓦西婭在胸前劃十。

我們可以共享這個世界。

死神再次轉頭看著瓦西婭的臉。他臉上有任何表情嗎？憤怒？疑問？統統沒有。只有死神那久遠的漠然。他翻身上馬，騎著白馬和他來時一樣悄然離去。

瓦西婭渾身是血，滿心羞愧。她在林中呼呼大睡，自以為聰明，卻讓他人承受韃靼人怒火的摧殘。

「哎，」熊走到她身旁說：「妳果真讓我哥哥不再漠然了，絕對沒錯。可憐的蠢蛋，難道他注定為了每個他用鞍袋接走的死去女孩而懊悔嗎？」熊似乎很喜歡那種可能。「恭喜妳，我多年來一直想讓他有感覺，但他始終和他的季節一樣冷酷。」

瓦西婭彷彿沒聽見。

「我真期待初雪來時會發生什麼。」熊補上一句。

但瓦西婭只是緩緩轉過頭來。「沒有神父，」她喃喃道：「我什麼也不能為她做。」

「妳何必要做什麼？」熊不耐說道：「她村裡的人很快就會離開躲藏的地方，會禱告哭泣，做該做的事。再說，她已經死了，根本不會在乎。」

「要是我——要是我沒有——」

熊掩不住心裡的輕蔑看著她。「沒有怎樣？妳這樣做是為了全羅斯可見和隱形的人，不是為了一個村姑的性命。」

瓦西婭緊抿雙唇。「你要是叫醒我，」她說：「我或許就能救她了。」

「是嗎？」熊平靜地說：「或許吧，但我喜歡哀號，而且妳叫我不要吵醒妳。」

---

38 歐契納許：古教會斯拉夫語的主禱文第一句，意思是「我們在天上的父」。直到今日許多人還是用這種古語默誦主禱文，而非當代俄語。

瓦西婭轉身嘔吐。吐完後，她起身到溪邊取水。她洗去死去婦人身上的血，將婦人的手腳擺好，接著又回到溪邊，不顧嚴寒，藉著營火餘燼的微光梳洗自己。她雙手捧沙摩擦肌膚，直到冷得發抖，接著洗去衣服上的血跡，將濕衣服套回身上。

完事後，她轉頭發現熊和爹德格里步都不發一語看著她。爹德格里步一臉嚴肅，熊的臉上少了嘲諷，而是迷惘困惑。

爹德格里布緩緩搖頭。「我只是個蘑菇，」他喃喃道：「我不喜歡恐懼和火，也受夠這些打打殺殺的人了。他們對種植一點興趣也沒有。」

「但我喜歡，」瓦西婭說，決定不寬容自己。「喜歡過去這幾夜的恐懼與火。恐嚇人讓我感覺自由，充滿力量，結果卻讓別人為我的快樂付出代價。爹德格里布，但願神允准，我們湖邊見。」

爹德格里布點點頭，接著便消失在林中。太陽剛剛升起，瓦西婭深吸一口氣。「我們去找狄米崔．伊凡諾維奇，將事情做個了結吧。」

「從妳醒來到現在，總算說句像樣的話了。」熊說。

32 庫利科沃

第三天日落前，羅斯大軍才策馬來到庫利科沃並且紮營。連狄米崔都沉默了，只簡短下達幾句命令，要部隊歇息過夜，明早再調度人馬。他當然聽說了韃靼部隊的人數。但聽人回報是一回事，親眼見到又是另一回事。

馬麥的主要部隊已經集結完成，在原野上排成一路縱隊，綿延到視線盡頭。

「士兵們都很害怕，」沙夏對狄米崔和弗拉基米爾說。他們三人策馬下到頓河的支流涅普里亞德瓦河邊偵查敵情。「禱告也改善不了多少。我們就算整天告訴他們神站在我們這邊，他們還是看得見敵軍人多勢眾。狄米崔．伊凡諾維奇，他們人數是我們的兩倍，而且還有援軍會來。」

狄米崔和弗拉基米爾的隨從雖然聽不見他們說話，但連他們看著敵軍的陣仗也都不禁竊竊私語，面如死灰。

「我們已經別無選擇，」狄米崔說：「只能禱告，餵飽所有弟兄的肚子，明天趁他們還沒空多想之前讓他們上戰場。」

「我們其實還有一個選擇。」沙夏說。

他表哥和妹夫同時回頭看他。

「什麼選擇？」弗拉基米爾說。自從他再見到沙夏，他就一直對沙夏抱著疑心，介意他的邪惡盟友和瓦西婭，對他小姑的詭異力量深感戒懼。

「跟他們要求一對一決鬥。」沙夏說。

三人沉默下來。一對一決鬥就像預言，儘管無法止戰，但勝者會得神青睞，而且雙方士兵都會看得清清楚楚。

「這樣做能振奮人心，」沙夏說：「徹底轉變士氣。」

「如果我們派出去的人勝了。」弗拉基米爾說。

「如果我們派出去的人勝了。」沙夏沒有否認，但目光看著狄米崔。

狄米崔沒有說話，也沒轉頭，而是望著泥濘的原野，以及更遠處韃靼人的陣地。夕陽西斜，韃靼人的馬多如秋天的落葉。營地後方，頓河是一條銀絲帶。滂沱寒冷的大雨下了三天，此刻天色昏暗，似乎暗示初雪將提前到來。

狄米崔緩緩說道：「你覺得他們會接受嗎？」

「會，」沙夏說：「我覺得會。他們像是不敢推派戰士出來決鬥的人嗎？」

「要是我提出要求，而他們同意了，那我該派誰出戰？」狄米崔問，但他說話的語氣透露他已經知道答案了。

「我。」沙夏說。

狄米崔說：「我有一百位手下可以勝任，為什麼要派你去？」

「因為我是最強的戰士，」沙夏說。他不是吹噓，而是陳述事實。「我是修士，神的僕人，是你最好的機會。」

狄米崔說：「我需要你在我身邊，沙夏，而不是——」

「表哥，」沙夏厲聲道：「我少小離家，傷透了父親的心。我也沒有忠於誓言，靜靜待在修道院裡不出來。但我不曾背叛這片生我養我的土地。我始終信仰它、呵護它，現在更要在兩軍之前捍衛它。」

弗拉基米爾說：「沙夏說得沒錯，這樣做能徹底轉變士氣。膽怯者注定落敗，你和我都很明白。」接著他不情願地補上一句：「而且他驍勇善戰。」

狄米崔依然面露勉強，但他又看了看暮靄下有些模糊的敵軍陣營。「我不想否認，」他說：「你是我們當中最高強的戰士，士兵們都曉得。」他又沉默片刻。「那就定在明天早上吧，」他沉重地說：「如果韃靼人接受的話。我會派傳令過去，但你絕不准把命送了，沙夏。」

「不會的，」沙夏笑著說：「否則我妹妹會大發雷霆。」

❄

天色幾近全黑，沙夏才告別兩位王公，讓他們歇息。狄米崔的傳令還沒回來，但不論明天如何，他都需要睡眠。

他沒有自己的蒙古包，只有營火和一小片乾土地，還有他的馬拴在附近。他走近自己的落腳處，發現金馬就站在圖曼身旁。

瓦西婭替他把火弄旺，默默坐在火旁，臉色疲憊憂傷。在科洛姆納時那個亢奮瘋狂的模樣已不復見。

「瓦西婭，」他說：「妳去哪裡了？」

「跟天性最毒的魔鬼去騷擾敵軍了，」她說：「再次突破我能做到的極限。」她話不成聲。

「我覺得，」沙夏柔聲說：「妳做得太多了。」

瓦西婭揉揉臉頰，依然癱坐在馬腿間的木頭上。「我不曉得自己做得夠不夠。我甚至潛進敵營，想要暗殺萬戶長，但他周圍戒備森嚴，因為我之前帶走弗拉基米爾，讓他學到了教訓。我——我不想因為暗殺不成而死，但還是引火燒了他的帳篷。」

沙夏堅定地說：「這樣就夠了。我們本來毫無機會，但妳給了我們一線希望。這已經足夠了。」

「我還想讓韃靼士兵著火，」她哽咽著坦承道，話語脫口而出。「我想——熊在旁邊大笑，但我就是做不到。他說最難的就是對擁有心靈的生物施魔法，而我知道的還不夠多。」

「瓦西婭——」

「但我讓其他東西著火了，弓弦和馬車。看到那些東西起火，我笑了，然後——他們殺了一位婦人，待產的婦人。因為他們的糧食餿了，又氣又餓。」

沙夏說：「願神讓她的靈魂得到安息。但瓦西婭——別再做了。我們現在有個機會，是妳用勇氣和鮮血賜予我們的。這樣就夠了。別為了妳無法改變的事物而懊悔。」

瓦西婭沒有說話，但當她目光回到他的營火上，火焰立刻竄高，即使幾乎沒剩下多少柴薪了。

瓦西婭緊握雙拳，指甲掐進掌心。「瓦西婭，」沙夏厲聲說：「夠了。妳已經多久沒吃飯了？」

瓦西婭想了想。「我——昨天早上，」她說：「我實在等不及想趕回午夜，所以就和波札直接來這裡，一路小心不讓馬麥的部隊發現。」

「很好，」沙夏堅定地說：「我現在來煮湯。沒錯，在這裡煮。我自己有糧食，而且會煮東西。我們在三一修道院沒有廚娘。妳要吃飯然後睡覺。其他事都可以等。」

瓦西婭累得無法反駁。

兩人沒什麼交談。水滾後，沙夏盛好湯遞給她，瓦西婭說了「謝謝」，聲音小得幾乎聽不見，隨即將湯一飲而盡。三碗湯下肚，加上在熱岩石上烤好的麵餅，她臉上終於恢復了點血色。

沙夏將自己的斗篷遞給她。「去睡吧。」他說。

「那你呢？」

「我今晚要禱告，」他想過告訴她，跟她說明天可能會有決鬥，但最後沒講。瓦西婭看上去是那麼疲憊、那麼憔悴，最不需要的就是一夜難眠，為他擔憂，更何況韃靼人有可能回絕挑戰。

「至少待在附近？」瓦西婭說。

「當然。」

瓦西婭點點頭，眼皮已經又沉又重。沙夏審視妹妹的臉龐，竟然脫口而出，連他自己都嚇了一跳：「妳長得就跟媽媽一樣。」

瓦西婭睜開眼睛，瞬間激起的喜悅驅走了她臉上的陰暗。沙夏笑著說：「媽媽總是在夜裡放麵包到爐灶裡，給多莫佛伊。」

「我也是，」瓦西婭說：「在雷斯納亞辛里亞的時候。」

「爸爸經常揶揄她。他那時總是很開懷。他們——他們彼此非常相愛。」

瓦西婭坐了起來。「敦婭不常提到她。我年紀大到長記性之後，她就很少提了。我想——我想安娜．伊凡諾夫納不准她講。因為爸爸愛媽媽，不愛她。」

「他們是對方喜樂的來源，」沙夏說：「即使當時我還小，也看得出來。」

重提當年並不容易。母親過世那年他就策馬離家了。要是她沒死，他會留下嗎？沙夏說不上來。打從住進三一修道院，他就努力忘卻自己曾是的那個男孩：艾列克桑德．彼得洛維奇。忘記他的信心與力量，他的熱情與愚蠢的自尊。忘記他曾經崇拜自己的母親。

但此刻他發覺自己正在回想，正在敘述。他對妹妹講起仲冬宴席和童年的事故，講起他得到的第一把劍與第一匹馬，還有森林裡母親在他前方的清脆笑聲。他講起母親的雙手、她唱的歌及奉獻的供品。

接著他講起冬天的三一修道院，修行的深邃平靜，鐘聲響徹睡夢中的森林，緩緩刻畫寒冷時光流逝的晨昏禱告，神父的堅定信仰和長途跋涉前來見他的人們。他講起騎馬和圍坐在營火前的日子，講起薩萊、莫斯科和兩座城市之間的大小鄉鎮。

沙夏講起羅斯。不是莫斯科大公國、特維爾或弗拉基米爾[39]，不是基輔之子創立的各個公國，而是羅斯本身。他講起羅斯的天空與大地、人民與驕傲。

瓦西婭一動不動，聽得如癡如醉，眼睛張大有如盛滿陰影的杯子。「這才是我們為之奮戰的對象，」沙夏說：「不是為了莫斯科，甚至不是為了狄米崔或任何爭吵不休的王公，而是為了這片生育我們的土地，為了生活其上的人與魔鬼。」

33 冬初之際

初雪落在臉上，瓦西婭醒了過來。

沙夏終於睡著了。夜色靜寂，他的喃喃禱告聲停了下來。空氣乾爽凜冽，大地剛覆上一層薄霜。四周的人聲都歸於沉寂，所有能睡的都睡了，為破曉補充體力。

一道冷風掃過羅斯人的陣營，吹得旗幟啪啪作響，帶來一道道細雪。

瓦西婭深呼吸一口氣站了起來，將斗篷蓋在睡著的哥哥身上。她看見熊。他化成人形動也不動站在紅紅炭火之外，望著稀稀疏疏從天而降的雪花。

「雪下早了。」瓦西婭說。

熊惡毒獰笑的臉上頭一回浮現恐懼。「我哥哥的力量在增強了，」他說：「新的考驗來了，海姑娘，而且可能是最艱難的考驗。」

瓦西婭挺直腰桿。

冬王策馬穿出黑暗，彷彿冷風將他推到她面前。他的母馬踩著霜白的泥濘，蹄下沒有發出半點聲音。

兩支部隊彷彿都消失了，連她哥哥也是，只剩她、混亂之王和冬王被初雪團團包圍。莫羅茲科

---

39 弗拉基米爾：中世紀羅斯大城，位於莫斯科以東一百九十公里，據稱創立於一一〇八年，許多古建築依然屹立至今。

不再是仲夏時那近乎無形的枯瘦人影，也不是隆冬時全身絲絨的威嚴君王，而是一身雪白，是新來季節的第一道刺骨的呼息。

他停在瓦西婭面前，縱身下馬。

瓦西婭喉嚨發乾。「冬王。」她說。

冬王上下打量她。他沒有看熊，但那動作自有其力量。過了一會兒，他說：「我知道妳決心一戰，瓦西莉莎．彼得洛夫納，只是不曉得妳會用這種方式。」

接著他的目光才瞥向他弟弟，兩人之間閃現陳年舊恨的火光。「卡拉臣，你還是這麼傲慢，」熊說：「不然你以為會怎樣？是你放她一個人，讓她去打一場不知道如何能贏的仗。」

「我以為妳學聰明了，」莫羅茲科轉頭對瓦西婭說：「妳明明親眼見過他的本事。」

「你很清楚他的本事，比我還清楚，」瓦西婭說：「但你曾經在情急之下釋放過熊，我現在也是。他當時對你發過誓，現在也對我立了誓。」

瓦西婭舉起雙手，手腕上兩條繩索發著光，油金色澤隱隱透著力量。「是嗎？」莫羅茲科冷冷看了他們倆一眼。「他發誓之後呢？之後怎麼樣？妳在他陪同下四處遊走，把人嚇得魂飛魄散嗎？還是嚐到了殘忍的滋味？」

「你還不了解我嗎？」瓦西婭說：「我從小就喜歡危險，但從來不喜歡殘忍。」

莫羅茲科瞪著她，目光不停在她臉上逡巡，直到瓦西婭心頭火起撇開頭去。莫羅茲科吼道：「看著我！」

瓦西婭吼了回去：「你在我臉上找什麼？」

「瘋狂，」莫羅茲科說：「還有惡意。妳以為熊搞出來的危險都很明顯嗎？他會操弄妳的心靈，直到妳看著流血與苦難依然哈哈大笑。」

「我還沒笑，」瓦西婭說，但他的目光再次射向她手腕上的金繩索。難道她應該覺得羞愧？

「哪裡有力量，我都來者不拒，但我還沒變成邪惡。」

「是嗎？他很聰明，妳會墮入邪惡而不自知。」

「不論我曉不曉得，都根本沒時間墮落，」瓦西婭這下真的火了。「我一直在黑暗裡奔走，努力營救所有需要我的人。我做過好事，也做過壞事，但我不好也不壞，就是我自己。你別想讓我覺得羞愧，莫羅茲科。」

「的確，」熊對她說：「我雖然不想贊同他，但妳或許應該更有罪惡感一點，對自己多些責備。」

瓦西婭不理他。她走向冬王，直到黑暗裡仍然讀得出他的表情。她看見情緒，憤怒、飢渴、恐懼，甚至哀傷。他的漠然全部化為碎片。

瓦西婭怒氣全消。她牽起他的手，莫羅茲科沒有反抗，他的手指摸起來很輕、很涼。瓦西婭柔聲道：「我召喚這片土地上的所有力量一起參戰，冬王。我非這樣做不可，我們不能彼此廝殺。」

「他殺了妳父親。」莫羅茲科說。

瓦西婭嘆了口氣。「我知道，但他現在必須幫我拯救我的同胞。」她舉起沒有牽著他的那隻手，輕觸他的臉頰。她近得可以看見他的呼息。她手指滑過他的臉龐，將他的目光拉回她身上。雪下得更快了。「明天你願意和我們並肩作戰嗎？」她問。

「我會去接引死者，」莫羅茲科說。他的目光從她身上飄向營地，瓦西婭不禁想明天有多少人能見到日落。「妳根本不需要去。現在還不遲，妳已經盡力了，已經實踐了承諾。妳和妳哥哥可以——」

「太遲了，」瓦西婭說：「沙夏絕不會離開狄米崔，而我——我也立了誓。」

「妳是對妳的自尊立誓，」莫羅茲科反唇相譏。「妳希望謝爾特聽命於妳，希望各國王公對妳讚許有加，所以才會接下這個瘋狂的任務，和狄米崔一起。但妳從來沒見過戰爭。」

「對，我沒見過戰爭，」瓦西婭說，語氣變得和他一樣冷酷。她鬆開雙手，可是沒有退後。「對，我希望狄米崔讚許我。我想要勝利，甚至想要力量，能主宰各國王公和謝爾特。**我有權想要東西，冬王。**」

他們倆近得可以呼吸到對方的氣息。「瓦西婭，」冬王低聲說：「想遠一點，別只想這場戰爭。熊待在空地對這個世界更安全，而妳必須活下去，不能——」

瓦西婭打斷他。「我已經活下來了，而且我立了誓，你弟弟不一定會關回空地。我們雙方達成了共識，我和他。我有時想到就害怕。」

「我一點也不意外，」莫羅茲科說：「妳的靈魂有海有火，而他是妳本性裡最惡劣的部分放到最大。」他雙手按著她的肩膀。「瓦西婭，他對妳是個威脅。」

「那就保護我，」她抬頭望著他的眼眸。「當他讓我過頭時，拉我回來。不論是人和謝爾特，或你和他，莫羅茲科，都要達成某種平衡。我生來就介於兩者之間。你以為我不曉得嗎？」

莫羅茲科眼神憂傷。「是啊，」他說：「我知道。」他再次抬頭注視熊。這回兩兄弟沒有說話，只是互相打量。「這是妳的選擇，不是我的，瓦西莉莎·彼得洛夫納。」

瓦西婭聽見熊吁了口氣，發現他其實很害怕。

她低頭靠向莫羅茲科的肩膀，臉貼著羊毛與毛皮，感覺他雙手摟住她的背，將她片刻留在日與夜、秩序與混亂之間。**帶我去安靜的地方，**她很想脫口而出，**我再也受不了人的聲音與臭味了。**

但機會已逝，她已經做了選擇。瓦西婭抬起頭，從他懷裡退開。

莫羅茲科伸手從袖子裡掏出一個發亮的小東西。

「我帶了這個給妳。」他說。

那是個串在繩子上的綠寶石，沒有她之前擁有的那個藍寶石項鍊完美無瑕。但她沒有伸手去拿，而一臉戒慎望著它。「為什麼？」

「我去了很遠的地方，」莫羅茲科說：「所以沒有來找妳，即使在夢中，即使妳將熊解除監禁。我往南走，穿越我王國的大雪，一路到了海邊。我呼喚海王契諾莫[40]，將他從海裡找出來。他已經消失幾百世代了。」

「你為什麼去那裡？」

莫羅茲科猶豫片刻。「有件事他一直不曉得，我跟他說了，告訴他森林裡的女巫替他生了孩子。」

瓦西婭神情一怔。「孩子？海王？」

莫羅茲科點點頭。「雙胞胎。我還跟他說，我愛上了他的曾外孫女，於是他就給了我這個，要我給妳，」他幾乎掩不住笑。「這東西沒有魔法，不會圈住人，就只是一份禮物。」

瓦西婭還是沒有伸手去拿。「你知道多久了？」

「沒有妳想得那麼久，雖然我一直好奇妳的力量從哪裡來。我原本心想會不會純粹是女巫的力

---

40 契諾莫：俄國民間傳說中的老巫師及海王，名字源自「黑海」一詞。在〈沙皇薩爾坦的故事〉中，他和他的卅三個兒子從海底出來，保衛天鵝少女的島嶼。

量，一個有魔法的人類女子將天賦傳給自己的女兒。但我後來見到瓦伐拉，就知道不只如此。契諾莫有過不只一個兒子，他們往往擁有父親的魔力，而且比人類活得久。所以我去問了午夜，要她老實講，她就跟我說了，妳是海王的曾外孫女。」

「所以我會活很久嗎？」

「我不曉得。誰知道？因為妳是女巫，又是謝爾特和女人，是彼得．弗拉迪米洛維奇和羅斯王公的後裔。契諾莫可能知道答案，他說他會回答，但必須妳去見他，他才會開口。」

消息來得太快太多，但瓦西婭接過了寶石。寶石摸起來很溫潤。她聞到淡淡的鹹味，感覺就像拿到一把通往她自己的鑰匙，但她無暇檢視。現在有太多事要做了。

「我會去海邊，」她說：「如果我活過明天破曉的話。」

莫羅茲科語氣沉重：「我會在戰場上，但我只負責死者，瓦西婭。」

「我負責活人，」熊笑著說：「我們還真是天生一對啊，哥哥。」

34 光之使者

天色陰沉，部隊周圍開始窸窣。遠方庫利科沃的原野上，韃靼人醒來了，從羅斯陣營就能聽見敵軍戰馬對著冷天噴氣。但放眼望去一片空白，全世界都被濃霧遮住了。

「霧散了才會開戰。」沙夏說。他沒有胃口，但喝了點蜂蜜酒，將酒袋遞給瓦西婭。他醒來時發現妹妹已經醒了，獨自坐在重新變旺的營火前，眉頭深鎖，臉色蒼白，但很鎮靜。

天寒地凍，濃霧之上天空灰霾，看來初雪還沒下完。接著太陽從大地邊緣升起，微微化開了嚴寒，霧氣開始變薄。沙夏深呼吸一口氣。「我得去見狄米崔。他正在等傳令回來。不論消息如何，開戰前我會再來找妳。這段時間，願妳與神同在，妹妹。不要被人發現，也不要冒險。」

「我不會，」她笑著向他保證：「我今天只負責謝爾特，不管人的刀劍。」

「我愛妳，瓦西席卡。」沙夏說完便離開了。

❄

傳令回來了。韃靼人接受了狄米崔的提議，答應決鬥。他們還選出了決鬥者。沙夏和狄米崔一聽見那人名字，心裡都竄起冷酷的憤怒。

「我有十幾名手下可以替你出馬，」狄米崔說：「只是──」

「對手是他就免了，」沙夏說：「你如果不出馬，就是我去，表哥。」

狄米崔沒有反駁。兩人站在他的蒙古包裡，侍衛們跑進跑出，帳外充斥著馬嘶、鋼鐵撞擊聲和部隊剛醒來的嘈雜叫嚷。大公遞了麵包給表弟，沙夏勉強啃了一口。

「再說，」沙夏不減話語裡的怒氣。「要是陣前換將，榮耀就會歸於其他王國，像是特維爾、弗拉基米爾或蘇茲達爾。但榮耀必須歸於羅斯、歸於神，表哥。因為這一戰我們全是同一國的。」

「同一國，」狄米崔沉吟道。「你妹妹回來沒有？還有她那些——追隨者？」

「回來了，」沙夏忿忿看著表哥說：「她還那麼年輕，卻已經跟鋼一樣頑固。我必須怪你把她扯入這一切。」

狄米崔臉上毫無愧疚。「她和我一樣清楚風險多大。」

沙夏說：「她說叫大家小心河水，還有相信樹林會隱匿他們的行蹤，也不要害怕暴風或大火。」

「我不曉得這是好是壞。」狄米崔說。

「或許兩者都是，」沙夏說：「只要扯到我妹妹就不可能簡單。表哥，要是我——」

狄米崔猛力搖頭。「不准說。但我會的——我會把她當成妹妹看待，只要我在，她就不用擔心。」

沙夏彎身鞠躬，沒有說話。

「來吧，」狄米崔說：「我替你著裝。」

鎧甲、胸甲、盾牌、紅柄柳葉長矛、上好的靴子、腿甲和尖椎頭盔，沙夏很快便著裝完畢。他感覺指尖發冷。「你的盔甲呢？」他問狄米崔。大公一身波亞裝扮，跟其他幾百位貴族沒有兩樣。

狄米崔一臉笑意，彷彿惡作劇被逮的男孩。沙夏發現大公身旁的侍衛個個神情緊張又惱怒。

「我叫一位波亞作我的替身，」狄米崔說：「你以為我會一身鮮紅坐在山頂上觀戰嗎？錯了，我要好好廝殺一場，而且我才不要讓韃靼弓箭手輕易得手。」

「你要是被殺，這場仗就白費了。」沙夏說。

「我若沒身先士卒，這場仗才是白費了，」狄米崔說：「只要我不是大公，羅斯就會分崩離析。眾人不是落敗，有如風中落葉四散紛飛，就是被勝利沖昏了頭，人人都想多分一點。不行，我非得搶下首功才行，不然還有別的方法嗎？」

「的確，」沙夏說：「我服事你不下於服事神，表哥，而且引以為榮。願你原諒我所做過和未能做的一切。」

「我們之間有什麼原諒可言，表弟，」狄米崔說：「左手不會求右手原諒。」他拍拍沙夏的背。「去吧，與神同在。」

兩人著裝出帳和部隊會合。士兵們已經在庫利科沃原野上擺好陣式。時近正午，霧氣節節消散。

「我得去見我妹妹，」沙夏說：「我還沒有跟她好好道別。」

「沒時間了，」狄米崔說。一名士兵將馬牽來，狄米崔翻身上鞍。陽光穿破最後一絲薄霧，大公伸手遮眼說：「你看，對方的戰士已經就位了。」

狄米崔說得沒錯。韃靼戰士已經到了定位，接受數十萬人鼓譟歡呼。沙夏心臟狂跳，躍到圖曼背上。面對敵軍鼓譟，那母馬不為所動，只是豎了豎耳朵。「既然來不及，那就代我向她道別吧，」他說。

沙夏策馬奔向兩軍之間的泥濘原野，感覺自己似乎瞥見一道金光——波札隱身奔馳在羅斯陣中。沙夏抬手遮擋那微光，他只能這樣做。

願神與妳同在，妹妹。

❄

哥哥一去找大公，瓦西婭就跳到了波札背上。熊一臉喜色嗅著天空，瓦西婭心想他是為了緊繃的氣氛而竊喜。熊轉頭朝她咧嘴微笑說：「接下來呢，女主人？」

天剛破曉，莫羅茲科就離開她了，但寒霧中還帶著他的氣息。風颯颯吹著羅斯陣中的三角旗，幾片雪花隨風飄落。瓦西婭感覺自己卡在熊與冬王之間，一邊是熊對打鬥的興奮，一邊是莫羅茲科對殺戮的悲傷。一邊是熊的在場，一邊是冬王的缺席。

很好，莫羅茲科只負責死者。

她負責生者。

但不包括人。

她首先見到一隻巨大的人面黑鳥。那鳥凌空橫越戰場，翅膀掃得旗幟翻飛。雖然人看不見她，卻都抬頭張望，彷彿察覺她的影子籠罩著他們和日光。

接著是樹精列許從森林邊輕輕走了出來。弗拉基米爾．安德烈維奇和他的騎兵就藏在戰場旁的這片樹林裡，伺機突襲。

瓦西婭輕推波札，金馬噴著火花大步通過士兵和帳篷之間，好讓瓦西婭和掌管樹林的精靈說話。

瓦西婭用沾血的雙手握住樹精細枝般的手指。「我會藏住那些人，」列許說：「困住他們的敵手。這是為了妳和大公的承諾，瓦西莉莎．彼得洛夫納。」

就這樣，當沙夏披盔戴甲，士兵們用餐、整隊集結時，謝爾特們不斷穿過濃霧朝戰場湧來。伏賈諾伊在河裡咯咯出聲，他的女兒露莎卡們在岸邊等候。瓦西婭只認得其中幾個謝爾特，其餘大多不認識，但他們還是愈聚愈多，直到戰場上站滿妖精。瓦西婭感覺到他們的目光、他們的信任，沉沉朝她壓來。

濃霧開始消散。雖然寒冷，瓦西婭已經滿身是汗，神經緊繃騎著波札使勁在狄米崔的陣裡陣外召集、調派和鼓勵她的謝爾特夥伴。

直到一長聲號角響起，瓦西婭才將心思轉回人的世界。她放眼望向沼澤般泥濘的遼闊原野，兩軍之間依然飄蕩著幾縷霧氣，但韃靼人的陣營已經隱約可見。

瓦西婭心一沉。

敵人實在太多了。對付這樣的千軍萬馬，一丁點恐懼怎麼起得了作用？韃靼人的陣線看不到盡頭，戰馬呼吸有如雷鳴。北方烏雲密布，夾帶著雪，天空不時有雪花飄落。狄米崔的精銳部隊打前鋒，和特維爾大公米凱爾鎮守左翼。塞普柯夫王公弗拉基米爾在右翼，只是隱藏在密林中。

馬麥陣營後方，奧列格和他的波亞們也在等待，等待另一個信號，好從背後突襲韃靼大軍。

謝爾特們在四面八方等待，有如燭火在瓦西婭眼角邊忽明忽暗。

熊在她身旁見到這陣仗說：「我活這麼久從來沒見過這種魔法，竟然能召集所有我們同類一齊上戰場。」他眼裡閃著煉獄火光般的期待。

瓦西婭沒有回答，只是暗自祈禱自己沒有做錯。她曾經想過有沒有其他計策，卻別無他法。波札開始耍脾氣，幾乎無法駕馭了。空氣中瀰漫著緊張。原野上沒有可以讓人隱匿的黑暗，霧也散了，再也沒有什麼能夠掩藏即將有數十萬人互相廝殺的事實。戰爭很快就要開始，只是沙夏呢？

熊湊到她身旁，興致高昂看了戰場一眼。「泥濘和哀號，」他說：「謝爾特和人攜手戰鬥，哎，肯定很壯觀。」

「你知道我哥哥在哪裡嗎？」瓦西婭問。

熊露出狼般的笑。「那裡，」他指著遠處說：「但妳現在不能去找他。」

「為什麼？」

「因為你哥哥要和韃靼人哲留孛決鬥，妳不知道嗎？」

瓦西婭當即轉身，心裡驚駭萬分，但太遲了，已經太遲了。部隊已經聚攏，決鬥兩人各自策馬離開己方陣營，朝對方騎去。一人騎著灰馬，一人騎著栗駒。

「你早就知道了，但現在才告訴我。」瓦西婭說。

「我會服事妳，」熊答道：「甚至喜歡聽妳差遣，但我永遠不能信任。再說，妳之前不跟我說話，寧可整晚跟我哥哥吵架。那傢伙眼睛再藍，對軍隊的了解也不比我多。這是妳自找的。」

波札察覺瓦西婭忽然心急如焚，便抬起頭來。瓦西婭說：「我得去找他。」她話還沒說完就看見熊齜牙咧嘴擋在她前面。

「妳白癡嗎？」他說：「妳難道覺得那些人裡頭沒有一個人能看見妳或金馬嗎？妳有把握嗎，在所有目光都集中在妳哥哥身上的時候靠近他？妳覺得沒有韃靼人會抗議，說他們被騙了？」他看見瓦西婭臉色鐵青、一動不動瞪著他，便接著說：「那個修士不會感謝妳的。那個韃靼人刑求過他，他是為了狄米崔、為了國家、為了自己而戰。那榮耀是他的，不是妳的。」

瓦西婭轉過頭，心裡猶豫痛苦。

兩方都聚攏了，羅斯和馬麥大軍。士兵在晨霧中顫抖，鎧甲冰冷沉重。他們之間站著沒人看得見的力量。頓河的伏賈諾伊守株待兔，等著溺死大意之人。樹精列許用枝葉將人馬隱藏起來。混亂之王咧嘴微笑。許許多多小樹妖與小河精。

還有置身事外法力無邊的莫羅茲科。他隱身不見，在北方的雲裡，在凜冽的強風中，在不時飄落她臉頰的雪花裡，但他就是不肯下來和他們在一起，不願為狄米崔而戰。她在他眼裡見過那可怕的了然：**我只負責死者**。

我明明可以遠走高飛，瓦西婭心裡想。她看見自己的手在顫抖。**我明明能遠走高飛，回到湖邊，或回雷斯納亞辛里亞，或去一處無名的純淨森林。結果我卻在這裡。喔，沙夏啊，沙夏，你到底做了什麼？**

❄

艾列克桑德修士隻身騎向庫利科沃的泥濘原野，在狄米崔前鋒部隊長矛夾道下來到了兩軍之間的開闊地。四周鴉雀無聲，只有圖曼輕輕噴息，還有她馬蹄踩在潮濕土壤上的沙沙聲。

一人騎著紅色駿馬從敵營陣中朝沙夏奔來。儘管十萬多人集結在此，原野上依然靜得聽得見風聲，有如哀嘆掃過樹上的殘葉。

「真清爽的早晨。」哲留孛一派輕鬆坐在壯碩的韃靼駿馬背上說。

「我要殺了你。」沙夏說。

「我想不會，」哲留孛說：「其實我有把握不會。可憐的聖者，瞧你背上都是傷疤，手也裂了。」

「你侮蔑了這場決鬥。」沙夏說。

哲留孛臉色一沉說：「這場決鬥對你到底算什麼？遊戲一場？還是聖戰？這只是一場人對人的戰鬥。不論哪一方獲勝，都會有女人哭泣，血濺大地。」

說完他便掉轉馬頭，往回騎了幾步，然後轉身等待。

沙夏也策馬退到定位。戰場上一片死寂。灰霾晨光下，十萬多人屏息等待，氣氛詭譎怪異。沙夏再次感覺自己在殘霧中瞥見一隻金光閃閃的馬，背上一個纖纖人形，旁邊跟著一個龐然黑影。他悄聲禱告。

接著沙夏舉起長矛發出長嘯，背後傳來六萬人嘶吼應和。羅斯人上回齊心一德是什麼時候？自從基輔大公時代之後就不曾有過。但狄米崔．伊凡諾維奇卻做到了，將全羅斯人號召到了冰冷的頓河岸邊。

哲留孛也發出長嘯，神采奕奕歡快。他的同胞在他背後高呼助陣。圖曼穩穩立在主人身下，沙夏輕輕一拍，她立刻拔足狂奔。哲留孛猛踹栗色駿馬一腳。兩人在沼澤般的原野上朝對方殺去，馬蹄下泥水四濺。

❄

瓦西婭看著兩人策馬飛馳，一顆心噎到了喉嚨。兩人的坐騎每踏一步就濺起長虹般的泥土。雙方交會瞬間，哲留孛長矛微低，矛尖指向她哥哥的胸骨。沙夏揚起盾牌擋開對方的全力一擊，自己的矛則是擦過哲留孛肩上的盔甲，然後斷了。

瓦西婭伸手摀住了嘴巴。沙夏扔掉長矛拔出長劍，哲留孛讓栗毛母馬掉頭，神情冷酷鎮靜。他手上長矛和盾牌都在，用膝蓋指揮坐騎方向。沙夏的劍長不到那韃靼人長矛的一半。

第二回較量。兩人交會瞬間，沙夏輕拍圖曼側腹，那頭快腿母馬立刻佯裝向左，沙夏趁機一劍砍斷了哲留孛的矛柄。這下兩人都剩長劍，雙方再次掉轉馬頭開始廝殺。

兩人貼身搏鬥，時而揮砍佯攻，時而退後。瓦西婭即使身在遠處，劍刃互擊的鏗鏘聲依然清晰可聞。

熊微笑觀戰，臉上藏不住的滿足。

哲留孛的栗毛母馬比圖曼敏捷一些，但沙夏比他強壯一點。兩人已經滿臉泥巴，馬頸塗血抹土，每回揮舞沉重的長劍互擊都吃力呻呼。

瓦西婭一顆心卡在嘴裡，卻什麼忙都幫不上，也不能幫。這時刻只屬於他。沙夏齜牙咧嘴，臉上寫著榮耀。瓦西婭指甲掐著掌心，肉都掐出血來。

細雪扎臉，瓦西婭可以聽見謝爾特們也開始鼓譟，還有羅斯人的吆喝，替她哥哥吶喊助陣。

沙夏避開對方攻擊，一劍回在哲留孛肋骨上，劃開了對方的鎖子甲。哲留孛用劍擋開第二次攻擊，兩人劍抵著劍僵持對抗。沙夏穩如泰山，使出全勁猛力一頂，將哲留孛推落馬下。

熊振臂大吼，兩軍將士齊聲驚呼。哲留孛和沙夏摔在地上，兩人的劍都沒了，只剩下雙拳互搏。扭打間，沙夏伸手摸到了匕首。

他一刀刺進哲留孛的咽喉，直至刀柄。

羅斯大軍歡聲雷動，瓦西婭的謝爾特們也興奮歡呼。沙夏贏了。

瓦西婭顫抖著吁了口氣。

熊嘆息一聲，彷彿得到了無上滿足。

沙夏手握帶血的長劍站起身來。他親吻劍身，高舉向天，向神和狄米崔．伊凡諾維奇致敬。

瓦西婭感覺聽見一聲高呼，是狄米崔的聲音。他朝部隊大喊：「神與我們同在！勝利已成！上馬吧！衝啊！」所有羅斯人奮勇殺出，萬頭齊聚，高呼莫斯科大公和艾列克桑德．佩列斯維特的名號。

沙夏轉身挺直腰桿，似乎想叫喚自己的坐騎，加入衝鋒，但卻沒有出聲。

熊轉頭望著瓦西婭，眼神焦灼急切。就在這時，瓦西婭看見了。沙夏的皮盔甲被利劍刺穿一個大洞，只是在混戰中沒有發現。

「不！」

沙夏驀地轉頭，彷彿聽見妹妹的叫喊。圖曼來到沙夏身邊，沙夏伸手抓住鞍橋，似乎想翻身上馬。

然而他卻跪在地上。

熊哈哈大笑，瓦西婭淒聲哀號。她不曉得自己竟然能發出那樣的聲音。她彎身向前，波札急射而出，穿越原野朝沙夏奔去，將對決的兩支大軍甩在身後。熊跟在她身旁，瓦西婭隱約聽見羅斯的謝爾特們的聲響，聽見他們跟著羅斯人衝鋒。

但瓦西婭心裡已無勝利。兩軍不斷逼近，但戰場中央只有驚慌失措的圖曼，還有趴在泥水中的哲留孛屍體。瓦西婭無暇顧及他們，因為她哥哥仍然跪在泥裡，口吐鮮血，身體開始劇烈顫抖。他抬起頭，說：「瓦西婭。」

「噓，」瓦西婭說：「別說話。」

「對不起，我沒有求死的意思，真的。」

波札默默跪在泥裡。「你不會死的，快點上馬，」瓦西婭說。

她沒想到他照她的話做會有多痛。兩軍衝鋒，大地為之震動。沙夏頹然坐倒，怎麼也直不起身子。

「他活不成了，」梅德韋得在她身邊說：「最好開始報仇。」

瓦西婭二話不說，拿起哥哥的劍劃破手掌，鮮血覆滿她的手指。她將血抹在熊臉上，將全身上下所有意志灌注其中。

「替我報仇。」她冷冷說道。

熊身體一震，體內漲滿力量，一隻獨眼炯炯發光，比午夜裡的波札還要閃亮。他看著瓦西婭，從泥巴裡抓起沙夏的頭盔，狠狠咬了自己的手。鮮血一湧而出，清澈如水，卻和硫磺一樣刺鼻，汩汩灌進銅盔裡。

「作為交換，我送上我的力量，」他說，眼裡閃著狡詐。「讓死人復活。」

說完他便消失了，潛入混戰之中，以恐懼發動攻擊。瓦西婭捧著頭盔，爬上波札的背坐在哥哥身後。金馬耳朵後貼，雖然負擔多了一倍，還是站了起來，腿上和腹部都是泥巴。她像流星一般疾馳而出，兩軍終於開始廝殺。

35 星光之路

瓦西婭可以感覺波札每一蹄的震動，彷彿她才是垂死之人。母馬左閃右躲，避開士兵和謝爾特，甚至躍過一頭死馬。而瓦西婭則是緊抓著哥哥，抓著反常裝了血的頭盔，並且禱告。

最後他們總算離開了戰場，將四面八方的喧騰拋在身後，隱入沿河的森林中。他們在小灌木叢裡找到一個安靜之處，離戰場並不算遠。打鬥聲似乎粉碎了天與地。瓦西婭感覺自己聽見熊在大笑。

灌木叢比沼澤略高，瓦西婭在哥哥滑落馬背之前及時先下了馬。沙夏的重量差點讓她趴進水裡。瓦西婭使盡全身力量才撐住他，將哥哥放在濕軟的土上。沙夏嘴唇發青，雙手冰冷。

她望著頭盔裡的水。**讓死人復活，但他沒有死。莫羅茲科——莫羅茲科，你在哪裡？**

沙夏抬起目光看著瓦西婭，卻視而不見。或許他看見星空下出現了一條路，一條沒有回頭路的路。「瓦西婭？」他喊道，聲音氣若游絲。

瓦西婭只騰得出兩隻手。她用毛皮斗篷抹去哥哥臉上的血與泥，扶著他的頭靠在她的腿上。

「我在這裡，」她說，再也止不住淚水盈眶。「你贏了。羅斯人一定會勝利。」

沙夏眼睛一亮。「我很高興——」他說：「我——」

他微微轉頭，忽然定住了目光。瓦西婭順著他眼神望去，只見死神正在等候。他站在那裡，坐騎在他身後，形體淡如薄霧。瓦西婭凝望著他，兩人默默無語。她曾經苦苦哀求，曾經斥責他來接走她愛的人，但她現在只是看著他，看著自己的目光如劍一般穿透了他。

「你能救他嗎？」她低聲道。

死神只是微微搖頭作為回答。但他還是走上前來，依然沒有開口，跪在她身旁。他皺著眉，雙手捧成杯狀，掌心湧出清澈潔淨的水，將水滴在她哥哥的臉上。水所及處，傷口、瘀青和泥垢瞬間消失，彷彿被洗去一般。瓦西婭同樣不發一語，默默協助他。兩人緩緩穩穩動作著。瓦西婭鬆開髒污破裂的盔甲，讓莫羅茲科用水淋過沙夏。最後她哥哥的臉和身體都乾淨了，不再有傷口髒垢，感覺像是睡了，睡得平穩安詳，無憂無傷。

但他沒有復活。

瓦西婭伸手去拿頭盔。

莫羅茲科不安望著她的動作。微弱的盼望在瓦西婭喉間跳動、燃燒。「這真的能讓他起死回生嗎？」

莫羅茲科面露難色。「對。」他說。

瓦西婭舉起頭盔，斜斜對著哥哥的嘴唇。

莫羅茲科伸手攔住她。「先跟我過來。」

瓦西婭不曉得他的用意，但還是牽住了他的手。兩人手指相疊交握，瓦西婭發現自己來到生命之後，來到那滿天星斗的森林之路。

她哥哥就站在那裡等著。臉色有些蒼白，眼裡星光閃閃。「沙夏。」她說。

「妹妹，」他說：「我還沒跟妳道別，對吧？」

瓦西婭撲上前去一把抱住了他，但感覺他身體冰冷而遙遠。莫羅茲科望著他們。

「沙夏，」瓦西婭急切地說：「我有一樣東西能讓你起死回生，讓你繼續活著，回到我們身邊，還有狄米崔。」

沙夏望著遠方，注視那條星光之路，眼裡似乎帶著渴望。瓦西婭匆忙道：「這個，」她舉起撞凹的頭盔。「把它喝了，」她說：「你就會復活。」

「但我死了。」他說。

瓦西婭搖頭說：「你不必死。」

沙夏退後道：「我見過死人起身，我不要變成那樣。」

「不會！」瓦西婭說：「這不一樣——這個——你會像伊凡，童話裡的伊凡那樣。」

但她哥哥依然搖頭說：「這不是童話，瓦西婭。我不願賭上自己不朽的靈魂，在離開生命之後重返人世。」

瓦西婭望著他。沙夏臉色寧靜悲傷而堅定。「沙夏，」她喃喃道：「沙夏，求求你，你可以復活，可以回到謝爾蓋身邊，回到狄米崔和歐爾嘉身旁。求求你。」

「不，」沙夏說：「我——我已經奮戰過了。我為之送上性命，而且甘願如此。接著輪到其他人讓我的犧牲有價值了。現在我的犧牲落在狄米崔肩上，還有——還有妳的肩上。捍衛這片土地，守護它的完整。」

瓦西婭望著他，完全無法置信，腦中閃過無數瘋狂的念頭。在活人的世界裡，她或許能逼他飲下那水，可是——可是……

這選擇不屬於她。她想起自己在同一件事上為姊姊作主時，歐爾嘉的憤怒，想起莫羅茲科說過的話：**這不是由妳決定**。

瓦西婭努力穩住聲音。「這是你的希望？」

「對。」她哥哥說。

「那麼——願神與你同在，」瓦西婭潰不成聲。「你如果——如果見到爸爸——還有見到媽媽——跟他們說我愛他們，說我雖然流落遠方，卻沒有忘記。我——我會為你禱告。」

「我也會為妳禱告，」她哥哥說，接著忽然笑了。「再會了，妹妹。」

瓦西婭點點頭，但無法說話。她知道自己垮著臉，但還是擁抱了哥哥。她往後退開。

接著莫羅茲科輕聲說道，只是不是對她。「走吧，」他對沙夏說：「別怕。」

36 三人大軍

瓦西婭頹然回到現實，俯身在哥哥潔淨的屍體上啜泣。她不曉得自己哭了多久，無視附近激戰方酣。直到背後傳來一道輕柔的蹄聲，和一個冰冷的身形靠近，才讓她回過神來。

她回頭看見冬王從馬背上下來，注視著她。

她沒有話對他說。溫柔的話語或觸碰只會讓她心碎，而他啥也沒做。瓦西婭闔上哥哥的眼睛，在他臉旁低聲禱告，接著站起身來，靈魂裡充塞著難以抑制的暴力。她無法讓哥哥復生，但他的希望，他拚命追求的東西，她能替他做到。

「你只負責死者是嗎，莫羅茲科？」她說著伸出手來。那手上依然沾著沙夏和她自己的血，因為之前割腕餵血給熊的傷。

冬王躊躇未答。

但他臉上也浮現凶狠，忽然很像之前仲冬午夜的他。驕傲、年輕、危險。他手上也有沙夏的血漬。

「也負責生者、被愛的人，」他低聲道：「他們也是我的子民。」

他握住她染血的手，四周狂風淒厲，發出第一場暴風雪的咆哮。瓦西婭的靈魂燃燒著怒火，不可抑制。她抬頭注視波札，發現金馬也全身緊繃，提足跺地。兩人同時躍上馬背，轉身迎著剛起的風雪奔回戰場。

她手掌冒火，而他手裡則是凜冬的威能。

戰場上傳來一聲高呼，是熊見到他們而放聲大笑。

「我們必須去找狄米崔。」瓦西婭隔著廝殺聲喊道。她要波札衝進一群騎馬追殺羅斯長矛兵的韃靼戰士，嚇得戰馬四散奔逃，壞了戰士們的好事，惹得他們大聲咒罵。

一道疾風掃過，吹歪了原本會射中瓦西婭的箭。莫羅茲科說：「他的軍旗在那裡。」

大公的旗幟在戰場第一線，一處小高地頂端。瓦西婭和莫羅茲科掉轉方向，在交戰的士兵之間殺出一條血路，朝那裡奔去。利箭咻咻射向狄米崔所在的位置，排成楔形的騎兵不斷進逼，奮力殺向那飄搖的旗幟。

白馬和波札步伐輕盈，穿越戰場速度更快，但韃靼人距離更近，雙方努力搶先。波札耳朵貼臉，大步左閃右衝，瓦西婭朝著韃靼戰馬大聲叫喊。其中幾頭馬聽見她的聲音開始瑟縮，但還不夠。敵軍腳下的土壤結了冰，變得又濕又滑，但韃靼戰馬很強壯，各種地形都難不倒他們，連地上結冰也不怕。雪打在戰馬臉上，遮擋了騎兵的視線，但韃靼人還是算準時間頻頻出箭。

「梅德韋得！」瓦西婭大喊。

熊出現在她另一側，聲音裡依然帶著刺耳的獰笑。「真是太棒了，」他吼道。他化成獸形，滿身人血興奮咆哮，跟她另一側的莫羅茲科的鎮定沉默形成強烈的對比。他們三個排成楔形，在混戰中殺出重圍。瓦西婭讓敵人腳下竄火，但很快就被潮濕的土壤和匆匆飄落的細雪弄熄。莫羅茲科遮蔽他們的視線，用惡風吹歪他們的箭。

梅德韋得只是一路散播恐懼。

他們和韃靼人都在搶先，看誰先到狄米崔那裡。

韃靼人贏了。萬箭齊飛，韃靼人有如海浪撲向狄米崔的旗幟，比瓦西婭和她兩位夥伴快了幾步。軍旗傾倒，砸在了泥裡，四周響起歡呼聲。但箭還沒停，而且致命準確。白馬緊貼著波札側腹，光是擋開射向瓦西婭和兩頭馬的箭，就幾乎用盡了莫羅茲科的所有力氣。

狄米崔的侍衛被人一劍砍成兩半，坐騎仰身翻倒。三名韃靼人策馬朝大公撲去。

瓦西婭大喊一聲，波札猛力撞向他們。騎著金馬哪還需要長劍？她幾個飛蹄，將他們嚇得跌下馬去。才落到地上，腳下就竄出火來，驚得他們往後跳開。瓦西婭滑下母馬背部，跪在大公頭邊。

大公盔甲被砍，身上十幾處傷口在淌血。瓦西婭脫下他的頭盔。

結果那人根本不是莫斯科大公，而是一名她不認得的年輕人，性命垂危。

瓦西婭望著他。「大公呢？」她輕聲問。

年輕人口吐血沫，幾乎無法說話。他眼神茫然抬頭看著她，瓦西婭必須低頭才能聽見他的聲音。「大公在前鋒部隊，」他喃喃道：「部隊的最前線。他把盔甲給我，這樣韃靼人就認不出他了。我很榮幸，我……」

他目光黯了下來。

瓦西婭闔上年輕人的眼睛，接著轉過身來。

「在前線，」她說：「走吧！」

❄

到處都是韃靼人在攻擊，箭從四面八方飛來。莫羅茲科緊貼在瓦西婭身側，不讓勁射而至的利箭傷到她。他們靠著熊在戰場上穿梭，沿途散播大雪、火焰與驚恐。

「前線動搖了，」熊閒聊似的說。他獨眼依然炯炯發亮，毛皮沾了血。「狄米崔必須——」

就在這時，她聽見狄米崔的聲音，在盔甲碰撞聲中依然嘹亮有力。「退後，」他高聲喊道。

「情況不理想。」熊說。

「他在哪裡？」瓦西婭說。下雪加上兩軍打成一團，讓她很難看得清楚。

「那裡。」莫羅茲科說。

瓦西婭看了一眼。「我沒看到。」

「那就過去吧。」冬王說。兩人並肩擠出一條路。這下她看見狄米崔了。他依然騎在馬上，手持長劍，穿著一般波亞的盔甲。他一劍砍倒一名敵人，接著用他坐騎的重量將另一人撞下馬鞍。他臉頰、手臂、馬鞍和馬脖子上都是血。「退後！」

韃靼人不斷進逼，四周亂箭齊飛。一支利箭擦破她的胳膊，但她幾乎沒有感覺，直到莫羅茲科大吼「瓦西婭！」她才察覺上臂在淌血。

「大公必須活著，」瓦西婭說：「要是他死了，這一切就白費了——」

波札追上狄米崔的馬，仰腿猛踢，逼退了另一名敵人。

狄米崔轉頭見到她立刻臉色一變，湊過來抓住她的手臂，不顧她和自己身上的傷。

「沙夏，」他說：「沙夏呢？」

戰鬥已經使她麻木，但大公的話讓她心裡的迷霧散了一些，露出了痛苦。狄米崔從她臉上看出來了。他臉色發白，一言不發再次轉頭喝令部隊。「退後！退到第二線去，讓他們上來。」

部隊一片混亂。第二線的羅斯人已經潰散，逃的逃、躲的躲，幾乎潰不成軍。熊不見蹤影，而——

狄米崔忽然轉頭對瓦西婭說：「奧列格若是計畫突襲，現在是時候了。」

「我去找他，」瓦西婭回答，接著對莫羅茲科說：「別讓他死了。」

莫羅茲科似乎想破口大罵。他臉上也都是泥和血，馬脖子上一道長長的擦傷。他不再是那個無動於衷的冬王。但他只是點點頭，便掉轉馬頭去追狄米崔了。

狄米崔說：「奧列格要是沒背叛我們，就要他攻擊馬麥的右翼，」接著他就轉頭繼續發號施令了。

瓦西婭掉轉波札，試著再次隱身，突破不斷進逼的韃靼人陣線去找奧列格。

❄

她在一處小高地找到了梁贊部隊，他們正精神抖擻等待著。

「你向大公發過誓，」瓦西婭騎到梁贊王公面前說：「這可不大像承諾他會出兵的人該做的事。」

奧列格笑而不答。「對一個一擊不成就完蛋的人來說，最好等到最佳時機再出手。」他俯瞰戰場。「那時機就是現在。跟我一起衝鋒吧，小女巫？」

「快點。」瓦西婭說。

奧列格高聲喝令，瓦西婭掉轉波札。那母馬如火炭般閃亮，但瓦西婭毫無感覺。

梁贊部隊殺聲震天，號角齊響，全速衝下高地。瓦西婭並肩騎在奧列格的身旁，拉著波札讓她配合其他戰馬的速度，只是有些吃力。她看見韃靼人驚詫回頭，沒想到遭受突襲，接著又看見狄米崔陣營左翼的森林裡傳來動靜——弗拉基米爾的騎兵部隊終於衝出森林，而熊就在他們身旁，驅使戰馬以驚惶的速度飛奔。她聽見他興奮狂笑。

他們就這樣包夾了韃靼大軍。奧列格、弗拉基米爾和狄米崔，三支部隊一起瓦解了韃靼人的陣線。

❄

儘管如此，他們仍須一小時一小時血戰，戰到最後一兵一卒。瓦西婭不知道花了多久——幾小時？幾天？直到背後一個聲音讓她回過神來。「瓦西婭，」冬王說：「戰爭結束了，韃靼人逃了。」

她感覺眼前像是罩下一層薄霧。她環顧四周，發現所有人都聚在戰場中央：弗拉基米爾、奧列格、狄米崔，還有她、熊和莫羅茲科。

狄米崔的傷讓他半昏半醒，只能由弗拉基米爾扶著。奧列格一臉光榮。瓦西婭望過去四面八方都是他們的人。他們贏了。

風小了，初雪也從零星變成持續，輕輕悄悄、綿綿密密蓋住了死去的敵人與戰友。

驚嚇和疲憊讓瓦西婭只是愣愣望著莫羅茲科。白馬頸子上的擦傷滲出一道血絲。莫羅茲科看上去和她一樣疲憊、憂傷，手上全是泥與血。只有波札毫髮無傷，一如清晨時那樣毛皮光潔，渾身力量。

瓦西婭真希望自己也是這樣。箭傷讓她手臂抽痛，但那根本比不上她靈魂的慟。

狄米崔臉色死白，勉強挺起身子朝她走來。瓦西婭滑下波札的背，上前迎接。

「你贏了。」她說，聲音裡毫無情緒。

「沙夏呢？」莫斯科大公說。

37 死亡之水、生命之水

狄米崔的部隊追殺敵軍一路追到了麥西亞，長征將近五十俄里。弗拉基米爾・安德烈維奇、梁贊的奧列格和特維爾的米凱爾共同領軍，三人像兄弟一樣並肩而行，他們的部隊更是水乳交融，分不清誰來自莫斯科，誰來自梁贊或特維爾，大家都是羅斯人。他們奪下馬麥大軍的戰馬，殺了他帶來的傀儡可汗，逼得馬麥遠走卡法，不敢再回到薩萊，免得性命不保。

然而，莫斯科大公和瓦西婭都沒有參與追殺，而是來到河邊附近一處隱蔽的矮林。

沙夏還躺在原地，身上裹著瓦西婭的毛皮斗篷，外表潔淨無瑕。

狄米崔倉皇下馬，踉蹌走到他的摯友身旁，將他抱了起來，久久沒有說話。

瓦西婭無法安慰他。她自己也在啜泣。

矮林裡靜默良久。長日將盡，陽光變得煙濛虛渺。左右四方雪還在下著，輕輕悄悄。

最後狄米崔抬起頭來。「我們應該把他送回三一修道院，」他啞著嗓子說：「跟他的弟兄一起埋在聖地。」

「謝爾蓋會為他的靈魂禱告，」瓦西婭說，之前的咆哮和啜泣讓她的聲音和大公一樣沙啞。她用掌根摁著眼睛。「他走遍了這片土地，」她說：「熟知它、熱愛它，現在卻要化成白骨，困在凍土之下。」

「但我們會歌頌他，」狄米崔說：「我發誓，我們不會遺忘他。」

瓦西婭沒有說話。她無言以對。歌頌有什麼用？又不能讓她哥哥起死回生。

那晚，大公派人用車接走了沙夏的屍體。車子伴隨嘈雜與火光轆轆駛離黑暗，狄米崔的隨從吵吵鬧鬧，所有人沉浸在勝利之中，幾乎忘了表示哀戚。瓦西婭受不了他們的喧嘩，受不了他們的喜悅。反正沙夏已經不在了。

她吻了哥哥的額頭，然後起身溜進黑暗中。

❄

她不曉得莫羅茲科和梅德韋得何時出現的，只感覺自己一個人走了很久，不知道自己身在何處，要去哪裡。她只想遠離那喧囂與臭味，鮮血與悲傷，還有狂熱的勝利。

但當她抬起頭時，卻看見他們倆走在她身旁。

她童年時在空地見到這對兄弟。他們在她生命裡留下印記，改變了她的人生。他們倆身上都抹著血。熊的獨眼閃閃發亮，殘留著對打鬥的渴望。莫羅茲科眼神肅穆，表情難以解讀。兩人之間敵意仍在，但已經變了，就是不再相同。

因為他們不再對立了，瓦西婭心想，心裡隱隱帶著疲憊的悲傷。**神啊，幫助我，他們都是我的。**

莫羅茲科先開了口，對熊而不是對瓦西婭。

「你還欠我一命。」他說。

熊哼了一聲。「我試了。我跟她提議保她一命，也跟她哥哥提議保他一命。人類那麼愚蠢難道是我的錯？」

「也許不是，」莫羅茲科說：「但你還是欠我一命。」

熊一臉乖戾。「好吧，」他說：「誰的命？」

莫羅茲科轉頭看著瓦西婭，徵求她意見，但瓦西婭只是茫然望著他。誰的命？她哥哥已經走了，戰場上滿是死者。現在她還希望誰復活？

莫羅茲科伸手到袖子裡，小心翼翼掏出一個刺繡布巾包著的東西。他解開布巾，雙手將那東西遞給瓦西婭。

那是一隻死去的夜鶯，身體僵硬無瑕，用生命之水好好保存著，看上去就像她在無數漫長夜晚與波折白日隨身帶著的那個木雕。

她看了看那夜鶯，又看了看冬王，說不出話來。「能做到嗎？」她喃喃道，喉嚨乾涸如沙。

「也許能。」莫羅茲科說著轉頭看向他弟弟。

❄

瓦西婭不敢看，也不敢聽，從他們身旁走開。她心底悲傷才過，幾乎不敢抱持希望。她不敢看著他們成功，更不敢看著他們失敗。

即便蹄聲輕輕在她背後響起，瓦西婭也沒有回頭。直到柔軟的鼻子低下來，輕輕碰了她的臉頰。瓦西婭回過頭去。

她看了又看，就是不敢相信。她動不了，也說不出話，彷彿身體一動、嘴巴一張就會打破幻覺，粉碎希望，讓她再次孤單。她飢渴地看，看他夜裡變暗的棗紅毛皮、臉上的孤星和溫暖的深色眼眸。她認得他。她愛他。「索拉維。」她喃喃道。

我睡著了，那馬說，**但那兩位，熊和冬王，他們叫醒了我。我很想妳**。

疲憊與驚喜讓她心都痛了。瓦西婭一把抱住那棗紅駿馬的脖子開始啜泣。他不是鬼。他溫暖、活著、散發著他的味道，鬃毛刺著她臉頰的感覺熟悉得令人心碎。

我再也不會離開妳了，那馬說道，接著用頭拱了拱她。

「我好想你。」她對馬說，熱淚滲進了他的黑色鬃毛。

我想也是，索拉維用鼻子碰了碰她說。他甩甩鬃毛，一臉自傲。**但我回來了。湖現在由妳照顧嗎？它已經很久沒有女主人了。我很高興是妳。但妳應該等我的。要是我在那裡，妳肯定會做得好上幾百倍**。

「我想也是。」瓦西婭說，接著啞著嗓子發出像是笑的聲音。

❄

瓦西婭手指纏著愛馬的鬃毛，靠在他寬闊溫暖的肩上，幾乎沒聽見熊說話。「好了，這一切真感人，但我要告辭了。我還要遊歷全世界，而且她答應給我自由，**老哥**。」最後這話是刻意講給莫羅茲科聽的。瓦西婭睜開眼睛，發現冬王瞪著他的孿生弟弟，臉上明顯掛著疑心。

「你還是受我約束，」瓦西婭對熊說：「也受你的承諾約束。你不能叫醒死者。」

「人類沒有我，創造的混亂已經夠多了，」熊回答道：「我打算享受他們創造的混亂就好，頂多讓幾個人做惡夢。」

「你要是做出更壞的事，」瓦西婭說：「謝爾特會讓我知道。」她舉起繫著金繩索的雙手，既是威脅也是承諾。

「我不會做比那更壞的事。」

「需要時，」她說：「我會再召喚你。」

「妳就召喚吧，」熊說：「說不定我會應。」說完他一鞠躬便消失了，迅速隱入黑暗之中。

❄

戰場空空蕩蕩，月亮已經升起，這會兒正躲在雲後，寒霜凍得地表發硬。死去的人馬尚未瞑目，活著的士兵拿著火把穿梭在死者之間，尋找殞命的朋友或恣意掠取財物。

瓦西婭撇開頭去。

謝爾特們已經悄悄離去，帶著狄米崔、謝爾蓋和瓦西婭的承諾，回到森林與溪流。**我們可以共有這片土地，我們一起捍衛的土地。**

只有三個謝爾特沒有離開。沉默的莫羅茲科，頭髮曦白、膚色深黑的女子，還有個頭矮小的蘑菇精靈，在黑暗裡發著病懨懨的綠光。

瓦西婭知道自己的臉又腫又髒，像個悲喜交織的小孩，但還是恭恭敬敬朝爹德格里布和波魯諾什妮絲塔鞠了個躬。「兩位朋友，」她說：「你們回來了。」

「妳贏得了屬於妳的勝利，姑娘，」午夜說：「我們都是見證。妳發了誓，也實踐了諾言，我們謝爾特確實屬於妳。我來是要告訴妳，那老婦人——她很開心。」

瓦西婭只是點了點頭。諾言的代價太高了，她有沒有實現又怎麼樣？但她還是舔了舔嘴唇說：「告訴——告訴我外曾祖母，她答應的話，我會去午夜找她，因為我有很多要學。還有，謝謝妳，謝謝你們兩個。謝謝你們對我的信心，和給我的教導。」

「今晚不算，」爹德格里布用他的尖聲尖氣老實地說：「我們今晚什麼都沒有教妳。去找個乾淨的地方，」他恨恨看著莫羅茲科。「你一定知道好地方，冬王，雖然你的國度對蘑菇而言太冷了。」

「我知道一個地方。」莫羅茲科說。

「我們月光下湖邊見。」瓦西婭對爹德格里布和波魯諾什妮絲塔說。

「我們會在那裡等妳。」午夜說完便和爹德格里布一起消失了，就和他們出現時一樣突然。

瓦西婭靠著索拉維的肩頭，心裡既是哀傷又是歡喜。莫羅茲科雙手捧成杯狀。「我們走吧，」他說：「終於。」

瓦西婭默默伸腳踩在莫羅茲科手掌上，讓他推她上索拉維的背。她不曉得他們要去哪裡，只知道她的靈魂要**她離開**，遠離聲音與氣味、榮耀與徒勞。

索拉維拱著脖子溫柔載著瓦西婭，波札則在黑暗裡閃閃發亮，用熱溫暖他們倆。

最後他們來到一處小高地的頂端，清楚俯瞰血淋淋的戰場。瓦西婭下馬走向波札。

「謝謝妳，女士，」她說：「妳終於要如願以償，自由飛翔了嗎？」

波札冷冷抬起頭，張大鼻孔，彷彿想試試天界的風，但隨即低下金黃的頭顱，用嘴唇輕柔地碰了碰瓦西婭的頭髮。**妳回湖邊時，我會在那裡等妳，**她說，**妳可以在暴風雨的夜晚替我準備溫暖的地方，替我梳毛。**

瓦西婭笑著說：「沒問題。」

波札微微歪了歪耳朵。**別忽略了湖，它永遠需要守護。**

「我會守護它，」瓦西婭說：「還會看顧我的家人。我會騎著馬周遊世界，在時間與時間之間，穿越日與夜最遙遠的國度。」她頓了一下。「謝謝妳，」她對那母馬說：「我對妳的感謝無法用言語形容。」

說完她便往後退開。

金馬仰起頭，鬃毛尾端迸著小火花。她朝索拉維歪歪耳朵，彷彿有些在撒嬌。索拉維朝她輕輕咕噥。母馬仰起上身，不斷仰高，翅膀變得火紅，比晨曦還要耀眼，替所有雪花鍍了金，讓翻騰的大雪明明暗暗。接著那火鳥一飛沖天，光彩奪目。當時在遠處看見的人，日後都說他們看見了彗星，看見神的祝福劃過天地之間。

瓦西婭盯著那道光，目送波札離開，直到索拉維推了推她的背，她才低下頭來，將臉埋在愛馬的鬃毛裡，呼吸他身上令人安心的味道。他不像波札帶著令人提防的煙味，讓瓦西婭甚至暫時忘卻了鮮血、髒污、火焰與鐵的氣味。

她感覺背上一涼，便轉頭抬眼一望。

莫羅茲科指甲裡卡著泥土，臉頰沾了灰，身後的白馬跟主人一樣神情疲憊，垂著倨傲的頭，用鼻子輕輕推了推自己的孩子索拉維。

莫羅茲科一臉疲憊，就像勞動一整天之後的人類一樣。他目光尋找她的臉龐。

瓦西婭握住他的雙手。「你也會那樣嗎？」她問他說：「只要你活著的一天，就站在我們這邊，為我們苦惱悲傷？」

「我不曉得，」他說：「也許吧，但——我想我寧可感覺到痛苦，也不要毫無感受。說不定我最後會變成人類。」

他語帶挖苦，但緊抱著她。瓦西婭摟住他的脖子，將臉貼著他的肩膀，感覺他身上飄著泥土、鮮血和恐懼的氣味，帶著這天殺戮的味道。但在這些味道之下仍是冰水和松樹的清香，一如以往。

她斜斜抬頭，拉他低頭深深吻了他，彷彿她終於能釋放自己，在他手掌的觸碰下遺忘責任和這天的驚恐。

「瓦西婭，」莫羅茲科在她耳邊低聲說：「快午夜了，妳想去哪裡？」他一手玩弄著她的鬈髮。

「水乾淨的地方，」她說：「我已經受夠血的死氣。之後？我想去北方，去告訴歐莉亞……」她停頓片刻，穩住聲音才往下說：「或許，那之後——我們可以一起騎馬去海邊，去看海上的光。」

「好。」莫羅茲科說。

她難掩笑容。「然後呢？你在冬季森林有個國度，我也有一個，在湖灣邊。我們或許可以祕密組成一個國家，一個暗影之國，在狄米崔的羅斯之後與之下。因為謝爾特、女巫和魔法師，還有森林的追隨者，他們永遠該有自己的地方。」

「沒錯，」他再次附和。「但今晚先從食物、清涼的空氣、乾淨的水和不染血的大地開始。走吧，斯妮葛洛席卡，我知道冬季森林裡有一間屋子。」

「我知道。」她說。冬王用拇指抹去她的淚。

她很想說自己太累了，跳不上索拉維的背，但她身體自動完成了任務。

「我們得到了什麼？」兩人策馬遠去時，瓦西婭問莫羅茲科。雪已經停了，天空一片清朗，霜的季節才要開始。

「未來，」霜魔說。「後世的人會說這場戰役讓羅斯統一成一個國家，而謝爾特繼續活著，不會消逝。」

「即使如此，代價實在太高了。」瓦西婭說。

兩人比膝前行，莫羅茲科沒有回答。午夜的狂野黑暗已經籠罩了他們。但前方某處，森林裡透著一線亮光。

後記

幾乎打從剛開始為《熊與夜鶯》擬稿，我就知道自己想以庫利科沃之戰為冬夜三部曲作結。我總覺得自己在這三本小說想探討的許多衝突，從羅斯人對韃靼人、基督教對異教，到瓦西婭掙扎於個人慾望抱負與家人國家需求之間，以這場戰役作為和解點是再自然不過了。

這條通往庫利科沃之戰的道路，最後走的路線和當初設想的差距甚遠，但目的地始終沒變。

庫利科沃之戰是真有其事。西元一八三〇年，大公狄米崔．伊凡諾維奇召集了由數個羅斯公國組成的聯合部隊，於頓河擊敗了韃靼萬戶長馬麥率領的大軍，因而得到揚名後世的稱號——頓斯科伊，意思是「頓河的」。

狄米崔贏了。這是羅斯人頭一回在莫斯科領導之下團結擊敗外來勢力。有些人說這場戰役標誌了俄羅斯國家精神的誕生。儘管它的歷史意義其實仍然眾說紛紜，但我選擇採納這種說法。除了小說家，還有誰有權可以恣意詮釋歷史呢？

這場戰役在我的童話手法下，略去了其背後大量的政治與軍事動作，包括各種威脅、小規模衝突、聯姻和拖延戰術等等。

但我小說裡的庫利科沃之戰的關鍵人事物都來自史實：

確實有一位名叫艾列克桑德．佩列斯維特的戰士修士和韃靼武士哲留孛決鬥，並光榮戰死[41]。

狄米崔確實找了一名波亞頂替他，好和部隊一起作戰，不讓敵人察覺。梁贊的奧列格[42]在這場戰役裡確實角色曖昧，可能背叛了羅斯人，可能背叛了韃靼人，也可能只是想在夾縫間求生存。這些都確有其事。

誰知道呢，或許在這場歷史戰役之下，還有一場聖人與謝爾特的戰爭，決定雙方如何在同一片土地上共存，那也說不定。但雙重信仰（dvoeveriye）一直在俄羅斯延續著，東正教與異教和平相處，直到俄國革命。誰敢說這不是一位擁有奇特天賦與綠眼珠的少女的功勞？誰敢說最終捍衛了羅斯的功臣，不是一名女巫、一位霜魔和一個混亂之王？我覺得很合適。

謝謝你一路讀完所有故事。我廿三歲時在夏威夷一處海灘的帳篷裡開始寫這三部曲，你手上拿著的是最後一本。

我依然詫異於自己踏上了這趟旅程，但無比慶幸自己走到了這裡。

41 艾列克桑德・佩列斯維特修士：史實記載他是修士，於三一修道院師事謝爾蓋・拉多涅茲基。庫利科沃之戰和哲留孛決鬥，兩人均命喪沙場，但根據俄羅斯文獻，先落馬的是哲留孛。哲留孛：俄羅斯編年史家稱他為哲留孛，他的韃靼同胞則稱他為帖米爾・穆札。他是庫利科沃之戰的韃靼決鬥代表，被艾列克桑德・佩列斯維特擊敗。

42 梁贊的奧列格：又名奧列格・梁贊斯基，十四世紀下半葉在位的梁贊大公。他在庫利科沃之戰之前及期間的角色相當曖昧。有些文獻認定他完全投靠韃靼陣營，有些說他試著兩面討好，不論哪一方贏都能得利。馬麥出兵進逼庫利科沃的消息，最早可能是他告訴狄米崔的。他可能拖延自家部隊抵達戰場的時間，耽誤馬麥增援，讓狄米崔有機可乘，也可能允准自己的波亞為羅斯而戰，但自己置身事外。

致謝

冬夜三部曲用去了我人生的七年時光，而我遇到的貴人之多、得到的幫助之大，更是無法盡數。寫書是孤獨的，但完成和出版一本書在大大小小各方面都是眾人的成果。我很感謝二〇一一年以來參與其中的人，陪著我和瓦西婭一起踏進森林，並有苦有樂堅守到結局。

感謝明德學院俄文系，從以前到現在。我想寫這三本小說雖然有些濫用所學，但我很感謝那些年學到的歷史、文法與詞形變化。少了這些知識，我不可能創作這三部曲。尤其感謝塔提安娜・斯莫洛定斯卡亞和謝爾蓋・戴維朵夫做我的導師與朋友，並檢查我翻譯的普希金。

非常感謝我的經紀人保羅・路卡斯。他（而不是我媽）是第一個讀到這本書，並對它深具信心的人。當時是二〇一四年。自此之後，他就一直像磐石一樣給我好的建議與常識。謝謝詹克洛—內史彼特—庫倫史丹利國際出版社，尤其感謝史黛芬妮・寇文、布雷納・英格利許—羅伯和蘇珊娜・班特利。

感謝大西洋彼岸埃伯瑞出版社的諸位，吉利安・葛林、史黛芬妮・諾斯和泰絲・亨德森。非常感謝你們將我的作品帶給英國讀者，以及我每次造訪總會給我的殷勤接待與杯子蛋糕。我還要大聲感謝克羅埃西亞的弗拉德・塞維團隊，謝謝他們設計了我見過最美的《熊與夜鶯》。

感謝德瑞出版社／巴蘭汀出版社的諸位。過去這幾年，不論對我或我的作品，他們都是作者夢寐以求的最佳出版夥伴。謝謝史考特・夏農、崔夏・納瓦尼、凱斯・克雷頓、傑斯・波奈特、梅莉莎·山福德、大衛·門齊、安恩·史培爾和艾林·凱恩。

感謝我出色的編輯珍妮佛·赫許。謝謝妳在我覺得無以為繼時讓我繼續努力，四年來不斷給我好點子，陪著我熬過那些問題多多的初稿。這三部曲沒有妳不可能完成。

謝謝我的「苗條屋」屋友：阿傑和波拉德（姑娘，妳是榮譽會員）、蓋瑞特、布魯和卡蜜拉，你們是我的完美家人。人生中擁有你們，一起在廚房胡鬧，講爛笑話，逼我再喝一罐噁心啤酒，為了我床底下一箱箱的書找我麻煩，讓我常保清醒與開懷。我愛你們。

感謝強森一家人：彼得、卡蘿·安、哈里森和葛蕾希，謝謝你們的熱情與款待。謝謝艾布黑·莫利塞，在我需要休息時帶我上天，真的飛到天際。感謝洛克山達一家人：畢裘、金姆、賈許、大衛、艾莉莎、梅芮爾、喬爾和雨果，謝謝你們恩准我那幾個月窩在自己沙發上振筆疾書。感謝大好人艾莉·布魯德尼。謝謝妳總是想盡辦法出席，因為大學死黨萬萬歲。謝謝珍妮·里昂斯和佛蒙特書店的所有職員對我不渝的支持。感謝石葉茶坊的夥伴們，讓我在漫漫冬夜窩在你們店裡寫書。

謝謝我的家人：麥克·布爾斯和貝絲·佛勒、約翰·布爾汀、史特林·布爾汀和伊莉莎白·布爾汀。我愛你們，也感謝你們為我所做的一切。

謝謝伊凡·強森，在我滿腦子只想著寫書的時候讓我吃飯睡覺。你是我的跑友、探險夥伴、伴侶和最好的朋友。我愛你。

最後，謝謝大家——我要感謝的人太多，所有讀我的書、和朋友分享或在某處發表過評論的書店員工和讀者們，謝謝你們陪著瓦西婭踏上旅程。

希望下回你們還能跟我一起出發。

總導讀

在斯拉夫童話國度裡與魔馬同奔的少女

◎熊宗慧（臺灣大學外文系副教授）

一、古斯拉夫多神信仰

中古時期，東斯拉夫人活動的地方被周遭鄰國如神聖羅馬帝國、東羅馬帝國等視為是蠻荒與落後之地，地理位置的封閉性固然是造成這種看法的原因之一，但另一個因素是宗教。古斯拉夫人是多神信仰（偶像崇拜），他們相信天地萬物，包括動物、植物、天氣，乃至建築物，甚或其他人工產物，都具有靈魂，對古斯拉夫人來說，天上有雷神佩龍（Perun），森林有樹精列許（Leshy）和熊靈梅德韋得（Medved），地底有妖靈唯伊（Viy），湖中有水妖露莎卡（Rusalka），屋裡有家神多莫佛伊（Domovoy）和奇奇莫拉（Kikimora），人們既懼怕又崇拜這些神、靈、鬼、魅，這種泛靈信仰至今仍保留在斯拉夫人的文化中，成為現在斯拉夫神話學的基礎。

東斯拉夫人是在九世紀末形成其歷史上第一個政治結構體——基輔羅斯，到十世紀時它的版圖已經相當龐大，甚至是當時歐洲幅員最遼闊的國家，然而它在與周遭鄰國進行貿易、外交和文化交流時，卻面臨了一個很大的壁壘——宗教，其時世界各國大多已經走向一神教，斯拉夫人的多神信仰在某方面來說，阻撓了羅斯大公想在世界舞臺縱橫的野心，因此基輔公國的弗拉基米爾大公在九八八年下令國人在德聶伯河中受洗，全國改信由東羅馬帝國傳入的東正教，至此東斯拉夫人總算加入了歐洲基督教的大家族中，然而由此也展開了基輔羅斯國內對多神信仰堅持者的殘忍打壓，多神信仰被指稱為「異教」，不皈依為東正教者都被指為是「異教徒」，這算是俄國歷史上第一次宗教迫害。

東正教在羅斯境內獲得由上而下的傳播和擴展，然而它依舊遭遇異教徒的頑強抵抗，畢竟多神信仰在斯拉夫人的文化裡有五百年以上，甚至更久的歷史，東正教在打壓不成的情況下便改以醜化、融合，或是同化的作法，舉例而言，現今俄國東正教有很多節慶便是與「異教」融合而來的結果，其中一個代表就是「謝肉節」（Maslenitsa），時間在東正教復活節之前的第八週，每年時間不一，約二月末到三月初，狂歡持續一週，這其實就是東斯拉夫人多神信仰時期的「送冬節」；至於醜化部分，一個最鮮明的例子就是大名鼎鼎的俄羅斯女巫「巴巴亞嘎」（Baba Yaga）。

二、女巫與不潔之力

古斯拉夫的多神信仰有著繁複的神、靈與鬼怪的系譜，其中屬於死後世界魔力的系譜，包括惡靈、鬼怪、變形人、水妖等等，普遍被稱為「不潔之力」，而與「不潔之力」可以進行聯繫和溝通的媒介，一般認為是女巫與巫師。巴巴亞嘎即是女巫，這是一位全斯拉夫民族童話裡都有的人物，她是森林女王、鳥類與動物的統治者，也是死亡國度的守護者，童話故事裡巴巴亞嘎是一個會吃小孩的醜惡老婦，她的飛行工具是一個笨重又不具美感的石臼，當她在森林或天空飛行時會以掃把與杵敲打石臼來改變速度和方向。石臼之外，巴巴亞嘎另一個鮮明的特徵是住處，她住在一間長著雞腳的小屋裡，窗口面向森林，門口則向著牆壁，一旦有小孩在森林迷路，房子就會轉向，打開窗子，以便狩獵。整體看來，巴巴亞嘎的形象既可怕又邪惡，然而在她九分的邪氣之中偶爾會有一分的正義感，並在機緣巧合之下成為童話故事主角在闖關時的助力，簡而言之，巴巴亞嘎正邪難分，是一個集邪惡與神祕於一身的人物。

東正教在進入俄國之後對女巫和巫術極為排斥，再結合民眾對未知的恐懼和害怕，巴巴亞嘎於是被徹底打壓成邪惡人物，不得翻身。即使在今日，當俄國民眾想要為巴巴亞嘎舉辦盛大的慶生會，俄國教會甚至全員出動，出聲譴責和制止，或許這解釋了為何試圖替巴巴亞嘎辯護或是翻身的作品幾乎都是在俄國以外的地方產生，本書的美籍作家凱薩琳．艾登就是一例。

艾登的這部「冬夜三部曲」，故事設定在十四世紀後期的羅斯國度，其時莫斯科公國已經成為東斯拉夫人的共主，東正教成為所有羅斯子民的國教，神父和聖像進入各戶人家，這個背景就是小說展開的前提：當教堂鳴響的鐘聲嚇退了古斯拉夫的泛靈，人們也失去了對它們的信仰和崇拜，不再相信世間萬物皆有靈，所謂的家神多莫佛伊、馬廄之神瓦奇拉、沼澤精波洛特尼克、水妖露莎卡都被貶為愚蠢的迷信，霜冬之王莫羅茲科也無人供奉，而另一個強大的民間信仰——森林的主人、力量的象徵——熊，牠也失去了崇拜者，這群沒有了人類的畏懼與喜愛的泛靈變得稀薄和蒼白，不復記憶，也不復力量。

正是在這個時機點上，女主角瓦西莉莎（瓦西婭），作為女巫的後人，因為不願意服從基督教父權體制之下女性既定的，也是被宰制的命運——出嫁，或是入修道院，因而走出家庭的庇佑（第一部），走入森林（第二部），此時基督教對女巫的迫害，在小說中即以坎斯坦丁．尼可諾維奇神父為代表，在此扮演了迫害瓦西婭，同時也成為激發女主角體內女巫本能的重要推力，女巫瓦西婭終於甦醒，並在森林裡獲得力量，成為精靈與妖魔界的共主，她能召喚霜冬之王莫羅茲科，也能召喚熊靈梅德韋得。

三、庫利科夫之戰與魔法

然而故事並沒有打算以此告結，瓦西婭選擇走出森林魔法的國度，並承擔身為羅斯子民的責任，從這點來看艾登的眼光龐大，她不打算讓他的女主角——甦醒的女巫止步在童話想像的國度中；而從歷史發展的角度來看，東正教化的俄羅斯亦是一條不會回頭的路，多神信仰必須另覓生路，這是為什麼小說中瓦西婭一直呼籲，希望東正教、泛靈們與人類要和平共存，事實也證明，再殘酷的打壓也殺不光異教徒，所謂的異教終於又在傳說、童話和魔法故事中存活下來。而為了讓泛靈們存活，瓦西婭必須立下戰功，所以小說裡瓦西婭率領泛靈們走出森林，重返莫斯科，助莫斯科大公狄米崔的軍隊迎戰欽察汗國的蒙古—韃靼軍，最終贏得勝利（第三部）。整個三部曲的故事大致沿著這麼一條歷史脈絡前進，既將女性的成長史包括在內，也涵括了中世紀的俄羅斯史。

且不說魔法在歷史明載的戰役裡發揮功用的荒謬性，神奇魔法小說本就有更大的包容性，不過我們還是先來回顧一下這段歷史。中世紀俄羅斯這一段受欽察汗國控制的時期稱為蒙古—韃靼桎梏時期，它一向被俄國人視為是文化黑暗期，但是欽察汗國在宗教方面其實採取的是寬容政策，因此東正教在此一時期仍繼續發展，但是擺脫欽察汗國是歷任莫斯科大公的使命，歷史上莫斯科大公狄米崔也確實盡了自己的責任。西元一三八〇年在頓河的庫利科夫平原的那一役，羅斯以慘烈的傷亡代價打贏了馬麥汗的軍隊，為之後羅斯的獨立打下基礎，羅斯最終朝向主權獨立的國家——俄羅斯前進，而狄米崔大公也贏得了頓河王的封號。這是俄羅斯中古史中最驚心動魄的一戰，而能夠打敗蒙古韃靼軍在俄羅斯看來是它為歐洲歷史，以及基督教文明史立下的功績，卻始終沒有得到應有的重視，從這方面來說，艾登的小說毫無疑問是對這段歷史的再次肯定。

四、俄羅斯民間故事與艾登的改寫

不過對艾登而言，最吸引她的應該還是豐富奇妙又引人入勝的俄羅斯民間故事和童話，整個三部曲都是架構在這些故事的引用和衍生之上。斯拉夫泛靈又鬼魅的故事在東正教勢力進入羅斯之後看似隱沒，但實則轉入民間，變成口耳相傳的民間傳說、童話和神奇魔法故事，到了十九世紀因民族文學的興起而再度被憶起，作家們如普希金和果戈里就十分鍾情將自己小時候從褓母，或是鄉里間長輩那裡聽到的傳說與故事寫入自己作品之中；而隨著民俗學興盛，民俗學者阿法納西耶夫（Alexander Afanasyev）四處搜集俄國民間故事和傳說，其中一本《俄國民間故事集》（*Narodnye russkie skazki*）成為現在人們認識和了解俄國民間傳說和童話的寶典。

以艾登的「冬夜三部曲」來說，當中清晰可見的童話和神奇故事至少就有四個，其中一個是〈霜冬之王〉（*Morozko*），霜冬之王的音譯即為男主角的名字和外號——莫羅茲科，這故事有一個相當通俗的情節架構：邪惡的繼母想要擺脫繼女，命令丈夫把女孩帶到森林，嫁給霜王莫羅茲科；莫羅茲科測試女孩，問她：「女孩，妳暖活嗎？」問三遍，凍得快死的女孩禮貌地回答：「暖。」莫羅茲科很滿意，就獎勵了女孩。繼母的女兒也想要收到禮物，跑到森林裡，莫羅茲科也考驗她，女孩出言不遜，莫羅茲科便將她凍死。

二是〈伊凡王子與灰狼〉（*Ivan Tsarevitch i seryy volk*），這個故事因為另一個名字〈火鳥〉（*Zhar-ptitsa*）而更家喻戶曉，這是一個情節頗為複雜的故事，艾登對這則故事的情節引用不多，但是相當鍾情火鳥這種神奇生物，並讓牠以魔馬的姿態進入「冬夜三部曲」中。

第三個相關的童話故事是〈智者瓦西莉莎〉（*Vasilisa prekrasnaya*），這故事與「冬夜三部曲」的基調相同，都屬於女孩成長系列的作品。女主角瓦西莉莎不被繼母喜愛，她被趕出家門，並走入了森林。女孩闖入巴巴亞嘎的雞腳屋，女巫要求對方為她做家事：第一晚把整間農舍打掃乾淨，第二晚將灑在地上的麥子上的塵土拍乾淨，完成這些不可能的任務之後巴巴亞嘎對瓦西莉莎感到滿意，便贈與女孩帶有魔法的頭骨，幫助她找到返家的路。

小說裡還可以見到俄國童話中最有名的反派人物——不死的科謝伊（Koshchey bessmertny），在艾登的小說裡他則叫做魔法師卡斯契。這個人物是俄國童話中固定的邪惡巫師，他喜歡綁架少女／新娘，讓新郎不得不走上拯救新娘的冒險歷程，我們可以據此來看看第四個與小說相關的俄國童話：〈馬雅．莫雷芙娜〉（*Marya Morevna*）。莫雷芙娜這個姓氏的意思是「海王的女兒」，這則傳說亦被艾登引用在女主角的身世上。童話中馬雅．莫雷芙娜聰明又美麗，而且懷有強大魔力，她擒住了科謝伊，並將他束縛在十二條鏈子上，然而，馬雅的丈夫伊凡王子不小心讓科謝伊逃走，而巫師甚至擄走了馬雅，伊凡王子於是踏上尋妻之路。一路上伊凡王子與夥伴三次解救了馬雅，但不死的科謝伊總是憑藉著神奇馬而一再追上他們，第三次追上的時候科謝伊殺死了伊凡王子，又是在夥伴的幫助之下，伊凡王子重生，並從巴巴亞嘎那裡獲得了神奇馬，最終王子殺了科謝伊並拯救了馬雅。

這些神奇魔法故事的經典人物幾乎都可以在艾登的三部曲中找到對應的角色，然而兩者間最大的差異在於形象的翻轉，不論是莫羅茲科、不死的科謝伊，或是巴巴亞嘎，他們在俄國童話中的形象不是老，就是醜，以莫羅茲科為例，這個人物大多是老公公的形象，穿著肥厚的毛皮大衣；不死的科謝伊則是高大枯瘦的邪氣老人，因為他的名字科謝伊就是骨頭的意思；至於巴巴亞嘎，則如前述，是一個老醜婦。在艾登的小說中所有人物都被年輕化，甚至偶像化，身為男主角的莫羅茲科有一頭飄逸的黑髮、挺拔的身材，只有眼睛看得出蒼老歲月；莫羅茲科的雙胞胎弟弟熊梅德韋得也是帥得不得了，儘管半邊臉都是傷疤，還瞎了一隻眼，但是另外半邊臉「很好看，有稜有角，灰色眼眸」，個性上哥哥穩重負責，弟弟則是狂放邪魅，完全符合少女小說中對雙男主角的安排。至於女主角瓦西莉莎，儘管她不走貌美可人的路線，但身為女巫的她也褪下俄國童話老醜女巫的外衣：她一頭長髮、五官分明、個性鮮明、頭腦靈活，外加高䠷優雅的身段和矯健的身手，即便作者說她兩眼距離太寬，像隻青蛙，但是這位非典美女還是讓小說中的眾男主角都對她情有獨鍾。將這麼大量的經典童話人物變身並不是一件容易的事，或許是艾登的美國人的身分，讓她在改造俄國經典童話人物上，確實比較沒有包袱；再者，如前所述，這些童話和神奇魔法故事中的典型人物都歷經過東正教對他們的打壓，他們可怕的形象毫無疑問是被醜化的結果，如今賦予他們一個較為正常的形象，從某方面來說，也是還給他們一個公道吧。

五、與魔馬同奔的少女

即便對所有俄國人，甚至對所有熟悉這些童話故事的讀者來說，艾登也不僅僅只是一個複寫者，因為她不僅將所有故事吸收和融合，還賦予了新意，其中一個令人驚艷之處就是對神馬的描寫。故事中幾個重要角色都配有神馬，例如和女主角瓦西婭一起貫穿三部曲的棗紅馬索拉維，以及棗紅馬死後成為瓦西婭座騎的金馬波札；莫羅茲科的白馬，還有午夜女士的黑馬，這些擬人化的神駒們，除了各有各的神態、個性和脾氣之外，另外還有與生俱來的，其實是從神奇魔法故事中繼承而來的靈性。

事實上在斯拉夫神奇魔法故事裡主角們的座騎多是灰狼（Seryy volk），以〈伊凡王子與灰狼〉為例，伊凡王子的座騎兼軍師就是灰狼，灰狼能夠講人話、有智慧和膽識，對主角不離不棄，牠才是這些冒險故事中協助男主角闖關的忠實助手。然而，艾登在「冬夜三部曲」裡完全捨棄灰狼，陪女主角冒險犯難的忠實助手換成了棗紅馬索拉維，這原因可能與作家本人的偏好有關，但更重要的是，艾登在這三部曲中將魔法神馬形構了一個系統，即所有的神奇馬皆是從鳥類變形而來：莫羅茲科的白馬是由天鵝變形而來；瓦西婭的棗紅馬索拉維是由夜鶯變形而成，索拉維這個名字就是俄語的「夜鶯」（Solovey）；小說中第二部到第三部的金魔馬則是由火鳥變形而來，牠的名字波札其實是俄語「火焰」（Pozhar）之意。

人與馬的情感是小說中最曖昧，也最動人的部分，就像女主角瓦西婭與索拉維之間濃烈的感情，當索拉維從夜鶯變形為神馬之後，與瓦西婭可以說是一見鍾情，故事裡牠與瓦西婭始終同進同出，相互照顧，一人一馬，在充滿針葉林、湖泊、寒冷、危險、魔法與鬼魅的羅斯中古大地中闖蕩，歷練自己的生命。索拉維後來替瓦西婭而死，瓦西婭為此幾乎喪失了生存欲望，對索拉維的懷念一日不停，艾登在這部分的描寫極為動人，那是一段連男主角莫羅茲科都攻不進，也無法取代的少女初戀——只有愛，別無其他。

艾登的「冬夜三部曲」是一套跨語言、跨文化、跨物種，也是跨越想像的小說作品，願讀者在閱讀這個故事之時亦能放縱想像，馳騁在羅斯草原上，也徜徉在森林魔法之中，與小說主角們一同成長。

藍小說 299

重生的女巫

作　者—凱薩琳・艾登
譯　者—穆卓芸
編　輯—張瑋庭
美術設計—蕭旭芳
封面插畫—Aitch
內頁排版—極翔企業有限公司

副總編輯—嘉世強
董 事 長—趙政岷
出 版 者—時報文化出版企業股份有限公司
108019臺北市和平西路三段二四〇號三樓
發行專線—（〇二）二三〇六六八四二
讀者服務專線—〇八〇〇二三一七〇五・（〇二）二三〇四七一〇三
讀者服務傳真—（〇二）二三〇四六八五八
郵撥—一九三四四七二四時報文化出版公司
信箱—一〇八九九臺北華江橋郵局第九九信箱

時報悅讀網—http://www.readingtimes.com.tw
電子郵件信箱—liter@readingtimes.com.tw
法律顧問—理律法律事務所　陳長文律師、李念祖律師
印　刷—盈昌印刷有限公司
初版一刷—二〇二一年一月八日
初版二刷—二〇二一年一月二十六日
定　價—新臺幣四二〇元
（缺頁或破損的書，請寄回更換）

時報文化出版公司成立於一九七五年，
並於一九九九年股票上櫃公開發行，於二〇〇八年脫離中時集團非屬旺中，
以「尊重智慧與創意的文化事業」為信念。

重生的女巫 / 凱瑟琳・艾登（Katherine Arden）著；穆卓芸譯. – 初版. – 臺北市：時報文化, 2021.1
面；　公分. –（藍小說；299）
譯自：The Winter of the Witch
ISBN 978-957-13-8512-9

874.57　　109020750

ISBN 978-957-13-8512-9
Printed in Taiwan